U0634161

民族文学的传承、创新与影像表达研究

宋 颖 / 著

社会科学文献出版社
SOCIAL SCIENCES ACADEMIC PRESS (CHINA)

目 录

CONTENTS

引　论

一　研究背景与学术价值

随着世界的飞速发展，知识不仅以"可说"和"可听"的状态口耳相传，而且也以"可见"的影像手段和动画、游戏、短视频等多种形式呈现，从而在更大的范围和领域进行传播。从少数民族文学和民俗学等跨学科角度来探析相关影像的内容呈现、叙事手法、技术运用的标准、艺术特点及其面临的新挑战，可以将民族文学的影像表达这一问题提升至国家文化战略的高度来加以理解。

这一方向的学术探讨和实践行动本身都具有挑战性。民族文学的视听语言表达在调研、记载、取舍和制作过程中，存在着多学科视角切入的可能性，在融合研究中可获得新的生长点。现代学科分野中，民族文学和民俗学领域的研究范式转换和理论积累，同时也为其研究对象的新的表达方式提供了学理支撑。从民族文学与民俗学来把握影像表达对于少数民族文化发展的真正意义和实际价值，利用"语境论"和"民俗国家化"来剖析少数民族讲述故事的新方式和新角度，可以实现对民族文学影像表达的整体表述的创新和优化。

传统的电影、电视及相关音像制品等促使一个地区、一个民族的文学内容和生活内容走向了更广的空间，这已是不争的事实。而在学术研究介入的资料片、纪录片等非虚构记录中，民族文学的影像表达有了更为切实的、宏大的整体价值与政治文化意义，更值得纳入学术视野进行分析。

从学术价值上看，在民族文学的影像表达过程中，民俗从老百姓的日常生活实践被升华为国家的文化资源、文化政策和文化建设、文化战略。在这一过程中，民族文学的作品及其相关仪式和民俗生活脱离了个体性和民间性，而与国家利益紧密相关。进入当代中国的社会文化语境来加以考察和探讨，能够形象而真实地勾勒出多元的民族文化如何融会成一体的中华文化的理论框架与模型，为新时代民族文学表达模式和国家的文化建设与发展提供参照。

在研究对象选择上，基于学术研究的考量，减少夸张等修辞手法在影像中的应用干扰，主要选择了影片（含电影、资料片、纪录片等）对于民族文学及其相关的民俗文化采取的影像表达方式（包括拍摄手法、视角、剪辑技巧以及隐含的价值理念等），考察民族文学在传承和创新过程中影像表达的重要步骤、模式、特点及其对国家文化战略的影响。

在学科视野上，尝试综合文学、民俗学、民族学、人类学以及文化研究等领域的概念和范式，从影像材料入手，结合表演理论和语境理论，以及美学研究和电影研究等领域的成果，着重从文学和民俗学的角度对民族文学（尤其是口头传统及民俗生活文化）那些动态而连续的表达进行分析，探讨民族文学的影像表达的基本模式，以期理解和把握影像表达的演进路径和模式特点等理论问题。

在研究内容上，侧重于观照中国纪录片关于民族文学的影像表达等一系列制作上的继承、发展和转变，从而揭示出其中的民俗素材对于民族精神世界的挖掘和传递，对于国家文化建设的重要意义。从学术上推进民俗学从口头到书面、从书面到影像的研究发展，推动民俗学建立文本、图像和声音的交织与综合研究范式，推进从民俗学视角揭示国家对民众日常生活的潜在而巨大的影响。

具体从影像表达角度来说，可概括为如下六点。其一，纪录片中民族文学影像表达的路径。解析纪录片中择取民族文学作品来表现民族文化的视角和方法，从纪录片本体入手，关注镜头语言，探讨表现和再现的叙事手法。其二，探讨不同时代下记录模式的转化。纪录片以真人真事真生活为拍摄对象，既有局外立场的客观讲述，又有局内立场的反思眼光。制作者在影片形成过程中对于文化内容的选择，一方面偏向于主流意识形态的宏观视角，另一方面也会出现文化资源拣选下的利用乃至滥用。不同的表达之间存在着主客体之间的看与被看，也存在着巨大的张力空间。其三，关注民族文学影像中民间信仰、口头文学、民间节庆仪式、手工技艺、音乐、歌舞、绘画、服饰等的新表达，讨论如何展现中国传统文化的经验及问题。以纪录片《记住乡愁》《中国年俗》《年的味道》等个案为例进行具体文本和视听语言的分析与研究，探讨生活中的素材如何转化为影片中的画面，此过程中的细致探讨将提供实践经验的参照。其四，民族影像表达的多元化与一体化分析。以大型纪录片《记住乡愁》和聚焦某单一民族或人物的影片为典型个案，探讨国家化过程中的重要步骤，进行民俗国家化的过程分析，在"民"与"国"的两极之间，纪录片的表述实现了相互联结、交融互动的大格局。其五，从受众立场审视纪录片取材变化的影响，不同受众对民族文学的影像表达和传播的理解存在着值得探讨的差异。其六，民族文学的传承与创新的意义、价值及其存在问题等方面的理论探讨。

在研究目的上，通过对民族影像表达的样本分析，揭示出中华民族的整体建构和"一体"格局的重要基础及其重大意义，把握住民族文学和民俗生活汇聚而成的中华文化在新时代中的新表述，勾勒出新的国家化过程和语境的整体面貌，为纪录片的民族影像表达探索出更为适应时代发展和民众需求的新模式。

二　研究现状与理论依据

当影像技术手段应用于民族文学的表达，民族文学的传承与创新就具备了新的可能性，这种新的叙事方式带来的变革，值得探讨。

放眼世界，从19世纪末起，录音摄影技术就应用于记录人类生活和文化，应用于保存人类生活的基本时空环境等多方面的动态信息。这些信息，既有历史考察的价值，又有文本分析的意义。罗伯特·弗拉哈迪、约翰·格里尔逊、玛格丽特·米德、让·鲁什等几位人物的影像叙述和表达理念与方式都有代表性。中国境内民族文学的影像表达，在1949年新中国成立后，主要是以少数民族文化和民俗生活作为主要题材和内容，讲述少数民族的故事，不可避免带有时代的特征和局限性。无论国际还是国内的电影导演，大都出于审美取向的需求和镜头语言的需要，而首先择取和拣选满足于画面美感的少数民族文学与文化现象，也难免出现误读和遮蔽等情况，导致中国少数民族的多元文化表达和中华民族的整体格局表达之间缺少交融互动的关联。

国内电影学、美学、文学、文化学等领域一直有关注"十七年电影"的热潮，其中少数民族题材电影有独特的美学范式和社会影响。相形之下，同时期中国少数民族社会历史科学纪录电影（简称"民纪片"）作为革命浪漫传统与社会学和民族学调查相互结合的产物，记录了那个时期后来被人忘记的影像，受到的关注较少。虚构的电影很受大众的欢迎，而真实的纪录片却由于艺术效果等多方面问题，不少影像记录仅仅成为单一民族历史的文献资料。在改革开放之后，民族文学的影像表达大多受到中国社会发展、经济转型、文化艺术审美、市场受众等因素的影响，与"民纪片"时期的手法相比已经有了鲜明的变化。近十年来，中国境内的纪录片进入了复苏的新时代，无论是从国家立场还是从受众市场来看，人们对于纪录片的需求已经超越了之前的半个世纪。作为以真实生活为创作素材、以真人真事为表现对象对其进行艺术加工与展现的，以展现真实为本质并用真实引发人们思考的艺术形式，纪录片的核心便是"真"。因此，相较虚构电影而言，民族文学的传承和创新在影像表达中的叙事技巧、艺术手法等都面临着新的挑战。以往在少数民族口头和书面传承中的民族文学和民俗生活，借助影像手段的表达，得到了新的展现和诠释，拥有遍及国内乃至国际的更为广阔的受众范围，并且可以跨越时空的限制而始终保持同一的文本。民族文学的传承和创新，也借助影像的表达而处于转换时期，新表述和新建构正在形成。

现有的国内外学术研究主要集中在以下几个方面：第一，从单一民族

视角或地方性等角度对民族文学的影像表达进行特定的考察，如少数民族
与西部电影创作等研究，主要集中于影像记录的内在互动和对应关系，而
缺乏从当代中国社会情境、少数民族文学文化和民俗生活变化等角度进行
宏观视角的综合把握；第二，偏重人类学、民族学角度的理论阐释，如在
"民纪片"的研究和梳理、云南民族电影的人类学分析、拍摄主体视角的
转变研究等成果中，民族文学的影像作为学术研究的文献补充资料而存
在，尽管在学术探讨上拓展了研究视域，促进了批评理论多元化，但是在
论述少数民族文化与中华民族一体化的关联性上有所欠缺；第三，对于民
族影像的历时性探讨、发展轨迹梳理等成果，则大多集中在电影美学层面
上的艺术追求，而忽略了民族文学和民俗文化作为国家文化资源的巨大价
值和对于国家文化战略的重要意义。

在考察"民族文学"时，需要着重关注并讨论一个相关的概念，即
"口述"。民族文学资料及研究，与书写和印刷相关的内容，可以大致参照
文学传统的探讨，而口述的这个特质，[①] 即在说、听、看的具身认知方面
突破了文学传统研究领域的限制，在民族文学传统的概念辨析和文类界定
中具有特定意义，尤为值得关注。

"有关过去的另一项信息来源，是现生人群讲述他们自己的历史，这
常常是指口述传统。这种传统好像反映了历史的真实，却经常反映了当下
的社会和政治状况，甚至在那些有强烈愿望保存其完整性的文化中，这种
故事也会无意识地被一代代反复加工。"[②] 波利尼西亚的口述传统曾经以传
递的精确性出名，但是现在已经有考古学和其他证据来证明其不可信。很
多人类学者和历史学者怀疑口述传统的可信度。尽管难以核实，口述传统
依然承载了过去的有价值的一部分信息。

正如伽达默尔关注的语言和对话构成的人的此在，说话，构成了人类

---

① 朝戈金：《作为认识论和方法论的口头传统》，《内蒙古社会科学》（汉文版）2019 年第
2 期。

② 〔加〕布鲁斯·G. 特里格：《时间与传统》，陈淳译，中国人民大学出版社，2011，第
118 页。

表达与交流系统中不可或缺的内容。① 民族文学的研究内容，主要是通过"说"与"听"这一基本的交流框架而实现了群体内面对面的交往实践。相关的讨论，逐渐形成了"口头诗学"②的研究热潮。讲故事，由讲述人和听众来完成呈现的过程，发生在这一过程当中的"说"，有时不那么确定，不完全拘泥于某一文本，甚至有时没有文本可参照，而是大多凭借讲述人的记忆来描述。而"听"的过程，又具有一定的模糊性，在"一闪而过"当中所蕴含的瞬时性也相当突出，这都造成了听众不能完全精准地在现场听清所有的内容，也不可能反复打断讲述人去检查或再次确认。因此，民族文学在民间的"讲故事"，是在对话和交流当中，由讲述人和听众来共同完成"这一次"的表演。和口传的模糊的作者相关联的，还有匿名和笔名这样的情况，即便是当时一些可以确认身份的，随着时间的流逝和相关资料的流失，也变得模糊起来，其作品渐渐成为某种类似于集体创作的存在。

笔者在这里要强调，除了"可说"与"可听"的特质之外，"可见"亦是以往较为忽视而当前需要关注的研究话题。中国的叙事传统，来自和西方叙事学的比较。③ 法国当代文论家罗兰·巴特在对叙事进行结构主义分析时指出，叙述是在人类开蒙、发明语言之后，才出现的一种超越历史、超越文化的古老现象。叙述的媒介并不局限于语言，可以是电影、绘画、雕塑、幻灯、哑剧等，也可以是这些媒介的混合。样式更是多样，神话、寓言、史诗、小说，甚至包括了教堂窗户玻璃上的彩绘，报纸杂志里的新闻，乃至朋友之间的闲谈。叙述，从远古而来，在有人的地方就有叙述。

从西方的叙事传统上看，大体经历了"史诗到浪漫文学到小说"的发展过程，对话式的想象，贯穿在这几种文类之中。这些文类继承了这一叙事的主要方法，均是所处时代的集成表达，既有结构上的完整性，又有时

---

① 安德明：《口碑的意义》，《民间文化论坛》2020 年第 1 期。
② 刘倩：《尹虎彬对"口头诗学"的译介和研究谫论》，《民间文化论坛》2020 年第 6 期。
③ 〔美〕浦安迪：《中国叙事学》，北京大学出版社，2018，第 8～10 页。

间上的秩序感。而中国的叙事传统不太一样的是，有一个诗词曲赋的经典文学传统和民间大量的口传作品共同存在的过程。

朝戈金指出，"民族文学"的概念，相对应于"世界文学"，需要关注其复杂性，比如作家的族籍，作品的民族语言，民族文化心理和对民族文学传统的认同、承袭与更新。在此基础上徐新建提出，"多民族文学"则能指跨文化的"世界文学"等。① 这里提到的"民族"，实际包含着"民族国家"或"中华民族"的意味。这意味着其"不是基于对文学内部构成诸要素的区划而产生的，它更应该被视作是人类在一定发展阶段上的产物"。② 值得注意的是，中国学者关注史诗研究的"口头传统"的译介和相关本土阐释，③ 不再局限于古典集成的宏大叙事，而是逐渐走向了跨学科的多视角交融取向，打通民众审美的藩篱，提出阐释口头艺术、听觉艺术、视觉艺术、身体艺术、味觉艺术等的"全观诗学"理念。④

基于"说"与"听"的基本框架和相关问题，对于"民族文学传统"而言，在"观看"视野下的"可见"，在当代社会的呈现和传播中也逐渐凸显出来而具有重要的位置，成为这一传统继承和发展的主要环节之一。以往在文本、事件、语境中考察作为表演的口头传统时，常常只关注当下发生的某一表演情境；而将其作为传统来考察时，从时间维度入手，则必须给予在历史语境当中的人物画、肖像画、故事画等一定程度的关注。在考察某一口头传统的文化根源和历史形成过程时，"图像"作为考据资料的意义凸显出来。⑤ 讲述人不完全依靠想象来描述某些人物、场景和情节，而是可以通过"观看"的眼睛来构造、扫描讲述中的事件和细节。

图像与这些表演的文类之间，存在着一定的互动关系。即便脱离历史的语境来考察口头传统，当代生活中的视觉呈现也往往依托于这些众人皆

---

① 徐新建：《"多民族文学"的范畴意义》，《徐州工程学院学报》（社会科学版）2019 年第 2 期。
② 朝戈金：《民族文学范畴之我见》，《民族文学研究》1987 年第 2 期。
③ 巴莫曲布嫫：《以口头传统作为方法：中国史诗学七十年及其实践进路》，《民族艺术》2019 年第 3 期。
④ 朝戈金：《口头诗学》，《民间文化论坛》2018 年第 6 期。
⑤ 王怀义：《图像与中国文学叙事传统的形成》，《人文杂志》2020 年第 9 期。

知的故事素材。图像与叙事文类之间不仅有内容上的关联，而且在一些情境当中也影响着叙事的方式。对图言说，有时这种叙事是平面化，缺乏纵深度和立体感的，有时也会有一定程度上的空间呈现。图像不一定限于历史上的某些图画，在当代传承中，也呈现出多种样态的表现方式。依图而述，或者，由述而成图，丰富了当代口头传统的展现和表达形式。在一些特定场景中，图像有时还会以物件的立体形式出现，如苗族的"刻道"叙事。

民族文学传统与各民族文化以及多民族文化交融的状态是相辅相成、密不可分的。文学的作品与精神的传承，始终是无法剥离于民族文化的生存语境的。各民族具有特色的文化内容，也往往是在与周边民族长期共同生活和相互影响、交流中逐渐形成的，彼此你中有我，共生于中华民族多元一体的历史与文化格局中。

考察民族文学的传统，不仅要关注单一民族群体内部的生活方式，有时还需要与多民族文化相互参照和比较，才能看出一种文学样式的传承和创新。而某种文学样式也往往同时存在于多个民族的生活方式之中，在重大节日、人生仪礼等重要场合中加以传唱、表达和实现文化的生产与再生产。多民族文化交融是民族文学传统的生产土壤和基石，而民族文学传统往往是接触和观察某一民族文化与精神内核的重要窗口和主要途径，具有引领作用，是一个民族生产和生活、文化与历史的璀璨结晶。

（一）"文本"的双刃剑

文学传统的作品主要可以从文本和语境两个方面来考察。考察文本，主要是关注文学创作者、故事、情节、人物、语言、修辞、主题、异文和译介版本流变问题，关注的是作品本身。考察语境，主要是关注文学表达的现场、主体、受众、展现手段和形式、效果等，关注的是传播环境。对于民族文学传统，不仅可以从文学研究立场和视角上来分析其中包含的叙事文本或者叙事情境，还可以更为拓展地使用"大文学"的理念来分析和探究。

"文本"，一般意义上是指书写的文字，通常具有一定的权威性或者有特定的作者。一方面，尽管"口头传统"的作者具有一定的模糊性，但民族文学传统中的诗行、故事、唱词等多种样式的文学材料都可纳入"文本"来讨论。不仅如此，这一术语不局限于文类的规定性，因此文学作品、历史文献，乃至音乐篇章都可以视为"文本"。另一方面，一些个人的创作成果，在这个概念上，不是被当成"作品"来看待的，而是被当作一段文本来解读，这就意味着，在解读过程中，会与其他文本在时间、空间或多种分类维度上产生某种以往为人忽视的关联。这种关联性，可以说，是"文本"这一术语赋予民族文学传统的一种新的观照。

由此可见，"文本"概念的发展对于民族文学传统而言，是"双刃剑"。"文本"一词，无形中拉平了文字材料之间的本质差距。一方面，这一概念不特别强调作者及其身份；另一方面，这一概念同时也在削弱严肃文学与流行文学的界限，"文学性"变得可有可无。当"文学性"被抛弃之后，一部人们津津乐道、常被奉为经典的文学著作，从传统中神圣的殿堂跌下，被还原为与网络通俗文学、影视剧本、动漫对白与游戏台词乃至产品说明书等一样的文字内容。更有甚者，连那些不是文学体裁或者素材的材料都可以被称为"文本"。这在拓展原有研究视角的基础上，同时也迫使文本不仅抛弃了文学，也抛弃了文字，乃至语言。

目前研究者所关注的文学，已经离不开文本的概念和对于文本的解读。[①] 基于口头传统而形成的书面文本，一旦脱离了口头传统讲述者的叙事行为，脱离了讲述故事的表演语境，势必被纳入文学的学科本位所关注的书面作品的赏析与批评。在"文本学"发展中，陈泳超根据"新编地方文本"，提议按照统一标准为各类文本设立一个较为明晰的体系，以使各类文本有所归属，并使其在各自特定的条件下产生认识和美学的效用。[②] 对于民族文学传统而言，只是分离出一种用于和文学学科相关联的文艺形式。而在此之外，民族文学传统尚具有多种面貌和多种取向的可能性，例

---

① 朝戈金：《"回到声音"的口头诗学：以口传史诗的文本研究为起点》，《西北民族研究》2014年第2期。

② 陈泳超：《倡立民间文学的"文本学"》，《民族文学研究》2013年第5期。

如与音乐、舞蹈、戏剧、建筑、绘画、体育、娱乐、时尚、仪式等产生多种关联。

尽管尚存在着上述出现的分歧和动向相反的作用，从"大文学观"来看，一切都可以视为"文本"。这种泛化的文本概念，可以将"文化"纳入其中来考察。对于民族文学传统来说，是拓展了关注的边界，也将内在蕴含的民族文化生活等内容纳入研究的视野。若与下文提及的"语境"概念联系起来看，在全球化的语境中，文学的概念扩展至与文化相关的一切内容，① 也就意味着，人类生活的多种内容均可以纳入研究范畴。在这种大文学观下，文化成为可以使用文学理论和文学批评等观点与方法来检视的对象。文学立场的经典研究方法，在这里与文化研究、哲学思想及其他学科视角相遭遇。受此趋势的影响，马克思主义与解构理论的对话关系、鲍德里亚的观点对于中国当代消费文化的意义等都成为关注和研究的热点。而在文化研究的视角下，文化以不同的外在表达方式在人类日常生活和行为观念中发挥着作用。文学成为一种媒介。读者变成了可以广泛拓展的受众，而无须计较共同的知识背景和审美认知心理。

与此同时，社会和社会问题，都可以成为文学认识世界、表达世界的一种素材。② 哈贝马斯交往行为理论中也提及，人们主要关心的是"时间意义上的叙述结构、空间意义上的人际关系、共同世界的客观性、基本的规范期待、对于交往表达依赖语境以及需要解释的理解等"。语言不仅是交流的工具，它本身就具有一种行为能力；文本也不仅是传达思想的载体，民族文学传统以往重视的"说"和"听"，本身就具有交往协同行动的意味。文本之间，讲述文本的主体之间，都产生了互动和关联。文本之间相互碰撞和融贯，主体之间彼此呈现和交互。一种文学和这一文学所依托的文化中的"自我"，在文本的传播过程中，与"他者"相遇。民族文学传统的"文本"，不仅仅是在讲述某个故事，也不仅仅是表达某种文化

---

① 王宁：《"后理论时代"的文学与文化研究》，北京大学出版社，2009。

② 〔美〕利奥·洛文塔尔：《文学、通俗文化和社会》，甘锋译，中国人民大学出版社，2012。

下的自我形象，而是展现出一个超越"自我"的世界，面向了一种共享的文化、共通的知识资源和共有的理解认知背景。这种发展，意味着全球化受众的到来，也同时令人们之间享有的共同知识、日常生活语境以及文化的再生产变得重要起来。

（二）"语境"的探索性

"语境"提出之初，对于传统的研究方法和范式而言，确实可谓一剂良药，它大为拓展了文学研究和民族文学传统所关注的故事、情节、人物、修辞方式等经典内容，还转向关注叙事所处（即发生的当时所在）的环境、情境、场景等一类词所描绘的某种"现场"。在这样的现场中，不仅有故事及其内容和表达形式本身，还有讲述者、听众等的即时表现和瞬时反馈，有时还涉及这一叙事原发的族群历史文化和语言形塑的知识背景、现场干扰因素等。这一系列与叙事相关的要素都是以往被忽视的影响叙事的文化因素。

"语境"，一般意义上是指特定区域的文化和情境，实质上也是一种表演活动（比如某种以说唱方式呈现的文学作品）所处的背景和情境。这多少借鉴了哲学上对于"存在"和"意义世界"的探讨。当人们更多地关注某个文本或者某个表演的内在意义时，与此相关的多种要素都可以作为语境而提供理解和体验的场域。在这个意义上，"语境"基本等同于某种框定的架构或者规定的情境（条件等），来帮助人们准确地理解其中的意义。

大约在 20 世纪末期，语境的概念进入中国学者的视野，对于"文本研究"和"事象研究"是不小的突破。"语境中的民俗"① 作为表演理论所强调的概念，重视了表演者、表演的活动和行为及其所处的各种现实条件和历史背景等因素，并强调这些因素之间的相关性。

从纵向脉络看，语境还可以用于历史维度的思考，过去流传下来的文学和民族的所有文本或素材，抛却了文学性之后，常常会被当作有一定证明力的史料。当以历史的眼光来看待这些内容时，有一种方法是，重新将

---

① 刘晓春：《从"民俗"到"语境中的民俗"——中国民俗学研究的范式转换》，《民俗研究》2009 年第 2 期。

历史的史料放置在历史的语境之中来解读，这样历史的史料更可能会显现其原意而不致被扭曲，对史料的运用和理解才有可能恰当。从横向维度看，语境谈论的是基于现实空间的一种场景，在这种空间当中，叙事的行为和事件可以从一个很小的地点借助参与其中的文本和人的相关性延展至整个世界。

中国学术界对于文本和语境的讨论大多仅限于概念本身，以及文本化和语境化的过程，对于之前及之后的多样态和多应用环境的讨论仍然不够。对于"语境"概念的进一步发展，理查德·鲍曼的思考和研究可以作为一种具有代表性的观点。他在20世纪70年代就在考虑"脱离语境"和"重置语境"这样反复出现和发生的叙事现实。他指出，"小范围面对面交流形式的研究，亦即口头民俗典型文类的研究，如神话、传说、史诗、民歌、民谣、谚语、谜语及其他在家庭和社交中所出现的互动形式等"，与共同领域的演讲、对话、辩论和其他话语方式，都可以经由人类交流交往的互动方式来考察。他将这种过程视为公共民俗的现象之一，即民俗脱离了其原生的文化语境和讲述者与受众的范围而进入另一种陌生的文化当中去的事件（过程）。这种过程性的变化，为了方便学术交流和进一步的讨论而被称为"去语境化"与"再语境化"。① 他举例说，像一则民间故事在口头流传上被讲了一遍又一遍，在某种意义上，我们正是经由其存在的不同版本以确认它是传统的。从情境交流实践的角度来看，一则传统故事的每一个版本都是"去语境化"与"再语境化"活动的必然产物，讲述者正是将其从前一个使用的语境中提取出来并使其适应于讲述当时的语境。重置语境的作品中可能包含着某种结构，借助于来源归属、演讲报告或其他关联方式，明显指向过去的讲述或其他话语。

理查德·鲍曼的相关研究基于公共民俗的立场，对于具体文本的个案分析，不再仅限于经典范式的讨论，而是可以看成对基于"民俗""语境"

---

① 关于"去语境化"和"再语境化"的详细论述，可以参见〔美〕理查德·鲍曼《民俗的国家化与国际化：以斯库科拉夫特的"吉希-高森"个案为例》，宋颖译，《江西社会科学》2011年第1期。这组概念并不是已经确定的某种理论框架和体系，而是依然在讨论当中。

"表演"等概念的过程学说的一种详细阐述。全球经济的增长使地方性原生的文化形式得到扩展，超出了民族及国家的边界。以往一个局部地区或者群体之内的小范围的"文本"，有可能借助讲述方式造成语境的变化，从而扩散为一种"民族文学"乃至"世界文学"，面向一个更大范围的现代化的世界。在这种讲述和传播过程中，民众的地方性知识和叙事，从面对面的交流事件变为借助印刷及其他传播媒介而得到扩散，乃是一种脱离语境的运作。但是，事实上每一次脱离语境的行为，同时都是重置语境的行为以及再次使其文本化的行为。无疑，这种分析策略对于思考中国当下正在进行的文化展演、文化观光等活动，具有非常重要的借鉴意义和参考价值。

以交流方式来重新解读文本和语境，实际上是随着时代变化和研究视角的变化而出现的一种新的尝试。"去语境化"和"再语境化"，是对"文本"和"语境"概念的向前推进，同时尝试将其嵌入全球化和数字化的情境当中。这一系列术语描述出一种叙事在不断被讲述的行为中出现的反复"脱离语境"和多次"重置语境"的过程。在这类过程中，文本逐渐从一个狭窄的区域受众领域，走向更为广阔和更为多元的受众世界，最终完成超越一个小群体内部的人与人面对面的交流而走向全国甚至全球。这一过程当中，一种文化将进入知识背景完全不同的其他文化当中被重新解读、接受或拒绝。文本相关的创作者，也从单一的作者，变成了多主体的书写者、讲述者共同参与的群体。在文本每一次语境化的过程中，相关的创作者的身份、数量和其他一些参数都可能会增加或产生相关的变化。

因此，本书从文本和语境两个方面来考察的民族文学传统，使"民族"和"文学"并置成为解读口头传统及其他文类题材的重要视角。实际上，这种解读也始终处于一种动态的过程当中。即便民族文学在某个时期有相对固定的出版物或者书写文本，也仍可认为其在一个相对漫长的时期中拥有更为多样的艺术表现形式、更为复杂的作者和版权共有者、更为多元的受众群体。

回到中国的叙事传统和民族文学传统上来。在中国境内，各地区普遍存在着较长的文化交流史和人口迁徙或流动的历史过程。本书将主要关注多民族生活区域中的当代生活内容和包含着民族文化历史的民族文学传统的多种艺术化表达及其内在意蕴。

(三）将"创新"作为"理念"或"路径"

长期以来在文学研究和相关理论批评中，得到普遍关注的一些问题有：为什么会发生转化，转化内在的动力和外在的需求有哪些，是如何发挥作用的？传统文化中哪些资源可以进行转化，可能存在哪些形态的转化，怎样发生和推动并实现这类转化？传统的因素可能会转化到哪些新的艺术领域，有哪些新的呈现样态？目前有哪些转化的成功案例或失败的探索经验？这些问题都值得持续关注和讨论。

本书的主题，决定了研究主要关注的是如何借助影像手段实现新转化，以及这种转化如何进行；有哪些值得关注的细节处理和实践问题，以及是否能够形成某些可资借鉴的经验和路径。

笔者关注的问题，不包括前置的"为什么"，对于转化的根源性问题和原因所在不予详细追溯和剖析；而是主要关注"怎样转化"，涉及理念、内容、形式、功能和结构上的一些转化方式。这是一种路径和方法上的理论探索，同时在讨论中还将提供一些具体的案例分析。

在探讨创新和转化的路径问题时，有必要补充指出，文学在形成某种传统的同时，依然具有个人创作的空间。值得注意的是，文学传统当中有一个非常宝贵的特点，即文学作品在大多数情况下作为个人的创作存在，而个体在进行这些创作时，往往追求在文字、修辞和技法上的独特性。一种情况是，文学作品是由某个人书写的，具有固定的文本，同时也是个人的成果。或者文学作品是由某个人讲述或演唱的，作为某种口头的作品存在和传承。无论有无完善的文本，这一素材在每次被表演的时候，都是"独一次"，都具有一定的创造性，同时存在着变化，哪怕是极微小的、并不引人注意的变化。

不少被认为是集体创作的民间作品，在曲调和唱词的传承上，保持着相对固定的一些套路和模式，但是每次表演的时候，也容许和包含着歌唱者个人的艺术追求和创作空间。这就使得在大致保持相对固定的文本、题材、体裁、艺术手段等传统以及民众审美与心理认知等相对稳定的情况下，文学作品依然蕴含着比较明显的个体创作和创新的可能性。这一特点，尤其在民间文学作品和民族文学内容上较为明显。

对于民间文学作品和民族作品，这里简要提及一些已经存在并有所讨论的创新方式。例如，文学将叙事分成了书面语言艺术和口头语言艺术，而大多数口头创作的叙事传统，并没有指向明确的作者，甚至也没有这样的传统做法。因此，帕里和洛德在南斯拉夫的调查及其研究分析中常用到"主题"（theme）来讨论口头程式。在叙事传统的讨论中，常用"论题"（topos）来指代口头叙事中程式化的观念群。① 这是对于文学立场的一种转化。一则论题，出现在书面或口头中，都是一种传统的意象。"论题"包含了口头叙事诗的传统特征，即情节和主题，其所指代的意象，既包括了某一叙事（较为典型的，比如神话）在再现层面上谈及外部世界的母题和情节，也包括了在阐释层面上涉及主题时要用到的观念和概念等。而口头传统（较有代表性的，比如史诗）往往综合着信仰与神话的神圣内容和日常叙事世俗化的中间状态，构建起一个复杂综合体，既有文学的特性，也有原始文化中宗教、政治、经济、伦理、风俗、道德等多种内涵。这种综合体，考虑到传承的视角，可以作为"民族文学传统"来进行后续讨论。

被纳入"民族文学传统"的多种"文类"，在后续讨论中也不得不加以突破，作为多种"模态"来存在并进行分析研究。这类似于帕里和洛德所谓的"过渡文本"。② 口头传统往往用传统的口头程式法来体现自己的特性，而文学（尤其指有作者的书面作品）的语汇修辞、思想审美等也同时并存于这一复杂综合体中。读写时代会令真正的口头传统在一个民族或国家中的文化作用和地位渐渐降低。可是，图像时代却提供了另一种表达的选择和复兴的可能性。在读写和说唱之间，图像和影像发挥着调和的作

① 〔美〕罗伯特·斯科尔斯、詹姆斯·费伦、罗布特·凯洛格：《叙事的本质》，于雷译，南京大学出版社，2015，第16~57页。

② 〔美〕阿尔伯特·贝茨·洛德：《故事的歌手》，尹虎彬译，中华书局，2004。

用，并开创了新的表现方式，这些新的方式，正是创新的路径所在。这种创新也在影响着内容和形式、功能和结构发生变化。

相应的，传统也在悄悄地发生着变化，调整着自身。时代变化了，人们交流和传播的方式变化了。只要有可能，新的语言形式就会逐渐取代旧的形式乃至内容，口头传统也会对旧的程式进行类推或衍化，从而产生出新的程式来。

三 重要概念的界定

（一）文化因子（Cultural Factor）

"文化因子"，是指在某种文化体系之内承载着较小文化要素的单位，通常具有较强稳定性或具有较高活跃性，以保持一种文化的形态。在文化传承或传播的过程中，文化因子能够与相邻文化或外来文化中的文化内容及形式产生粘连或者碰撞，因相互存在的差异而相互吸引或者排斥，出现不同的要素排列与组合，从而使原有文化率先在形式和内容上发生较为明显的变化。一般而言，随着时间的推移和不同文化之间相互交流的加强，新形成的文化因子会逐渐稳定下来，可能会使原有文化发生结构和功能上的深层变迁。

在中国学术界，目前较多使用"文化基因"一词来对应"文化要素"或"文化因子"。主张使用"基因"一词的原因在于，这一概念借鉴了生物学意义上的基因功能，认为作为生物学上传递生物信息密码的基本单元，基因可以经由自我复制从而将原有的遗传信息保留下来并实现代际传递。在这种生物学意义上的传递过程中，基因也不是一成不变的，而是会跟随外在和内在条件的变化而发生变化，甚至出现突变。需要注意的是，有时，基因所携带的信息，并不会完全显现出来，而是隐含在生命体的延续当中。

一些研究文化的学者尝试借用"基因"这一生物学术语来考察人类的文化现象。在20世纪50年代，美国人类学传播派的学者克罗伯（Alfred L. Kroeber）和克拉克洪（Clyde Kluckhohn）提出，不同文化中有可能具有类似生物学上的"基因"一样既有基础性又有同一性的"文化基因"。到了 20 世纪 60 年代，有学者注意到那些可以用于交流并传递信息的文化微观单元，将之命名为"特征丛"（trait complex）或"行子"（actone），现在一般称之为"文化丛"。1976 年，英国生物学家和行为生态学家道金斯（Richard Dawkins）在著述《自私的基因》里，借鉴了"基因"（gene）一词的意蕴而创造出"meme"（译作"谜米"或"模因"），用来指称这种微观的"文化传递单位"，引起全球性的"谜米"研究热潮。① 概括而言，此类国外的"谜米"研究始终围绕着文化传播过程中的复制和相应交流机制而进行，"是一种传播学意义上的学问"。② Meme，在英文词典中被定义为"文化、系统或行为当中的一个要素，能够从单一个体间以模仿而非遗传的方式加以传递"。

1981 年《自私的基因》③ 译成中文被介绍到中国学术界，而中国学者在使用"文化基因"一词时，根据中国语言和文化特点做出的相应定义却并不多。其中，王东和毕文波提出一个较为明确的界定。王东指出，"所谓文化基因，就是决定文化系统传承与变化的基本因子、基本要素"。④ 毕文波则认为，"内在于各种文化现象中，并且具有在时间和空间上得以传承和展开能力的基本理念或基本精神，以及具有这种能力的文化表达或表现形式的基本风格，叫做'文化基因'"。⑤ 毕文波还进一步解释说，个体和公共道德的具体规范并不能直接等同于文化基因，而内在于其中的集体本位或个人本位或其他类型的核心伦理理念，则可视为一种文化基因。一个国家或民族各个层次、各个侧面的文化基因按照一定的内在联系构成的系统，就是该国家或民族的文化传统。他详细描述并分类整理出文化基因与

---

① 耿识博：《习近平"文化基因"论的内涵探析》，《中共中央党校学报》2016 年第 3 期。
② 吴秋林：《文化基因新论：文化人类学的一种可能表达路径》，《民族研究》2013 年第 6 期。
③ 〔英〕R. 道金斯：《自私的基因》，卢允中等译，科学出版社，1981。
④ 王东：《中华文明的文化基因与现代传承（专题讨论）：中华文明的五次辉煌与文化基因中的五大核心理念》，《河北学刊》2003 年第 5 期。
⑤ 毕文波：《当代中国新文化基因若干问题思考提纲》，《南京政治学院学报》2001 年第 2 期。

传统文化的关联，以及与其他广泛社会现象之间的关系。

进入 21 世纪以来，文化基因的应用主要还是在文化复制和传播领域的问题上，相应的研究例如：哲学学者刘长林用文化基因来探讨社会文化进化论；文化史学者刘植惠从文化传承的视角来探讨文化基因的意义；民族学学者徐杰舜使用文化基因来研究影响人类文化存在的基本因素，认为文化结构中存在本性因素；等等。

近些年来，帕博罗·莫斯卡托（Pablo Moscato）发展式地提出了"文化基因算法"，为文化进化的研究提供了基础。文化基因算法使用了"择选体"（agent）的概念来描述基因传承中的选择与优化特性。这一概念强调，遗传操作的对象并不完全是一般意义上的普通个体，而是推选出的优秀代表，遗传操作的结果是选出那些适应性强的优秀代表，同时交叉作用后会产生新的个体；这些新的个体有可能分布于新区域，在下一代的局部搜索中会遭遇附近的优秀个体，然后再进行更深的全局进化。[①] 这种算法视角在实践中能够发挥组合优化、图像处理、模式识别等作用，具有前瞻性。

中国学者对于"文化基因"概念的理解和应用，有自己的学术特点。对于文化基因的分析，主要是用来加深对中国传统文化的认识及研究。"文化基因"一词被较为广泛地运用到马克思主义文化观研究及中国特色社会主义文化发展道路研究中。[②] 如将文化基因用于分析文化景观中的文化现象，以基因型、基因链、基因元等三个单位来剖析；或与历史街区保护研究相结合，分析历史街区中的显性基因与隐性基因，深入挖掘地方资源的特性。以文化基因理论为视角研究其他社会问题逐渐成为较新的研究趋势。在实践的语境中，文化基因代指文化中精髓部分的意思逐渐明确。习近平总书记强调，"要使中华民族最基本的文化基因与当代文化相适应、与现代社会相协调，以人们喜闻乐见、具有广泛参与性的

---

① 刘漫丹：《文化基因算法（Memetic Algorithm）研究进展》，《自动化技术与应用》2007年第 11 期。

② 郑德荣、邱潇：《习近平传统文化观的历史渊源与思想精髓》，《毛泽东邓小平理论研究》2016 年第 7 期。

方式推广开来"，① 扩大了该词的使用范围，不仅在人文社科领域内被广泛使用，在对企业转型、乡村振兴、科技发展的研究中也会利用这一术语探讨分析一些实际问题。

（二）口头传统（Oral Tradition）

"口头传统"有广义和狭义之分，前者指口头交流的一切形式，后者则指传统社会的沟通模式和口头艺术（verbal arts）。人类学与民俗学对口头传统的研究具有较长期的学术过程，二者都关注田野调查，注重对民间口传的基本素材进行观察、描述、记录、采集与分析等本体研究。人类学向来较为重视无文字社会的文化和历史情况，并由此积累了研讨各族群的口头传统及其长期传承的研究经验。民俗学的研究同样将神话、传说、歌谣、谚语、谜语等民间文学（folk literature）或口头文学（oral literature）作为学科研究的重要内容，而"口述"（orality）也是民间文学一个重要特征。在这两个学科立场来看，口头传统是民族内部世代传承的史诗、歌谣、说唱文学、神话、传说、民间故事等口头文类以及与之相关的表达文化和口头艺术，它不仅是民族文化传统的重要组成部分，也是全人类共同的文化遗产和精神财富。②

口头传统的研究，作为一个特定的学术方向，在 20 世纪 60 年代形成一个高潮。对于"口头传统"一词的讨论，如关于书写技术对人类的智力发展与文明进程作用的相关讨论，引起了对于口头传统研究的反思。相关看法可以分为以下两种。一是主张书写技术令人类的心智进化产生质的飞跃，较具代表性的是英国社会人类学家杰克·古迪（Jack Goody）的论述，他相信无论是在理论上，还是在历史事实上，逻辑思维（演绎推理、形式运算、高级心理过程）的发展取决于书写（希腊字母的发明和使用），这被概括为"书写论"。二是主张不能过分夸大书写技术的作用。在从口传到书写的过程中，人类的心智和文明是渐进的，这被称作"连续论"。

---

① 《习近平：建设社会主义文化强国　着力提高国家文化软实力》，2013 年 12 月 30 日，中国政府网，https://www.gov.cn/ldhd/2013-12/31/content_2558147.htm。
② 朝戈金：《口头诗学》，《民间文化论坛》2018 年第 6 期。

相关学术讨论促成"口述"不仅成为民俗学学科内关注的重点，也拓展至其他社会研究领域。21 世纪初期，在联合国教科文组织的遗产保护相关文件里，"口头传统"是一个经常出现的关键词。例如在联合国教科文组织的《保护非物质文化遗产公约》中，人类的非物质文化遗产被分为五个大类，第一类就是"口头传统和表现形式，包括作为非物质文化遗产媒介的语言"。从这些定义和文件使用中可以说，口头的很多文类素材成为非物质文化遗产的重要组成部分，同时是非物质文化遗产的重要表达形式，在某种程度上，也是某个群体内部文化传承的重要承载方式。

美国学者罗斯玛丽·列维·朱姆沃尔特撰文谈论口头传统研究方法，纵向梳理了口头传统研究的学术史和关掖点。① 18~19 世纪的欧洲学者开辟了口头传统起源问题的研究。在众多研究者中，影响深远的有德国的赫尔德和格林兄弟、英国人类学家泰勒、芬兰的伦洛特、挪威的阿斯比约森和穆尔等，他们所讨论的中心议题包括口头传统究竟是在何时何地兴起和得到发展等。这种对于起源问题的兴致，乃是基于社会发展阶段论的假设，即人类历史发展进程经历了从原始到野蛮再到文明的线性发展过程。

此后，以提出囊括和梳理世界民间故事类型的"A-T 分类法"而闻名于世的芬兰人阿尔奈和美国人汤普森，是 20 世纪芬兰的"历史-地理方法"的倡导者。类似的还有推崇"地域-年代假设"方法的美国人类学者博厄斯。他们都持有一个相对机械性的观点，即认定一个故事从中心点向四周的流布，就像石子投入水中会漾起向周边扩散的波纹一样。一个故事的扩散范围越广阔，说明它的传承越古老，同理，应当在故事的传播中心点寻找故事的最初形态。这些论见不无道理，但缺陷明显，影响已有所减弱。不过，这种通过民间叙事来解析口头传统的方法，在后续的学术研究中也依然推动了相关个案解析和理论研究的发展。

"文化的方法论"被认为是为了校正"机械的方法论"弊端而发展起来的，其要旨是不仅将口头传统理解为材料系统，还认为其中熔铸了文化

---

① 详见〔美〕罗斯玛丽·列维·朱姆沃尔特《口头传承研究方法纵谈》，尹虎彬译，《民族文学研究》2000 年增刊。

的意义，服务于社会成员的需要。该方法集中探讨的是所谓"原初形态的文化"（pre-contact culture）。博厄斯及其学生本尼迪克特是该学派的推动者。杜波依斯的口头传统模式化理论和马林诺夫斯基的功能主义论见，都可视为在这一方向上的演进。

对口头传统"文本模式"的研究，作为一种在方法论承续上与文学研究关系紧密的方向，有比较多的成果并不奇怪。承接北欧民俗学和民间文艺学的强势传统，奥利克着手总结适用于所有样式的"法则"。他的"史诗的法则"理论有长久的影响。普洛普及其"形态学"理论，将文本模式化的方法，又一次引入民间故事的内部结构中。在20世纪中生命力长久不衰的，还有"帕里-洛德理论"（又称"口头程式理论"，Parry-Lord theory or oral formulaic theory）。该理论聚焦于文本解析，影响却远远超出了口头诗学领域，扩展到全球近200种语言的传统研究中。美国学者约翰·弗里更是大力倡导跨传统的比较和对既往文明遗产"典律"（canon）的辨析。与上述各学派有紧密关联的，还有结构主义、象征主义和解释学的理论、精神分析法、民族志诗学理论、"演述理论"和女权主义理论、关于"真确性"的探讨等。

（三）文化表述（Cultural Representation）

文化是人的一切行为方式的表达，表达是文化的一个重要功能，通过种种方式展示、表现一种文化的特色或内涵就是文化的表达。文化是客观存在的。同时文化也是可以表达的，这种表达表现在两个方面：一是文化自身的表达，二是被人类学家等描述（表达）。

对于人而言，表达是交流的需要，有了交流才可能论及社会；对于文化而言，表达便是文化本身，一种隐藏起来的东西一定与文化离得很遥远。透过语言、象征符号、身体动作、社会制度以及各种各样的人造物品，文化得以现身，否则文化就是空的。而交流是通过人来实现，透过人来进行心理加工和表达的。正如德裔美国学者、符号论美学代表人物苏珊·朗格（Susanne K. Langer）所强调的，文化或者意义是心理的，同时也是逻辑的。"心理的"是指，以符号或者象征存在的事物，它们的存在一定是针对某一个人的存在，是个体心理意义上的存在；而"逻辑的"则是指这些符号或者象征必须有能力承载一种或者多种的意义。

文化跟表达的联系仅仅在于，文化是通过人的活动而实现的，是人的活动的结果。这些活动根本又是在于人要有所表达，表达自己对于世界以及其内省的经验。因而，文化实际上就是再次的呈现（re-presentation），也就是一种心理学家所谓的"表征"（representation），或在具体语境中译为"表述"。它可以是集体的，也可以是个人的，但一定是用另外一个事物来代表最初始的呈现（presentation）时人的存在状况。作为人，我们所能够表达的不是那初始的呈现本身，而是转化了的但是又跟初始呈现相关联的表征。

赵旭东在《文化的表达：人类学的视野》一书中提出："如果说文化包括了人类存在的各个方面，那么人的表达就是通过文化而得以实现的，也可以径直而简略地说，人的表达就是文化的表达，人借助文化的表达而实现自我的表达。因此，人是文化的生产者和消费者，人无法依赖自身来表达自身。而今天人类学研究的核心就是要去探究这种文化的表达的诸多形式以及多种表达的可能性。"① 研究文化，解释和表达文化，是人类学学科的特色所在。人类学自形成至今两百多年来，先后出现了很多学派，从不同的角度，以不同的理论和方法对人类社会的各种文化现象进行解释和表达，探讨文化的内涵、本质、规律等，对不同文化之间的沟通理解做出了贡献。每一种新学派的产生，都有其特殊的时代背景和诞生原因，也对以往学派进行了补充和完善。

例如，古典进化论学派受到生物进化论学说的深刻影响，强调文化是从简单到复杂不断进化的；传播学派则是伴随着资产阶级学术思想的发展和强烈的反进化论思潮而产生和发展的，该学派的基本学说是与进化论直接对立的传播论，其极端主义者甚至认为，世界上的所有文化都是由唯一的文明发祥地（埃及）传播而来；而此后诞生的历史特殊论学派，既反对古典进化论"单线进化""心理一致"的观点，又反对"埃及中心论"的极端传播论的观点，主张每个文化集团都有它自己独一无二的历史，有其

---

① 赵旭东：《文化的表达：人类学的视野》，中国人民大学出版社，2009，第2页。

自身的特点和发展规律。从人类学学派的演变可以看出，人类学学者文化的表达脱离不了时代思潮、文化立场、研究方法等众多因素的影响，这些因素也会直接影响到文化表达真实和准确的程度。

有学者以"母体范式"为依据，把人类学的文化理论演进历程分为三个时期：理性－进化论时期（1850～1890）、实证－结构论时期（1890～1970）和理解－相对论时期（1970 年以来）。理性－进化论范式的形成与达尔文 1859 年提出的生物进化论有直接关系，坚持了自然与社会一致的世界统一观和自然科学方法适用于人类社会文化研究的科学统一观；实证－结构论范式的构成要素是启蒙运动的理性哲学加自然科学方法，重视探讨社会文化的结构体系和平衡机制；20 世纪 70 年代以后，奉自然科学为圭臬的实证－结构论让位于以人文价值为关怀的理解－相对论，学术主流从对社会文化结构法则的追求转向对研究对象行动意义的探索。由此可以看出，这个演进历程也是人类学家对自身文化表达不断反省的过程。

一个有趣的现象是，随着文化理论研究的深入，人类学家对文化表达是否准确地反映了文化的真实并不是越来越自信，而是越来越谨慎。20 世纪 70 年代以后，越来越多的人类学家有了这样的共识：人类学对异文化的理解可能深厚但不可能精准，描述和解释也有误导人或被人误解的可能。因此，要不断反思自己的立场和作品，注意自身文化与对象文化即其他文化的关联和互动。

"从民族志的撰写来说，'人类学研究过程经历了从传送、解释、对话到多音位（人类学家、合作研究者、田野居民等相关参与者都被视为作者，"他们的言语直接进入形成文本"）的发展过程。'"① 凡此种种，都是对人类学方法和研究的反省，其目的不外是通过完善表达方式来还原文化真实。

当然，这并不是说后兴起的学派的理论和方法，就一定比较早学派的理论和方法科学。"各学派的理论和方法，各有其优长，也各有其缺陷，各个理论都从不同的角度对人类社会的各种文化现象进行解释。每一种理论都偏重某一方面，而忽略其他方面，因而每个理论都优缺并存。人类社

---

① 徐杰舜、马旭：《文化的表达与表达的文化》，《文化艺术研究》2011 年第 1 期。

会也需要人类学家从多种不同的角度来进行观察与研究，每一个学派的研究都有其价值。"①也就是说，不同的理论学派都是从不同的角度表达文化，只有将不同角度的认识结合在一起，表达的文化面貌才能与真实的文化面貌更为接近。

（四）跨媒介叙事（Trans-media Storytelling）

2003 年，文化研究学者、时任美国麻省理工学院媒介比较研究中心主任的亨利·詹金斯（Henry Jenkins）正式提出"跨媒介叙事"的概念，他在论著《融合文化：新媒体和旧媒体的冲突地带》中将"跨媒介叙事"定义为："一个跨媒体故事横跨多种媒体平台展现出来，其中每一个新文本都对整个故事做出了独特而有价值的贡献。跨媒体（介）叙事最理想的形式是每一种媒体出色地各司其职，各尽其责。"②

早在 20 世纪 90 年代，詹金斯便关注粉丝文化的研究，他自称"粉丝学者"，并紧跟媒介发展的新现象与新趋势。从 1992 年的《文本盗猎者：电视迷与参与式文化》，到 2006 年的《融合文化：新媒体和旧媒体的冲突地带》，再到 2009 年的《扩散型媒介》，他的研究脉络一直在强调受众中心的地位，身处各个跨媒介平台之间的使用者不是被动接收资讯，而是主动扮演了制作者、受众、扩散者多重角色。随着这三部标志性著作的问世，跨媒介叙事的理论体系也逐渐明晰。同时，詹金斯的个人博客上，也多见他与各种跨媒介实践的业界人士的对谈，这使跨媒介叙事的研究旨趣与核心问题逐渐明晰，研究范围进一步扩展。

自 2010 年开始，加州大学洛杉矶分校与南加州大学相关院系联合举办"跨媒介与好莱坞研讨会"，成为联通业界学界观点、整合多媒介资源的高端论坛，该研讨会一年一届的常规化运作也促使跨媒介叙事研究未来的发展大有可为。

路易斯·派瑞在 2012 年法国电子游戏开发商育碧的工作坊上提出"跨

---

① 赵旭东：《人类学作为一种"文化的表达"》，《贵州社会科学》2008 年第 9 期。
② 〔美〕亨利·詹金斯：《融合文化：新媒体和旧媒体的冲突地带》，杜永明译，商务印书馆，2012。

媒介叙事"的特征:"一种建构故事世界的技术,协同生产多平台的故事,每个平台生产自己独立完备的故事,每个平台都为故事创造了新的进入点。"①

泰勒·威尔在他的《漫画电影、游戏和动画:用漫画建构跨媒介世界》书中提供了一个"跨媒介叙事"的定义,似乎把所有的关键元素都包含了,即故事的制作在多个媒体平台上展开,每个部分的互动都在立足于自身的基础上加深整体,这给了观众深入体验的选择权。泰勒进一步阐释了两种基本的跨媒介叙事方式,分别是"叙述跨媒介"和"附加性跨媒介"。② 此外,泰勒解释了各种媒体平台的优点和缺点。例如,电影是最具视觉冲击力的体验之一;游戏允许用户是主角,使其获得沉浸在故事世界的娱乐体验;小说/散文是最个性化形式的媒体,也是最廉价的;电视是人物驱动型的;网络是低价格并且能快速访问的,在观众互动方面有巨大潜力;漫画书适合故事世界的建构,并且提供故事背景;社交媒体在提供参与和讨论方面,是一个绝佳的来源。

通过以上梳理,可以看出,绝大多数跨媒介叙事的研究者认为真正的跨媒介叙事不仅仅是在多个平台上讲故事,而且需要建立各种扩展平台之间的勾连。可见,跨媒介叙事必须具备系统性、互文性与协同性。从跨媒介叙事的英文"trans-media storytelling"中可以推测,其语境并非从叙事(narrative)角度谈论跨媒介叙事。从经典叙事学到后经典叙事学,叙事存在于一切人类创造活动中,口语、文字、戏剧、音乐,甚至建筑也有空间叙事,然而始终未能真正摆脱语言学模式的窠臼。而詹金斯所谓跨媒介叙事"与基于原始文本和辅助产品的模式相比,是系列产品发展的更为综合的一种方式",③ 将语境置于媒介产业发展之中,跨越了文学的藩篱走向了更广阔的视域。

综上所言,可以用亨利·詹金斯的定义为基准,即采用"故事世界"、"独特而有价值"的媒介扩展和"互动而沉浸"的用户参与的三元架构,

①　参见 B. King, *Story World*, The Ubisoft Workshop, 2012。

②　T. Weaver, *Comics for Film*, *Games*, *and Animation*: *Using Comics to Construct Your Transmedia World*, Burlington, MA: Focal Press, 2013.

③　〔美〕亨利·詹金斯:《融合文化:新媒体和旧媒体的冲突地带》,杜永明译,第 423 页。

来定义"跨媒介叙事"一词，即这是一种为资本所驱动的互文性的文本扩张，是以一个故事世界作为核心，继而将之分裂、扩展成多个独特而富有价值且非简单挪用的故事碎片，合理排布在多种媒体平台上，并作为一个有机整体提供给多层次受众深度体验，且使虚拟世界与现实世界实现融合的过程。

跨媒介叙事的外在驱动力是"受众和制作人"，其核心是"故事世界"，其运作过程是"同心圆"式的"互文"涟漪，其技术手段是多媒体的组合，其文本处理技巧是"独特而富有价值"、"非简单挪用"和"整体有机"，其对象是"多层次的跨媒体受众"，其目的是提供"对故事世界的深度体验"，以期"推动更多的投入与消费"（这也是跨媒介叙事中所隐含的商业逻辑）并最终"促进虚拟体验与现实体验融合"，大幅度提高人们对 IP 的故事世界内核的理解和认知的一整套运作体系。

融合文化代表了一种媒体范式转型和社会关系重构。正是立足于融合文化这一独特视角，詹金斯超越了语言学模式的经典叙事学范畴，来探讨跨媒介叙事和传播，与美国的传媒产业发展的现实语境进行勾连，做出社会叙事学式的分析和阐述。这样一来便奠定了跨媒介叙事的研究旨趣。赖玉钗总结了"跨媒介叙事"的五个研究范畴，分别是：①"市场"层面，如以好莱坞等产业为研究面向，介绍产业链关切创收模式；②"改编者"层面，理解改编历程、类型转述、叙事网络如何延伸；③"叙事文本比较"范畴，改编版本之类型及结构殊异；④"科技及多平台"范畴，如科技如何引导《哈利·波特》和《魔戒》呈现；⑤"阅听人交流与反应"层面（如跨媒介涉入），盼以不同界面召唤阅听人融入，激发更多体验。[①] 这五个层面可以进一步归纳为两个研究旨趣：一是关于跨媒介叙事如何自上而下地运作，二是关于跨媒介叙事带来怎样的自下而上的受众体验。

从叙事诗学的角度研究跨媒介叙事也值得关注。2008 年由江西省社会科学院中国叙事学研究中心主办的"跨媒介叙事"学术研讨会，较早有意

---

① 赖玉钗：《跨媒介叙事与扩展"叙事网络"历程初探：以国际大奖绘本之跨媒介转述为例》，（台北）《新闻学研究》第 126 期，2016 年。

识地聚焦跨媒介叙事研究，但是与会者的研究旨趣更多地集中在各种媒介的叙事功能上，而且多沿用文字叙事研究的路径，与后来风生水起的跨媒介叙事实践相去甚远。

符号学中的"多模态"（multimodality）概念也与跨媒介叙事研究有诸多交叉点，"多模态"这一概念的提出者认为"文本多模态的趋势越来越明显：书写的文本不再由语言构成，而是视觉的——通过文本、图像和其他页面上的图形元素块的空间布局来完成"。① 克瑞斯·迪安借鉴符号学理论的"多模态"阐明参与跨媒体项目设计人员的独特的知识和技能。"多模态"的叙事方式与"跨媒介叙事"都会使用多种类型的符码去讲述故事，然而二者有很多不同之处，要注意区分：前者更多的是聚焦于某一文本内部的媒介符号构成，而后者更关注不同媒介文本之间的互文关系。例如，漫画中的语言、线条组成的形象，电影中的语言、声音、动态图像，戏剧中的音乐、身体姿态、舞台设计、语言等，这都属于多模态的叙事方式，不同的符号通道被有机地联系着。如果一种符号残缺，故事将失去意义或失去大半的吸引力。而在跨媒介叙事中，不同的符号或媒介是自我完备的，可以被分别消费，用户没必要消费所有，完全可以或多或少地体验叙事。此外，区别不仅在于二者对"媒介"这一概念定义的范畴不同，而且在于前者是"封闭"的文本，后者是"开放"的、没有边界的文本。

也有学者试图将娱乐工业的跨媒体叙事引进到新闻传播学中，如《新闻传播的"跨媒体叙事"：一种前景的分析》一文提出，跨媒体叙事强调使受众在接收信息时有强烈的情感卷入和沉浸式体验。从某种意义上说，跨媒体叙事为文学、新闻在融媒时代的进一步发展指引了方向。② 面对新闻业的受众流失，故事本身的可探索性、叙事上的个人化情感手法的运用减少，以及受众主动参与公共关联感知下降的危机，有国外学者以跨媒介叙事如何应用在新闻语境中为课题，对照跨媒介叙事理论和方法与新闻案

---

① G. Kress, T. van Leeuwen, "Frontpages: The Critical Analysis of Newspaper Layout," in A. Bell & P. Garret, eds., *Approaches to Media Discourse*, London: Blackwell Publishing, 1998.

② 顾洁：《新闻传播的"跨媒体叙事"：一种前景的分析》，《编辑学刊》2013 年第 6 期。

例，探索记者如何更好地适应跨媒介叙事方法，从而使新闻得到更多的参与和互动，并且更透彻地讲好复杂的故事。① 最后，当代的叙事学家对跨媒介叙事做了思考与理论对接。承接叙事学的衣钵，他们对跨媒介故事世界本身的属性和结构更感兴趣。美国叙事学家戴维·赫尔曼（David Hermans）以其主持的俄亥俄州立大学叙事研究所和《故事世界：叙事研究学刊》为阵地，从多个角度对跨媒介叙事及其代表元素"故事世界"进行了研究。

以上的梳理表明，跨媒介叙事作为后经典叙事学中的一个门类，已经由热奈特时期专究书面文学虚构的项目，逐步被构想为一个超越学科与媒介的研究领域。意义的核心可以跨越媒介，但进入新媒介时，其叙事潜力可通过不同的方式得到充实和实现。跨媒介叙事的研究领域主要还是集中在虚构类、娱乐类内容的生产和消费层面，主要研究内容是跨媒介叙事如何实现自上而下的设计以及自下而上的受众参与。我们用跨媒介叙事对各种媒介实现叙事意义的方式进行研究，旨在探究在媒介融合时代，何种故事能被唤起或被讲述，如何被表征，为何被传播，如何被体验。

四　研究重点与创新之处

本书力图揭示民族影像表达的发展过程、趋势和创新突破之处，揭示民俗作为民族文化的主要内容对国家文化战略的重要意义，可为民俗学、文化人类学、影视传播学等多学科领域的研究提供参考，为中华优秀传统文化的影像表达模式提供理论依据。书中涉及的案例和经验可为电影、电视、新媒体影像实践提供借鉴和参考。

综合上述关于传统的讨论，在传承和发展中，有着一种"不立不破"的现象，那就是，创造传统比起打破传统要困难得多。归根结底，民族文学传统的当代转化，充满了活力和生机，充满了挑战和机遇，将充分发挥人的主体性、想象力和创造力。究其本质，这是一种文化认同的重塑和再现，是多民族语言、文化和生活实践当中的互动和交融的过程，可为铸牢

---

① Kevin T. Moloney, Porting Transmedia Storytelling to Journalism, Master thesis, University of Denver, 2011.

中华民族共同体意识提供巨大的能量和丰富的资源，同时也将推动人类命运共同体的构建。

上述简要地对本书涉及的关键概念进行了阐释。在本书中，民族文学传统可以被视为现代社会文化资源，其内蕴空前丰富，在表达形式和价值意义取向上，已经空前地多样化、世俗化和数字化了。这一过程中发生着两种重大的转变。

其一，从属于各个民族内部，带有多种神圣性与仪式特征的材料转变为蕴含民族的并具有人类普遍意义的文化内涵的一种文学、艺术表现形式和主题，进入全球视野，可以被不同国度、不同民族的艺术观赏者进行艺术与文化认知并鉴赏。

其二，民族文学传统已经从现代性所批判的前现代的或者落后的文明象征物转变为后工业社会对人类群体反思并解构现代性，重新寻找人与自然、人与社会、人与艺术等精神归宿的一种参照，成为后工业时代人们反观前现代传统文化的镜鉴。在时代的变革中，人们已经赋予传统材料许多新的意义。同时，这也提供并形塑了民族文学传统实现创造性转化与创新性发展的基础。因此对民族文学传统在当前转化的讨论，既是理论观念问题，也是实践探索问题。

民族文学传统的创新和转化路径的探讨，主要是突出民族文学传统的本体特征，需要抓住口头传统和文类区分中的两个核心资源，即史诗和神话（含叙事诗），以区域化、具体化的案例分析，讨论民族文学传统继续传承和创新的新趋势。尤其是，侧重于利用当今时代提供的多种外在技术应用资源来进行活态传承和创新转化并重的文化实践，实现丰富的视听语言表达和多维呈现，同时兼顾民族精神和文化价值观等内在深层文化意识的重塑和发扬。

民族文学传统的传承与创新，一方面要重视传统当中蕴含的文学艺术作品的规定性；另一方面要积极进行新的创作，冲破藩篱和样式的束缚，甚至一定程度上突破旧有意识和审美倾向的拘囿，从而走向"构筑新的世界"。在这个新的文本和文学世界中，学者需要秉承的是大文本和大文学观的理念，面对的不再是固定的狭窄的仪式或生活语境，而是转向反复变化着的新语境，面向多样复杂的群体受众。

文学的表达过程，也不再是固定文本的书写和讲述，在单向表演的过程中，逐渐增加了参与式、互动式，乃至随机式、沉浸式的体验。文本走向了更具开放性和创新性的表达过程，语境也走向了更具抽象性和维度化的多次重置过程。民族文学传统，也在此过程中，不再是单一民族文化产物，而更加自由地进入多民族多语言文化交融领域。如此则有可能实现，将某个单一的文本、固定的语境转变为多向的文本和语境，利用新的语言表达和展示手段，更好地适应网络化、技术化、多元化的人类未来。

本书的创新之处在于如下几点。其一，在中华民族多元一体格局的整体观照下，考察中国多民族的发展史，以及多民族文化相互交流交融，在一体的大格局中同时存在着交错性、多元性等复杂多维的文化现状。以此作为研究民族文学的影像表达的基点，使纪录片脱离限于素材和镜头语言的窠臼。其二，从民俗学领域的"传统""国家""族群""日常生活""语境"等概念出发，探讨关注民族文学作品和民族影像的纪录片在中国的发展趋势。其三，民俗国家化过程对于社会主义国家而言是建构国家文化认同中非常重要的基础工作，对于增强国家的凝聚力，提升文化自信心、自尊心和自豪感具有重要意义。以民族影像表达的实践和个案为突破口，结合多个学科的研究成果，在交叉点上进行影像表达的过程探究，对于中华民族多元一体格局的再探讨，以及提炼中华传统文化和多民族文化的新表述，具有重要的创新价值。

详细来说，一是从文化基因的微观角度出发，为方便讨论，将基因、元素、要素、因子等中文词类同化，认为文化质素的转化实现了文本和语境之间的贯通。"文化基因"概念，将文化当中较为稳定的部分视为类似于生物学意义上的某种细小的基因，在大多数状态和变化过程中保持基本不变，并认为文化意义上也具有相似的成分。在笔者看来，这有些接近本质论。文化视域上的探讨，不一定能够依照科学的实验和可重复性的检验方法来找到并辨认出某些要素为"基因"类的要素。因此，应从"核心元素"和"变动元素"的角度，在一些必要的状态下来细分文化因子，而非将其固定视为基因。

　　笔者提出过研究当代日常生活中的文化现象，可以从"核心元素"和"变动元素"两个方向去关注不同地域和人群之间的文化传统。具体来讲，"核心元素"是指文化传承中那些基本没有本质变化的元素，它们的功能主要在于传承历史的记忆，是使民俗事象即便出现在其他地域、其他族群当中，也能够追溯出其来源和发展的文化元素。"变动元素"是指那些随着时间、地域、族群的变化而产生变化的文化元素，它们的功能在于建构群体内部的文化认同，使群体成员之间能够形成共同分享的一整套符号系统，而群体内成员都明了其背后的指向和文化意义。借助这些变动元素，群体之间能够有所差异，相互区别，从而在其内部产生一种向心力和凝聚力，保持群体的稳定和发展。几乎所有外在的表现形式都是可以变动的，都是有所替代和可选择的，人们可以根据自己生活的水平、内容和方式，甚至个人的喜好来进行组合或变换。

　　生物学意义上的"基因"，往往具有非常强烈的排他性，自身的复制、繁衍和生长通常是以消灭其他基因为代价的。一种得以表现，相应的，另一种就会消失。这也是为何笔者不太赞同直接将生物学中的"基因"一词作为一个文化上的术语来使用，即便在这种搬借中，加上了一些限定和新的阐释。而且，生物学的基因在自身的变异上具有某种不可知性和不可控性。文化领域上的元素分析，不像某种基因那样具有明晰而准确的特征，使用"因子"是由于这个词具有较大的灵活性和粘连性，比较贴合在文化领域中一种元素与另一种元素之间排列组合——或者拼接吸纳，或者并置共生——的情况。在人类生活中的文化元素间，不一定是一种文化元素生存另一种文化元素就消亡的关系，比如中国古代的儒、释、道，就存在着相互吸收和相互借鉴的交融关系。因此，笔者主张，在文化分析和研究中，使用"文化因子"来描述某种文化现象，更为突出文化特质的非排他性，并更容易对其中蕴含的文化意义进行现代的阐释和再次的发明创造。

　　从近二三十年的发展状况和相关研究上看，逐渐形成了以下共识：文本通过语境得以全面呈现，语境借助文本获得内在意义，而口头传统则是在每一次这样具体语境的文本表现中逐渐连缀而成。这里选择了涵括有少数民族生活及其口头传统等文化因子的影片来加以讨论。

二是从文化的整体性出发，讨论文本中提炼出的符号，如何经过视觉上的转化，形成当地的民族文化景观。符号化的提炼过程，是对民族文学传统的一种抽象和简要表达，同时也是将这类传统在当代社会中资源化的过程。这种文化景观的塑造，既是一种新的文化生产，也是对于传统资源的保护和发展。新产生的文化景观，可以视为一种新的语境和场景的变化过程，这往往是将自然环境和文化生态相结合的一种新的探索。当前的这些探索，有惨淡失败的案例，也有现阶段能够被接受和消费的案例。

本书选取了佤族的"司岗里"、田野调研和相关表征为例。对于佤族的民族文学传统内容和当前的生活空间，可以从文化景观的角度来考察传统中以人物（祖先、英雄、人格化的神灵等）为中心的艺术形象和文化符号的塑造，探讨当代文化生产中利用文化资源来进行民族生活空间的改造和重塑等现实探索与面临的一些挑战，从而在较为宏观的层面上把握民族文学表达对于当地民众生活的整体性的影响。在当前整体性保护的政策下，佤族的独特历史和文化进程，鲜明地表现出现代化进程中文化生产与再生产的现状，以此为例来考察本土文学传统作为当代某种文化资源的文化生态塑造和建设局面，其中所表现出的视觉化特征和空间审美价值，都是以往的研究所缺乏或者说忽略的。

在文化景观的视野中，视觉得以突出，"看"与"被看"具有特别重要的功能特质，但文化生产当中的一种属性作为一种前提还没有被充分考察，即"可看性"的生产。这种属性在人为建设的环境中被赋予，使被生产的内容具有了一种可以"看"的特质，从而在游客往来的"看"与"被看"的过程中，拥有了"被看"的功能，并且更进一步来说，在这种与观看主体的交互当中，客体被生产出来才获得了特定的价值，具有了新的文化意义。

反过来，这种可看性的生产，为主体创造了一种新的文化氛围，营造出一种新的文化环境。在被生产的客体拥有了这种属性之后，才具有此种可能性，这也是客体在文化生产中最直接的功用性和目的性。这种新的创造，在主体与客体之间发生了交互，才真正地发挥出文化价值来。而这里的主体，不再是以往文学传统所面临的受众，或者群体内部的交流等状态，而是借助新的表达方式，面向更为陌生、更为普遍化的大众。从这种意义上，也可以说，主体在这里被制造出来了。客体制造与生产及再生产的过程，同时也是新的主体制造与生产及再生产的过程。并且，这种过程并不一定是同步进行的，在具体时空当中，存在并具有一定的超越性。

三是从外在应用环境出发，以对赫哲族、藏族、傣族人口为主的几个传统村落的纪录影像为例，来讨论从文本到影像的视听语言的创新书写和表达。如果考察民族文学传统在当代的呈现和传承，就不得不关注活化创新的一些新的呈现方式和领域。在多媒体、新媒体的技术手段促生过程中，文本和语境、人物和情节、物品和技艺等，都在同时进行着"跨媒介"的叙事。叙事，正在以讲故事的方式，借助多种新技术手段，进行一种综合的再现和表征。演述成为文化表述，表演变成了文化阐释，都不再是单一孤立的传统自身。

这一部分主要讨论影像技术对于少数民族文学口头传承的多方面影响。视听语言在表达能力、表达逻辑、表达内容上对于文本的传承提出了多层次、多维度的新要求。视听语言和影像技术在应用中打破了口头、书写和人际交流的传统模式，古老的英雄传说和故事讲述所呈现的时间、空间、人类活动在新的表达形式中被重新裁剪、压缩、交叠并再造为一个新的完整语境。这种新的表达将少数民族文学文本带入了一个新的受众领域，并赋予其一种新的解读视角。

讲述从以角色为中心和以故事为中心，变为从文本到影像的综合再造。讲故事实际上不再面对以往的听众，也不再局限于其发生的本真语境，而是经过多次转化和重置的过程，变成了某种文化表述，从而促进了新的样式、新的内容，乃至新的意义的生成。每一次的呈现，都具有了一种新的功能，有时这种呈现带来的影响反过来重塑了以往的文本，或者突破了原有的价值体系。

视听语言对民族文学文本与语境空间的重塑，不再限于民族文学传统的内容上的利用和再造，这种新的叙事方式重新讲述了当地的历史、文化和人们的日常生活。传统的文本和语境都被消解了。这部分内容是本书多次使用具体个案，想要加以探究和讨论的重点内容。

四是从具体影片和研究案例出发。新时代民族文学传统经历着大发展和大变革，具有一些值得关注的新的特征。实现传承、创新并探索转化路径，可以从以下几个方面来简述：显而易见的形式转化、不易觉察的内容转化、实质具有突破意义的结构转化和将会进一步改造现实的功能转化。表面上看起来并列的这几种转化，究其实质，影响的力量是步步增进和加深的。这些转化的背后，也涉及理念的转化，不仅反映出研究者的理念发生了深刻的变化，也反映出当地人和文化创造者的理念在应用当中发生了变化。

随着新技术的发展和应用，"数字人文"的理念和相关研究关注到人工智能与区块链在民族文学传承中的新应用。民族文学传统的大多数文本和材料属于集体创造，相沿成习，并没有明确的作者和固定的内容，也没有版权意识，但是数字化的数据及相关信息是拥有创建者的，元数据的标识和资源管理是一种现实需求，也是民族文学传统面向新技术应用时必须面对的新挑战。

在网络时代，技术的参与和表达使得民俗的定义发生转变，这种转变是无法逆转和无法阻挡的。民俗从"小群体内部面对面的即时性的艺术交流"（传统定义之一），转化成为"全球范围内的用户端间（C to C）的媒介化全息式交流",[①] 这种转化意味着传统民俗的功能、结构、目的和意义在技术参与和影响下都同时正在发生惊人的变化。依靠、借助或通过"民俗"而实现的（群体、文化、身份等的）"交流"与"认同"转向为实现（人机之间的、超人类的）"协作"。田野中借助技术而再现的表演实例等，表现出民俗在传统社群之中所面临的机遇和挑战。

---

① 宋颖：《是"交流"还是"认同"——谈技术中的民俗》，吴新锋主编《网络时代的民俗学与民间文学》，学苑出版社，2020。

技术作为一种生产力的根本变革，将改变甚至颠覆传统定义中的所有界分与"区隔"（布迪厄语）。麦克卢汉在《理解媒介——论人的延伸》中指出，"媒介即讯息"。① 他以技术指标的"清晰度"和受众感知的"参与度"为标准，将媒介划分成"热媒介"和"冷媒介"，这样的两个概念及其所指向的内容物，冲击了人类原有的口头传统和印刷世界的区分，包括电台、电报、电话、唱机、电视、电影等作为人脑或四肢的延伸，改变了人类的生活方式。尽管他在世时这些说法被抨击，但如今，正如他所言，全球化、信息化、网络化、数字化的进一步发展，把他那些看起来胡说八道的怪论，变成了通俗易懂的白话。

面对飞速发展和更新的技术世界，人们既要关注传承和保护中的创新和转化，也要探寻发展和变化中的恒久与稳定，即意识到每个人的"日常生活"都是在与时俱进的。期冀这样，人们会既不追求"沉淀的文化遗产"，也不追求"民族之精魂"，而是反思日常，进而形成对日常生活的"自觉"。

最后需要说明的是，本书所依托的课题在研究的过程当中，举办过两次重要的研讨会。第一次，是 2018 年 7 月举行的"技术与民俗"论坛，由关心民间文化并提交相关论文的国内外青年学者参与研讨。论坛收到了近百篇投稿，会议发言的学者和研究生有 40 人左右，现场讨论气氛浓郁而热烈。会后择选了其中优秀篇目，汇总为《民俗传承与技术发展》② 一书出版。第二次，是 2021 年 6 月举行的"传统文化的当代表达与国际传播"云端会议，此次会议起因是笔者参与中央广播电视总台一套的特别节目《端午至味》纪录片的制作，特邀相关制作人员和青年学者交流经验，共同讨论。此外，笔者在 2022 年参加央视纪录片《年的味道》播映研讨会与 2023 年参加中国社科院"支持青年参与中华优秀传统文化传播与创新"座谈会时，均就本书讨论的相关主题进行了发言，发言稿作为附录，在本书中予以收录。

---

① 〔加〕马歇尔·麦克卢汉：《理解媒介——论人的延伸》，何道宽译，商务印书馆，2000。
② 宋颖主编《民俗传承与技术发展》，知识产权出版社，2018。

第一章

情感的影像：侧重主体性的表达

第一节　口头文本与书写文献在影像
表达中的继承与发展

民族文学传统中的口述内容，随着文字的使用、印刷技术的扩散以及人群之间的多向流动，逐渐产生了不同版本的书写文本。随着图像制作和传播技术的发展，当代学术研究关注到视觉表达对于传统文学素材的影响。由注重视觉而产生的"景观社会""媒介社会""虚拟社会"① 等概念和相关阐释不断涌现，彻底颠覆了以往"艺术模仿生活"或者"作品接近现实"的法则，割裂了包括民族文学传统在内的诸多文化传统与现实生活的关系。

叙事的主体、内容、形式和接受的主体渠道、方式、解读都发生着翻天覆地的变化。叙述的主体可以不是单一的作家，也不是模糊的集体，而可能是无数明确的参与者和共同创作者。同时作者和读者或听众之间的连接和关系也被时空的重叠打破，而缩短了交流和交往的距离。一个镜头或

---

① 孟建、Stefan Friedrich 主编《图像时代：视觉文化传播的理论诠释》，复旦大学出版社，2005。

画面所把握和涵盖的物象，可能完全打碎了延时与实时的对立，使"在场"呈现出同步性和一致性。以往传统中不可见的部分，借助视觉表达，其蕴藏的文化、思想和意义得以呈现。视觉图像超越了文字，超越了听觉，使"瞬间"传递的信息量也远远超出了传统说与听所能承载的限度。整个世界乃至不同时空都有可能在"瞬间"得以指代和再现出来。

人们借助视觉获取的信息占据了信息接收量的绝大部分。口头文本和书写文献通过视觉语言的重新表述，不仅使叙事逻辑和叙事风格发生了前所未有的变化，而且还以空前的速度渗透到人类生活的多个方面。视觉叙事的优势极为明显，能够形象地展现时空和事件，纵横交错的时空令观众产生了一种"现场感"，并具有几乎全能的视角。同时，视觉叙事可以更为直观地反映出精神世界。在读和听的时代，语言和文字只有通过解码和编码的过程，借助共同的知识库，才能形成从创作者到接受者之间的传达和理解。在看的时代，表情、姿势等非语言符号能够细致入微地揭示人的心理活动，视觉镜头和效果剪辑的有机组合，赋予了画面新的意蕴。在某种意义上，视觉图像的传播，打破了文字和语言的隔阂与垄断，从旧有的符号体系中重塑着新的符号，革新着人们之间交流和表达的方式，加速了全球化的进程。

民族文学传统曾经被视为真实地表现或者再现了某种生活方式或者文化要素，现在则有可能彻底突破世代积累的认知方式，乃至完全背离现实，从而引发深刻的文化变迁。这里拣选出长期居住在中国境内东北部的赫哲族和西南部的傣族、藏族等少数民族村寨生活的纪录影片，来具体阐述口头文本与书写文献融入视觉表达的过程和新的价值。

一　赫哲族"伊玛堪"的传承与研究

赫哲族是一个有本民族语言而无本民族文字的少数民族。赫哲先民主要分布于三江平原和完达山余脉，长期从事渔猎活动，在江上从事捕鱼活动时的心情无法通过写作倾诉，先民的英雄事迹和创作的故事无法书写记录，因此赫哲族人民运用一种叫作"伊玛堪"的口头形式来传播和反映往昔赫哲人的历史与生活。如今，赫哲族的史诗"伊玛堪"和鱼皮衣制作技艺都列入国家级非物质文化遗产，相关研究也随着社会现代化发展和国家对各民族文化的重视而不断拓展。

赫哲族的"伊玛堪"，作为一种无乐器伴奏的夹叙夹唱的说唱音乐，采取的形式是说一段，唱一段，讲究韵律，唱腔粗犷优美，唱词合辙押韵。与其他通古斯诗歌一样，讲究押头韵；叙事又铺陈渲染，极尽刻画之能事。可以说，赫哲族的说唱文学"伊玛堪"是赫哲族民间文学的瑰宝。

赫哲族"伊玛堪"的收集与整理工作，始于 20 世纪 30 年代，民族学家凌纯声《松花江下游的赫哲族》[①] 的出版可以作为标志，这部著作不仅是有关赫哲族"伊玛堪"故事的最初文字记录，也是中国最早的以西方人类学理论为视角的民族志。当时，凌纯声到赫哲族聚居地东北地区进行实地考察，花费两年完成了在赫哲族和民族学历史上都具有重大意义的著作，书中对赫哲族文化（包括语言及民间故事等）有翔实的记录。虽然"伊玛堪"字眼没有在书中出现，但是据考证，凌纯声这部著作中，19 篇民间故事里有 12 篇属于"伊玛堪"。书中这些内容分为四类，分别为"英雄故事、狐仙故事、普通故事、宗教故事"。凌纯声注重实地调查，观察记录讲究细致入微，"严肃地对赫哲故事中反映的民族历史、物质生活和精神生活、家庭生活、社会生活、语言等方面的文化现象和反映特点进行全面采录"。但是由于这部著作采录的作品都是散文，"伊玛堪"的夹叙夹唱特征，没有完全得以反映，"伊玛堪"韵文诗体的特点也没有得到保留，不过书中较为完整地记录了"伊玛堪"的情节内容。这样，虽然"伊玛堪"的特点没有得到完整体现，但情节内容得到细致地记录。

1949 年以后，随着少数民族文化普查工作的开展，民族文学和相关艺术得到了重视。在这一时期"伊玛堪"第一次被誉为"赫哲族以口头相传的说唱文学"，相关工作者共采录了 6 部"伊玛堪"的故事片段，查明了30 余篇"伊玛堪"名目。刘忠波带领的调查团深入赫哲族居住的三江平原，记录了饶河四排村葛德胜说唱的长篇"伊玛堪"作品《满格木莫日

---

① 　凌纯声：《松花江下游的赫哲族》，国立中央研究院历史语言研究所，1934。

根》。这篇经典之作被收录到《赫哲人》中。同江县（今同江市）八岔乡吴进才说唱的《安徒莫日根》被收录到《赫哲族社会历史调查》中。这一阶段的研究重点为"伊玛堪"的篇目、"伊玛堪"的说唱者资料的收集。1962 年，隋书今在《伊玛堪》一书中采录了卢明说唱的《夏留秋莫日根》、毕张氏说唱的《满格木莫日根》。

20 世纪 70 年代末"伊玛堪"抢救小组成立，致力于赫哲族民间文化遗产的抢救工作。工作人员先后多次深入赫哲族聚居地三江平原，采录了"伊玛堪"歌手葛德胜说唱的长篇"伊玛堪"《满斗莫日根》《香叟莫日根》《阿格莫日根》等 7 篇作品，歌手吴连贵讲唱的《木竹林莫日根》等"伊玛堪"片段，街津口村歌手尤树林的说唱长篇"伊玛堪"《马尔托莫日根》等。这一时期搜集的"伊玛堪"，散文和韵文都有，不但充分展示了"伊玛堪"故事内容，而且准确表达了"伊玛堪"的讲唱特点。这次抢救工作留下了非常珍贵的音像资料，成为日后研究"伊玛堪"的重要依据。黄任远作为抢救"伊玛堪"的一员，在赫哲族聚居地生活了 20 多年，采录了 3 篇"伊玛堪"长篇作品，抢救性地保护了当地的民族文学传统。

近年来关于"伊玛堪"的著述和文章仍在不断涌现，这里将相关资料大致分为关于"伊玛堪"音乐起源和流变的研究，关于"伊玛堪"音乐特征的研究，关于"伊玛堪"歌手特征及现状的调查，关于"伊玛堪"作品内容的研究和关于"伊玛堪"音乐发展与保护的研究等几类。

（一）关于"伊玛堪"音乐起源和流变的研究

黄任远 1994 年在《黑龙江民族丛刊》发表的《伊玛堪的流传与演变》中提到，"伊玛堪"的流传特点有口耳相传，通过歌手传承、家族传承和社会传承，直到今天的书面传承。同时提到，"伊玛堪"演唱技术的延边特色是即兴发挥。文章最后设想了"伊玛堪"的发展。[①] 黄任远、尤志贤在《"伊玛堪"名称原始意义探析》中指出："伊玛堪"名称的语源最初来自赫哲先人对"伊玛哈"（鱼）的图腾崇拜，和"伊玛哈"的语音有密

---

① 　黄任远：《伊玛堪的流传与演变》，《黑龙江民族丛刊》1994 年第 2 期。

切联系，而"伊玛堪"名称的本义是"伊玛卡乞"（动词，表示捕鱼氏族的说唱）名词化的结果，即三江捕鱼氏族之歌或那乃人之歌，并细致分析了"伊玛堪"一词的由来。①

（二）关于"伊玛堪"音乐特征的研究

刘雪英在《中国音乐》发表的《赫哲族"伊玛堪"的音乐结构》中对"伊玛堪"音乐进行了详细的分析，提出了将"伊玛堪"音乐分为"伊玛堪调"、"嫁令阔调"和"小唱曲调"三大类的新观点，同时归纳出"伊玛堪"音乐结构的诸多特征。②张丽丽在《伊玛堪——赫哲族瑰丽的文化遗产》中提到，"伊玛堪"的主要形式是说和唱，歌手说唱时没有乐器的伴奏，每一段说唱的开头都拉长声说个"阿郎——"作为惯用套语。在什么时候说，什么时候唱，都有一定的规律。"伊玛堪"的一般叙事情节是说，人物的主要对话是唱，如主人公遇害、战场求救、欢庆胜利等场合，也要唱。③对赫哲族"伊玛堪"音乐艺术进行探讨的还有黄任远、赵薇《赫哲族伊玛堪的音乐艺术解读》④和李冠莹《赫哲族伊玛堪的音乐艺术探讨》⑤、初征《赫哲族伊玛堪音乐特征探究——以〈希特莫日根〉为例》⑥等论文。

（三）关于"伊玛堪"歌手特征及现状的调查

汪立珍在《赫哲族"伊玛堪"歌手的时代特征》中提到，"伊玛堪"歌手社会身份的国家化包含两层含义：一是国家对少数民族传统文化与民间歌手的认同和重视；二是揭示了一个令人极为担忧的现实，那就是赫哲族在漫长的历史进程中形成的民族标志性的口头说唱艺术，如今却走向濒危。在这一紧要关头，"伊玛堪"歌手已经不仅仅是歌者，他们还是保护

---

①　黄任远、尤志贤：《"伊玛堪"名称原始意义探析》，《黑龙江民族丛刊》1988 年第 4 期。

②　刘雪英：《赫哲族"伊玛堪"的音乐结构》，《中国音乐》2010 年第 4 期。

③　张丽丽：《伊玛堪——赫哲族瑰丽的文化遗产》，《学理论》2011 年第 13 期。

④　黄任远、赵薇：《赫哲族伊玛堪的音乐艺术解读》，《黑龙江民族丛刊》2018 年第 5 期。

⑤　李冠莹：《赫哲族伊玛堪的音乐艺术探讨》，《艺术科技》2019 年第 6 期。

⑥　初征：《赫哲族伊玛堪音乐特征探究——以〈希特莫日根〉为例》，《音乐创作》2016 年第 11 期。

与传承"伊玛堪"的核心要素，而一个民族标志性的传统文化是一个民族发展的历史命脉。① 侯儒在《赫哲族"伊玛堪"说唱艺术的历史溯源——以传承人尤文兰口述史为例》一文中以"伊玛堪"说唱艺术的省级代表性传承人尤文兰为主要的研究对象，分析其口述资料，将她的个人生命史与口述历史的研究相结合，引起人们对"伊玛堪"文化的关注与思考。② 侯儒在另外的两篇论文《赫哲族伊玛堪传承人口述史研究探讨》③ 和《生而担重任：赫哲族"伊玛堪"说唱代表性传承人胡艺口述史》④ 中，论述了"伊玛堪"传承人口述史的研究价值和传承人口述史的研究内容。侯儒采集整理了大量传承人的口述资料，为研究"伊玛堪"传承人提供了不少重要的参考资料。

（四）关于"伊玛堪"作品内容的研究

徐昌翰和黄任远在《赫哲族伊玛堪"莫日根—阔力型"作品的情节模式探析》一文中提到，"伊玛堪"的源头是以萨满英雄为中心人物的萨满英雄说唱叙事故事。从情节结构和主要形象来看，它具有特别强烈的"神圣性"。"伊玛堪"歌手们把按一定情节模式构造的"板块"以不同方式拼缀起来，佐之以艺术上的加工和个人的发挥，这样，完整的"伊玛堪"作品千姿百态，呈现于听众之前。⑤ 孟慧英《神歌与伊玛堪》中认为，萨满神歌显示了通古斯神歌的特点，不仅如此，许多唱段还展示了神歌的完整结构和现实应用特征。神歌的实践功能，制约语言方式、表演套路、固定套语、节奏样式。节奏与内容的切割关系、演唱样式、唱词与附加词和衬语的协调方式、唱词内容、即兴创作特点等，对"伊玛堪"唱段的形成

---

① 汪立珍：《赫哲族"伊玛堪"歌手的时代特征》，《中央民族大学学报》（哲学社会科学版）2014年第4期。

② 侯儒：《赫哲族"伊玛堪"说唱艺术的历史溯源——以传承人尤文兰口述史为例》，《知与行》2016年第9期。

③ 侯儒：《赫哲族伊玛堪传承人口述史研究探讨》，《黑龙江社会科学》2015年第4期。

④ 侯儒：《生而担重任：赫哲族"伊玛堪"说唱代表性传承人胡艺口述史》，《黑龙江民族丛刊》2016年第5期。

⑤ 徐昌翰、黄任远：《赫哲族伊玛堪"莫日根—阔力型"作品的情节模式探析》，《民族文学研究》1991年第3期。

与定型都有着一定的影响。① 于鑫森《浅谈"伊玛堪"作品中的"莫日根"形象》一文认为，莫日根形象能够受到赫哲族人民的喜爱，原因在于莫日根为解救亲人与乡亲的那种不畏艰难险阻、勇于与妖魔搏斗的精神，使他们备受鼓舞。虽然其内容常有故事色彩，但能在丰富生活的同时鼓舞着赫哲人，勤劳善良的赫哲人希望在他们的生活中也能出现像莫日根这样的英雄人物，带领他们排除万难走向更美好的新生活。②

（五）关于"伊玛堪"音乐发展与保护的研究

侯儒在《赫哲族"伊玛堪"保护成就与发展路径探析》中提到，在多种社会力量的参与下，"伊玛堪"保护与传承已取得一定成效，最初管理缺位、学员匮乏、没有正规教材、缺乏具有创新性的人才，存在不少问题。而如今国家下拨经费，有了固定学员，编制出版统一的传习教材，制定了考核评定细则，争取实现科学评价和动态管理。不过，仍面临着多重困境，存在诸多问题，例如"伊玛堪"文化生态体系危机、缺少交流表达的空间和平台、年轻传承人评选工作缓慢、"伊玛堪"宣传推广不足等。而最主要的还是在当前的政策和实践中，赫哲族民众没有更多地参与到本民族文化保护和发展的过程中。③ 付雪梅、冯予、景冬影在《赫哲族"伊玛堪"的传承与保护——以贯彻我国〈非物质文化遗产法〉为视角》一文中，从《非物质文化遗产法》的角度提出"伊玛堪"的保护之策。赫哲族"伊玛堪"是人类非物质文化遗产，应当在精准了解非物质文化遗产的内涵，深刻理解《非物质文化遗产法》立法目的的基础上，通过了解"伊玛堪"的核心特点以及"伊玛堪"的保护现状，完善"伊玛堪"的保存和保护措施，增加并丰富"伊玛堪"的保护措施和相关项目。④

---

① 孟慧英：《神歌与伊玛堪》，《民族文学研究》1995 年第 2 期。
② 于鑫森：《浅谈"伊玛堪"作品中的"莫日根"形象》，《北方音乐》2013 年第 1 期。
③ 侯儒：《赫哲族"伊玛堪"保护成就与发展路径探析》，《黑龙江民族丛刊》2019 年第 1 期。
④ 付雪梅、冯予、景冬影：《赫哲族"伊玛堪"的传承与保护——以贯彻我国〈非物质文化遗产法〉为视角》，《产业与科技论坛》2016 年第 19 期。

二　赫哲族鱼皮衣制作技艺的相关情况

赫哲族的鱼皮服饰文化，具有强烈的地域特色，作为赫哲族传承至今的传统文化之一，鱼皮服饰文化渗透在赫哲族物质生活、社会生活中的方方面面，其传播与发展不仅仅关乎赫哲族精神文化生活的传承，还可以为经济生活带来前所未有的变化。古老的鱼皮服饰文化濒临消失，如何更好地保护这一少数民族的特色文化，已经成为当下值得深入研究与探讨的问题。

1930 年凌纯声在松花江依兰抚远一带对赫哲族的生活习惯进行了三个多月的田野调查，发现当时已经很少有人穿鱼皮衣了。他在书中写道："今日的鱼皮衣服已经不多见了，只有鱼皮绑腿、鞋子、套裤用之者尚多。"1934年凌纯声所著的《松花江下游的赫哲族》在"赫哲的文化"一章中对赫哲族鱼皮服饰的加工技艺以及款式图案进行了细致地记录。这部书作为早期较为全面的文献资料，为后来学者研究"伊玛堪"、鱼皮服饰和其他生活习俗奠定了基础，但是其对服饰的内容和分类仅仅是概括说明，并没有具体的研究。

20 世纪五六十年代，全国人大民族委员会和民族事务委员会组织了对少数民族的社会历史调查。1953 年到 1958 年中国科学院组织学者对赫哲族进行全面调查，1958 年编写了《赫哲族社会历史调查》，后于 1987 年出版。[①] 该书对赫哲族街津口、八岔和四排等地区的民族文化进行了广泛记载，在服饰方面记录了鱼皮服饰的加工过程。以上两本书是早期的研究资料，虽然年代久远，因为时代所限多有不准和不全之处，但仍是我们现如今研究赫哲族文化的珍贵基础性资料。1983 年，黑龙江省民族研究所成立后组织了专业的研究队伍。1995 年，《黑龙江民族丛刊》创刊，主要刊登研究黑龙江地区少数民族的生活习惯与民族文学的文章。21 世纪以来关于鱼皮文化的研究不断增多，形成了专题研究。如王世卿、王积信、吕品在

---

① 姜洪波：《赫哲族社会历史调查》，《黑龙江民族丛刊》1997 年第 3 期。

《赫哲鱼文化》一书中详细阐述了赫哲族与鱼密不可分、互相依赖的关系。[①] 张敏杰在《渔家天锦——赫哲族鱼皮文化研究》中从文化人类学的角度对赫哲族鱼皮文化进行系统研究,从非物质文化遗产的角度论述了鱼皮文化的珍贵价值和意义。[②] 王锐、田丽华在《赫哲族鱼皮文化艺术研究》一文中阐释了鱼皮服饰和鱼皮图腾,他们将鱼皮服饰分为萨满宗教鱼皮服饰和传统生活鱼皮服饰两大类。[③] 尤文民、司金亮、景北的《从鱼皮到树皮:差异性文化遗产的比较——以赫哲族鱼皮文化与黎族树皮文化为个案》,通过赫哲族鱼皮文化与黎族树皮文化的比较研究展示了各民族文化参与中华文化构建的历史过程。[④]

在中国知网中搜索关于赫哲族非物质文化遗产保护方面的研究论文,已有40余篇,其中有不少是赫哲族学者对非物质文化遗产的实地调查以及东北地区学者对少数民族非物质文化保护模式的研究,2006年随着赫哲族"伊玛堪"、鱼皮衣制作技艺列入国家级非物质文化遗产名录,"非遗"的保护和传承方面的研究也逐渐增多。

王洪军在《谈赫哲族非物质文化遗产的保护》一文中提到,随着经济全球化和社会现代化程度的不断加深,赫哲族民族文化的保护前景堪忧:全社会对少数民族"非遗"保护的重要性认识不足,"非遗"得不到科学系统的保护。在如何保护赫哲族传统文化方面,作者提出了建议:发挥政府的职能是关键,政府通过推动制定法律法规,为少数民族非物质文化遗产的保护提供法律支持;其次是借助经济杠杆保护赫哲族传统文化,建立赫哲族风情园、赫哲族小型博物馆等展示赫哲风情。[⑤] 孙海英、王宇佳在《赫哲族非物质文化遗产的数字化建设》一文中阐述了以数字化形式保护

---

① 王世卿、王积信、吕品:《赫哲鱼文化》,黑龙江教育出版社,2011。
② 张敏杰:《渔家天锦——赫哲族鱼皮文化研究》,黑龙江美术出版社,2008。
③ 王锐、田丽华:《赫哲族鱼皮文化艺术研究》,《佳木斯大学社会科学学报》2007年第5期。
④ 尤文民、司金亮、景北:《从鱼皮到树皮:差异性文化遗产的比较——以赫哲族鱼皮文化与黎族树皮文化为个案》,《满语研究》2014年第2期。
⑤ 王洪军:《谈赫哲族非物质文化遗产的保护》,《佳木斯大学社会科学学报》2007年第2期。

赫哲族非物质文化遗产的必然性和必要性，并对赫哲族"非遗"数字化的内容和方法进行了细致地描述。① 王纪在《濒临消失的非物质文化遗产——赫哲族剪纸传承境遇与思考》一文中介绍了"霍乎底"这一赫哲族传统技艺，以及"霍乎底"在教育中的传承现状和在旅游开发中的现状，并提出了"霍乎底"在传承过程中存在的具体问题及解决办法，为研究"霍乎底"这一赫哲族民间技艺提供了基础资料。② 杨丽在《非物质文化遗产的知识产权保护——以黑龙江赫哲族为例》一文中提出赫哲族"伊玛堪"被列入国家级非物质文化遗产名录，但是缺少相应的知识产权管理，面临着消亡的危险，可从主体、客体和保护期限三个方面加强对非物质文化遗产的保护。③ 赵莉莉、王丹在《赫哲族非物质文化遗产保护与传承研究——以马克思民族发展理论为视域》一文中肯定了赫哲族非物质文化遗产传承的价值，梳理了现代化进程中赫哲族非物质文化遗产传承出现的问题，并探讨了符合中国国情与地域特色的"非遗"保护道路，建议形成一套赫哲族非物质文化遗产传承保护的体系。④

赫哲族人民历代生活在东北边陲，在其发展进程中受限于地理环境和生态条件。在经济全球化和现代化的发展进程中，赫哲族传统的生存空间和渔猎文化面临巨大的挑战。史诗传统说唱艺术和鱼皮服饰技艺所依存的文化生态遭遇着现代工业文明和流行媒介的冲击。少数民族语言和文化日渐式微，非物质文化遗产项目后继乏人，推行行之有效的国家保护和社会帮助措施势在必行。对赫哲族文化的保护和研究，亟需进一步延续深化。

---

① 孙海英、王宇佳：《赫哲族非物质文化遗产的数字化建设》，《佳木斯大学社会科学学报》2009 年第 5 期。
② 王纪：《濒临消失的非物质文化遗产——赫哲族剪纸传承境遇与思考》，《长春市委党校学报》2012 年第 6 期。
③ 杨丽：《非物质文化遗产的知识产权保护——以黑龙江赫哲族为例》，《佳木斯职业学院学报》2017 年第 7 期。
④ 赵莉莉、王丹：《赫哲族非物质文化遗产保护与传承研究——以马克思民族发展理论为视域》，《黑龙江民族丛刊》2020 年第 3 期。

第二节　东北边境民族生活的视觉化表达

——以赫哲族街津口村为例

在现代化与城镇化的背景下，国家重点项目百集大型纪录片《记住乡愁》① 致力于解读和表述传统文化。这里以第一季第九集《街津口村——自尊自强》对赫哲族的日常生活、非物质文化遗产以及民族历史与文化记忆的择取、加工和影像表现为例，阐述少数民族文化汇入中华传统文化的路径，探讨村落历史、口承文化和生活方式中乡愁情怀的表达，分析政治导向的价值观需求与传统村落民众生活的连接，以及在此过程中少数民族身份的认同与建构的问题。

《街津口村——自尊自强》表现了位于黑龙江下游街津口村的赫哲族村民的日常生活、传统文化和精神风貌。作为这部纪录片第一个推出的北方少数民族村落，街津口村的历史和文化在表述过程中要突出与主流价值观紧密结合。受整部纪录片的主流话语、道德建设和政治导向等意识形态因素的影响，赫哲族习俗、文化与观念、道德也要融入社会主义核心价值观的宣传和建设。笔者将根据纪录片制作过程中遇到的问题和解决对策等实践经验，来探讨以民俗为文化资源的纪录片如何在关注"人"的同时，建构起并传递出特定的思想和情感。

一　东北少数民族的发展与口头传统

乡愁逐渐成为中国社会发展进程中不可回避并且也无法避免的集体性的文化情感。因此，对于乡愁的关注、思考和表达，具有成为文化焦点的

---

① 百集大型纪录片《记住乡愁》列入国家历史文化传承工程和历史文化纪录片工程重点项目，于 2014 年 6 月正式启动。该片是由中共中央宣传部、住房和城乡建设部、国家新闻出版广电总局、国家文物局联合组织实施，由中央电视台中文国际频道摄制的大型纪录片。该片以弘扬中华优秀传统文化为宗旨，选取 100 个以上的传统村落进行拍摄，是一部看得见的古村落为载体，以生活化的故事为依托，以乡愁为情感基础，以优秀的传统文化为核心的大型纪录片。本节初稿曾提交 2015 年 4 月 18~19 日在中央民族大学召开的"第二届视觉人类学与当代中国文化论坛"。

可能性和必要性。而传统村落作为古老的中国传统文化和大多数民众日常生活的载体，正以每天消亡1.6个的速度①迅速消失。从20世纪80年代起步的古村落价值认定体系的探索，使传统村落承载着充当中华民族精神家园的重担。近年来，在新型城镇化和新农村建设中，挖掘传统村落的历史文化意义和地域文化、民族文化的特色，发挥传统文化的价值，保持民俗生活的活力，成为社会发展面临的重要课题。

笔者曾在《记住乡愁》策划会上提出，乡愁是对于民族历史和群体记忆的文化想象，作为一种怀旧的情感，源自全球化、现代化、城镇化进程中的发展和变迁中的焦虑。民族文化和民间习俗能够为人们提供一种慰藉，产生某种根源性的连接和纽带关系，为漂泊在发展进程中的个体提供群体性的情感依托。抽象而深潜的乡愁情绪，必须借助具体可感的外在形象、视听渠道等多重感受表达出来。②纪录片对于少数民族乡愁情怀的表达，突破性地以"伊玛堪"曲艺形式来表现文化怀旧，还借助了祭祀仪式和民族服装等外在形式来强化视觉印象和影像感受，并依托博物馆民族文化的建设、展示和表演等途径来集中呈现一个民族的生活样式、历史情感和文化脉络，在可观看、可触摸、可倾听的形式中书写乡愁情怀，并将之融入中华民族的精神塑造和文化认同。

以往的纪录片表达，如"民纪片"的制作手法，常常只要注重影片结构、拍摄技巧和学术本位等问题，只单纯关注某一民族文化的表达，满足某种观看视角的需求。而这部纪录片因体量庞大、意义叠合，从策划之初就必须将政治、经济、思想、道德等角度考虑进来，用具体细碎的民俗材料对抽象的、个人化的乡愁情感进行表达，不仅要满足大众消费和收视率需求，还要同时满足牵涉其中的多种隐含需求，并谋求多种需求之间的平衡。

不同于一般的历史、风俗、文化等题材，这些需求使得纪录片的拍摄和呈现面临着以下几个问题。在村落调研和拍摄过程中，一是要把握这一

①　王小明：《传统村落价值认定与整体性保护的实践和思考》，《西南民族大学学报》（人文社会科学版）2013年第2期。

②　宋颖：《莫忘民族民间文化之根》，中央电视台《记住乡愁》策划会发言，2014年4月16日。

特定少数民族的特色，要深入少数民族习俗所包含的生活方式、生产方式，尤其是借助口承文化与文学艺术来挖掘文化背后蕴含的情感；二是要结合政治导向的价值观需求，深入少数民族群体的历史和传统，从道德层面上进行探索和呈现；三是最重要的，要在这一讲述和呈现过程中，完成少数民族身份的建构，并将这种建构置于中华民族大一统格局下的文化认同之中，在看似背道而驰的两极间保持平衡，不可偏废。

经过多次剪辑和反复修改，于 2015 年 1 月 9 日晚 8 点在中央电视台中文国际频道播出的这集影片赢得了热烈反响和赞誉。评论文章《“莫日根”的传人——我看〈街津口村——自尊自强〉》指出，“赫哲族人口极少，他们的乡愁，就是整个民族的文化记忆。……影片选取的故事和场景，清晰诠释了莫日根精神，那就是自强不息、坚忍顽强的民族性格”。① 这种概括也正是本片想要表达的主题和努力的方向。《永远的“莫日根”情怀》认为，“该片以独特的视角，还原并解读了那历史雾霭掩映下精神的真髓，用原生态的生活图景，让人们感受这文化溯源悠远的民族生命的底蕴与本真”，② 并因此将中国东北边陲的街津口村视为一个文化地标。

在人物、故事与场景的选择与取舍中，影片逐渐凸显出一种对于赫哲族文化的洞见，而这种对少数民族文化的认识和揭示，同时还兼顾所在区域的地方特色，并与地域文化特点紧密融合在一起，表现出强烈的地域特色和民族特色交叠融会的倾向。影片追求并实现了“于人物中见村落，于故事中见生活，于生活中见文化，于文化中见道德”的创作目标。这种不过分偏重民族身份，也不单关注地域文化的中和立场，恰恰也表现出社会主义核心价值观的意识形态需求，少数民族身份在政治导向中始终要蕴含在中华民族的整体建构中，而各民族特色和身份的建构又能够借助地域上的分布与构成，适当而自然地融会到中国的版图中，这既是一种事实、现实和真实，也是一种理念上的框架、认知和把握。

---

① 徐粤春：《“莫日根”的传人——我看〈街津口村——自尊自强〉》，《光明日报》2015年 1 月 26 日。

② 李树声：《永远的“莫日根”情怀》，《新京报》2015 年 2 月 11 日。

无疑，单集的一个北方少数民族的文化呈现不能够脱离整部纪录片的背景，创作主旨在发挥着重要的引导作用。中央电视台组织的 40 多个摄制组，足迹遍布 100 多个偏远的传统村落，意在呈现"记住乡愁，就是记住本来延续的根脉，传承几千年来深藏在文化基因中的家风祖训、传统美德和家国情怀。……观众从这部片子中不仅可以看到传统村落的乡风、优美的风景和古朴的风情，还能看到悠久的历史和中华优秀传统文化闪亮的因子"。① 因此，纪录片《记住乡愁》推出时，黄坤明在发言中明确指出，"该片旨在唤起海内外华人记忆中的乡愁，凝聚亿万中国人对优秀传统文化的体悟，挖掘中华民族传统文化基因，激发全社会对社会主义核心价值观的强烈共鸣"。②

纪录片以乡愁为情感依托，寻找民众中的具体人物和故事，来表现道德建设的取向，同时还要展现出自然风光和历史文化的传承脉络。在这种需求下，无定居无谱系的历史必须借助真实而生动的影像具化在一个边境上小小的有形村落上，这个东北边陲之地的村落历史和口承艺术必须借助具有民族身份的当地村民亲口的"说"融入主流的社会价值观，而少数民族的文化乡愁借助这种影像表达过程也自然地融入中华民族的群体情感和文化认同。

二 "伊玛堪"的想象空间与英雄主题的现代价值

中国的北方，文化源远流长，历史上的交往与纷争，使民族融合既深刻又频繁，少有族谱家法，少见宗庙祠堂。而人口较少的跨境民族特有的习俗文化，又使乡愁情感的表达显得难以寄托。

现代对于赫哲族的民族身份认定和民族文化研究，以凌纯声先生 1934 年出版的《松花江下游的赫哲族》为先导。在这一开创了"科学民族志"③ 的调查和著述中，涉及赫哲族的族源、文化、语言和故事。在论述

---

① 黄坤明在《记住乡愁》开播新闻通气会上的发言，2014 年 12 月 26 日；《记住乡愁》（第一季）研讨会，2015 年 2 月 27 日，参见中国网、央视网、《中国新闻》、《朝闻天下》、《新闻 30 分》等相关报道。

② 胡占凡在《记住乡愁》开播新闻通气会上的发言，2014 年 12 月 26 日，参见中国网、央视网、《中国新闻》、《朝闻天下》、《新闻 30 分》等相关报道。

③ 李亦园：《人类的视野》，上海文艺出版社，1996，第 413 页。

中，赫哲族的族源被追溯至隋唐时期，从而进入一个更大的中国历史语境，形成了"从周边来看中国社会的文化"的探究理路和思维方式。① 不过，赫哲人在调查报告中呈现出失语的状态，由学者的表述来代为书写。尽管探究赫哲人为适应所生活的自然环境而创造出的制度和生活方式，并非这种研究理路的重点，调查却为纪录片的创作提供了可资借鉴的历史语境和依据，使时隔 70 年后东北边疆的一个人口较少民族的文化进入中华民族的整体文化建构和情感凝聚中显得那么顺理成章。

纪录片如何实现"原生态的生活图景"的印象？以往的少数民族题材纪录片在"科学"思维主导下曾经拍摄《赫哲族的渔猎生活》。② 在《街津口村——自尊自强》中所展现的边疆小村，三面环山，一面临水，与俄罗斯隔江相望。在长期的自然生活条件中，村民更多是采用爬冰卧雪、逐水而居的渔猎生计方式，务农定居的历史并不长，村落建筑面积有 3.5 平方公里，分布着 100 多处赫哲族民居，1000 多人中赫哲族有 500 多人。这集的结构和主题、旁白和解说、访谈和调查、回忆和倾诉，都承担着双重任务，既表现镜头下的乡村，也表现镜头下的少数民族。

为了唤起受众的文化共鸣和情感共鸣，纪录片以"一主线、双结构"来连贯全片人物故事，选取了六位有名有姓的当地村民，③ 其中有两位是非物质文化遗产保护项目的传承人，同时邀请学者讲解评论，穿插记者出镜，画面转换出以村落（全貌）、山林江河（渔猎）、耕地（农业）、博物馆（文化）等为主的场景，分三个层次"自尊、自强、自信"来依次展开对主题"自强不息"精神的表述。尽管立足于自强的主题并不逐字对应社会主义核心价值观，但正是这种超越囿于字面的对应，使本片更为贴近作

① 祁庆富：《凌纯声和他的〈松花江下游的赫哲族〉》，《中南民族大学学报》（人文社会科学版）2004 年第 6 期；陈柏霖：《凌纯声先生的赫哲族田野调查——从现代中国实地调查研究的学术背景谈起》，《黑龙江民族丛刊》2005 年第 6 期；姬广绪：《凌纯声的赫哲族研究及其影响》，《文化学刊》2012 年第 1 期。

② 朱靖江：《复原重建与影像真实——对"中国少数民族社会历史科学纪录电影"的再思考》，《西北民族研究》2013 年第 2 期。

③ 分别是吴宝臣（"伊玛堪"讲唱传承人）、尤玉发、尤文凤（鱼皮衣制作技艺传承人）、付铁军、岑忠军、尤秀云。

为一种基底气质与生活作风的民族性格。这种概括性的表达，切合着中华民族近百年来的历史命运和民族精神的建构，同时也超脱了对一个人口较少民族文化元素的认知及其局限，恰恰能够唤起中国观众最普遍和广泛的认同及共鸣。面对艰苦生活而勇敢奋斗，是经历过战争、革命、改革等过程解决温饱并初步实现小康的中国社会几十年来的主流价值，可以说，自强不息，强调文化的自尊心、自信心和自豪感，这种提炼正是切实地把握了一个跨境人口较少民族的文化精神和民族性格，并可以充分延展至整个中华民族历史命运的精神底蕴和根脉中去，从而唤起深刻的共鸣。

在当今现实生活中，赫哲族的渔猎生计方式基本不存在了，面临着传承的困境。① 如何展示已经消失的历史，成为纪录片开篇要解决的问题。纪录片以充满赫哲族色彩的萨满主导的祭江仪式为界，可分为上下两篇：上篇表现的是赫哲族历史上艰苦的渔猎生活，经过与自然的抗争，与侵略者的战争，从过去走到现在定居的过程；下篇表现的是新时代所提供的新机遇下，赫哲人顺应时代的潮流，进入多元化生活，发展农业和文化观光产业，获得收益的新生活。如何串联和引导上下两篇，深入赫哲族的民族文化和精神性格中去呢？纪录片选取了引入非物质文化遗产口头传统"伊玛堪"："800 多年来，由于赫哲族只有语言，没有文字，祖先的故事留在了口耳相传的'伊玛堪'里，传统的说唱形式记录着赫哲人的创世传说、祖先教诲和生存本领。其中，最扣人心弦的，就是英雄的故事。"②

正是由于史诗往往承载着一个民族的传统和文化，在讲唱中形成了族体、区域和国家等不同层面上的认同表达的源泉。③ 因此，纪录片通过赫哲人讲唱中的"莫日根"英雄形象与赫哲族的传说和故事等文学素材，将赫哲族的祖先和历史、虚幻与真实糅合起来。英雄的性格成为赫哲人的典型性格，纪录片通过讲唱的英雄故事，来表现赫哲人的精神生活，并将之作为真实生活的投影和表述，从而为全片定下基调。影像技术的便利和拍

---

① 张宏玉、郁芳：《现代化进程中赫哲族文化传承途径的思考》，《黑龙江民族丛刊》2013年第 4 期。

② 《记住乡愁》第一季第九集《街津口村——自尊自强》解说词。

③ 〔芬兰〕劳里·航柯：《史诗与认同表达》，孟慧英译，《民族文学研究》2001 年第 2 期。

摄观念的转变，让赫哲族"非遗"传承人出现在画面中，亲自讲解"莫日根"的由来和含义，表现民族文化精粹"伊玛堪"曲调的特色。"伊玛堪"由于具有鲜明的民族特色，在纪录片的讲述中作为该片的线索，成了从始至终贯穿全片的"一主线"。

首先，"伊玛堪"中的主人公英雄形象，成为赫哲人的民族性格与文化品格的化身。为了突出赫哲族的文化特色，并串联起赫哲人从渔猎到农业、从历史到现代的整个发展过程，将惯常理解中的赫哲人口头传统里的英雄形象，反转为赫哲人的血脉祖先形象，纪录片以口头传统作为赫哲人讲述祖先故事的表达形式，并突破性地将这一表达形式作为穿插主线，以此总领赫哲人的历史文化和日常生活，展现了整个民族和时代大潮下当地村民的生活变迁过程。这样的改造，使得在这部纪录片中，作为国家级非物质文化遗产的"伊玛堪"，不再仅仅是一种文艺曲调、几部史诗歌谣；神奇的英雄"莫日根"，不再仅仅是故事的主角、虚拟的英雄形象，而是成为具体可感的赫哲人，是他们的过去，是他们的化身，与他们血脉相连。

民间故事和传说中，渗透着民族精神。这种反转，并不是凭空想象，而是依据中国神话传说与历史的关系，依据某种在文化结构和情感上发挥作用的思维定式，故事中的三皇五帝，常被视为神话历史化的典型，也常被普通民众视为祖先，加以供奉。在过去，多数故事是被当成真实的传奇在讲述着。在赫哲人的生活中，故事里的"莫日根"，连接着神与人的世界，正像神话传说中的祖灵一样，也具备了像三皇五帝或其他英雄人物如关羽、李靖那样存在建构的可能性，并保持认知与接收（编码与解码）思维结构上的统一性，便于观众的理解和认可。果然在播出之后，赫哲语中指称英雄的"莫日根"，成为关注的焦点。"莫日根"成为赫哲族的精神代言。在该片的创作中，"伊玛堪"也不是即将消失的文艺品种，而成为一个民族的文化记忆。这种理解与影片的基调是一致的，是相互呼应的。

其次，"伊玛堪"中的幻象空间①和现实空间为赫哲人生活的传统村落的影像表达提供了可供交流的文化语境。当地村民的生活空间风景秀美，而"伊玛堪"所提供的文化空间神奇迷幻，与现实形成潜在的张力。"伊玛堪"吟唱中的空间有形可感，有小屋、炊烟、热饭菜，有云梯、神塔、宇宙树，是探索挑战的顽强力量发挥施展的自由空间，也为镜头拍摄的山林、江河、村落等自然环境和祭祀、生产等现实环境与文化环境提供了主题生长的基础及可能性，塑造出生活与交流的语境，在内在精神上是和谐统一的。

在街津口村的主街和道路两旁的房屋上，装饰着"莫日根"战胜妖魔和与自然抗争的生活图画，画面充满了想象力和视觉冲击力，表现出赫哲人的生活场景和审美趣味。墙壁上的画，所传达的教育意义，不仅是赫哲人的精神传承，而且是超越地方色彩的顽强精神的表达。这就为影片进一步展开自强不息的主题提供了具体可感的视觉依托。在空阔辽敞的壮美河山中，"赫哲人梦想着能像莫日根一样，骑着神鹰，飞过千万条江河，千万重青山，把英雄祖先的故事到处传唱"。② 可以说，"伊玛堪"中叙事的空间变化，保有着独特文化的元素，应用在影片叙事进程中，使得人物故事有所凭依，当地人的精神生活具有了丰富的滋养来源，为当今的文化传承提供了群众基础，所依托的现实空间与文化语境也呈现出鲜活的生命力。

历史上，赫哲人在独特的自然环境下生活得艰难而顽强。自然环境越恶劣，越能凸显出人的意志力和生命力，以此刻画赫哲人的形象，呼应着"莫日根"的传奇经历和英雄性格。影片的上篇，讲述的是赫哲族男孩子的成长过程，访谈对象是一位老人，对应的是冬天山上打猎的生活方式。在"伊玛堪"故事中，英雄的妻子，是神奇的力量，与赫哲族中的女性相对应，并与夏天江河捕鱼的生活对应。访谈对象是从小出江会制作鱼皮衣③的"非

---

①　孟慧英：《"伊玛堪"的空间》，《黑龙江民族丛刊》1996年第3期。

②　《记住乡愁》第一季第九集《街津口村——自尊自强》解说词。

③　鱼皮衣的加工技艺，过去赫哲族妇女都能熟练掌握，参见宇恒《非物质文化遗产可持续发展的实践探索——赫哲族鱼皮、桦树皮在漆艺中应用的可行性》，《艺术研究》2010年第1期。

遗"传承人，也是一位巧手女性，表现的是赫哲族积极适应江河环境和他们身上来自祖先的生活智慧和巧思。借助于国家级非物质文化遗产保护项目，影片凸显出这种生活文化的价值，既强调了鱼皮衣的珍贵历史，也潜含着对其濒临消失的怀旧情绪。这样，该片呈现出从生活文化中抒发乡愁情感的探索路径。

最后，"伊玛堪"的曲调为影片的视听表现提供了连贯完整的情绪表达和情感诉求。影片开篇使用的《乌苏里船歌》，是电视机前的观众耳熟能详的民歌，在铿锵的唱词中，画面使用江上日出，为赫哲人一天的生活拉开了序幕，曲调开阔辽远、悠扬祥和。20 世纪 60 年代创作的这首歌本身在唱词和曲调上就借用了当地少数民族讲唱的技巧和风格，表现了赫哲族的传统生活，一经推出就受到观众的普遍喜爱，半个世纪以来依然充满生活气息，传唱不衰，这首歌本身就具备了怀旧的特质。歌声中表达出对江河的热爱和眷恋，抒发出当地人对家乡生活的热爱和对故土的赞美与深情。无论是其他民族人还是赫哲族人，都已经将其视为赫哲族的文化象征。①

曲调和文艺扣合着一个民族的气质与根本，为当地村民生活空间和行为言语等提供了最贴近文化品格的基底表达。赫哲族生活于三江流域，即黑龙江、松花江和乌苏里江之间，美丽的自然风光令人赞叹和向往。画面借助航拍俯瞰壮美的山河，通过精心选择季节时间、地点，营造出有山有水"童话世界"的第一印象。在纪录片中，来自民间的曲调和唱词，充满了生命力，引人回味。从开篇的船歌，到讲解"莫日根"时的吟唱，再到博物馆导游的哼唱，最后引出当地建立"伊玛堪"传习所的群像表现，为乡愁情感的连贯表达奠定基础。这种对于"伊玛堪"讲唱不断重复的过程，正如"伊玛堪"的讲唱方式中所采取的重复策略一样，在循环往复中令所传递的情感得以升华。

---

① 　四年一次的赫哲族乌日贡庆典上一直将这首歌颂和赞美赫哲族生活的歌作为主题曲。

第三节　西南边境民族生活的视觉化表达

——以吞达村和勐景来村为例

民族文学传统中蕴含着一个群体对于周边生存环境、地理条件等自然生态状态的认知观念，同时，也承载着当地人的生活方式和人文环境所形成的文化生态及其内在心理。一种地理环境在长期历史发展中往往决定着当地人的文化选择和生活条件。而反过来，当地人的文化心理和观念等文化生态有时会深刻地影响着当地的自然生态和社会发展。在现代化和城镇化的过程中，生活在传统村落的边境居民，在新的环境和语境中，书写着民族文化的当代传承。国家重点工程纪录片《记住乡愁》采用视听语言，通过口头传统、书写文本和民俗细节来表达融入日常生活中的精神财富。这里以西南少数民族村落的宗教观念、历史文化和生活经验的影像书写为例，探讨少数民族的族群历史和文化的存在状态与现代表达，揭示在日常生活叙事中把信仰作为文化景观的文化再生产趋势。

中国境内少数民族的口头传统和生活经验融合了悠久而丰富的宗教信仰。其中，佛教传入中国时间较长，播布较广，本土化程度较深，有的已经融入当地居民的日常言行中。西藏吞达村村民的生活中保留着众多藏传佛教仪式；云南勐景来村的傣族，生活方式受南传佛教的影响。灵性信仰的文化因子不仅影响着他们的日常生活，还持续影响着他们的行为方式、道德准则，乃至看待自身、社会和历史的视角。在现代化和城镇化的过程中，生活在传统村落的边境居民，在新的环境和语境中，书写着民族历史，传承着民族精神财富。

传统村落的生活言行和口承叙事，往往不以审美为动机或目的。正如鲍辛格所言，传说的英雄与浪漫的故事，并非他们的生活重心，那些"片段的、日常的、个人化的经验"才是他们在"日常生活"中反复叙述的内容。[①] 那些

---

① 〔德〕赫尔曼·鲍辛格：《日常生活的启蒙者》，吴秀杰译，广西师范大学出版社，2014，第6页。

"不自觉的"日常生活行为和"不引人注意的"传统，才是赋予他们生活意义和文化逻辑的重要内容。

纪录片《记住乡愁》第二季①捕捉到这类构成民众生活准则的民间叙事的存在状态，再现了传统村落的当下生活，表现出当地人如何借助宗教信仰和民俗生活来展现深层的民族意识和身份认同，在中华民族多元一体格局中书写出当地人的文化记忆和历史情感，并唤起了大众的普遍共鸣。笔者选取影片中有着长期佛教信仰渊源的少数民族村落，来探讨视听语言与影像技术在社会发展的新语境中对于少数民族文化生活的书写和表达。

一　生活化表达：对宗教信仰的仪式再现

（一）强调与自然景观相融合

在受宗教影响较深或民间信仰较发达的地区，地理空间往往都保持着较为天然、相对封闭的自然环境。这些传统村落，大多维持在一两百户，1000多人，具有某种独特的自然景观，生活在这里，容易感受到岁月的循环往复。

影片关注了环境和生态对于民俗生活的影响。西藏的吞达村，位于西藏自治区拉萨市尼木县吞巴乡，坐落在雅鲁藏布江北岸，是传统藏香的制作地。影片以村民普布次仁每天都要到吞巴河取水开篇。跟随着村民的脚步，观众可以看到，在位于雪域高原的吞达村，来自雪山的融水形成纯净的吞巴河穿村而过，受藏传佛教的观念影响，这条河在当地被赋予了神圣性，被称为"不杀生之水"。河水是人们的饮用水源，不仅是酿造青稞酒的水源，也是制作传统藏香的重要水源。自然环境的纯净，强化并造就了当地人"常怀感恩之心"的生活。

当地口耳相传的传说解释着河里为什么从来没有一条鱼。这个故事与当地人的文化英雄祖先吞弥·桑布扎相联系。"吞巴河里竟然没有一条鱼，也让这条河成为神圣的'不杀生之水'。传说，当年木制的水车在磨制藏

---

① 纪录片《记住乡愁》第二季第三集《吞达村——常怀感恩之心》和第五集《勐景来村——温和处世》，中央广播电视总台2016年1~3月播出。

香的原料时，绞死了河中的鱼，吞弥·桑布扎十分痛心，由于担心水车会再次伤及水中生灵，于是他在吞巴河与雅鲁藏布江的汇合处立了一块石碑，上面用古藏文写着：江中鱼不得入此河。从此，吞巴河中就再也没有任何鱼类出现了。"[①]

与雪域高原不同，深受南传佛教影响的云南勐景来村，呈现着另一种温和的自然环境。影片以航拍全村面貌为开头，山环水绕、云蒸霞蔚、雾气朦胧中，一个神奇而宁静的村庄完整地呈现在观众眼前："每年的12月，中国大部分地区已是寒冬，此时，云南省最南端的西双版纳才刚走过湿热的雨季。位于中缅边境线上的打洛江，水量依然没有减少，浩浩荡荡地流向下游的澜沧江。"

环境烘托着一户傣族人为父母所做的苏玛仪式，引出影片主题的第一个层次——"家庭成员间奉行和而不争的相处之道"。傣族人如水般的民族性格，既来自南传佛教信仰中水的重要作用，也来自人们所赖以生存的大自然："温和柔静的水，象征着傣族人的性格和品行。热带雨林湿热的气候造就了这里的人们。傣族人爱水敬水。"

"一方水土养一方人"，青藏高原独特的地理环境孕育出藏传佛教这一宝贵的历史文化资源，[②] 吞巴河纯净的水造就了藏族村民富有神圣感的日常生活；而云南的人文与地理相得益彰，打洛江温和的水造就了傣族人柔顺的性格。特定的地理条件和地理环境与生活在这里的人们之间形成了古已有之的相互依存的关系，不仅滋养着人们的生活，还陶冶着人们的性情。

（二）注重当地生活实践中的不可剥离性

影片所撷取的宗教信仰片段，是当地人的历史传承和生活习惯，是他们日常行为方式的一部分，与日常生活不可分割。在现代化过程中，藏传佛教和南传佛教逐渐"世俗化"，[③] 对于人们言行的影响和渗透，显而易见

---

① 见《记住乡愁》解说词。为简便计，本书引用《记住乡愁》解说词及同期声，均不再出注。

② 王开队：《试论地理环境对藏传佛教的影响》，《广州社会主义学院学报》2010年第1期。

③ 尕藏加：《宗教世俗化和藏传佛教》，《青海社会科学》2001年第3期。

有所不同。对于这种实质性不同的影像表达，并非宗教式的叙事和传达，而是融入当地人的日常生活实践中，加以表现。

像吞达村纪录片开场的一个细节是，取水使用的水桶要先系上哈达，在取水前有先扬三次的动作，这是当地人的习惯。画面使用了包含村中其他人的取水现场镜头，以及解释扬水行为的藏语同期声，表现的是当地人对天地的敬意，这种信仰已经自然地融入当地人的日常行为里。

相应的，勐景来村纪录片也有取水的场景，选用的是村中井水房片段。"在勐景来，水井是神圣之所。人们在挖井时，会在井边盖起漂亮的房子遮风挡雨。水井既是村民们公用的生活设施，又是大家沟通交流的地方。……勐景来村有四座水井，日常吃用与敬神礼佛的水要分开使用。"因宗教信仰而分开用水成为世代传承的生活习惯。跟随人物小玉的视线和脚步，镜头中选取的水井，是日常生活的公共交流空间，表现的是当地人之间温馨相处的社会往来。

对于信仰，影片并不在特定的宗教场所营造的空间内来呈现，而是将具有宗教色彩的信仰融入人们的生活方式当中。

在吞达村，画面出现了藏传佛教的经堂，这座经堂，最早是藏族文化英雄的故居。这就将故事中的英雄与血脉上的祖先相关联，文学的浪漫想象被历史化，充满了凡俗的生活色彩和家的传承意味。影片讲述了当地人的祖先吞弥·桑布扎极其重要的文化贡献："吞弥·桑布扎一生翻译了多部佛经，他创造的藏文为藏族文明传承开启了崭新的篇章，他发明的藏香制作技艺，给人们带来健康，也成为吞达村民重要的生活来源。他的功绩惠及后代，泽被千秋。吞达村人把他奉为神明，供奉在经堂之上。"在这些铺垫之后，影片使用现场特写镜头，画面展示了吞玛尼康家族的后人给吞弥·桑布扎的经堂上香、点灯、敬香油、诵经等过程。这种呈现基于家族后人对于祖先的敬仰、崇拜和缅怀，在祖先崇拜兴盛的中国各地，能够唤起较广范围的文化情感上的共鸣。

在勐景来村，影片讲述了一位当地村民早起去寺庙写经的生活内容，这是他日常生活的习惯，而不单是出于一位佛教徒的虔诚信仰。"清晨，

86 岁的康朗吨龙正要出门，他保持着早起的习惯，每天都要去村外的寺庙刻写贝叶经。最初，贝叶经是用铁笔刻写在贝多罗树叶上的佛教经典。勐景来村人也用傣文来书写村落的历史文化和生活经验，康朗吨龙曾在寺庙里做过大佛爷，他研习过 1000 多部贝叶经，25 岁还俗之后，开始在村里刻写贝叶经，并且一直坚持到现在。"

宗教信息和宗教知识是在解说词当中，一点一点释放的，分量很轻。这些信息的释放，在上下文语境中，都有更为清晰的人物信息和生活场景，都有更为精细的故事勾勒和情节铺垫，重点仍然和对其他传统村落的表现一样，是靠人物和故事的发展来牵动观众的视线、情感和思想，而不是靠宗教的题材、仪式和理念。

（三）注重与生活环境中其他内容的衔接

影片的宗教片段不是孤立存在的，也不是浓墨重彩表现的内容，而是与当地的政治、经济、文化、艺术等方面结合起来得到表现。影片并不强调宗教信仰对于少数民族的重要性，而是倾向于表达宗教信仰与当地的人文环境融合交织、和谐共生。例如这些宗教的场景出现在节日中、衣食住行中、生活场域内，以人物和故事相串联，弱化了在特定宗教场所举行的宗教仪式的受众印象，而表现为，宗教并不是高高在上的、灵性的、隔离在某个空间进行的；背后的宗教组织也尽量隐去了，即便是宗教人物，通常也是以当地的一个普通村民的身份出现，而不是以其在宗教组织当中的身份出现，因此，这些宗教内容的表达，是世俗的、琐碎的、细节化的，与这个村落中的其他生活片段和其他的人物命运勾连在一起，形成一幅群像生活图卷。

像勐景来村的苏玛仪式，是南传上座部佛教文化圈内特有节日的组成部分。[①] 影片没有选取寺庙中进行的仪式，而是将其作为背景进行介绍，选择了在村民家中来叙述举行仪式的过程。镜头通过邻居旁观提问，来帮助电视观众了解，这是要去举行苏玛仪式，引发悬念。画面使用中景和近

---

① 郑筱筠：《试论中国南传上座部佛教的民族性特征及其表现》，牟钟鉴主编《宗教与民族》第 5 辑，宗教文化出版社，2007。

景，仪式上家人都身着民族盛装，气氛融洽，看起来除了郑重地念诵着提前写好的祝词之外，似乎和一般人逢年过节时拜访父母、家人团聚的差别不是太大。这样，便把一场明显有宗教色彩的仪式淡化为某种家庭意义上的相聚和相处。

> 父亲岩温回住在小儿子家，苏玛仪式就在父亲居住的傣楼下举行。家人都已入座，面对着父亲，长子岩应龙代表弟弟妹妹们宣读事先郑重拟好的祝词。岩应龙：我们准备薄礼来跪拜长辈、看望父母以表心意；曾经有过不好的想法、抱怨、无礼，包括伤心的话语和对长辈的不敬。（傣语的译文）

对于藏传佛教来说，在容纳藏族历史文化的过程中，工艺技术是承载、传递"为道"的保障。[①] 藏香是藏传佛教礼佛供养的上品，是非常重要的宗教仪式当中的用品。在吞达村的生活里，影片是把它作为一项非物质文化遗产中的传统手工艺"代表作"来表现的，作为"非遗"代表作本身就淡化了宗教信仰的色彩，而蕴含着国家立场的文化共享，赋予了藏香制作技艺以时代的价值。村民作为影片中的人物，认为这项技艺是祖先创造和发明的生活智慧。吞达村加措说："祖先们留下来的，祖先和父母的恩情最重，听从父母教海，感觉能报父母恩。对祖先的感激之情，就是通过自己的实际行动传承和发扬好。"做藏香是他成长和生活的最终选择，在他看来，这是一门需要传承的技艺，是谋生的手段和生活的基础。纪录片并不强调说这是礼佛的必需品，是藏传佛教"为道"的核心，尽管，后者对于有信仰的人来说，也很重要。

二　历史化表达：对宗教信仰的文本处理

精神信仰成为传统村落居民的日常生活中不自觉的言谈举止和行为方

① 班班多杰：《也谈藏传佛教与藏族文化的关系》，《青海民族学院学报》（社会科学版）2004 年第 4 期。

式，在影片中，借助人物命运得以逐渐展现。而承载宗教日常传播的文本，有时在影片中也是无法回避的内容，于是，影片通过历史化的视角和叙事，将当地的宗教信仰与民族历史相联系，作为文化传承的一部分，进行了艺术加工。

（一）作为族群文化载体的神圣文本

对宗教经典和经书，影片并没有把它们当作某种超越于世俗生活的存在来加以表现，更没有着重于教义。作为某种信仰的载体，影片中出现的经书，相当于其他传统村落中的家谱和族谱。而且，并不像家谱和族谱那样成为贯穿影片的线索，或提领主题的核心内容，而是作为一种艺术品加以呈现，将其视作民族精神的财富和文化智慧的结晶。

如云南勐景来村的傣族贝叶经。影片提到，"在勐景来村，男孩出家为僧的传统保留至今。平日里，他们和普通孩子一样在学校里上课。晚上和周末，他们要在寺院里学习傣族的传统文化。贝叶经以经文的形式记载了人们的日常行为规范，康朗吨龙希望这些年轻人，能够在学习刻写贝叶经的一笔一画中，将谦卑敬畏、宽容和谐的精神气质融入自身的生活。南传上座部佛教中，善恶慈悲、因果报应的观念使得以柔为贵、崇尚和谐，逐渐成为傣族人的主流价值观念"。

解说词中明确提及当地的佛教传统，关注的是崇尚和谐的柔顺精神，佛教和佛经的现实教育意义更为突出。正如郑筱筠指出，傣族的集体主义伦理道德观念与南传佛教伦理道德的平等博爱主张有不谋而合之处。[①] 影片同期声也提及佛经在现实层面上对于傣族人的教育功能和道德引导功能。傣族文化学者征鹏在纪录片中指出："据说傣族的佛经有八万四千部，在这么多的佛经里面，几乎每一部都说到不杀生不偷盗，做好事不做坏事。在这种思想指导之下，傣族人民非常愿意帮助那些需要帮助的人，非常喜欢做扶危济困的事情，非常喜欢做善事。"

同样的，贝叶经具有教授文字的功能，是传承民族的历史和文化的有

---

① 　郑筱筠：《南传佛教与云南傣族社会伦理道德》，中国宗教学术网，2009 年 12 月 28 日。

效载体。它的神圣意味，来自大多数人共享的实用目的，便于理解和传播。"勐景来村开设了贝叶书院，向村民们教授傣文，并且系统整理和研究傣族的传统文化。村民们通过这种方式，传承着傣族的民族经典和历史文化。一本贝叶经可以留存上百年，正是因为有了这样的文化载体，如水一般温和的处世之道才得以世代延续。"这种呈现方式，避开了对宗教教义的传播，即不是强调佛教经典的尊贵地位或者佛经思想的博大和精粹，而是强调其对于族群文化和历史传承的重要功用。

（二）融入族群历史建构的文本处理

影片从展现民族的历史和文化的角度来使用宗教信仰的片段，目的是表现某一少数民族的传统文化、民族迁徙的历史或者渊源、民族性格的由来等。

勐景来村的影片在讲述 86 岁康朗吨龙的故事时，提及其他傣族村民"也用傣文来书写村落的历史文化和生活经验"，将其普遍化。而在贝叶书院的段落中，表述为"村民们通过这种方式，传承着傣族的民族经典和历史文化"，将其群像化。宗教信仰，成为村民们学习本民族文化的途径，宗教场所更像是一所学校，不仅完成了灵魂的追求和洗涤，更为现实和重要的是，传承着民族的历史和文化。这是影片想要表达的主要思想，因为正是在这样的传承中，当地的道德法则、行为规范等同时得以延续。由此，大制作的"中华民族的传统美德"才能够在某一个具体的村落，以细节化的表达而得到具体展开。

影片用同期声来说明，傣语"景来"是"赶着金鹿到这来"，引出了岩温回这个人物，讲述了过去要入寺为僧才能学习傣文的历史。在贝叶经和傣文字的段落中，考虑到宗教世俗化发生的"灵性"向"人性"的转变、"彼岸"向"此世"的转变，[1] 当提及这个人物故事时，就关注到他的个人化经历。他抄经写经的内容，不是佛教故事或佛教偈语，而是一部史诗，史诗不仅解释了地名的由来，而且讲的是他所属的民族——傣族的

---

[1]　陈勉：《宗教世俗化现象探析——以云南傣族村社佛教世俗化变迁为例》，《昆明冶金高等专科学校学报》2015 年第 2 期。

来源故事："岩温回抄写的是勐景来村的历史，它们以叙事长诗的形式讲述了一位王子追随着金鹿，来到一个地肥水美，物产丰富地方，他带领人们开荒建寨，生儿育女，最终当上国王的故事。抄写的过程平淡，静谧，一本书错不得一个字。岩温回已经抄写了上百部史书，上了年纪，老人家一个月只能完成一本书，他从不请人代笔。"

毫无疑问，这个史诗故事让这个人物的抄经行为摆脱了个人的色彩，而进入民族大历史的讲述和追溯当中。村子的由来成了故事的核心。尽管康朗屯龙是一位佛教徒，或因为曾入寺才有今天的知识，或是因为抄经而累积了功德，或者肯定是怀着虔诚的心情来做事，但是傣族文化的传承，才是镜头语言的落脚点和画面的核心内容；得以突出的，是傣文为傣族文化传承的载体。因此，入寺为僧的出家生活和宗教信仰在这样的表达下，就成为一种民族历史的背景，隐在民族历史的建构之后。电视观众关心的也是傣文在今天的书写和存续，而不是过去的出家人生活和经历。

三　叙事与书写重视日常生活细节

（一）隐去教义而突出了故事塑造和具象化表达

麦克卢汉指出，任何文本都是媒介，强调"媒介即讯息"。影片使用电视化语言和表达手法来尽量淡化宗教色彩，而着力于故事化的情节引导和塑造，使用具象化手段来吸引观众的注意力和关注度。

西藏吞达村的祖先吞弥·桑布扎是 1300 多年前松赞干布时期的大臣，他发明的藏香，具有某种医疗的药用效果，现在成为代表藏族人民智慧的非物质文化遗产。而他本人是"为后人留下宝贵文化遗产的人"，被当地村民看作神灵。把祖先视同神灵进行崇拜，非常符合中国儒家文化和民俗生活的思维逻辑。通常，人们称呼祖先为"家神"。[①] 不过，影片并没有在祭祖或祭神上停留更久，而是讲了一则故事，将这个段落处理得更为世俗化，而叙事更为生动。

---

① 〔美〕武雅士主编《中国社会中的宗教与仪式》，彭泽安、邵铁峰译，郭潇威校，江苏人民出版社，2014，第 195 页。

对于发明藏香的过程和这段历史，影片使用了在当地流传的民间故事来表达。民间故事，有一套讲述的模式和话语，有必要的、吸引人的，或出乎意料的、跌宕起伏的变化，有完整的情节发展和结果，还能够同时提供某种具有解释性的文化意义。

> 相传，吞弥·桑布扎功成名就后，回到吞达村，正遇上当地瘟疫猖獗，村民们用尽了方法，也没见效果。一天夜里，他梦见佛祖把山上发光的几味药草点燃，产生烟雾，拯救了大家。醒来后，他把梦中见到的几种药草混合后点燃，香气弥散到的地方，乡亲们恢复了健康。为了让大家从此远离瘟疫，他研制了水磨藏香，方便人们携带使用。

在这则藏香的由来故事里，融合了佛祖的超自然的神奇力量的出现和相助，但是功劳，人们还是归于自己的英雄祖先。在阐述"不杀生"的佛教观念和倾向时，影片也使用了另一段故事来讲述。"讲故事"是纪录片必须做的事情，如何讲和怎样讲好，涉及纪录片的艺术创作水平和播出效果。不过，影片再现的"不杀生"，要表现的不是佛教情怀，而是人们爱护小动物的具有现代色彩的观念。例如，当地人会给耕地的牦牛挂上五彩带并系上铃铛，这样的风俗与吞弥·桑布扎降生时的传说有关。根据传说，他是一对老夫妻从地里捡到的一条虫子，由于这则传说的神秘色彩过于浓烈，最终从影片解说词中删除了。

（二）宗教的生活化表达在影像书写中具有重要的意义

利用大众传播媒介的渠道来观照宗教信仰，势必存在着由于视角和技术手段的变化和要求而产生的对于宗教内容本身的观看和表述的变化。以往宗教的传播，主要是宗教内容本身的传播，包含着宗教教义、人员、组织和仪式、活动等的扩散和发展。而大众传播媒介中的宗教内容，主要是将宗教融入日常生活之中，对宗教所发挥的积极的社会效用和价值引导等方面进行表现和阐释，使之与社会主流价值观相互对话、相互协调。同

时，在传播媒介的拍摄、剪辑、制作和审查过程中，按照国家现有的政策
和制度进行相应的管理。民族题材和宗教题材，都是需要予以特别关注的
拍摄内容。

正如威廉·特雷梅尔指出的，宗教自有一整套信仰体系（神话、教义和神
学）、仪式体系（虔敬行为和戏剧表演）、道德体系（伦理学说和准则）。[①] 宗
教信仰的生活化表达，主要是指表现融入民众日常生活中的宗教。生活中
的宗教，凡俗的意味多于神圣的意味，功能性的作用多于超越性的追求，
实践的行为多于富有意味的精神行为。影片在中华民族多元一体格局下观
照少数民族的乡愁情怀，在电视化语言的要求中，将民族历史、文化和现
实生活具象化加以表达，[②] 在处理涉及宗教信仰的内容时，尽量从生活现象
中捕捉宗教信仰在人民精神世界的痕迹，将之融入生活细节中加以表现。

如吞弥·桑布扎的故居，一方面，是佛教的经堂，是与世隔离的神圣
空间，是宗教活动进行的特殊场所；另一方面，从村落历史而言，它也是
当地人祖先的故居，是一座老房子，是可以与其他村落相对话的流传至今
的祖辈遗产。

> 吞弥·桑布扎的故居，也被村民们视为珍宝，一直有专人守护
> 着。尽管过去了 1300 多年，古老的石头建筑依然完好无损。……吞
> 弥·桑布扎留下的六字真言石刻，被供奉在经堂之上。如今，村里家
> 家户户都供奉着吞弥·桑布扎的画像。每逢节日，无论男女老少，都
> 会到经堂里祭拜，用最虔诚的方式，感念先人的恩德。

这里对经堂的表述和爱护，表达的是最广范围内中国人所共有的祖先崇拜
观念，得以凸显的是可以共享的文化遗产。在常怀感恩之心的主题下，后
人珍惜和守护世代传承的祖先遗产，血脉相连而情意相通，从而唤起电视

---

① 〔美〕列奥纳多·斯威德勒、保罗·莫泽：《全球对话时代的宗教学》，朱晓红、沈亮译，
四川人民出版社，2014，第 9~10 页。
② 宋颖：《乡愁情怀的多诉求视听语言表达——以国家重点工程百集大型纪录片〈记住乡
愁〉中对赫哲族的表现为例》，《民族艺术研究》2015 年第 4 期。

观众的最大情感共鸣。而作为宗教内容的藏传佛教，则成为一种生活的背景而存在。

同样的，受到南传佛教的影响，苏玛是每年关门节之后举行的仪式。它与泼水节一样，都来自佛教。在云南勐景来村，影片将浓郁的佛教传统和观念转换为日常生活中的用水行为及村落传统和生活文化表达。

虽然日常用水和礼佛的水，在水质上没有什么不同，但是用途不同，神圣意义不同，受重视程度也不一样。在这个傣族村落里，"水伴随着生命的开始与终结，更滋养了世代生息的美好家园"。这样，将水与人们生存的环境相结合，而不强调佛教的用途和意义，加重了生活气息，同时也在一种最广泛的、能共享的意义和基础上对取水用水的生活方式加以阐释和表达，唤起受众的共鸣。

电视画面符号具有某种客观性和透明性，受众不仅感觉不到符号的遮蔽，甚至在观看的同时，还获得了直接参与事件的机会。电视观众能够看到拍摄对象的服饰形貌、言谈举止，通过画面表现的空间环境获得比电视人物更多的信息，这都赋予了观众更多的真实感，而无暇顾及需要长时间思索才能获得的宗教奥义。

（三）信仰的遗产化：隐藏在民俗生活之后的价值观对话

纪录片《记住乡愁》的创作宗旨是"弘扬中华优秀传统文化"。生活化的故事是载体，核心是传统文化，优秀意味着符合社会主义核心价值观。那么，影片在表现过程中，在生活化、历史化的表达中，所呈现出来的传统文化，必然经过了择选和重塑，必然存在着多种价值观之间的对话。

纪录片的一个目的是"深入挖掘和阐述中华优秀传统文化的时代价值"。传统的儒释道价值和理念，一直是多元并存、相互交织的。"将这种仪式与信仰划分为儒教，将那种划分为道教，又将另一种划分为佛教的旧有惯例……是误导性的"，中国人也不适合这种宗教的诸体系的模式。① 而

---

① 〔加〕威尔弗雷德·坎特韦尔·史密斯：《宗教的意义与终结》，董江阳译，中国人民大学出版社，2005，第134、138页。

现在这些传统价值都要经过具象化呈现，而与社会主义核心价值观的要求关联起来。这种关联并不那么困难，其实在中国的文化土壤上是有深厚基础的。"中国历史上的儒释道三教……形成中华文化的多元通和模式……它们共同为铸造仁慈、中和、尚德、宽容的中华精神作出了重大贡献。"①因此，基于哲学和宗教立场的话语表达，与社会主义核心价值观之间具备交流和对话的基础。传统道德原则和社会风尚要经过人物命运的展现，而重新糅合获得一种新的表述。国家为此形成和建立起一套核心价值观，来接驳并容纳不同源流的价值理念。文化的"传统化"和"遗产化"，乃至"符号化"都将是行之有效的整合过程。

在村落人物和事件的例子中，儒家的仁者爱人和佛教的慈悲之心，都要与培育和践行的社会主义核心价值观并行不悖。尤其是，在受到佛教深远影响的这两个传统村落里，一方面，尽管他们理解、追求并据以生活的信仰本身，难以表现；另一方面，宗教信仰作为巨大满足感和人生价值感实现的体验，完全融入民众日常的民俗行为与生活实践当中。这里的主题，在策划之初，都扣合着"和谐"来进行分析、提炼和层次梳理。这种主题的把握考虑过佛教本土化的传统。譬如，在与民族文化相融共生的历史发展中形成的"村社佛教"的和谐文化传统。② 形成最终的剧集题目，一个是"常怀感恩之心"，一个是"温和处世"，顺应自然、彼此依存、和谐共生是影片要强调和传播的内容。当然，影片未必能够准确地理解和传达出佛教所讲求的"空"与"涅槃"等境界，"坚固的平静、确定的平安和不可言说的赐福（超越于苦乐）"③ 在影片中被呈现为通俗易懂的和谐、和顺与安详，然而人类追求幸福的终极目标是有可能在具体行为实践的层面上相容的。

尽管影片难以深入对于宗教体验和终极意义的探讨，因为这偏重个体

①　牟钟鉴：《中华文化的多元通和模式》，《人民论坛》2013 年第 36 期。
②　赵世林、陈燕、王玉琴：《南传上座部佛教与边疆民族地区和谐社会构建》，《西南民族大学学报》（人文社会科学版）2012 年第 12 期。
③　〔美〕列奥纳多·斯威德勒、保罗·莫泽：《全球对话时代的宗教学》，朱晓红、沈亮译，第 37 页。

的体验，稍纵即逝，甚至难以言说。但是生活化和历史化的表达，能够传递出一种当地人的群体生活样式，呈现出集体化、社会化的行为活动，并让这种生活能够被更大范围的人群所理解和接受。因此，影片必须深入浅出、通俗易懂，安排好合理的故事走向和叙事节奏。观众最终看到，藏族的藏文发明者、藏香发明者，如何发挥智慧驱逐瘟疫；生活在海拔 3800 米的人们如何与周围山水和谐相处，对自然环境、家园、乡亲充满热爱，相互帮助。看到傣族的傣文教习者，如何细致而耐心地书写和传承着贝叶经和讲述着民族的历史。影片选取的如抄经、教学、建房、制陶等人物故事都提倡与世无争、多做善事的柔和态度。

法国社会学家涂尔干指出，宗教生活使个体聚集起来，集体情感和集体观念得以产生，宗教的仪式引导和训诫个体的意识，对个体具有社会整合的作用。[①] 个体用这些群体的形式来思考自身，他们在观念中也要对其他事物进行分门别类地处理。[②] 在此基础上，个人的言行和思想与集体的观念结合起来，通过个体的生活和行为能够表现出集体的作用，通过个体的价值观能够传递出集体的行为准则。因此，影片的探讨，以小见大，借助人物及其经历的故事来叙述和展现出多样价值观之间交流与对话的可能性。

四 作为文化景观的宗教信仰

信仰遗产化是值得持续关注和研究的过程。遗产保护工作是基于国家立场建立的一套工作体系，能够将地方社会的多样化宗教信仰内容包含进去，予以财政支持和文化保护。这种遗产化过程，同时潜含着某种"危险性"，因为它不可避免地使文化资源化，使之成为旅游观光的观看对象和消费对象。在这一过程中，宗教信仰的仪式、符号等所包含的隐喻，难免失去原有的意义。

---

① 闫钟：《试析涂尔干的社会学研究方法——以〈宗教生活的基本形式〉为例》，《太原师范学院学报》（社会科学版）2002 年第 2 期。

② 邵铁峰：《涂尔干的知识论：宗教与概念》，金泽、李华伟主编《宗教社会学》第 3 辑，社会科学文献出版社，2015。

云南勐景来村，居住着 100 多户傣族人，这里有一部分是景区，有佛寺、塔林、菩提树、神泉，风吹塔铃如天外梵音。婉转温柔的乡音，秀丽旖旎的风光，平静安详的生活，使这里入选"云南 30 佳最具魅力村寨"。2015 年 7 月这里成为湖南台收视率较高的娱乐节目《爸爸去哪儿》第三季的外景地之一。在这座位于中缅边境上的村寨，热带雨林风光和古朴的村寨营造出世外桃源般美好宁静的环境。

接待外地游客来村寨观光，已经成为当地人生活的一部分。影片也表现了村寨景区里母女制陶的经济生活，落脚点在傣族女性的柔顺性情和对待事情的温和态度。

傣陶的制作技法都是由女性世代相承，制作傣陶，既要具备兴趣和耐心，又要花费体力和时间。傣族妇女心地温和，性情如水一般柔顺。勐景来村里一直奉行着女性制陶的传统。2013 年，勐景来村被认定为傣族文化保护与传承基地，玉相论与玉应坎母女俩……准时将陶土挑往展示区，既是制陶，又是上班。玉相论家传的制陶技艺，最突出的特色是慢轮手工制作。这种制陶技法成型慢，更需要耐心。

在展示区，花果芬芳、傣语软糯、慢轮缓缓旋转，时光悄悄地流逝，游客到这里，获得了身心压力的释放和精神满足。影片在制陶展示的段落之后，加入了一小段切题的抒情文字，加强情绪的渲染。"陶土在慢轮上静静地旋转，时间终将见证泥土化茧成蝶。母女俩将傣族妇女的柔美注入泥坯，而窑火会将其永久珍藏。在时光的流逝中，人的心也静了下来。"

西藏吞达村既是住建部等部门认定的传统村落，又名列"全国特色景观旅游名村"。当地政府在"生态为本、文化为魂、民生为上、旅游强村"的发展思路下，提出"文化突出村特色，生态引来村外人，藏香打造村品牌"的目标。2008 年，藏香制作技艺被列入国家级非物质文化遗产名录。在吞达村，保存完好的故居、庄严精美的经堂、河边的咒语石碑、水墨长廊、藏香制作技艺和相关人物故事，都可以作为一种文化资源，成为具有标志性的"文化景观"。传统村落作为一个拥有文化遗产的社区，实现了"增值"。① 这里既有宗教信仰营造的神秘感，又有高海拔地区在地理空间上的陌生感，还结合了生动的故事小品，具备了可供讲述、可供观看、可供记忆的基础，这就综合形成了大众传播的交流基础。

当地至今还传承着古老的藏香制作技艺。当地人利用纯净的吞巴河水的力量建成水磨，将去皮切成段的柏木磨成泥。搅拌后的泥团，放在有小孔的牛角里挤出来，制作精良。独特的配方含有藏药材，具有神奇的医疗作用。当地还有全村人参加的藏香制作比赛。胜利的人，会得到青稞酒以示祝贺。这样的景观，自然和人文相结合，在镜头和画面中，成为提高关注度和收视率的亮点和热点。

第四节　影像表达的多维叙事与时空重叠呈现

上述纪录片的两个例子，各自聚焦一个传统村落的生活方式，是 30 分钟的小体量影片，但是同时又处于每一季 60 集的大型制作中。影片综合运用了民族文学传统的口头表达和书写表达的素材，结合神话故事、英雄史诗、民歌传说等与影像表达的视听语言，重新梳理了叙事的文本逻辑和生发语境，呈现出更为丰富的文化底蕴。

影片对于少数民族日常生活，有策略地选取讲故事的角度，讲究拍摄的角度和精选细节，展现出族群历史、宗教信仰和民俗文化，最终呈现在电视观众面前的是与社会主义核心价值观紧密结合在一起的有故事的人物和情节。

影片借助生活细节来表达某种宗教信仰与其他精神需求的相互对话，着重于价值观的挖掘和塑造。关注传统村落生活状态的影片，都不自觉地使用了一种将当地的宗教与祖先崇拜结合起来进行讲述的方式。这当然有媒体表达的国家立场的潜在影响，有儒家本位出发的痕迹，但是，这同时

---

① 〔英〕贝拉·迪克斯：《被展示的文化：当代"可参观性"的生产》，冯悦译，北京大学出版社，2011，第 124 页。

也是出于对当地生活的观察，是对血缘本质存在的表现，是多种信仰交织存在的现实表达，是对少数民族复合型多元化身份与文化认同的再现。

具有突破意义的是，民族文学传统融入视觉表达之中，成为可说、可听、可见的文化图景。纪录片借助民俗文化的表象呈现，传递出价值对话的深层意义。以农村、民族、宗教为题材，纪录片展现了日常生活和地方传统等基础内容，传播的目的是通过在传统与现代、多元与一体、个人体验与群体理念之间形成的巨大张力所涵括的充分对话，最终实现伦理道德和核心价值的交融。对宗教内容的生活化、历史化表达以及文化景观式的处理手法，使当地村落的现实生活和精神情感得以实现最广范围的传播和共鸣。只有解决好对少数民族的生活与宗教的表现，才能真正将边缘化的少数民族文化融合到中华民族文化"乡愁"的语境中来，少数民族宗教与民俗中所蕴含的传统价值才能与社会主义核心价值观之间产生相互对话和交流。

纪录片的结构其实是创作者和受众潜在交流的选择结果。[①] 潜在对应的思维结构符合受众的认知预期，便于观看过程中的接受和理解。例如赫哲族纪录片的叙事在逻辑上有所创新，即在一条主线的引导下，采用"双结构"相互映照的叙事手法。时间上，从过去到现在；空间上，从山林到江河；人物身份上，地域和族群双重交替；叙事手法上，从虚拟到真实，即以"英雄莫日根—赫哲男性—山林—打猎—唱伊玛堪—传承人男性（访谈）"来对应"英雄妻子—赫哲女性—江河—捕鱼—做鱼皮衣—传承人女性（访谈）"；整体结构上，影片选取传统民俗中的祭江仪式作为上下篇的切分点，上篇关注过去，下篇展示现实，在衔接和切换中进行集中而重要的乡愁情感抒发。在"伊玛堪"故事引导的渔猎生活的历史叙事中，尽量求取工整对应。

上篇展示了赫哲族所在自然环境的考验和生活条件的艰难，顺着时间脉络走向，叙述与国家命运相一致所遭遇的特殊历史时期的战争事件影响，关注一个小村落的人民的历史记忆。历史上山林打猎、江河捕鱼的生活，使得赫哲人在战争时期具备做狙击手的素质和能力。女人们用江上行

---

① 蔡之国：《电视纪录片的结构分析》，《当代传播》2009 年第 2 期。

船的本领递送情报，就有了真实可感的基础和流脉，结构交替讲述突出了抵抗过程中赫哲人在沼泽地生活的顽强意志力。人口从 1700 人骤减至 300 人，突出了艰难战争中的自强不息精神。尤其是，在这一段落中，借助手写资料和口述回忆来描述当地赫哲人的抗争过程，具体的数字、艰辛的生活、共同的命运，不仅将当地生活再次与古老的英雄故事脉络相扣，还使之与整个国家与民族危亡的遭遇紧密连接。可供分享的战争记忆和历史事件，使得边陲之地一个小村落的兴衰成为整个国家和民族命运的缩影，当事人的讲述、家庭的遭遇和沉痛的数字再次唤醒了对这场战争创伤的回忆，令人印象深刻。

正如杰克·古迪观察史诗讲唱的变化过程时所指出的，"史诗总是被不断地修改，使其适应新环境。与此同时，还会创造新的史诗"。① 抗战时期的英雄经历，也被当地人编成了讲唱故事，从历史进入传说，由个人融入群像，扣回到"伊玛堪"的主线上。回忆中的抗战生活来对应影片播出时抗日战争胜利 70 周年的现实情境，将受众解码接受过程也纳入影片的表述与整体呈现中来，这种剪辑下，政治、文化和价值观的考量都无法忽视。这段立足于抗日战争的讲述实现了本片从历史事件中抒发乡愁情感，唤起受众共鸣的目的。

战争的磨难过后，赫哲人恢复了古老传统，影片借助萨满法师的引导来表现传统的祭江仪式，刻画出民族文化的传承与其所蕴含的自尊自信。画面上当地"鱼把式"诉说着对童年在江上捕鱼生活的怀念，集中进行了乡愁情感的书写与抒发。情绪的描述和感受，欢笑与温情在江边蔓延开来，表达了赫哲人"艰辛里有几分豪迈"的情怀，在江边小船上吃鱼喝酒的生活特色和围聚进餐的文化共性，使得街津口村的衣食住行有了可供依托的具体画面。在祭江仪式之前，是赫哲人历史上的渔猎生活、男女分工、战争记忆等的画面，而在这个仪式之后，是现代化的定居多元新生活，展现的是真实可感的平凡日常，是当地人活在当下的现实。充满民族

----

① 〔英〕杰克·古迪：《神话、仪式与口述》，李源译，中国人民大学出版社，2014，第 77 页。

特色的祭祀仪式，承担起文化记忆的功能，承载着一个民族的根源脉络。

社会变革和文化变迁会深刻地影响一个民族的精神世界、文化品格和民众心理。[①] 曾经依靠山林和江河生活的赫哲人，转向定居向土地要收获的农业生计。政府引导当地村民过上定居的生活，并转向多元产业发展路向。下篇描述了新时期、新机遇、新挑战下的摸索，在赫哲族的现实生活和多元生计方式中择取了农业与文化产业来表现，依然使用"伊玛堪"主线和双线结构交织表述的手法。当地村民以个人亲身经历来讲述种田艰辛，"靠学习……从不容易一点一点走出来的。……只要付出了辛苦就能有回报。……能挣到八九十万"，当地有200多位农民从事生产，他们脸上洋溢着一分耕耘一分收获的喜悦。

赫哲族的两项"非遗"项目认定，使观光旅游的文化产业得以发展，赫哲族博物馆的建立吸引了大量的游客。博物馆的场景既反映了民族文化的独特语境，在文化产业发展的当下也颇具普遍性，在电视观众积极而间接的参与中，[②] 在旅游观光、消费主导的今天营造出"活在当下"的真实感。一位退休回到家乡当导游的女性讲述自己的再就业经历，她是土生土长的当地村民，"自己写导游词，努力想让游客喜欢……我们这么少的人，创造出这么多的文化"。纪录片以此来表现赫哲人的文化自信心和自豪感。对观看的观看，反而有助于为电视机前的观众带来这种真实感。博物馆提供了观看的空间和方式。在看、给看与被看的过程中，赫哲人也有对于民族文化的反思。纪录片以街津口村两个具体现实人物的经历和生活为例，实现对赫哲人延续艰苦奋斗、坚韧不屈的顽强性格的刻画。画面展示了这位导游唱一句"伊玛堪"，转向"伊玛堪"讲习班的群像表现，能够传唱"伊玛堪"显示的是对民族文化的自信，由个体延展至群像生活，再次扣回影片的主线。

结尾夜幕低垂，篝火杯酒歌舞的欢庆场面，预示着民族文化在新的时

---

① 梁君健、雷建军：《北方狩猎民族文化变迁的记录——制作方式与观念对影视人类学实践的影响》，《民族艺术研究》2013年第1期。

② 杨致远：《多重话语中的真实——再谈纪录片的真实性》，《中国电视》2009年第8期。

代焕发出蓬勃的生机。以少数民族舞蹈来结尾并没有太大的突破，但是这个刻板印象的持有和适度运用，对于少数民族的刻画是成功的，因为这符合观看者的接受能力、生活经验和知识储备，满足受众的正常预期而使受众容易读懂看懂。值得一提的是，从祭江仪式的群像、伊玛堪传习所群像到结尾篝火舞蹈画面中的群像，镜头中都突出了民族的盛装表现。与歌舞场面一样，民族盛装也是对于少数民族的刻板印象，纪录片难以避免展现观众观看的需求期待。

尽管一般意义上的服装是一种自我的表达，但是其始终无法摆脱权力和意识的影响，而与政治、经济、社会关系的变化密切相关。① 特别是，少数民族的服装是民族精神、审美趣味以及文化身份的表达。② 通过民族服装，可以看到穿着主体对于自己的文化和传统的认识，以及这种文化传统对自己行为的影响，其中包含着历史、民俗和艺术表征。对于民族服装的眷恋和认识，恰恰也能反映出全球化、现代化过程中文化怀旧的乡愁情怀。可以说，民族服装的出场和表现，是某种情景化的文化实践和民俗生活。

因此，民族服装的展示和强调，一方面，是赫哲族以文化主体身份进行表达的一种途径，表现了一种当地的特色和个性，其中鱼皮衣作为赫哲族的非物质文化遗产，寄托着赫哲族的历史和智慧。另一方面，这也是观看的需求，满足了电视机前的一般观众作为"局外人"以他者身份观看的好奇心和期望值。这种表现向来是一体两面的，既以服饰划分出身份的边界，呈现主体的文化意识，又以服饰来塑造可供观看的对象，同时建构起观看的主体和客体。在看与被看之间，影片做到的突破是，并未止步于展示服装穿在身上载歌载舞的刻板印象，还用较多的笔墨和篇幅展示了赫哲族的鱼皮衣制作技艺，表现出被看视角下的文化自信，弥补了以往主体缺失的表述，同时建构了主体和客体、历史与现状之间

---

① 人类学将服饰看成一种文化表征，相关研究可参见周莹《民族服饰的人类学研究文献综述》，《南京艺术学院学报》2012 年第 2 期。

② Jane Schneider, "The Anthropology of Cloth," *Annual Reviews Anthropology*, Vol. 16, 1987, pp. 409-448.

相互交流的语境。

在如何拣选民俗资源，如何借助影像技术加以表现，以及如何把一个区域性故事讲述成能够唤起全民认同的"中国故事"等方面，影片提供了可资借鉴的经验。影片在播出之前，考虑到时长要求、主题需要和故事性结构，删去了部分片段，在讲述"80后"青年个人学习"伊玛堪"的经历时，弱化个人作用而凸显出"伊玛堪"讲习所的集体群像，使个人化的刻画让位于集体性的表达，从而推动乡愁情绪不囿于个人情怀，而实现某种普遍化的建构和大众化的共鸣。

综上所述，结合了民族文学传统的纪录影片，为少数民族乡愁的表达提供了一个可贵的标本。少数民族题材的纪录片关系到国家形象的塑造、传播和表现。[①] 尽管这种聚焦社会主义核心价值观建设，期望从传统文化中寻找当今社会风气与价值的渊源流脉的纪录片，其自身究竟是电视节目，还是有故事的人物纪录片，抑或地理风光片、文化风俗片，都还需要探究。纪录片的表现手法和内容衔接，都还在探索中。然而，我们无法回避的问题是，究竟如何才能真正贴近被拍摄者的生活、文化和思想、情感，如何才能在政治话语、媒体手段的再现中表达出真正的人、真正的风俗、真正的历史，如何寻找到恰当的衔接点和平衡点。这种探求，就像是在两山之间的湍急河流上走钢索，大胆前行又要小心翼翼，每一步都充满挑战。

真实生活的真正改变才会带来文化的真正变迁。传统以它特有的方式存在着，了解过去，是为了要生活在当下。连接传统文化与当今生活，连接历史道德与当今政治价值取向，连接少数民族身份与广袤国土上的公民身份，成为这部纪录片所追求的目标和方向。在这一路途上，学者的知识和独立思考的能力，以及文化表述的眼光和视角，能够参与其中，使知识服务大众，发挥更大的作用，这既是学术理想，也是社会责任。

---

① 　王华：《在摄影机与少数民族之间发现中国——中国少数民族题材纪录片生产与传播研究（1979年至今）》，《新闻大学》2014年第5期。

第五节　乡村的情感影像：作为一种
本土化的艺术表达

　　2013 年 12 月 12 日，习近平总书记在《中央城镇化工作会议上的讲话》中提出，"让居民望得见山、看得见水、记得住乡愁"。① 近十年来，不少文章将"记得住乡愁"作为中国新型城镇化进程的一个衡量标准、目标或者社会背景，来探索中国农村的发展和未来走向。②

　　2017 年 1 月，中共中央办公厅、国务院办公厅联合印发了《关于实施中华优秀传统文化传承发展工程的意见》，提出要"挖掘和保护乡土文化资源，建设新乡贤文化，培育和扶持乡村文化骨干，提升乡土文化内涵，形成良性乡村文化生态，让子孙后代记得住乡愁"。在"和美乡村"建设和"新型城镇化"过程中，各级政府和商业资本都逐渐意识到"乡愁"的文化内涵；逐渐意识到"乡愁"寄托的文化情感和文化想象；③ 意识到，在当前中华文化"走出去"的总体战略中，"乡愁"是全球化过程中"现代性"的副产品，④ 是中国人文化记忆的构成部分，反映出民族性格和历史心态，⑤ 是古老乡村走向现代化乃至全球化过程中不可避免的文化现象。⑥ 重视和研究乡愁情感下的乡土影像，对于弘扬中华优秀传统文化以及开发相应的旅游文化资源具有重要价值。⑦

　　关注社会热点的媒体反应，常常先于审慎的学术思考。先于学界对乡

---

① 中共中央文献研究室编《十八大以来重要文献选编》（上），中央文献出版社，2014，第603 页。

② 参见余连祥等《"美丽乡村与美好乡愁"笔谈》，《湖州师范学院学报》2014 年第 1 期。

③ 宋颖：《乡愁情怀的多诉求视听语言表达——以国家重点工程百集大型纪录片〈记住乡愁〉中对赫哲族的表现为例》，《民族艺术研究》2015 年第 4 期。

④ 陈鹏：《中国现代性文化乡愁探研——以阿伦特公共领域理论为视角》，《牡丹江大学学报》2015 年第 6 期。

⑤ 陶成涛：《文化乡愁：文化记忆的情感维度》，《中州学刊》2015 年第 7 期。

⑥ 笔者认为，对于乡愁的讨论才刚开始，综述类文章参见彭佐扬《乡愁文化理论内涵与价值梳理研究》，《文化学刊》2016 年第 4 期。

⑦ 任致远：《关于乡愁的若干思考》，《城市》2015 年第 7 期，第 73 页。该文强调人们对城市中心心怀家园的感觉，在继承传统文化的基础上，更好地谋划现代城市发展的未来。

愁在学理上的溯源以及深入探讨，以"观看"与"呈现"为主导的影像表达，在当今时代又走在了前面。为全面展示中华优秀传统文化，在中宣部等四部委指导下，中央电视台组织拍摄了大型纪录片《记住乡愁》，在2015～2016年聚焦古老的传统村落，共播出了120集，收视率一度达到0.7%～0.8%，大多位于0.5%～1%的高点。这部大型纪录片，先后荣获国家新闻出版广电总局的"优秀系列片奖"，四川"金熊猫"国际纪录片节人文类的"最具人文关怀奖"，获评第22届中国电视纪录片系列片十优作品。① 这部纪录片，所拍摄的大多是住建部等部门认定的中国传统村落名录上的村庄，片中已经拍摄而尚未在列的一些村落，在纪录片播映结束后也候选列入住建部等部门关于中国传统村落的第四批名录②的讨论范围。

　　乡村影像的本土化表达是中国纪录片走向世界所面临的问题，与中国知识界的"文化自觉"紧密相连。如何用影像表达古老的乡村生活，获得生活在"别处"的大多数民众的普遍认可，同时将具体区域的地方生活与中华优秀传统文化的整体性历史传承相连接，这既是视觉表达在当前时代背景下将传统文化元素与蕴含现代性的"编码—解码"③ 过程相连接时所面临的挑战，也是人类学长期以来所关注的个体性与整体性之间相关联的问题。可以说，在这两个取向上，这部纪录片提供了可资借鉴的经验，值得进一步探讨。

一　以情感为内核来塑造人物和推进故事

　　纪录片的"文化自觉"体现在用视听语言及其语法来进行思考。但是在镜头中所进行的思考，表达的任何思想，都必须借助画面来形象地再

① 数据参见中央电视台收视数据。相关荣誉和报道具体有：2015年3月12日报道《〈记住乡愁〉首播引发强烈反响》，《中国电视报》第A2版；同名图书《记住乡愁（第一季）》入选国家出版基金项目；2016年9月12日《记住乡愁》第二季荣获"金熊猫"国际纪录片节人文类"最具人文关怀奖"；2016年11月11日至14日"第22届中国纪录片学术盛典暨第3届深圳青年影像节"在广东深圳市颁奖，《记住乡愁》第二季获评第22届中国电视纪录片系列片十优作品。

② 前三批共有2555个传统村落，传统村落数量上前三位是云南、贵州、浙江。据2016年11月9日人民网等报道，第四批拟新增1602个传统村落。

③ 参见伯明翰学派霍尔等对以电视为代表的大众文化和传媒的相关研究。

现，而不能生硬地讲理。这种再现所使用的语言，一方面要推动故事的进展，另一方面要传递人物的性格，而牵动和推进影片的力量，不是情节，而是情感。

《记住乡愁》从主题上要传递社会主义核心价值观，要实现拍摄传统村落并传播中华优秀传统文化的目的，因此，对不少村落在策划和拍摄时，注意挖掘人物故事，限于篇幅不能过于展开矛盾和情节，强调的是情感流动的重要性，影片中充沛而丰富的情感，伴随着波澜起伏的人物命运和选择而呈现出来。

例如《芒景村——心平气和》在表达平和的主题时，选择了一个特别不容易令人平静的故事。布朗族妇女女江经历了两次婚姻，其中还夹杂着处理前夫车祸的事情。"女江和前夫结婚后，生了两个活泼可爱的女儿，一家四口生活美满。可是女江没想到，在四十多岁时，前夫有了外遇。前夫抛弃了家中的一切，与女江离了婚。年过不惑之年的女江始终不能接受这场破碎的婚姻，直到遇见现任丈夫腮坎，女江才慢慢走出了阴影。不久之后，女江却收到了前夫车祸死亡、同行的女人不知所踪的消息。最后女江在现任丈夫腮坎的支持下，尽自己所能给前夫办了葬礼。"

离异又再婚的她却能够坦然面对并接受了命运的安排，影片此时抛开了个人伤痛和个体生活的具体小空间，而将人物命运与村落的自然环境结合起来，"就像景迈山上那些从根部分开的茶树，尽管分离产生了伤痕，但是它造就的不全是伤口，也有新生的希望"。这就不全是伤悲、困苦和不平，而融入了某种更为久长的情境，连绵的大山，古老的茶树，人与自然的相互映照下，岁月在她的个人生活中延展开来。这种情境因不狭促而使影片的情感基调深沉平缓起来。

再如，《洪坑村——重教明理》中一个外婆桥的故事。本来生活富裕的一个小女子，面对亲人相继逝世，独自抚养了 8 个孩子勤力读书、长大成人。女性顽强而艰辛的生活唤起深深的共鸣和共情，中国女性吃苦耐劳、柔软而坚韧的特征呼之欲出。

　　江月娥凭借一己之力抚育 8 个孩子成才的故事是洪坑村人共同的记忆。在体面的婚礼和幸福的新婚生活之后，江月娥就随丈夫去闽南洋。太平洋战争爆发后江月娥跟丈夫带着 5 个孩子回到了家乡洪坑村。然而不幸的是，回到家乡短短三年，一场瘟疫袭来，她的公婆、丈夫去世，留下 5 个年幼的孩子，没想到，弟弟和弟媳也相继离世，他们留下了 3 个孩子，这些孩子们都只能依靠江月娥一人抚养。

　　残酷的现实时刻考验着这个善良的母亲，她拿出百般的勇气和毅力来面对艰辛的生活。贫困是她最大的敌人。在林尚祥的记忆里，母亲会用皂角制作肥皂，用松树根烧火照明，她想尽办法节约每一分钱，但在给 8 个孩子的读书费用上，她却从不吝啬。

　　就这样 8 个孩子在江月娥异于常人的坚持下无一辍学，日后都受到了高等教育。今天这位勤劳的外婆家中已经有老少 128 人，其中有28 人念了大学，还有 3 人出国留学。

　　又如，《塘东村——忠义传家》中，离开家园的华侨常常捐资修路、修桥，不少华侨选择了叶落归根，表达出对于家园深厚的感情。

　　红墙古厝上，那高高翘起的燕尾脊，是闽南乡村一道亮丽的风景。燕尾脊的尾部微微岔开，就像燕子归巢，飞落的姿势轻巧俊逸。对于塘东村的海外游子来说，它是来自家乡的期盼。

　　2009 年的一天，蔡连发不顾女儿的劝阻，只身一人回到了塘东村。再次见到儿时的玩伴，听到熟悉的乡音，蔡连发决定不再离开这里。

　　蔡连发：我是在故乡成长的，所以对故乡的生活我比较了解，比较深厚。在台湾身体不好的时候，在医院里面想到只要在家乡就很好了，要吃什么东西，想家乡菜。这样讲的目的，人就是这样，人必有一死，我想死在家乡。

当同期声响起，尽管不少人听不懂浓重的方言口音，但是"我想死在家乡"中发自肺腑的真挚情意，在画面传递的瞬间，唤起观众长久的共情。

《记住乡愁》的人文关怀是凭借着写人生，写波澜壮阔、起伏不平的人生故事来衬托一个个平常人物面对大起大落时的坚韧、忍耐和平静。从小人物的琐碎生活中挖掘故事，但不纠缠于情节，不以矛盾冲突来吸引观众和推动故事，而是将人与当地风物紧密连接起来，用真实的情感、真挚的表达来温和处理。

纪录片通过人物回忆自身的成长或经历等故事，刻画了他们所处的情境，挖掘其内心蕴含的深情和志向。尤其是，影片将个人的小生活与村落的建筑、自然风貌等结合起来，拓展了生活的空间，蕴含着强大的情感力量，以此来唤起观看者对自己人生经历的回忆，这种回忆，使人们之间产生了某种联结，同时也使人们把自己与各自的家乡和所处的情境相互联结起来，获得情感交流的共情体验。在建立与观众的情感联结的过程中，价值观的说理无声地唤起了深层的认同，"报国""爱国"等核心价值观的主题也得到了形象化的再现。

二　以民俗为载体的传统美德与社会主义核心价值观的连接技巧

中华传统美德与社会主义核心价值观，从历史维度看，是源与流的关系，是一脉相承的；从现实维度看，两者都是中国现代性的共同构成成分；从发展维度看，两者存在深度融合的趋势与可能。可以说，传统文化是充满活力的思想源泉，正是"中国传统文化为社会主义核心价值观的诠释和践行，提供了话语资源和实践范本"，① 在影像表达中，纪录片也注重借助民俗活动来表现政治、经济、文化、社会、家庭、个人、组织、制度以及生产方式等各个方面的乡村生活，来寻找传统美德与现代社会价值观念之间的复杂联系。

---

①　参见林国标《中国传统文化与社会主义核心价值观的内在关联》，《中原文化研究》2016年第 5 期。

"民俗学视角能够让我们注意到乡愁的能动性层面，以此为切入口"[①]促使我们思考"村落终结"[②] 带来的空间变迁和关系变动，思考现代语境下的乡愁。而乡愁的能动性，反映为某种"行动力"，在笔者看来，这种行动力，体现在民众对于日常生活中的仪式、习惯等诸多风俗的创新和再造中。从民俗学视角来看，这种行动可以概括称为"民俗主义"。[③]

对故乡的再发现、再表现，文化在表征中出现新的阐释，被人们赋予了新的意义。保护、传承和发展乡土文化，本身就是现代意义上的行为和活动，是赋予旧的民俗生活和文化符号以新的意义的表述过程。现代社会发展下，民俗学关注细节的沉淀，重视在这种多维度和多指向的新型城镇化建设过程当中，日常生活的传承和变迁，民众的心理感受和情感表达也就具有了普遍意义。这些民俗生活的细节沉淀和细微变化，借助镜头和画面表现了出来。借助民俗细节的变迁，传统美德与现代社会的主流价值之间产生了联系。

纪录片大量运用了民俗文类来描述村落生活，增加生活情趣和娱乐性，并将生活文化和价值观念的说理通俗化了。民间文学（神话、传说、故事等）在新中国成立初期曾发挥重要的作用，为国家的新兴发展传递正能量，民歌和新民歌运动，强化了思想宣传，也统一了民众的认识。这些民间文类具有强大的生命力，是口耳相传的，是众所周知的，是不言自明的，因此在纪录片中大量运用这些文类，可以轻易地唤起共鸣。纪录片使用了神话故事等来建构村落的历史，村落共同体的文化想象和历史想象成为整个村落叙事的基础。纪录片的叙事结构中穿插了各地民歌和唱腔，如客家人的迁徙歌、各少数民族的劳动歌、婚嫁歌等；作为国家级非物质文化遗产的史诗，如赫哲族"伊玛堪"、侗族大歌等；以及每集都会引用至

---

① 郭海红：《日本城市化进程中乡愁的能动性研究》，《山东大学学报》（哲学社会科学版）2015 年第 3 期。
② 田毅鹏、韩丹：《城市化与"村落终结"》，《吉林大学社会科学学报》2011 年第 2 期；金磊：《城镇化"乡愁"的国际借鉴》，《瞭望》2014 年第 14 期。
③ 参见〔德〕瑞吉纳·本迪克斯《民俗主义：一个概念的挑战》，宋颖译，周星主编《民俗学的历史、理论与方法》下册，商务印书馆，2006，第 859~881 页。

少一句当地的俗语等来增强画面叙事对于生活的表现力。

值得注意的是，纪录片选择由当地人来阐释当地生活及其意义，当地人具有本地知识的解释权力，这种权力归于当地人日常生活中的行为实践及其话语实践。例如贵州、广西等地的盟誓仪式和村落（社区）组织制度，民间盖房、染布、种田等互帮规矩、讲究及其过程等，都集中反映了劳动大众的普遍意义上的生活。地域文化的独特性也有所展现，例如海南草塘村的南海"更路簿"的记录和传承，对地点的命名反映出当地人的空间意识①和时间观念等，是时间与空间的"地方性"文化知识，表现了人类行为和组织活动的实践能力。再如贵州占里村生儿育女的草药"秘密"，均由当地人来陈述，以增强真实性。当然，纪录片的解说词要对这些知识进行限定表述，尊重当地人知识的同时还要兼顾一般大众认可的科学性，使这些当地知识在某种"现代性"的结构中进行表达。即便是邀请专家或知识分子等进行陈述，也尽量选择本地出身者，并将陈述内容置于村落的真实空间中来进行解释，这同样也建立在"现代性"的结构当中，并与影片其他陈述者的讲述内容相互平衡、相互制约甚至相互阐释。

有些主题比较难找到可供依托的民俗活动或文化。例如"爱国"主题、"慎独"和"义"等与个人修身有关的主题。"爱国"是社会主义核心价值观的重要内容。而传统美德中的忠贞、正义等精神追求均与之相关，但又有所区别。对"民族""国家""天下"等概念的探究，学术成果连篇累牍难以概括。不过，影片还是试图用民俗生活来承载"忠"的不同内涵，这里以五个传统村落的表达为例来稍加说明。《哈南村——尽忠报国》里借助当地流传的民俗活动"夜春观"的社火，来衬托当地人的忠心报国的志向，将古老的精忠报国的英雄故事与当地为国当兵的传统相关联。《下才村——尽心尽忠》，将比干的忠心传说、林氏族谱的记载、庄背庙祭祀要备齐"忠肝义胆"的民间讲究，与在抗日战争和解放战争中涌现出刘忠等9位军长、18位师长等的红色历史相互贯穿、连接在一起展现，

① 参见〔德〕赫尔曼·鲍辛格《技术世界中的民间文化》，户晓辉译，广西师范大学出版社，2014，第85页。

表现出当地忠贞的传统。红色革命的影像表达，也就有了民众基础和历史根源。《塘石村——忠义兴国》，采用了民间流传的"头顶方山笠，眼望凤凰村，若能石生水，贤才代代兴"的说法，与神舟五号成功发射这一重大事件相互关联，表现了不同时代为国奋斗的将军们的风采和精神面貌，当地贤良辈出，更显得历史悠久，传承不断。《新村——忠贞报国》主要讲述苏武牧羊不辱使命的忠贞坚守，当前生活在陕西的苏武后人族谱中有"忠孝仁俭，以忠为先"的祖训，年轻人不贪恋国外富贵而能够回国创业，一首妇孺皆知的《苏武牧羊歌》曲调一响起来，就省略了众多言语。而用秦腔演出的片段来传递主旨，成为情感和理念、历史和文化同时呈现的最强符号。苏家父子二人一起为祖先扫墓，是对祖先遗志的最好的传承。为先祖扫墓的场景还用在了《富田村——天地有正气》中，航拍镜头显得宏阔深远，影片标题取自文天祥流传后世的名作《正气歌》。

《上庄村》是 120 集纪录片中唯一表述"慎独"这个主题的，片中使用了非物质文化遗产——书法艺术来试图贴近人物的精神世界。"慎独"是君子修身的标准和内省要求，是向圣贤看齐的精神追求和心性修养，是对己向内的个人修为。纪录片尝试使用视听语言来解释人类文化现象，[①]值得拍摄的都要记录下来，并以此来理解当地人民的生活和文化。例如，影片使用了做不同的菜都要反复洗手——即使外人看不到——这样的细节，来表现一个厨师的自我要求。然而，以视觉为表达媒介的纪录片很难刻画内心世界，而只能借助具体而琐碎的外在行为细节来试图传达主题，这就使得对这一主题的探索，无法触及慧根禅意或者仁心德性的高阶修行，而难免会流于表面，丧失了原有的精神意蕴和心灵境界。尽管如此，这却是 120 集纪录片中仅有的触及传统文化中个体追求的最高境界与精神标准的讨论。这种面向人类精神追求的探索，是在全球化过程中，从中华民族独有的文化传统角度来进行反思和追索，来探问整体精神危机当中可能的一种归宿或应对智慧，只要尽力而为了，亦不必过于计较得失。

---

① 张辉：《用视听语言来解释人类文化现象》，《民族研究》2004 年第 4 期。

三   注重当下时代背景的群像勾勒

20 世纪二三十年代，晏阳初、梁漱溟、卢作孚等认为农村对国家的政治、经济、文化具有决定性的重要意义，"农村破产即国家破产，农村复兴即民族复兴"。近来如安徽碧山村曾经实施的碧山共同体计划，可以视为一种摸索式的实践案例。① 关注村落，其实与我们大多数人生活在城市或即将生活在城市的未来紧密相关。没有人会愿意生活在倒退的历史当中。因此，"人们对城市心怀家园的感觉……在继承传统文化的基础上，更好地谋划现代城市发展的未来"，在这种理解中，乡愁来自人民的心中，"尊重历史，但不是凡是旧的就是好的"；"反映时代，但不是一成不变的"。② 这样的表达，是具有现代性的，是着眼于历史和整体之后的面向当下的记录。

肩负文化使命的纪录片，如果想要为中华文化精神的书写和表述树立典范，势必要借助民俗来重新表达。这意味着，既要通过民俗来建构历史，强调传承，关注整体，还要借助具备现代性的新事物来表现新的时代、新的技术，主要以年轻人为叙事主体来展现新的社区建设、新的观念、新的生活风尚。一方面，影片在着力表现古老的习俗和传统；另一方面，通常按照时间顺序，在影片的结尾总有一个小故事来聚焦当下年轻人的生活方式。这样一来，不仅顺承了叙事结构上的时间发展逻辑关系，而且反映出一体两面的村落生活，即保护与发展、传承与创新，交织在一起，古老的村落也能焕发出生机与活力。

民众对"过去"的情感，大多表现在对于历史遗址的情感上。纪录片选择了一个村落来表达这种情感和面向未来的现实生活。如《唐崖司村——一诺千金》，当地拥有世界文化遗产，但不是对之进行大规模重建或盲目仿古，而是尊重历史，保持原貌。这种申报世界文化遗产的事件，

---

① 叶强、谭怡恬、张森：《寄托乡愁的中国乡建模式解析与路径探索》，《地理研究》2015年第 7 期。文中认为，"记得住乡愁"是新型城镇化的目标和对过去城市化模式的反思。

② 任致远：《关于乡愁的若干思考》，《城市》2015 年第 7 期，第 73、76 页。

绝非个体化的，而是与整体紧紧关联着，并且这种关联已经突破了当地一个小村落，成为与国家事务和国家文化遗产保护等政策紧密联系的重大事件。以小村落来写大事件，势必是一种群像的展现。这部影片中的这一重大事件，是发生在最近的"当下"事件。在拍摄之后的制作过程中，当地传来了"申遗"成功的消息，摄制组前去补拍镜头，并且是不惜成本地展现世界文化遗产的遗址风貌、遗产地的民众生活、最新搬迁状况，用镜头和拍摄实践来对接最为真实最为接近的"当下"，从制作到播出只有三四个月。对于这一集来说，民众实践、拍摄实践、播出档期在最短的时间周期内结合起来。纪录片以面向未来的眼光来看待过去的世界文化遗产，是具有现代性的重要表现。

乡村要留住自己的年轻人才有未来，纪录片关注年轻人回到家乡生活的经历和故事，"吸引普通的乡村年轻人回归乡村，重赋乡村产业活力，重振乡村文化魅力及重组乡村治理结构，这才是乡村复兴的本质内容"。[①]

如《青礁村——自强不息开拓进取》讲述了"90后"年轻人通过自己的努力留住了村子，改变了生活的自强故事。他们把村口田地，划分成小块，租给城里人，田地变成了漂亮的"城市菜地"，原本一年一亩地收益只有 2 万元，如今收益达到 8 万元。

如《南岩村——知难而进》，用"90后"王思仪从网瘾少年变成知名网商，利用互联网在阿里巴巴平台上卖茶叶，销售额达到 9000 多万元的故事，来展现当地人"知难而进、求变敢拼"的传统价值观，并使用当地"少来不打拼，晚年无名声"的俗语，教导年轻人要勤奋拼搏，只争朝夕。

如《吾木村——天地和谐心性真》，当地人娶了洋媳妇回到大山里开民宿，过上生意兴旺、家庭和美的新式乡村生活。又如《郭亮村——自强不息》，当地人在 20 世纪 70 年代奋力打通了一条出山的公路，纷纷开办起"农家乐"，终于以愚公移山的精神改变了与世隔绝的生活。再如《张店村——重教启智》，在传承张良辅国智慧的当地年轻人中，一直有一个传

---

① 唐军、钱慧逸：《谁的乡愁？谁的乡村？——乡村建设热潮和一个县域样本的观察与思考》，《新建筑》2015 年第 1 期。

统，学成之后要回到当地的学校，向中小学生传递知识，讲述学习方法，这种青年回乡、知识回乡的行动带动了当地的教育发展。

当然，拍摄传统村落中使用的素材，以故事为重，[①] 以情感为重，有时会对地方知识中的文化结构和生活功能以及其他价值进行遮蔽，达到突出主题的目的。因此，有时也会存在不恰当的利用、误读、再解释，但是只要不影响纪录片主体的真实性，不伤害到故事逻辑和情节铺陈，从视听传播的角度是可以接受的。

四　拍摄悖论与审美体验对学术提出新的要求

村落像一个个的孤岛，漂浮在不可阻挡的城镇化进程的大潮中。为了面对在现代化、全球化中的人类整体性的精神危机，中国的文化表达必须面向过去的传统去寻找根源和依托。在这个过程中，不可避免地存在着一个悖论，即一方面，借助影像手段，将怀旧情感中的浪漫化和理想化寄托在难免粉饰和精挑细选过的古村风光和人物故事上；而另一方面，这种表现拍摄的是当下的现实空间，是真实的现实人物生活，使用活在当下的人们所能够接受、理解的生活细节来进行表达，传递的观念也必须得到现代人的认同。

乡村影像的本土化表达，同时也是传统村落的现代表达。对于中国古老的村落，不能妄想用一套程式化的结构、逻辑，甚至语言来套用在每个村落的人物故事讲述上，一旦村落失去了个性，其对于整体呈现的农村生活而言也就同时失去了活力和生命力，失去了新鲜感，也往往容易令观众失去兴致。因此，要做到使讲述的每一个农村故事都具有吸引力，着实是一项艰难的挑战。

2014 年，习近平总书记指出，"博大精深的中华优秀传统文化是我们在世界文化激荡中站稳脚跟的根基"。[②] 表现人文历史类的纪录片，镜头和

---

① 参见〔丹麦〕彼得·I.克劳福德《视觉人类学家在编故事——不是吗?》，杨美健译，《西南民族大学学报》（人文社科版）2003 年第 12 期。

② 《中共中央政治局就培育和弘扬社会主义核心价值观、弘扬中华传统美德进行第十三次集体学习　习近平：把培育和弘扬社会主义核心价值观作为凝魂聚气强基固本的基础工程》，《人民日报》2014 年 2 月 26 日。

画面需要不断追求精益求精，必须具有并展示一种恢宏博大的气势，这种美感是现代性的技术手段和影像表达的基础。没有观众在屏幕前良好的审美体验，任何价值观念的传达和表现都是空中楼阁。但是仅有审美体验而缺乏国家形象的建构和文化传统的讨论，也是肤浅而无味的。在拍摄和制作技术日益提升的今天，在技术技巧的背后，如何理解和诠释中华传统文化，以影像的方式来参与到当下中国文化软实力的话语体系的建设中来，显得尤为重要。

智利纪录片导演帕里奇奥·古斯曼（Patricio Guzman）说，"一个国家没有纪录片，就像一个家庭没有相册"。① 与电影美学的追求相比较而言，人类学纪录片无法做到像乡土电影，如《乡村里的中国》那样，花费长达几十个月的时间来展现乡村一整年时间的生活，全面塑造人物的性格，呈现感人的矛盾冲突，用情节来引导情绪酝酿和爆发，以引发观众共鸣的情感释放点为目标来完成叙事；或者如《小森林》那样全力刻画寄托乡愁的旧时光和某个人的单一生活，而必须强调对于整体性的追求。

一方面，面向公众的影像表达，在大多数情况下，是普及式的呈现，不需要进行学理性的追索和严谨求证，似乎显得轻易简单；另一方面，这种表达往往需要将艰深周详的学术理论或思想转化为深入浅出的形象化语言，以使不具备同等知识背景和语料资源的普通观众也能够在符号表义的瞬间，了解影像再现的意图而不用费劲思考。然而实际上，对于某地文化的具体研究，相对而言往往是滞后的，这就在学术上限制了纪录片的影像表达深度，这是不容忽视的中国社会与文化研究的现实，也是学者必须面对并为之付出不懈努力的现实。

---

① iDOCS 国际纪录片论坛引言。论坛已经于 2009 年、2010 年、2011 年、2014 年、2016 年成功举办了五届，邀请纪录片导演，并展映优秀纪录片作品供现场讨论。

第二章

族群的影像：侧重传承性的表达

第一节　技术影响下的民族文学与代际传承

曲调和文艺与一个民族的气质与根本相扣合，为民族的生活空间和行为言语等提供了最贴近文化品格的基底表达。民间文学往往承载着民族传统与文化，在传承中促进了族群、地域和国家等不同层面上文化认同的形成。多年来的非物质文化遗产保护工作给民间文学的发展带来了前所未有的机遇，很多荒野中濒临消失的小群体交流艺术，一跃而为国家级项目，获得政府的重视和资助，进入国家主流话语的观照，成为文化软实力的组成部分。但与此同时，民间文学样式和存在状况也面临着新的挑战和变化。

20世纪后半期，表演理论随着文化实践的发展而兴盛起来，从这种视角看来，民间文学在每一次面对受众的互动过程中，其文类界定和传唱形式均呈现出"这一次"独特的面貌，从而成为特定语境下的"这一场"表演。随着场景、事件和地域的变化，这样的表演在舞台的拓展变动过程中逐渐从乡野小村的面对面交流，变为代表国家文化特征并具有深刻意指意义的文化符号。

因此，就不难理解，众多的民间文学样式，从传统村落中古老文化和民族精神的载体，变成表征民族精神内核的代表作。但是，展演的弊端和消极影响随着工作的开展和深化，日益明显和突出，在民间传承的文类拥有了不同级别称号和名目之后，要逐一落实并获得长久持续发展，面临着很多现实的问题。

这些现实的问题较为突出地表现在表演、技术和人地关系等带来的语境变化上。进入"非遗"名录的大多数民间文学样式，主要功能从民间的交流和教化，转向了表演和展示。一方面，表演和展示使得这些样式走向了更为广阔的舞台和更为多元的大众，让更多的人了解了某一具体的偏远村落里世代传承的技艺和审美趣味，为这些样式赢得了更多的声誉和认可。另一方面，不可否认，尽管表演适应了新的时代和新的潮流，但在向外传播本土文化的同时，也更快地造成了本地受众的流失。传承人忙于接待来自外界的采访者和报道者，热衷于或不得不更多地参加各种级别的演出和展览，以造成更为广泛的影响，而疏于对本地年轻人的培养和熏陶。

在表演的过程中，技术手段的利用也成为"双刃剑"。以赫哲族的国家级"非遗"项目"伊玛堪"为例，这一样式较早地得到了音像技术的介入，得以录制和保存，并能够为当地民众所获得。从现阶段看，这对于"非遗"项目的维护和传播非常有效。例如黑龙江街津口村的传承人吴宝臣，曾经通过学习音像资料来学唱"伊玛堪"，再请当地富有经验的居民和听众来纠正发音和节奏。在"非遗"保护的初期，使用技术手段能够大为提高某一样式的传播速度和效率，形成标准化、普及式的版本，经过精心剪辑和制作之后，可以作为培训和教学的样片使用，有利于"非遗"项目的保护。而且标准化的技术所形成的数字化保存，优势明显，它突破了地域的限制，使得任何一个角落的人，只要使用电视或电脑，借助互联网，访问数据库或音像资料，就可以看到某一样式完整的说唱片段，享受到文类表演中相应的音乐、韵律和动作形态。

不过，音像和影视技术的介入，使得某一次特定的表演从此长久地同时也无法再发生变化地保留下来，变成了每一次的样本，表演者失去了面对观众时的随机应变和即时交流，固化乃至僵化了样式的语境表达。而标准化的剪辑和镜头衔接，也使得不少鲜活生动的即时反应，被当作影响画面和声音效果的部分而废弃不用，这些片段可能对于表演者和当地受众而言，却具有重要的文化意义或承担某些实际交流的功能。例如西北"花儿"，在表情达意上大多是面对具体对象说唱的心里话，具有格外细腻的情感和随性的抒发，这种具有个人化的情感表达，在影像记录中不可避免地被遗漏或被遮蔽，更多的情况往往是由于迁就表演而变化成了根本无法表达的内容，这样也就无法实现真正的记录。在保安三村生活的马黑娃提及，作为野曲的"花儿"，不少是唱爱情的，不是在大众面前表演的。而成年人有了家室后，便没有了演唱的对象。生活方式的变化导致年轻人也忙着搞生产，没有时间去上山放牛，失去了演唱的环境。年轻一代的歌手马满素，有维持自己经济收入的工作，基本没有时间唱花儿，在面对镜头演唱的时候，颇为踌躇，只能唱些描写自然风物的一般曲令。这样一来，在民间生活中用于谈情说爱、互诉心曲的花儿，在镜头面前不得不失去了最有韵味和最有生命力的部分，也无法得到有效记录和传播。

即便如此，在某些层面上，技术在保存过程中确实能够轻易地胜过人。一方面，它不仅能够保证文类得到基本真实的再现，而且更重要的是，不少"非遗"项目的表演者，对于当地居民来说是负有声望、深受人们喜爱的老者，随着时间的流逝，在他们故去之后，人们仍然能够看到生动的画面，听到他们富于感染力的声音。影像系统和技术充当了保存和传播的介质。然而，另一方面，这同时抑制着传承技艺的年轻人的表演欲望和表演能力的增长，对年轻一代的表演者，当地居民可能不够信任，并没有那么大的兴趣去观赏他们的演出，这也使年轻的继任者无法在说唱实践当中来磨炼和提升习得的技艺。当地居民可能更愿意选择访问熟悉的资源，一遍遍不厌其烦地观看，而不是到某个现场去面对一场并不知道精彩与否的年轻传承人的技艺展演。这也就使某一样式在技术传播层面上得到很有效的保存，但是本地传承的能力却削弱或愈发丧失了。

技术的"双刃剑"需要引起"非遗"保护工作者的重视和关注。一方面，技术帮助了有意学习的后辈更为便利地接触到学习资料，能够一遍遍模仿高水平的表演片段；另一方面，技术对于技艺的传承和受众培养所造成的冲击其实具有负面的影响，这些负面的影响在短期内反而不易发觉，却会对某一样式在世代传承中造成长期的危害。

从行政立场出发的"非遗"保护工作也面临着"业态复合"的问题，旅游、出版、影视娱乐等，都是从事民间文学收集、整理和调研的文艺工作者以前没有面对过的领域。这些新的变化，不言而喻，其实是新的挑战，显然传承人和"非遗"项目的申报者、组织者还缺少应对的经验和得以兼顾的行之有效的方法。

口头传统中的世代沉淀和不知名作者的不确定性，往往是民间文学最为珍贵的源头活水。民歌小调、传统曲目向来被看作集体性和群众性较为突出的门类，其中个体创造往往不被记录或不被重视。而在民间文学"非遗"保护过程中和影音作品制作过程中，曲子和歌词的署名往往容易出现争议。例如某一少数民族民歌的传承人认为，个人脱口而出的，就是个人的创作作品，调子虽然是世代流传的民间小调，但词是个人的创造，演唱这段即兴词的传承人就应当是词作者。但是在申报过程中，尤其是遇到从少数民族语言移译为汉语的情况时，参与工作的人员在各自负责的流程中对于最终的作品都有所贡献，因制度不完善或现实利益的纠葛，在署名问题上会出现参与人员之间相互埋怨，产生隔阂，并不利于保护工作的后续开展。

尽管表演促进了民间文学的样式走向更为广阔的舞台，有的还走上了国际的舞台，承担了文化交流的重任。但是不能忽视的是，民间文学与当地人的生活环境相辅相成，只有在当地人的仪式、节日和社会生活中，民间文学才能真正地具有对当地人而言的文化价值和传承意义。

不少"非遗"项目中的样式，是传统村落的集体文化记忆，现实中承担着教化后辈和传承当地生活经验的重任，可是由于年轻人兴趣的转移和生活方式的转换，不少人离开了传统村落，从而使得民间文学成为留守村落的同辈人之间的娱乐和"游戏"，遭遇代际传承失落的危险。例如，撒拉族的"玉尔"是用本民族的语言唱的，其中一首唱词为："白土滩滩里，榆树叶儿展；河滩地里呦，麦苗绿油油。拔草的姑娘们，好像大雁排成行；右手拿的拔草铲，左手贴脸唱玉尔。"这些"玉尔"来自黄河边的三兰巴海村，这里海拔 1750 米，东西两侧的孟达山与吾土斯山挡住了北风，大河水汽充沛，人们在山间广阔的谷地上栽种绿树，修建庭院。撒拉族"玉尔"传承人韩占祥从 20 世纪 60 年代大学毕业起就专门走访老艺人，整理出 110 万字的资料。而如今不少三兰巴海人外出打工，河滩地里失去了劳动的人们，这样"玉尔"也大多成为印刷的文本资料。

民间文学的代际传承，有赖于艺术养成的环境。其中尤为值得注意的是人地关系。我们需要意识到，非物质文化遗产成为表演之后，脱离了原有的演唱和传承语境，脱离了当地人真实生活场景。而只有传统村落中原本的仪式正常进行，民间文学所依赖的人和环境之间的关系存在，这些"非遗"项目中的样式才能继续在当地传承。例如，赫哲族的祭江仪式，仍然需要在萨满法师的带领下，按照传统的程序进行。这种古老的仪式也传承着赫哲族的"伊玛堪"和族人对于民族文化的自尊与自信。街津口村的孙中馗作为"80 后"青年，在抚远赫哲族四年一届的乌日贡大会上，感受到这个边境上的少数民族还有这么多人，有古老的口头传统，文化资源丰厚，正是这种直观的现场感受吸引了他辞职回家，传承"伊玛堪"的文化。他在村里的文化站学习曲调唱词，练习萨满舞蹈。

这样的人地共生的例子不胜枚举，正是在这样边劳动边唱歌的过程中，才形成了民间文学传承和存活的土壤。在四川桃坪羌寨，每年农闲时，人们会在下雨后修补房背，一边修补一边唱劳动歌："大家都来帮忙，都来修房子，这样修出来的房子才牢固。打完了，休息了。"在广西高定村的侗族人，一直用当地的蓝靛草作为染料。染布的手法也流传了数百年，女人们同心协力，清洗和浸泡，蒸布和晒布，一边染布一边唱劳动歌，为过年的衣衫染上最质朴温暖的色彩。贵州从江县占里村与从江县的其他村寨一样，都有种植杉树的传统，森林覆盖率达到了 70%。人们带着孩子，上山种植杉树时，传唱教习着《占里古歌》："一棵树上一窝雀，多了一窝要挨饿，山林是主人是客，占里是条船，有树才有水，有水才有船。……祖先给我们开垦了田地，山林给我们赐予了礼物，我们要歌唱祖先，歌唱山林。"如果失去了这些生活内容，相应的民间文学样式只能成为无源之水和无本之木。

民间文学，总是在传唱中被不断地修改着，不断适应着新的环境。其之所以能够保持生命力，最重要的是，能够在当地传唱，能够实现代际传承，不断延续。古语讲"靡不有初，鲜克有终"，"非遗"保护是道阻且长的工作，需要长期坚持做好。我们这个时代能够把什么留给未来，值得深思和探讨。

这里先使用多年前一部具有鲜明音乐艺术特点的影片来作为个案，进行分析参照。

第二节　《五朵金花》的影像呈现与大理白族的
民俗风情再生产

1959 年的电影《五朵金花》讲述了一个少数民族爱情故事，成为第一部以少数民族爱情题材为主题的彩色电影，与《战火中的青春》《聂耳》《青春之歌》等一同作为向中华人民共和国成立十周年的献礼影片。这部电影线索明晰，刻画了"想象的人"金花与阿鹏的青春形象，将这个一见钟情又忠贞不渝的经典爱情故事置于云南大理苍山洱海的自然美景之中，并借助大理白族的盛大节日"三月街"的场景和特色，展现了中国进入社会主义社会之初的朝气蓬勃与清新美好。在这部电影之后，还有1990 年拍摄的《五朵金花的儿女》以及中央电视台 2006 年《电影传奇》对《五朵金花》剧组的追踪等，影片的主题和人物、情节等都经历着时代的冲刷、锤炼与磨砺，当年的《五朵金花》所唱响的愿景，余音不绝。

在现实社会中，电影中高超的艺术创作所塑造的少数民族生活场景深刻地印在人们的心中。大理白族的民俗及地方风物在影片的表述中脱离了原本的真实语境，经由文化的想象和大众的消费，再投射回原来的生活场域，促成了民俗的变迁和新民俗的产生。①"三月街"的赛马、对歌、集贸交易等民俗事项及大理白族的民居、婚礼用具等在60多年来的日常生活中不断被建构与重塑，成为受媒介消费影响下特有的"民俗风情再生产"的过程。笔者认为，有必要对该过程及其特点进行分析与思考。

一　五朵"金花"的文化想象

《五朵金花》中男女主角的名字来自大理现实男女常用的名字，而在电影播映之后，他们的名字又成为大理当地青年，特别是年轻情侣的代称，那些在大理三月街和剑川石宝山歌会上心心相印的对歌情侣，被称为"一对对金花和阿鹏"。更为普遍的是，那些行走在大理古城的女人被呼为"金花"，仿佛当年屏幕上美丽的女主角真实地从这里走过。

一切都源自影片中这对见面定终身的情侣，女的叫金花，男的叫阿鹏。女主角金花，从姐妹们对她的呼唤中出场。这位"像山茶花一样绽放"的姑娘，她好像没有父母，只有工作的角色和相应的职务，在蝴蝶泉边送出了精美的定情信物绣花荷包，给观众留下心灵手巧的美好印象。不过，影片中的"金花"，并不单指影片的女主角，在这部影片的叙事中，还点明了大理叫"金花"的姑娘特别多，问谁都能认识几个，而且个个都样貌出众，个个是行家里手，个个唱得一曲好歌。

电影的艺术手法使得"金花"由特指转向混指，从一个完美的女人转向五个精彩的人生，劳动模范金花、畜牧场金花、炼铁厂金花、拖拉机手金花，直至副社长金花再次出场，新中国成立之初所迫切需要的农业、渔业、牧业、矿业与工业生产的角色都在影片的人为安排中出现了，身份背后所包含的社会生活是广阔的，大幅度的转换在看似随意、实则刻意的指引衔接中完成，不得不说其中蕴含着泛指的可能性。

改革开放之后，有续集味道的《五朵金花的儿女》上映，"金花花呦

---

① 〔德〕瑞吉纳·本迪克斯：《民俗主义：一个概念的挑战》，宋颖译，周星主编《民俗学的历史、理论与方法》下册，第859~881页。

遍地开"成了大理白族家喻户晓的歌曲。"金花"也变成游客对大理年轻女子普遍通用的称呼，这里没有人称她们"小姐"或"女士"，而约定俗成地称呼为"金花"。"金花"们在影片中身着的白族女性服装，没有在现代化的冲击下消失，反而似乎是得到了来自电影艺术审美的外在支撑，基于坚定的民族自信，而依然是当地日常广泛穿着的服饰，游客前往大理也颇为愿意换上"金花"的白族服装留影，"金花"的整体形象备受喜爱。在日益兴起的文化旅游中，"金花"的形象符合端庄大方、勤劳健康的中国式审美，随着影片的传播和持续播放而声名日隆、深入人心。"金花"完成了从对想象的女主角的特定称呼到真实的"在地化"通用称呼的转变，实现了从专名到泛化的生产，成为某种地方性的民间约定和民间知识的组成部分。

男主角阿鹏出场后，从来也没有正式地介绍自己，说清全名，只是一个平凡的小伙子"阿鹏"。他没有姓，没有固定的居住地，甚至没有家人和朋友。他送给金花一把贴身的腰刀，只知道是"剑川来的"。鹏是他的名，"阿"是大理白族语言中加在名前表示亲昵的称呼，这个名字属于日常生活中的一般称呼。就这样一个简单得不能再简单的"阿鹏"，却身手不凡。他不仅有乐于助人的热心肠，有打动人心的好歌喉，是修车的一把好手，赛马晚场也能夺冠，在寻找恋人的途中，还能下海摸鱼，能攀岩采药，能上山救人，能挖矿炼铁，堪称全能，仿佛集中了编导对白族男子所有优秀品质的想象，成为女主角金花一见倾心、日夜牵挂、欲语还休的心中秘密。

在三月街上看赛马，而后到蝴蝶泉边把歌唱的艺术化的起承转合叙述中，影片将大理地方风物拆散、混杂又重新组合，再缝合连缀起来，于是，电影创造了崭新的、想象的民俗空间，金花和阿鹏也奇迹般地在三月街上走散又在蝴蝶泉边相遇了。阿鹏展现了热心助人的社会主义主流价值和赛马高手的飒爽英姿后，金花和他约定，"金花是阿妹，明年来相会"。这样两个放在人堆里几乎就找不出来的人，还一见钟情有了约定，能不让观众为之捏把汗吗？走遍苍山，寻遍洱海，只怕都难以再会。在这种没有

"问姓甚名谁家住哪里就要好上"的情侣怎样再会的强烈悬念下，电影没有回答为什么要明年来相会，而是循着明年是否能相会的疑问，扣人心弦、一波三折地讲了下去。影片顺着这条寻找的主线展开，阿鹏在找蝴蝶泉边对过歌约定来年再相会的金花时，一连找到了其他的四名金花，巧合引发误会，从而达到喜剧的效果。"明年来相会"，通常被理解为，一是女方对爱情的慎重和对忠实的试探，二是男方不怕千辛万苦找来的忠贞与智慧，透露着爱情的甜蜜与思虑的忧伤，交织着命运的偶然与心灵的执着。在拖拉机手金花结婚的场景中，电影对白讲：三月街的对象早分了不靠谱。电影里也向女主角提出了"你为什么要约定来年再相会"的问题，却没有得到正面的回答。而从大理当地的民间故事和文化背景中，可以找到蛛丝马迹。

关于三月街的形成，当地有个民间故事，有位住在洱海边上的老渔民，他有个独子叫阿善。渔民阿善是个好水手，可有一次他在洱海上撒了六六三十六网后才捞到一条小红鱼，红鱼变化成一个美人，她原本是龙王的三公主阿香，两人相互爱慕，约定来年八月十五迎亲。第二年八月十五，阿善如约前往，迎娶回美丽的三公主，从此过上美满的生活。到了三月十五，三公主带着阿善到天上的"月亮会"去逛街，大青树下热闹异常，月亮会上什么都有，就是没有渔民用的东西。阿善失望地回到家，和乡亲们商量着要有自己的街子，三公主就把月亮街搬到了人间。又一年的三月十五，人们在大青树下赶起了自己的"月亮街"，除了天上搬来的珍贵物品，还有农具、牲畜和药材等人们用得着的东西。这就是三月街的由来。① 金花与阿鹏的约定，仿佛是故事里三公主与阿善的约定，来年相会的实质意义就是来年迎亲、定夺终身。而在这个民间故事中，三月街，也成为三公主与阿善幸福生活的所在，甚至是源起于他们生活的实际需要，为他们所设造的，是他们日常生活的有机组成部分。在影片中，三月街不是男女主角生活的具体场景，而仅充当他们爱情展开的背景而已。

为衬托"金花""阿鹏"等土生土长的、青春靓丽的形象，影片还设置了"局外人"——来自长春电影制片厂的两个文化人——作为线索人

---

① 柯杨编《中国风俗故事集》，甘肃人民出版社，1985，第78~79页。

物，他们称"山歌太好听了"，来下乡调研收集民歌资料。耳熟能详的对歌开头"大理三月好风光，蝴蝶泉边好梳妆，蝴蝶飞来采花蜜，阿妹梳头为哪桩？"就出自此类采风的文化人之手（歌词由编剧赵季康创作，雷振邦谱曲）。蝴蝶采花蜜，不过是民间歌曲中常用的起兴手法。然而这些基于民歌小调的创编歌词，有力地抒发了主角的情怀，或借言山水婉转比喻，或寄托景物直抒胸臆，心情与美景交融，使观众同时获得听觉享受，在视听重叠冲击下置身其中，对主角的美好爱情满怀期待。

电影逐步展开，五朵金花依次出场，展现出特定时期、一定范围（基本是苍山脚下洱海周边）的少数民族生活。他们居住的宅院（可能是喜洲的）、使用的器具（可能是双廊的）、手绣的织品（可能是周城的）、婚礼的仪式（可能是下关的）、向本主起誓（不确定是哪一个，因为现实中村村都有好几个本主）等伴随着特有的歌声和乐曲（曲调是喜闻乐见的，歌词是紧扣剧情创作的）依次呈现在观众面前，影片借助真实生活中的民俗用品和小细节的拼贴剪接，刻画出虚构人物的美好形象，反馈到观众的观看中，整体上构成了充满想象的少数民族生活。

20 世纪 50 年代以来的少数民族情况和文学状况的田野普查，造就了民族问题五种丛书的出版和中国民间文学三套集成的知识生产。这样大规模的知识生产对当地民俗与文化的影响是超乎想象的。在 80 年代这些工作基本完成之后，再到田野中去访谈收集时，往往会遇到精通这些书本知识的当地文化精英。[①] 因此，收集和了解到的地方性知识，从来也无法摆脱创作和变化的倾向。即便这种变化是细微的，甚至无法觉察的。然而，真实的情况是，创作和变化始终存在。电影，不过是将这种民间创作精英化、扩大化、影像化、典型化了。

与长期历史过程中形成的少数民族"污名化"描述相对应的是，20 世纪 50 年代对少数民族的想象也往往走向另一个极端，即充斥着飞扬的歌声与斑斓的舞姿等"浪漫化"倾向的刻板印象，仿佛在云南高原上，永远可

---

① 周星：《人类学者的"知识"和访谈对象的"知识"》，《乡土生活的逻辑：人类学视野中的民俗研究》，北京大学出版社，2011，第 112～126 页。

以大胆地谈情说爱，恣肆地纵情歌舞。影片以对爱情的憧憬引发了对积极的精神、淳朴的热情、良善的人际关系等社会主义新时代面貌的向往。这部影片没有一个反面形象，相互爱慕的纯洁、阴错阳差的误会、大团圆的结局都使观众不由地发出来自内心的微笑。时至今日，有人看完《五朵金花》后仍不由感慨，那时的人身上所具有的正气和清气与晴朗的蓝色天空和清澈的纯净湖水多么相得益彰！

　　艺术创造常常来源于生活又高于生活。《五朵金花》是部精彩的故事片，绝不是影视人类学所关心的或是民族志式的纪录电影，它是新中国十七年电影的精品之一。这部电影破天荒地对大理白族一些民俗事象进行了汲取、嫁接和重组，创作出符合社会主流价值观和审美观的爱情电影，传递出新社会生活中的少数民族文化的美好形象。值得注意的是，民俗事象经由电影艺术的独特想象与剧组演职人员的创作、加工、表演，从真实的生活情境走向了虚构，又经由人们的观看和消费，为大众普遍接受和实践，重新返回现实之中。从这个例子中可以发现，电影对民俗风情再生产的推动力量不可小觑，尽管以往这一点常常被民俗学研究忽视和遗忘。

二　民俗的构建：文化空间的产生与发展

　　蝴蝶泉的地理位置在大理周城北侧的神摩山，苍山十九峰的云弄峰下。从地理上讲，离三月街的举办地点相距近 30 公里；从时间上讲，蝴蝶会的对歌一般是在农历四月十五，与三月街的举办时间尚相差一整月。而大理本地有名的歌会，如石宝山歌会，时间在农历七月末。蝴蝶泉西北角的合欢树，在每年农历四月间，花形如蝴蝶，被称为"蝴蝶树"。这里的神摩山下流传着几个与蝴蝶有关的故事。[①] 如在大理当地有名的本主中有一位猎人杜朝选，他曾杀死巨蟒，救下被巨蟒掳掠的两名女子，并拒绝了她们的爱慕之情。两名女子遂跳入神摩山下的无底潭，杜朝选悔恨万分，也跳下深潭，三人均化为蝴蝶。这个故事融合了舜有娥皇、女英二美相侍以及梁祝化蝶的传说。这两名女子被认为是杜朝选的夫人，在当地村庄的本主庙里还塑有两人

---

　　① 　宝洪峰、黄滇君编著《神奇美丽的大理》，湖南地图出版社，2009，第 44 页。

的神像，这渗透着民间对她们的想象。

另有一则故事讲，霞郎在神摩山上猎杀小鹿，小鹿逃到山下的无底潭，被雯姑救起，两人在潭水边相遇、对歌并相恋。雯姑将绣有一百只蝴蝶的织品送给霞郎作为爱情信物。洱海上有个虞王，听说了雯姑的美貌就来抢亲。霞郎与雯姑跳进了无底潭水，化成蝴蝶。这片无底潭水，就被称为"蝴蝶泉"。而他们化蝶的日子就是农历四月十五，这也就成了蝴蝶会对歌的由来。霞郎和雯姑，光从字面上看就是天造的一对。霞，《说文解字》讲，"赤云气也。从雨叚音"，是黄昏太阳光照射下色彩纷呈的云团。雯，有花纹的云团，亦从雨。霞与雯都是云团，本是一体。虞王，不过是洱海的鱼之王。海里之鱼，望着天空之云，心生向往，云下落成雨，汇入水中，翩然为蝶，合欢而去，成就云雨之梦、鱼水之欢。这大概就是故事要传递的文化逻辑与意义。青年男女之间的纯美爱情与无尽相思，仿佛是那一池潭水，碧绿汪汪，洋溢着诗情画意。

人死后为什么会化成蝴蝶？庄周梦蝶的故事中很早就想象了人生与蝴蝶的关系。《庄子·齐物论》载有："昔者庄周梦为蝴蝶，栩栩然蝴蝶也。自喻适志与！不知周也。俄然觉，则蘧蘧然周也。不知周之梦为蝴蝶与？蝴蝶之梦为周与？周与蝴蝶则必有分矣。此之谓物化。"庄子讲，浮生若梦，梦中不知身是蝴蝶，抑或蝴蝶在做梦为人。黄庭坚的《次韵石七三六言七首》之六云："看着庄周枯槁，化为胡蝶翩轻。"可见，梦蝶与化蝶本是一回事。陆游的《吾年过八十二首》诗之一云："化蝶有残梦，焦桐无赏音。"化蝶其实与寻觅知音是可以相提并论的。

大理是云南设治最早的地区，先后建立南诏、大理等政权，与中原汉文化及周边民族文化的交流颇为频繁，想必此典故亦有流传。金花和雯姑手中送人的爱情信物都是白族出名的手工艺绣品，蝴蝶图案是白族扎染工艺中传统常用的象征符号，寄托着白族的审美观念。[①] 基于电影《五朵金

---

① 蒋群、赵琛：《浅析大理白族扎染蝴蝶图案的象征意义》，《美术大观》2010 年第 10 期；高歌：《白族图案暨图形元素在大理旅游纪念品设计中的应用研究》，硕士学位论文，云南艺术学院，2011。

花》的场景建造，现在的蝴蝶泉公园成为大理知名的旅游景点，新建了蝴蝶馆、蝴蝶大世界（确实养殖一些蝴蝶）、情人池、情人湖、徐霞客塑像、八角亭、六角亭、月牙池、咏蝶碑、望海亭等。蝴蝶泉公园之所以有徐霞客的塑像，是因为他在《滇游日记》中对此地有所记载："泉上大树，当四月初即发花如蛱蝶，须翅栩然，与生蝶无异。又有真蝶千万，连须勾足，自树巅倒悬而下，及于泉面，缤纷络绎，五色焕然。游人即从此月，群而观之，经五月乃已。"[①] 不过，从这些记载可以看出，那时人们是从四月到五月，前往泉水边赏花看蝶，并非三月，亦无对歌的记录。

郭沫若的《蝴蝶泉》一诗，大抵也是描述这样的情境。"蝴蝶泉头蝴蝶树，蝴蝶飞来万千数。首尾联接数公尺，自树下垂疑花序。"他到蝴蝶泉一游是在 1961 年 9 月，明显是在影片上映之后。泉水边应该既无花树亦无蝴蝶，不过是诗人读过前人的描述发挥了想象而已。在公园大石上写着的"蝴蝶泉"三字，是郭沫若的手迹。他是现代新诗人，又爱写历史剧，在新中国成立后曾任政务院副总理兼文化教育委员会主任、中华全国文学艺术界联合会主席等职务。他的游览和赋诗题词也促成了蝴蝶泉公园的建造和发展。

游客前往蝴蝶泉公园游览，最先映入眼帘的是一进大门的情人道，两行高竹，小路蛇形，金花和阿鹏的大幅海报随处可见。人们簇拥在蝴蝶泉题字前拍照留念，或泛舟情人湖上，而兜售金花头饰和服装的摊贩比比皆是。至于记载里所描述的蝴蝶，人们只能看到蝴蝶大世界里介绍的蝴蝶品种，见到作为旅游纪念品的蝴蝶标本，以及人工养殖的寥寥一些品种。蝴蝶泉公园最有魅力的，仍然在于这里曾是电影《五朵金花》中金花与阿鹏一见钟情又再度重逢泉边对歌的地方，这一场景实为虚指，经历了从无到有的建构过程。而《五朵金花》中的《蝴蝶泉边》等歌曲，更是脍炙人口，广为传唱，成为白族宣传民族文化的流行歌曲。可以说，一部电影为当地的旅游创造出精致的文化产品并奠定了丰厚的文化消费的基础。金花和阿鹏源自大理白族的头饰、服装、荷包、腰刀等民俗事象正转化成可观

---

① 朱惠荣等译注《徐霞客游记全译》，贵州人民出版社，2008，第 993 页。

的经济利益与文化效益。

影片所展现的"三月街"场景，原本是当地的"观音市"，传说农历三月十五这天是观音入大理的日子。白族流传着隋末唐初观音入大理制服恶魔罗刹的故事，白族宗教故事《白国因由》中也记载了这个故事，并称"人们搭棚礼拜诵经，并以蔬菜食品祭之，名曰祭观音处，后人于此交易，传为祭观音街"。明代杨慎的《滇中琐记》记载："大理三月街……于西门外入点苍山脚下……实源于唐永徽年间，相传观音以是日至大理，后人如期焚香顶礼。四方闻风前来瞻仰，遂以成市。"[1] 大理古城至今还保有规模不小的观音寺，环洱海边有大大小小的观音阁。三月街是讲经膜拜的佛教庙会，更是以贸易为主的集市。三月街的赛马场、药材市场、牲畜市场、百货市场等都远近闻名。明代崇祯十二年的三月街盛会之际，徐霞客正在大理，"结棚为市，环错纷纭""十三省物无不至"的热闹使他怀着极大热情在《滇游日记》中洋洋洒洒地描写了当时的情景，"盖榆城有观音街子之聚，设于城西演武场中，其来甚久"。[2] 民国时期官修的《大理县志稿》载有："盛时百货生意颇大，四方商贾如蜀、赣、粤、浙、桂、秦、黔、藏、缅等地，及本省各州县之云集者殆十万计，马骡、药材、茶市、丝绵、毛料、木植、瓷、铜、锡器诸大宗生理交易之，至少者值亦数万。"[3] 大理地处云南中部，上通下达，左右贯通，历史上曾是南诏国的都府所在，又是西南丝绸之路的必经之地。三月街礼佛交易的盛会上，自然形成"诸商云集，环货山积"的场面。

三月街中有熙熙攘攘的人群、来来往往的交易，是自由来往的公共空间，有足够的场域来表达男女情感和生活细节，为电影《五朵金花》提供了情感迸发的"真实感"环境，为有始有终的情感提供了良好的铺垫。开端时，"男女杂沓，交臂不辨"的环境下，男女主角相遇又各自走散；终了时，男女主角各自赶赴三月街，寻找去年约定的恋人。其他的金花也和

---

[1]　宝洪峰、黄滇君编著《神奇美丽的大理》，第 216 页。
[2]　朱惠荣等译注《徐霞客游记全译》，第 993 页。
[3]　周宗麟等纂《大理县志稿》，1916 年铅印本。

各自的伴侣在三月街场上买到满意的商品，尽显甜蜜，烘托了主角的爱情。

1991 年起，"三月街"被称为"大理三月街民族节"，[①] 建构为与蒙古族的那达慕、藏族的望果节、傣族的泼水节大致相当的民族节日和盛典。"一年一度三月街，四面八方有人来。各族人民齐欢唱，赛马唱歌做买卖。"白族的"三月街"是从农历三月十五开始的为期 7 天的节日。进行物资交流的地点，是在大理古城西边，拥有着牌坊式的"三月街"标识，拥有着"千年赶一街，一街赶千年"[②] 之名的、具象化的大理三月街。2008 年"三月街"已被认定为国家级非物质文化遗产，完成了从地方性、本土化的民俗向"去地方化"的民俗事象的初步转换，[③] 成为国家级非物质文化遗产名录中的一项内容，国家力量介入的这种过程可以看作民俗风情再生产的一个有效的途径。

在 2006 年，"白族绕三灵""白族扎染"成功申报为国家首批非物质文化遗产，相应的国家级传承人是赵丕鼎（大理市作邑村）、张仕绅（大理市周城村）。截至 2013 年，大理的国家级非物质文化遗产共有 9 项，分别为白族绕三灵、白族扎染、大理三月街、剑川石宝山歌会、白族民居彩绘、巍山彝族打歌、南涧彝族跳菜、白剧、弥渡花灯戏。

由于政府力量的强势介入，非物质文化遗产的认定极大地丰富和促进了大理三月街的现实展现。2013 年的"大理三月街民族节"内容包括：开幕式；摩托车表演；赛马大会开赛式；中韩艺术文化交流活动大理行笔会；酒吧音乐节；环洱海自行车比赛；首届民族旅游工艺品创作设计大赛颁奖仪式及展销活动；书法、摄影、绘画作品展，收藏家藏品展；电视剧开机仪式；群艺之声音乐会；民族民间文艺展演，古乐节，民间歌手比赛；书市；大理非物质文化遗产传承人作品展；经典电影展映；等等。

---

① 王贵泉：《大理国家级非物质文化遗产——"三月街"》，王贵泉、施作模、王作霖摄影，《中国摄影家》2010 年第 7 期。

② 张霁薇：《从"三月街"看大理白族节日社会功能的演变》，《大理学院学报》2012 年第 7 期。

③ 〔美〕理查德·鲍曼：《民俗的国家化与国际化——斯库科拉夫特的"吉希-高森"个案》，宋颖译，周星主编《国家与民俗》，中国社会科学出版社，2011，第 244~260 页。

特别的是，《五朵金花》的畜牧场金花扮演者谭尧中，参加了 2013 年"三月街民族节"的开幕式。在民俗生产中，有时，想象中的人会被直接还原到现实场景中来。扮演者的真实在场，将电影《五朵金花》的想象、创作与专业表演和社会实践中的大理三月街更为紧密地贴合在一起。除了赛马会和集贸市场外，民族民间文艺的表演和"非遗"的活态展示也是"三月街"的重头戏。9 项国家级、13 项省级、100 多项州级的非物质文化遗产在"三月街"的盛会中得到了集中展示。举办的地点也不限于赛马场、古街场的大青树，博物馆、图书馆、文化馆、群众艺术馆、广场、人民公园、健身中心等公共场所都成为节日盛会的聚集地。

随着近年来文化产业的发展，大理古城里新建了"大理之眼"剧场。原本在蝴蝶泉公园举办的"蝴蝶泉边"文艺演出，也挪到"大理之眼"剧场的下午场举行。"大理之眼"的夜场上映了由陈凯歌导演的《希夷之大理》，演出对大理地区流传的爱情故事进行了重新演绎。这场文艺演出取材于当地的望夫云传说，表现了南诏公主与苍山上的猎人相恋的故事。这个故事讲，横刀夺爱的大将军掳走公主，猎人设法救出公主。二人成亲时，大将军假扮成本主，将猎人害死了，公主用生命向山神换来与猎人团聚三分钟的机会，之后化身为苍山十九峰玉局峰顶的一片望夫云，而她深爱的猎人则沉入洱海湖底变成石螺。

无论哪个时代，爱情始终是动人的。可以说，电影中金花和阿鹏爱情产生的空间，是融合了物资交流的"三月街"、蝴蝶泉、本土歌会和当地民间故事等多项民俗内容的艺术再现与创造。而当这种媒介表现被大众消费之后，又回馈到地方风物的建造与经营中，在多民族共同生活的区域内，实现了民俗的"共享"。① 在政府规划与主导下，蝴蝶泉公园、大理剧场等就应运而生了，古街场得以重建和扩大，三月街民族节节日盛会的样式更为复合多元。以大理古城、蝴蝶泉、大理三月街为核心的文化空间，周期性地集中展示当地人民传统上所特有的民间文化活动和文化事件。

---

① 〔美〕杰伊·梅克林：《论多元文化社会中的民俗共享与国民认同》，宋颖译，周星主编《国家与民俗》，第 111~125 页。

三　民俗风情再生产的机制

电影是想象的艺术，即便如此，影片还是留下了主角无父无母的疑问。其他金花或者有父亲，或者有母亲的出现，但是金花和阿鹏似乎都没有父母。他们的父母究竟是在战争时期牺牲了，还是在别处建设社会主义国家，影片都没有交代。抑或，出于对少数民族的想象，他们本身可以拥有无父或无母，或不知父母的家庭生活和亲属制度；又或，在赶街对歌的情景下，父母本来就应是不在场的。

影片导演王家乙 1961 年 8 月受邀谈影片的创作前后过程，提到了在1959 年 5 月接到拍摄任务时，时任文化部副部长的夏衍说："要反映当代中国人民的幸福生活，轻松愉快，表现祖国的山河美、人情美，主题意义就是社会主义好。争取在资本主义国家发行，影片中不要搞政治口号。"他在和剧组人员讨论时，认为"应该寓政治于教育之中，歌颂大好中华，好山好水好人"，因此，影片的主题没有大讲革命斗争等内容，而是定位在"爱他们，爱他们生活的社会"。① 可是，在当时的社会背景下，"爱人们""表现幸福生活"② 的主题还太过超前，太与众不同。20 世纪 60 年代后期，影片《五朵金花》被认定为"宣扬资产阶级情调"，③ 剧组人员无一幸免地卷入了社会政治的洪流。

这部影片，更容易被观众接受的是，在环绕着真爱的大理山水之间，展现出人与人之间美好的关系，这令人心生向往。作为这部电影的故事原生地，大理以"风花雪月"出名，这不仅与当地真实自然环境的季节转换和表现有关，即下关风、上关花、苍山雪和洱海月，也与《五朵金花》所塑造的美好爱情不无关系。连白族姑娘头饰中的穗子和绣花、色彩与形状，在当代也被解说为充满"风花雪月"的象征与寓意，而"凤凰帽"等本土化的解释和说法渐渐隐退了。2011 年，大理被文化部认定为"国家级

---

① 刘灵记录整理《王家乙导演谈影片〈五朵金花〉的创作》，《电影文学》2010 年第 1 期。

② 公浦：《读〈〈五朵金花〉访谈录〉几点质疑——兼及我内心的倾诉》，《大理文化》2005 年第 1 期。

③ 刘连：《〈五朵金花〉幕后悲喜人生》，《人民文摘》2009 年第 6 期。

文化生态保护实验区"，曾经知名的"风花雪月"，被拓展为"风花雪月色，山水田园城"。全州 12 个县市、110 个乡镇、自然村都纳入实验区范围，白、汉、彝、回、苗等 13 个民族生活在这里。那些"碎片"或"孤岛"式的文化遗产保护的策略，[1] 正有望逐步为整体性、活态化、可持续发展的实验性保护政策与措施所取代。

"好山好水好人"表达着对自然美景的讴歌，隐含着对少数民族的纯真想象，往往成就了很多浪漫的故事和传说。事实上，故事尽管永远不是文化事象的源头，但故事是建构和塑造民俗事象的一种力量，它提供了当地人对当地风物的解释和阐述、想象与表达，是地方性知识的组成部分。因此，往往正是对源头的探究经由民众的解释而形成了故事。无论是金花与阿鹏的媒体叙事，还是本主杜朝选的故事，民间的霞郎与雯姑的故事，抑或新编的公主与猎人的爱情故事，都是对大理地方风物的描述、演绎与阐释，勾勒那些风生水起、云蒸霞蔚的美丽景观，表现并赞美着那些心灵与情性、生活与自然合而为一的人们。

这些民俗现象产生的机制和原理，往往很复杂，几乎不可能从历史的交流、民族的融合、文化的碰撞、政治的表述中剥离出来。但无一例外的是，此类"民俗风情再生产"混合了多种民间常识、生活节奏和日常规则，受到了文人加工、艺术创编、学术引导、媒体消费等知识生产机制的影响，营造着某种特有的民俗氛围，传递着本土化的文化印象。因其在传播和消费中具有为大众接受的成分，能够形成一定规模的民俗共享的基础，有的还会再次还原回民众的生活，成为文化现象，甚至产生出新的创造、利用和开发，借助民众的生活实践，形成新的生产循环。当然，这种新的生产也存在着泛化乃至滥用的危险，即使原有语境中的民俗现象被切割、分离或混杂而难以辨识。

生活是琐碎的，艺术是永恒的。曾经如火如荼的社会主义大生产逐渐在时代的冲刷下褪色了。抛却意识形态的价值观和时代背景的鲜明影响，

---

① 刘魁立：《文化生态保护区问题刍议》，《浙江师范大学学报》（社会科学版）2007 年第 3 期。

电影《五朵金花》中，那些凝聚与提炼的美好，那些想象与构建的美好，已穿透了时空，常驻在人心。

第三节　西北保安族花儿调研与撒拉玉尔的影像表达

2012 年 7 月 22～30 日，笔者一行人前往甘肃临夏县、积石山县及青海循化县、互助县、民和县等地进行口头文学的当代传承国情调研活动。其中，甘肃积石山县保安族的花儿传承引起了笔者的兴趣。调研的主题围绕着花儿传承者的习得方式与可能性、保安族学者的研究对本民族文化的建构与影响、文化的整体生态环境对花儿传承的影响、信仰对民间艺术的影响等展开。

在走访了保安族村落大墩村，访谈了花儿演唱歌手及相关研究者之后，笔者了解到花儿在当地的流传形态与传承方式，明显地感受到其遇到的现代化冲击等问题，感受到花儿演唱者和花儿研究者对待本民族文化的热情与困惑，捕捉到一种民间文艺形式在民众传播与政府主导下可能的生长样貌和发展趋势。

一　大墩村保安族的概况

大墩村位于甘肃和青海两省交界之处，是一个多种民族语言文化汇合的地方。[①] 历史上，保安族被迫从藏文化地域迁移到伊斯兰文化地域生活，也就是现在的甘肃省临夏回族自治州积石山保安族东乡族撒拉族自治县境内。大墩村保安族人的祖先离开现青海同仁藏族居住地区迁往积石山定居已有 140 年，其最初聚居地尕撒尔、保安（妥加）、下庄三地被称为"保安三庄"。而现在的"保安三庄"是指大多数保安族的聚居地——大河家镇的甘河滩村、大墩村、梅坡村。

----

① 大墩村的一般情况可以参见杜鲜、彭清深主编《保安族——甘肃积石山县大墩村调查》，云南大学出版社，2004。

保安族是我国人口较少的民族，依据国家统计局第六次全国人口普查数据，其人口数量为 2 万余，[①] 其中 90% 以上聚居在甘肃临夏回族自治州下辖的积石山保安族东乡族撒拉族自治县。大墩村通用汉语和保安语。村子内同时还居住着撒拉族、汉族。由于长时间聚居的影响，庄内各族间虽然信仰不同，但地方性知识与习俗基本相同。

大墩村在大河家镇的南部，距离镇中心约 3 公里，有公路相通。在大墩村折向西，继续前行可至其他两村。这个镇子在黄河沿岸，地处两省三县的交叉地带，与青海省的民和县、循化县隔山相望，附近公路连通，较为便利。保安三庄的土地多属黄河流域的川谷地，要优于县内大多数丘陵、山坡地，村后有发源于小积石山的河流清水峡河，水利资源较为充足。

由于地理环境的特点，保安族村民与四周的回族、撒拉族、东乡族、汉族混合杂居，还与黄河对岸的土族和藏族交往密切。在保安从青海同仁迁徙至甘肃积石山的过程中，还流传着受藏族郎加部落援助的故事。如今的大墩村保安族人已无法靠有限的农耕维持生计，与其他兄弟民族一样，大墩村保安族人历来把自然资源得天独厚的青藏高原视为他们最理想的淘金地和摇钱树，把热情厚道的藏族同胞当作他们忠实的交易伙伴。

大墩村保安族人信仰伊斯兰教，村内清真寺初建于 1981 年，教坊内有320 户，近 2000 人。保安族穆斯林的宗教生活虔诚而有规律，每天凌晨 4点 30 分唤醒楼上即传来晨礼的呼声，一天五次做礼拜的传唤如期而至。我们走访大墩村的时候，正好逢上穆斯林的斋月。当地人是在凌晨 3 点半做礼拜之后以及夜晚 8 点半做礼拜之后进餐，其余时间一律不吃食物，不喝水，而且也不进行娱乐活动。严格遵守这一规矩的被访者，只能介绍下个人演唱花儿的经历和花儿唱词，而不能演唱。

二　不能唱的与能唱的：花儿演唱者的经历与花儿传承

2012 年 7 月 24 日，笔者一行前往积石山县大墩村对花儿歌手进行访

---

① 　国家统计局编《中国统计年鉴 2021》，中国统计出版社，2021。

谈。由于事先联系的歌手马瑞不在家，保安族学者马沛霆给我们推荐了马黑娃和马满素，并推荐了一位在县城的研究保安族的汉族学者，此人也不在，故没有访谈。

笔者一行是从山路上向北行进的，寻找大墩村花去了不少时间，转遍了甘河滩村和梅坡村之后才终于看到去大墩村的小路。在大墩村找到马黑娃家，他和老伴在家。由于他自小学习《古兰经》，信仰虔诚，正逢斋月不能演唱，只能给我们讲讲个人经历和演唱片段的歌词等内容。访谈马黑娃的时间大约一小时。

马黑娃说自己小时候嗓子好，人长得也好，又爱好花儿，因为花儿是唱爱情的。他常和比自己年纪长的人在一起，多听几次就学会了。他幼时学过诵《古兰经》，诵经时周围人都很爱听，觉得他的嗓子非常好。而且，当着人前唱花儿，有的人会害羞唱不出来，而他非常大方，唱得也比较好。麦场上干活时，这一堆那一堆的人聚在一起休息，只要马黑娃一开口唱歌，人们就都聚到他的周围来听。

"赶上'文化革命'的时候，民歌是不允许唱的，说是害，也给镇压了。"1962 年时曾经从北京来过几个人，让他给唱一个民歌，他觉得自己家的背景不好，让唱也不敢不唱，就唱了自己编的两首。这两首歌的歌词是这样的：

> 清茶不要喝，要喝奶茶，
> 渴死了也不要喝凉的，
> 来时说有什么要说实话，
> 我亏死了自己也不要告诉别人。

> 新的路没有修成，
> 旧的路被凿断了，
> 新朋友我没有为下，
> 旧朋友离得远了。

编的词常常反映着演唱者的心理、情绪和愿望。从歌词里可以听出他当时左右为难、无奈又老实的心态。

马黑娃继续讲述了后来的遭遇。到了 70 年代搞运动，因为他家里背景不好，要把他拘留起来"法办"。马黑娃是个出名的老实人，别人告诉他说，"这次要把你拘留了，你以前还唱过花儿，不三不四的"。他性格又耿直，就反问回去："无缘无故为什么要法办我，我不唱花儿不就行了吗？"但还是被拘留了十来天。后来被拉出来时，有人说这个犯人他家里有两个孩子，有老人，让他回家吧，他才回了家。当时家里很困难，老母亲怕他还被抓起来，就让他去了青海黄南州，就是保安族迁徙之前居住的地方。

到了 1979 年他才回到村里，当时他的一位亲友让他留在村里。文化局有 3 个工作人员就来找他，当时他还非常害怕，担心自己又被抓起来。但是这次见面与以往不同，对方非常客气地请他坐，问他会唱些什么。据马黑娃回忆，等到了割麦子的时候，送他去了县里，住了 5 天，又准备了衣服、粮票等送他去了兰州，住了半个月左右，他就和几个藏族、裕固族的歌手一起去了北京，到了北京住在香山，参加了当时 51 个民族的一个大演出。他说当时告诉他，"你们是爱唱歌的，你们是文艺家，各自代表各自的民族发言，犯错误了我们负责，你们尽情地唱"。

马黑娃提到的这次北京经历，就是 1979 年召开的全国少数民族民间歌手、诗人座谈会。当时要求每个人唱 4 首，马黑娃只唱了 3 首。他回忆称，当时演唱的是他"个人最喜欢的'水红花令'和'河州三令'"。1980 年又参加过一个花儿会，后来连续参加了三次莲花山花儿会，据他回忆是在 1982~1984 年。因为他有家室，所以遵从"对唱使不得"的规矩，选择唱了内容上歌颂祖国的花儿。歌词是"太子山上的苦丝蔓挣扎着爱太阳，太子山下的白毛毡挣扎着爱祖国"。因为他上了年纪，后来就不再去了。

从马黑娃家出来，笔者一行就赶去正在洗车房工作的马满素那里，录制他所演唱的几首花儿，曲令是"河州二令""大河家""青海花儿""水红花令"。马满素平时的职业是洗车工，他工作的洗车房在镇子上，当时他正在认真地擦洗车辆。等他工作完后，他的堂兄弟陪同他一起带我们到路边的树林去唱几段花儿，但是暑期涨水，树林已经被淹了，只好在路边演唱。

这几曲花儿唱调委婉，以长音、颤音起头，深情婉转，由低沉渐渐转为高扬，悦耳动听。他唱的时候，周围经过的车辆都停下来，人们聚拢过来安静地聆听。马满素性格内向，朴实又害羞，他提到，平时唱花儿是讲心里话，很少当着这么多人表演。

根据对保安族两位花儿演唱者的采访，笔者一行了解到关于保安族花儿的基本情况。花儿是产生和流传于甘、青、宁、新部分地区的一种以爱情为主要内容的山歌，是这些地区的回族、撒拉族、东乡族、保安族、汉族、土族、藏族、裕固族等族人民用汉语歌唱、格律和歌唱方式都相当独特的一种民歌。

保安族花儿属河州型花儿，是大墩村保安族民间歌谣的主要形式。花儿在保安族民间文学中占相当大的比重，是保安族人能触景生情、即兴而唱的山歌。保安族的民歌花儿，作为保安族口承语言民俗的重要组成部分，反映了保安人的生活观念和思想感情。

"花儿"一般被称作"野曲"，只能在远离村庄的山间田野里唱。曲调高亢激昂，歌词以表达男女爱情为主要内容。因此，不能在村庄周围或家中吟唱，有老人在场时也不能唱。

保安族花儿的显著特点是在歌唱中运用保安令，保安令蕴含了受蒙古族、藏族民歌的影响而形成的独特风格。但是保安族花儿在用汉语演唱时，通过声调和衬词来突出自己的民族特色。衬词多是用民族语言来唱。保安族迁居到大河家镇后，受到周边汉族、蒙古族、回族、撒拉族、东乡族等民族语言的影响，其借词、衬词等都增加了当地的民族语言因素。

"花儿"作为一种民间文艺形式，具有广泛的群众基础。人们在山野、田野等自然环境中抒发情怀，恣意交往，花儿是劳动人民寻找伴侣、吐露心声的寄托形式，是他们思想感情的表现和集中表达，也是这个民族精神的产物与结晶。

马黑娃提到，改革开放以后，人们忙着搞生产去了，而且大墩村周围自然环境改变了，现在山上到处都是人，人们很难再像以前那样，一边放牧一边歌唱。现在唱的人更少了，因为小孩白天要上学学习文化知识，没有时间上山放牛放羊，就算放也是在村子的周围，而这些地方是不能唱花儿的；年轻人出去打工又回不来。

2000 年以来，积石山县政府部门认识到保安族花儿具有维系保安族群体文化凝聚力的功能，投资举办了三届中国甘肃保安族艺术节，举办了三届花儿演唱会和花儿歌手大奖赛，有效地宣传了保安族花儿的特色。[①] 当地文化部门整理和出版了《积石山县爱情花儿 2000 首》《积石山风韵》等作品。2004 年 10 月，保安族所在的积石山县还被联合国教科文组织确定为"民歌（花儿）考察采录基地"。

花儿在一定程度上是依赖一定的场域而存在的，因此花儿会既是造就花儿歌手的主要阵地，也是花儿艺术传承发展的主要场所。然而，保安族的花儿会已经呈现衰落的趋势。

其原因是多方面的。内在方面，第一，以往花儿会都会有民众自发组织，而现在没有民众自发的，都是政府出面组织的。第二，尽管政府出面组织，但参与花儿会的只有本地的民众，参加的人数在逐渐减少，能唱的人越来越少，以往活跃的人都年纪偏大很难再继续唱了。第三，花儿会上传唱的令调过于单调，曲目种类很少，固定一两个调子，反复填词来唱，歌词也鲜有创新了。歌手本人大多钟爱一两个曲调，基本也不愿意唱别的调子，总是拣自己最拿手的来展示，唱上最爱的几曲后也都休息了。因为歌词表达的常是个人的心境，传播的范围不广，学习起来也较为困难。花儿活力明显不足，后劲不够，导致了保安族花儿艺术的衰落。外在方面，人们的生活节奏加快，新型娱乐方式兴起，电视、广播等普及到户，人们之间的交往、青年男女的示爱都逐渐采取其他途径进行，花儿和花儿会从

---

① 王彦恩：《民族经济发展过程中的民俗文化变迁研究——以甘肃省积石山县"保安三庄"之一大墩村为例》，硕士学位论文，中央民族大学，2009。

民间自发走向政府主办，其原有的交际功能在逐渐衰退。

三　从协助研究到自觉研究：花儿研究者的相关工作

与马沛霆见面访谈早于走访大墩村的民间歌手，出于行文考虑在本部分详细介绍。2012 年 7 月 22 日下午 3 时左右笔者一行人抵达兰州，乘车前往临夏县，在东乡族聚居地区盘山而行，晚 8 时入住临夏县城。晚饭后于 10 时 45 分至第二天凌晨 1 时 30 分访谈马沛霆。这个时间段正是斋月夜间两餐之间的休息时间。

以下内容来自笔者对马沛霆的个人访谈。他当时在州政府工作，自 2000 年起关注保安族口头文学的研究。在大学本科和研究生阶段都以保安族文化为相关选题进行学术调查和研究，经营着"保安族文化网"，并协助国内外学者前往保安三庄进行田野调查工作。我们交谈的内容包括保安族文化人的成长，当地花儿演唱现状、研究状况，"非遗"保护工作等。

（一）国家文化政策和调研工作带动当地文化人的成长

马沛霆对本民族文化的研究始于 2000 年。国家民委联合北京大学社会学系在 2000 年组织了一次对人口少于 10 万的少数民族生活状况的调查，这次调查的报告后来被中央领导签批，并由此出台了对这些人口较少民族的扶持政策。那时马沛霆正上高二，适逢假期，这个调查组邀请他做了临时的向导，"在这之前也没有太多接触过，他们对保安族方方面面的关注，让我感觉到田野采风的价值，可以为我们这些民族提供实质性的帮助；同时我也认识到了我们保安族这样的少数民族文化是有价值、有意义的。考大学时，我有意报考民族学院"。可以说，马沛霆是在学者们的言传身教和对当地文化的兴趣的引导下走上了关注本民族文化的学习与研究之路，并进而萌生出促进本民族文化发展的责任感和使命感。

在访谈中，马沛霆告诉我们，他从小就生活在"保安三庄"里，小学在当地就读，对当地的语言文化都非常了解。在 2000 年的调查中，他跟着走访。调查组整理出来的故事有 20 多篇，但实际上保安族内民间故事数量还要更多。他记忆中小时候听过的一些，在那次访谈中并没有被提及，他凭着自己的记忆和兴趣也试着学习搜集和整理。

2001年，马沛霆如愿以偿考入了西北民族学院社会人类学民俗学系。"刚进入大学，同学们听说我是保安族的，竟然很奇怪地问我：'保安族？有没有警察族啊？'"马沛霆说，自己当时感到很愤懑，"后来平静下来慢慢思考，其实不能怪那些同学，这是因为我们保安族对外宣传太少了，所以才不为人知"。

2002年，云南大学组织了一次对于中国少数民族村寨情况的调查，调查保安族时选的正好是马沛霆所在的村子，正上大二的马沛霆就陪着去了，负责保安族部分的调研撰写。那也是马沛霆第一次为自己的民族写书，也是印象最深刻的一次："当时是夏天，在老师特别小的一个办公室里，热得很，蚊子多，连续熬夜，25天，写了5万多字。"

自此马沛霆对于本民族文化的研究一发不可收。2005年，马沛霆考上了西北民族学院的研究生，成为保安族的第一个研究生，也就是从这一年起，马沛霆陆续参与了一系列民族文化的研究，参与撰写并出版的相关图书就有五六本之多，累计达到上百万字。

除了马沛霆之外，出名更早的文化人是马少青。马少青是保安族作家，任甘肃省文化厅厅长，他不仅自己创作保安族题材的散文、小说、戏剧，还带着当地的文化人，把民间故事、神话传说、花儿曲令等口头传承内容都搜集起来，完成了《中国少数民族古籍总目提要（裕固族卷、东乡族卷）》。他还编写出版了"民族知识丛书"中的《保安族》一书，介绍了保安族的历史风貌和发展过程。包括马少青在内，马骥、马文渊、马学武等保安族作家在创作时都有巨大的花儿文化背景支撑，语言的精当简约、韵味节奏的抒发等都有花儿的痕迹和滋养。在口承文化的民歌花儿中孕育着保安族的风情和特色。

马沛霆向笔者一行介绍了他这些年来个人参与、研究、主导的一些项目和成果。他提到，在物质民俗、语言民俗等方面特别需要文化保护的政策扶持。政府主导，在尊重群众意愿的前提下进行，能够更为有效地使人们意识到文化的重要性。比如当时执行的一个居住房屋保护项目，房子都是老房子，包含着很多文化信息，在学者看来这些都是学问，对他们来说非常有意义。但是对于老百姓来说，还是希望有钱有能力住新房子和大房子。有两次找到资金来保护，但是房子还是没有保住，被拆掉了。

（二）保安族"非遗"项目申报的过程

近年来，在各级政府的大力推动下，短短数年之间，"非物质文化遗产"这个人们以往比较陌生的概念已成为社会认知度极高的概念。各民族的很多文化工作人员认识到，保护好非物质文化遗产就是守护我们的精神家园，就是延续民族的灵魂血脉。

2005 年，国家级"非遗"名录和"非遗"保护工作启动。马沛霆一直想为自己这个"小民族"做些实在的事。2006 年，他正在西北民院读研二，听说自己的老师马自祥正在准备申报东乡族的《米拉尕黑》（叙事长诗），脑筋一转："为什么保安族不申报呢？"

起初，他考虑的是以"保安族口头文学与语言"为题来进行申报。但是"国家级非物质文化遗产名录"的申报要求非常严格，3 万字的申请书要包括文化遗产所处区域概况、主要内容、传承谱系、主要价值、基本特征、濒危状况、已采取的措施、保护内容、保障措施、按年限分的一个保护计划，还需要一份 10 分钟的影像资料。由于申报书的规定和材料准备上遇到的问题，他放弃了这个题目。

后来，他又考虑了"积石山花儿会""保安腰刀""牛皮筏子的沿革""积石山麻布戏"等多个题目，最终选择了"保安腰刀"进行资料准备和申报。他在跟积石山文化局联系并取得支持后，选取了保安族具有民族特色的七八个点，用了一年半的时间走进田间地头百姓家中，进行了深入的调查研究，对保安族民族文化进行了一次集中的梳理。他回忆自己读研的晚上都在埋头准备：

　　工作量太大了，田野调查、写 20 多万的申请书，都是我一个人完成的，别人也插不上手。还有电视片，全是我撰稿，请当地电视台的朋友去拍资料，每个项目大约拍三四个小时的资料，我懂一些电脑非线编，自己做后期，编辑成十分钟，再请电视台主持人帮忙配音，自己上字幕……

申报定名时，马沛霆认为"保安腰刀"作为保安族最有代表性的文化产物，只是最终的产品，而锻刀的独特工艺才是保安腰刀的精髓，在他的坚持下，申报名称最终确定为"保安族腰刀锻制技艺"。由于材料丰富、翔实，"保安族腰刀锻制技艺"顺利通过评定进入国家级非物质文化遗产名录。他主导申请的其他几项文化遗产，两项进入省级"非遗"名录，四项进入州级"非遗"名录。

（三）保安族语言使用状况

保安族是一个有语言没有文字的民族，很幸运的是，这个只有 2 万余人的民族，由于聚居程度高、相对封闭，至今保安话还是保安人之间通用的语言。但随着时代的发展，保安人走出去的机会增多，保安语言也面临着消失的危险。

马沛霆告诉我们，保安族与附近的东乡族相比，相对开放，汉语普及率很高，大多数人能说能听。而东乡族住在大山里，信息不通，汉语普及率低，不用东乡语很多事情都不能办。很多东乡族是用东乡语来学习、理解汉语的。还曾经有东乡语的新闻广播，但是效果也不太好。

"中国不是所有少数民族都有自己的语言。有的民族，原来有语言，后来也消失了。本民族语言是这个民族的文化底线，丢掉了，就很难再是这个民族了。"马沛霆沉重却坚定地说："我不想看到保安族在民族文化历史的长河中只是一朵浪花。尤其是像我这样的所谓保安族的文化人，更应该有一份责任心，通过自己的力量，尽量把文化消亡的脚步放慢一些。"

在 2004 年，马沛霆曾陪同研究保安语的日本专家佐藤畅治到积石山做田野调查。"我从没见过如此敬业的专家，他会为简单的一句话，比如这个杯子摆在这里还是那里，而反复询问、记录一个下午。"2008 年，马沛霆被日本广岛大学北京研究中心聘为客座研究员。他和佐藤畅治亦师亦友、情同兄弟，直到现在仍相互发邮件、短信，还在使用他们共同发明的保安语拼写方式。六年间，马沛霆田野采风、搜集整理了近 3000 条保安语的词条，用拼音标识，出版了一部保安语言字典。

"为什么是用汉语拼音而不是国际音标？国际音标太专业、太学术了，不利于推广。我是想让哪怕是没上过几天学的保安族人都能学习自己的语言。顺这个思路，我想再编一套保安语教本，在保安族的小学初中里教授，让这门民族语言好好传承下去。"马沛霆的想法还有很多，他想把保安族的神话传说，用创造的保安文字翻译出来，供高年级保安族学生学习；想把一些经典电影，用保安语同声翻译过来，让一些不识字一辈子看不懂电影的老年人看上电影……

尽管马沛霆是保安族的第一个研究生，但他说："这根本不值得骄傲，却恰是保安族教育的悲哀，我现在最大的愿望就是国家能为我们保安族培养出更多的人才，和我一起为传承保安族文化努力。"

（四）保安族文化网的建设与经营

笔者问马沛霆，十来年都在读书、调查、研究，为什么不继续学术研究的道路呢？他回答："在学校里念书的生活很理想，能够发现问题，推动它，获得成就感，感觉很好。也曾经想过再考试，继续关注保安族的文学和文化，但是实际上，理想和现实之间落差很大，想象的状态在现实中是看不到的。我们努力了，文化就会朝我们努力的方向走吗？不是的。我周围亲近的一些人对文化还持着漠视、无视的态度。文化保护不仅仅是搞研究，这不能遏制文化的颓废消亡的趋势，很多事情还要靠政府部门来做，还要靠网站来做。"马沛霆在取得硕士学位后，经过思考还是选择到州政府工作，业余时间积极投入网站的建设和运营。

马沛霆在苦心经营的"保安族文化网"上投入的时间和精力相当多。2005 年他看到藏族老师创办了一个"藏族文化网"，深受启发，萌生了创办保安族文化网的想法。"最初的想法很简单，就是让更多的人了解保安族文化。大学三四年也积攒了一些材料，包括自己发表的一些这方面的作品，把这些东西放到网上就是了。"

但当他注册域名时，却发现"www.baoanzu.com"这个域名已经被江西的一个文化公司抢注，只好又花 500 元买来。"自己注册也就几十块钱。500 元，是我两个月的饭钱了。"网站就他一个人，自封总编，兼任编辑、校对，上百万字的文字放到网络上，需要一个一个地敲打出来，马沛霆就跑到打字复印店里，以每千字 5 元的价格，自费找人打。

在马沛霆看来，宣传与保护保安族的传统文化是刻不容缓的任务和责任。这个时代，网络是最便捷、最有效的宣传手段，民族文化的宣传和保护也应依靠网络手段。正是基于这样的认识，他建起了这个旨在宣传、推动民族文化的"保安族文化网"，成为全省乃至全国为数不多的全面介绍少数民族个体的专业网站。该网站自创办以来，访问量一直很大，得到了许多文化工作者以及国际友人的关心和支持，他们纷纷发帖、留言，希望网站越办越好。但由于网站没有经费申请独立的空间，所以容量和相关服务有限，很多发展设想和计划难以顺利实施，也无法进一步扩大宣传。

2008 年，马沛霆的保安族文化网终于初具规模，他借着改版的机会邀请了省、州有关领导以及保安族的官员、民间艺人等上百人，参加了网站的改版开通仪式。"让更多的人了解网站、网络对于新时期发展民族文化的意义，对他们普及一下网络跟民族文化之间的结合的价值和意义，网站应运而生，是个时代的产物。"

以多媒体的方式记录民族文化遗产，最为便捷的方式莫过于数字化、网络化，就是对民族民间文化的保护成果进行数字化与网络化技术处理。它与传统的记录方式相比有着不可替代的优势：可以几乎不占用物理空间，可以方便灵活地进行图文声像与数字信息的双向转换，可以高速、便捷地通过网络进行传输，同时还可以方便、迅速地进行检索，等等。这就极大地促进了资源的传播和共享。

此外，一次性投入、产出比高、便于市场运作，也是文化遗产保护数字化、网络化的优势所在。通过兴建具有互动性与开放性的大型图、文、声、像文化遗产资料数据库，并以互联网的方式实现全球资源共享，完全可以做到少花钱，多办事。从这种意义上说，马沛霆主办的保安族文化网的开通对于宣传和传承本民族的文化，从而推动保安族各项文化事业的发展，起到积极的作用。网站的开通可以促使更多的人了解保安族，了解保安族创造的丰富多彩的文化艺术。

一个小小的网站，就可以搭建起通向外界的桥梁。这不仅是保安族一个很好的宣传的窗口，同时也是宣传临夏，甚至宣传甘肃的窗口，最为重要的，它是抢救、保护保安族文化遗产的重要措施之一。

保安族文化网的开通还肩负着促进民族民间文化产业发展，推动本地区经济繁荣的重任。在这种情形下，民间文化是一种产业资源。在历史上，陶瓷、酒、茶、纺织、印染等都形成了专门的产业，至今仍生机勃勃。现在推动文化产业建设、民族文化建设等都离不开民间传统文化资源。外界若想了解保安族的丰富多彩的民间文化，参与保护、开发保安族的民间文化产业，登录保安族网站是一个重要途径。

在马沛霆看来，保安族有许多像保安腰刀一样的优秀民族工艺品，要想把这些有特色的产业推向全国乃至全世界，网络无疑是一个最好的手段。在信息化的时代，保安族文化网可以整合优秀的民族民间文化，加大宣传力度，让以保安腰刀为代表的民族工艺品有更大的知名度和市场，从而推动迈出合理开发和利用非物质文化遗产的步伐。

据统计，我国的网民每天都以上万的速度在迅速增长，人们通过网络足不出户就可以了解全世界。在当地政府看来，保安族文化网作为一种媒体手段，将整合保安族的文化信息资源，着力展现保安族民族风情、工艺品、土特产等独特的民族文化魅力，让人们通过网络走进原生态，体验到别样的保安族风情和魅力。而且保安族文化网的开通只是一个开始，因为网站不光介绍保安族的文化，同时也可以对当地其他民族的文化产业进行链接和推广。在临夏地区，不只保安族有着优秀的传统手工艺技术，其他民族也有很多的技艺和产品，如果不加以推介，外人就无法得知，网络正是这样一个非常有效的推介手段。

与此同时，网站还可以成为建言献策的互动平台，人们通过 BBS 论坛、留言板等多种形式，及时进行信息的沟通和交流，为当地的发展提供良好的建议和对策。

改版的宣传非常成功。马沛霆通过自己的努力使当地政府、文化部门和宣传部门意识到，网站的开通，不仅对于保安族经济的开发有重要意义，同时对当地文化等各项事业的发展也有着极其重要的意义。网站利用先进的技术和网络传播平台，开发利用保安地区的民间文化特色，将民族文化符号镶刻在地区农特产品中，增加农特产品的含金量。网站还可以充分整合和利用民族文化的信息资源，实现民族地区与大市场的对接，通过网络媒体的平台，让更多的人共享民族文化发展的成果，特别是让在外工作和生活的人与家乡实现良性互动，为家乡发展出点子和铺路子，积极参加家乡新农村建设，高效利用各种资源，为家乡早日脱贫致富奔小康贡献力量。

马沛霆对这个网站更是怀着担负振兴民族精神的文化责任的期望。在他看来，文化是对一个人类种群、族群在一定的地域环境中并处于一个特定的历史阶段里的一种属于他们自己特有的生存状态、生活方式和思维方式的反映。文化是一个民族借以区别另一民族的身份象征，也是一个民族的精神烙印。民族的传统文化是一个民族的精神载体，它深深地根植于每个民族个体的内心，不仅拥有维系本民族群体凝聚力的功能，而且还能促进本民族社会的和谐安定与健康发展。保安族在其历史进程中创造出了以保安腰刀为代表的灿烂文化，可以说民族文化的底蕴较为深厚、遗存较为丰硕。

四　文化的个性与多样性协调发展的可能性

综合这次调研中访谈对象的描述和讲述，笔者有以下心得体会。

首先，要重视信仰对西北文化圈的重要影响。

唐宋以来的中国西北地区，是丝绸、茶叶及相关贸易的商道，自西安起步至西域及更远的地方，各色人等来往不绝。沿丝绸之路上的饮食、服饰、歌舞、语言、器物乃至信仰之间都有着千丝万缕的联系。

根据人口情况，东乡、保安、撒拉三族属于人口较少民族，他们居住的地理环境以及内心神圣的伊斯兰教信仰，使得他们在饮食喜好、穿着打扮、言语行为、日常器用、待人处事中都透露着伊斯兰文化的味道。这次调研适逢斋月，穆斯林守斋，不进食不进水，严格按照宗教教义来安排个人的生活。

这些生活氛围，只有在当地身处其中才能有所领悟体会。县城小巷，偏远村庄，都极大地刺激着笔者的视觉、嗅觉和味蕾，加深了笔者对穆斯林的了解。

其次，国家的文化政策与民族政策对民间艺术有重要的支持，要多发挥积极因素。

访谈中遇到的几位被访谈者，或是国家级、省级的传承人，或是保护工作的参与者，或是保护所面对的对象——民间艺人，他们在非物质文化遗产保护工作中，是不同的参与角色，对"非遗"保护工作的实施和落实有着不同视角的看法和理解。

民族民间文化的保护工作很大程度上依赖政策的支持和政府的态度。但这项工作不能一厢情愿，要多听听民间的意见，多了解民间艺术在人民中的真实生存状态和走向，在政策制定和实施上多了解实情能够有效地帮助促进民间艺术的生存与发展。好钢用在刀刃上，用相应的钱做出利益最大化的事情来。

再次，当地知识精英参与到"非遗"保护工作和本地文化建设中来，会对本民族文化的建设起到积极的带动作用。

保安族的马少青、马沛霆等都是当地受过高等教育的文化精英。他们清醒而深刻地意识到，尽管目前国家对于少数民族文化建设的支持力度在逐年加大，但随着全球化进程的不断推进，保安族文化正在经历前所未有的蜕变，许多传统文化面临消亡的风险。

由于缺乏相关的保护机制，特别是没有有效的宣传手段和方法，外界包括甘肃省内对保安族的了解不多，许多优秀的民族传统文化不为人知，这极大地影响着保安族文化及相关社会事业的发展。

这些文化人有多年专业学习与研究的经验，了解当地民众生活，都非常清楚：只有文化的丧失、消失和消亡，却没有文化的传承，这就意味着失去了民族文化的根基。而一旦民族丧失了文化的血脉，其自立于世界的前景会是不堪设想的。对于本民族的人来讲，轰轰而来的现代文明对民族文化的冲击与日俱增。处于其中的人，必须与其做合理的抗争或协调，既要发展经济，又要保护传统，因为二者都不能丢弃。这是最大的责任，当然也是最难的任务。所以，在一定意义上讲，越是在一切现代化、经济全球化的今天，越是要讲求文化的多元化和多样性。在复杂的世界发展趋势面前，铸牢中华民族共同体意识。只有这样，一个民族、一个国家的文化才会更富活力和生机。

保安族从历史上、地理上、经济上及与周边民族关系上来看，都处于一个多民族文化的交汇地带。这一点优势恰恰是其文化多样性和活力的来源。所以，这里一直吸引着学术研究的关注，是多民族乃至多国家学者知识与智慧交汇的地带，恰恰能够培育多学科的交叉关注和推动学科价值的飞速增长，越是富有保安族特色的民俗现象、文化现象，越值得一再书写与阐释。

最后，无论如何，最重要的工作是保护民间艺人的创造性与个性。

包括保安族民间歌手马黑娃、马满素在内的调研对象，都是拥有不同教育背景、生活经历、性格品性的民间艺人，个性鲜明，其人生故事和演唱技巧都值得大书特书或认真深入研究。这就要求民间文化的保护工作要因人而异，具体问题具体分析和具体对待，不能一刀切。

人也好，演唱也好，都是复杂的交互过程，在其中，民间艺人发挥着天赋、技巧、激情和创造力，在学术研究中也应给他们以相应的重视。尤其是，不能因为都在唱花儿，或者认为都有传统因素，就轻视乃至忽视民间艺人的创造力。其实，正是这股子创造力使民间口承文学保持着生命力。

民间艺人，尤其是具有少数民族身份，并对此身份有着深刻认同的民间歌手，其内心里天然而淳朴地充满着对本土文化的眷恋，他们在成长过程中都产生了对本民族文化的热情，认同地方特色文化和中华优秀传统文化。他们的唱词和曲调里，除了有个人鲜明的特色之外，还洋溢着质朴的乡土乡音和充沛的民族情感。这种环境的熏陶和教育的建构都值得学术上的深思。

对于保安族的调研，没能最终形成影片。笔者后来在不远的青海三兰巴海村，寻找到进入拍摄视野的素材和人物故事，以及民族民间文学资料内容。笔者遇到开朗热情的唱"玉尔"的歌手韩占祥。他读过大学，作为歌手，他不仅自己会唱，还收集了很多本民族的材料。撒拉族的故事，古老而悠久，相传尕勒莽、阿合莽兄弟带领 100 余人，跟着一匹白骆驼，于元代晚期从中亚一路迁徙而来，找到祁连山麓这片丰饶之地而定居下来。这是一个远来的"孩子"不远万里，敢闯敢拼，找到理想家园并扎根生长的过程。这些更加具有故事感，有利于影像的叙事表达。

韩占祥曾给笔者介绍和演唱的"玉尔"，与撒拉族的迁徙历史和丰富的民族文学遗产等民族文学知识和相关情感终于都汇入《记住乡愁》第 25 集《三兰巴海村——敢闯天下》的创作之中。经由中央广播电视总台纪录片《记住乡愁》对于古老村落的聚焦关注，撒拉族的"玉尔"得到了影像表达和传播的机会，打破了人们对西北"花儿"的刻板印象，拥有了自己的一席之地。

第四节　花儿在公共语境中的叙事影像

尽管时代变了，可"花儿"自身正如歌声中的"拉拉缨"一样，遍地丛生，生命力顽强，至今仍然有不少年轻人出于对花儿的兴趣和热爱，自觉地加入传唱和传承中去。借助现代化的手段和传播的力量，有时，人们在城市生活中也能听到乡土味儿十足的花儿。

2016 年夏天，爱奇艺和尚众传播联合出品了一档专注于民歌的综艺节目《十三亿分贝》，笔者受邀去现场参与讲解民歌语言和民俗文化相关知识。该节目由汪涵和大张伟主持录制了几期，其中一期邀请了民歌歌手张尕怂。我和同场专家的任务，只是给这色香味俱全的佳肴上撒一点民俗知识的盐。

现场歌曲尽管是舞台上改编过的，但多少也离不开民间的平凡生活。张尕怂上台的时候，现场的画风随之一变。尽管灯还是那么亮，人还是那么多，可是他坐在那里，半天也不出声，人们就静静地等着他，一下子没了喧闹。不知过了多久，他小声说了一句："我唱什么呢？"主持人汪涵颇有经验地说："想唱什么都可以，我们愿意继续等。"仿佛是担心打扰到他的思路，现场始终安静极了。他坐在那里，有一下没一下地拨弄起手上的琴弦。也许头顶的灯光太亮，不似山坡上夜晚的月光那么温柔；也许舞台上观众的目光太过聚集，不似黄河边姑娘的眼波那么躲闪。

这又一次让我感受到，田间地垄上随口而出的花儿，极难在某些设计过的"现场"歌唱，因为这本就是歌手当时从内心深处涌出的话儿，是说给身边那个让他有话可说的人儿悄悄地听的。如果想要在舞台上成功地演出，势必要有一首事先准备好的"作品"，有着反复锤炼过的固定曲调和固定文本唱词，或许还应当有色彩斑斓的灯效、灵动讲究的背景舞蹈，甚至要有配合和演练过的前奏、伴奏、和声，摇动事先经过演练的机位来配合，等等，只有这样才有可能成就"这一台"面对观众的表演。

单单是听一曲随口抒发的"心里话"，没有指向的价值意义，没有蕴含的重大主题，没有精致的运作和排演，都会模糊舞台和现实的边界，同样也会模糊"花儿"这一文类表达的边界。而且，这一曲唱完，如果在山坡上，会有人唱同一曲调另填词，会有人和韵再回应，甚至会有姑娘投来爱慕的眼光。但是在舞台上，却没有任何的回应和反馈，无论是肯定还是否定，或是现实生活中模棱两可的拖延，以至于那么一点点能够等来的"下一曲"，也无法自然衔接。鼓掌这样的反应，实在不是花儿歌手想要的回答。在舞台表演中，一曲花儿和另一曲花儿之间，完全没有任何关联，大多数情况下，可能是演唱者为了应对时间的流逝而拿出擅长的曲调，而非根据生活事件和周围环境而自然延展。

笔者和节目组的导演还一起去过北京二环内的一个小胡同，听过张尕怂另一个版本的"现场"。在商业演出的现场，尽管他还保持着来自泥土和大自然的声音，真实的生活细节却听起来显得有那么一点点不真实了。生活在大都市的人们也不可能随意地跑去千里之外，挨家挨户地寻访隐身在村落中的好歌手。所以，能够在满屏代码和数字的工作日夜晚，消磨掉满怀无处安放的田园梦想，也算是一种难得的安慰了。张尕怂出了不少商业唱片，网络上可以查询并听到。他还配合完成了以自己真实经历为基础的影像创作，导演跟踪了他收集、学习花儿并由此结婚生子的生命历程，拍成了纪录片《黄河尕谣》。①

　　这部影片，引发了技术是否能够拯救传统的思考。关于这个问题，笔者也会持续关注，并在余论中进行探讨。导演张楠也是黄河边上长大的人，他自述，每年都要回故乡去拍一拍。他选择了张尕怂，是因为这个人有一个想要红的音乐梦。影片偏向于叙事的记录，跟随张尕怂的人生经历和变化，展开他在家和在外之间反复动荡的音乐生活，呈现出一个年轻人在梦想和迷茫之间努力抓住自己根脉的真实状态。

　　影片中有一个非常有意思的片段，张尕怂说："有一次他（巡演时遇到的酒吧老板）说，你知道为啥你唱歌的时候不结巴，说话的时候结巴吗？我说为什么，他说因为你太喜欢唱歌了。"张尕怂在2013～2017年发过自己学习西北音乐的个人专辑《泥土味》《开春》《山头村，人家》《美滴很》。近些年随着综艺节目和影片的播映，确实引发了一定的热度。他综合以往的曲目，2017年推出了《尕谣》，其中有81首歌，展示了他学习和采集西北音乐与民歌的记录资料和心得体会。《黄河尕谣》中有：

> 高高山上一清泉，
> 流来流去几千年；
> 人人都吃泉中水，
> 愚的愚来贤的贤。

---

① 《黄河尕谣》参加了2018年11月的广州纪录片节，并获得第五届丝绸之路国际电影节最佳纪录片奖。

这个出生于甘肃靖远的说话口吃的年轻人，从2011年起就四处收集西北不同曲种的民间音乐，并拜师学艺，有所追求。他在甘肃、青海、陕西等地四处学艺。青海西宁的尕马龙，第一次见到张尕怂时，要听他的嗓音，他唱了唱，尕马龙立刻让他大声唱，放开了唱，并让他唱拿手的颤音，就是要"看你对自己的嗓音自不自信"。

无论是非物质文化遗产传承人，还是花儿会上的歌手，在他的短视频和叙述当中都是他的老师。在他的家乡甘肃，20世纪80年代在武威当地天马广场雕像下面，还时常有盲人乐师来演奏演唱"贤孝"，当地人因此也叫这种艺术形式为"瞎（音同哈）弦"。然而近年来已经几乎没有这种弹琴卖艺的演唱空间存在了。

十余年来，他还收集了不少凉州花儿的素材，当地的凉州小调传承人冯杰元，眼睛虽然看不见，但是唱起歌来，声情并茂，"会很多荤曲，非常吸引人"。① 现场他的父亲冯光涛和歌手臧善德也被感染了，几个人互相唱和玩了起来。他提到，他拜访过国家级"非遗"传承人冯兰芳。冯老师说，"你跟我学就不要耍怪，要老老实实一个音一个音地学"。这次会面，张尕怂是这样讲述的：

> 随身携带的录音笔录到没有电，边充边录，不想错过每一瞬间。冯兰芳唱一首讲一首，边讲还边带表演似的动作，徐常辉的三弦独奏《满天星》《大红袍》《八谱儿》《摘花椒》《春节序曲》，冯兰芳新编写加工过的传统小调《小男子出门》《亲家母》《五哥放羊》《四季歌》《十件宝》《张先生拜年》《十唱毛主席》《腊子梅花香》《割韭菜》《送情郎》《一个嘟嘟》《太阳当空照》《画扇面》《大坏怂》《十杯酒》《讨饭调》《莲花落》《茉莉花》《十劝人心》，贤孝传统《小姑贤》，唱了有半个小时的《丁郎刻母》，她编写的《党的恩情说不

---

① 引文参见张尕怂《张尕怂西北采风专辑〈尕谣〉81首歌，来自民间音乐的传承》，"尕谣班子"微信公众号，2017年5月28日。笔者仍然保留着他在节目上认识后幕后交谈的资料，以及2017年他发给笔者的一些个人音乐片段和花儿会田野片段。

完》，还有现代流行的歌曲，陕北民歌，甚至还有东北二人转《小拜年》，娘母子两个，三弦、二胡、板胡来回换着演奏，最后来了一个三弦对飙，看得我心潮澎湃，我感觉她们什么都可以唱，什么都可以弹。

为了学好花儿，张尕怂请教过不少青海、甘肃、宁夏的"花儿王"。还有一位老师，刘延彪（时 76 岁），学艺 60 多年，和他谈过自己的心声：

既然我下了这么大的功夫，学了这么些东西，我要把他唱下去，我一辈子唱牢，我要多教些学生，叫他们把这些传承下去，这就是我的心愿，这也算就是我的一个梦吧。我们人嘛，活到世上对社会多少有些贡献吧，那你光不能扛着个大脑袋，在世上你做不下一些成绩，那你枉活一趟，对不对？不论干啥，你要干出一点成绩来。现在我的档案在中央都有，中央文化部、音乐家协会，都有，在我们本省来说，博物馆，所有的文联，都有，我的这些东西留下来也不简单。我也算了也没白活，活在世上多少对社会还是有些贡献的，我是这样想的。

他常去松鸣岩花儿会和甘青一带采风收集曲目，改编出来的曲目带有浓郁的地方特色。像《四季歌》这样的民间小调，令人仿佛身处一片空旷的山原，耀眼的人近在眼前，听起来格外有乡野风土的味道。

山坡上有一朵牡丹，
白牡丹绕人眼，
红牡丹红了天红了天，
东山顶的个太阳哎照西山，
西山的牡丹迎红了东山，
阿哥是太阳西山里照，

尕妹是才开的红牡丹，

阿哥是太阳西山里照。

大约是借着唱花儿的胆子，他终于找到了意中人。娶妻的时候，他还特意找了一头毛驴，驮着自己的老婆，唱着热辣辣的花儿，欢欢喜喜地拜天地和回门子。隔年，生了一个大胖小子，过上了老百姓欣羡的"老婆孩子热炕头"的好日子。他时刻不忘师傅留给他的"真经"：越疼老婆的人越会唱歌，"结了婚，有了娃娃，家里好了，唱歌才顺心"。百姓生活中的花儿，是大胆吐露心声，只说给一人听。说着说着，从眼中人，变成心上人，再成为枕边人。却又正是由于这份私密和热辣，花儿反而在民众中流传了上千年。

影片试图讲述一个追求音乐梦想的年轻行动者的成长故事。不过，给影片留言的观众却更多是西北地区本地人，有很多人提及，这样的歌声和曲调，"让人依偎在了故乡的臂弯里"。

像"花儿"、"玉尔"和"贤孝"这样配合三弦乐器弹唱的文类，与当地人的成长生活环境相辅相成，表现出一定程度上的地方性和民族性，且只有在当地人的仪式、节日和社会生活中，才能真正地发挥对当地人而言所具有的文化价值和传承意义。不少"非遗"保护项目中的文类，是传统村落的集体文化记忆，现实中承担着教化后辈和传承当地生活经验的重任，可是由于青年人的兴趣转移和生活方式的转换，不少年轻人离开了传统村落，民间文学成为留守村落的同辈人之间的娱乐和游戏，遭遇了代际传承失落的危险。

总体上来看，在中华文化传承过程当中，这种古老的歌唱咏怀的活动，在传统中国的民间生活里始终没有断绝。它为生硬的历史文本补充了一种灵动的想象力。口头传唱中讲述生活，抒发情感，恰恰是来自人的心灵深处，才显得那么动人而久远。

在进行田野调研和拍摄纪录片的过程中，笔者切身体会到，一个民族的精神财富，在影像表达的过程中，常常作为民俗风情再生产的手段和机制，促进了民族内部的文化认同和凝聚力，召唤和延续着民族情感上的生发与联结，并进一步在时空的多次展示中反复加强了这种倾向的表达。而传统文化能够结合现代技术更好地表达出来，除了需要当地人的热情和努力之外，仍然需要国家层面文化政策的支持和引导，需要社会多方面的有识之士的共同参与和努力促成。

第三章

时间的影像：侧重整体性的表达

第一节　"一国"的文化共享:《中国年俗》的
民俗国家化过程

　　春节，是中国最盛大的节日，2006 年与清明、端午、中秋列入国家级非物质文化遗产保护项目。2014 年春节播出的民俗纪录片《中国年俗》的素材大多是在中国境内 80 余个乡村所拍摄的习俗事象，取材于真实人物的现实生活。这部纪录片在中央电视台中文国际频道的黄金时间段播映，收视率从播出之时的 0.45%—路升至 0.59%，发挥着文化引导、培育受众和对外宣传的作用。经过媒体处理和表现的春节习俗，具备现代艺术创作的取向，从拍摄和制作过程及表现形态上来讲，凸显出的民俗特质是当下的生活中，特定时刻呈现出的现实的日常细节。

　　这一表现过程中，习俗的传统转变为现代，乡村的土气转变为艺术，个人的生活方式和细节转变为民族的文化认同，节日的事象转变为国家的文化共享。那么，这些转变是如何进行与完成的？在镜头艺术的加工、人物事件的择选和画面剪辑的展示中，经过电视化表达与民俗主义的创造和再现，① 民间的习俗最终转化成一个国家所共享的文化事件，向外传播着中华优秀传统文化，传递中国文化的人文精神，成为共有的文化符号。民俗借助媒体完成了国家化的转换过程，民俗在转换过程中发挥了重要作用，这种过程及作用值得深入分析和探究。

一　从祭祖到祭神：血缘、亲缘、地缘关系的建构与融合

对于祭祖这种个人式寻根和家庭内进行的活动，媒体需要通过择选，将其表现在与此无关的受众面前，并经过转化使发生在别处的习俗事象作为一种电视内容，能够与每个受众都产生关联：既能吸引观众的注意力，迎合他们的兴趣，满足收视率"指挥棒"的要求；又能发挥文化整合及宣传作用。这并非一蹴而就的，要仔细分析媒体择选的个案，寻找其内在关联，才能够找到这一转化过程。而这种关联可能有时并非有意为之，有些也是无意的选择，背后有文化思维和意识结构在发挥作用，直至串联成一个整体时才最终得以呈现。

在劳动之余和热闹之中的人们，有颇为重要的年节内容必须提前而郑重地准备，这就是祭祖和祭神。传统中国有"天人合一"的观念，祖先崇拜与神灵崇拜并重。在追根溯源中，共同祖先和共同神灵将人们紧密地连接在一起。这种共同的感受和分享，需要经过符合逻辑、心理与情感等层面需求的建构，才能最终通过媒体画面来呈现和实现。

纪录片先从普通家庭中的孝道讲起。"在新年的第一天，双膝着地，匍匐而拜，向祖先的神灵祈求长辈平安健康，可以说，这既是在表达感恩的心情，更是在呈现孝道的文化。对于老人们来讲，这个跪拜也是他们最在意、最欣慰的家庭礼数。"② 媒体选择和画面呈现的过程中，首先表现的，是一个家庭的祭祖仪式。这个家庭并不是核心家庭，而是具有共同姓

---

① 〔德〕瑞吉纳·本迪克斯：《民俗主义：一个概念的挑战》，宋颖译，周星主编《民俗学的历史、理论与方法》，第859~881页；〔美〕理查德·鲍曼：《民俗的国家化与国际化——斯库科拉夫特的"吉希-高森"个案》，宋颖译，周星主编《国家与民俗》，第244~260页。

② 见《中国年俗》解说词。为简便计，本书引用《中国年俗》解说词与同期声，均不再出注。

氏的一个大家庭。拥有同一个姓氏，在某一个区域范围内，意味着具有共同的血缘来源，拥有共同的祖先。在心理认同上，较容易建立起成员相互之间的认同感。祭祖仪式是保存一个家庭历史和记忆的重要载体，且只有依靠自己的家庭才有保存的意愿和动力。因此，选择哪个家庭或家族必然是个问题。纪录片选择的这个家庭，经过一定的考虑，它规模比较大，支系众多，早已发展成家族，甚至有不少子孙经过世代繁衍和外出迁徙，已经在海外生根发展了。这样，在表现这个家庭的过程中，同时也涉及了对家族历史和海外游子情感的表现。在春节这个特殊时刻，这些海外的子孙大多会回乡祭祖寻根。基于多重考虑下对于家庭的择取，就把一个普通家庭和普通形式的祭祀祖先的活动，拓展为与地域有关的活动，尤其是加上海外游子回乡讲述，使时间和空间的扩散与流布的过程，成为亲缘关系和地缘关系拓展的同步过程。这种择取，是从亲缘寻根的小视角，拓展至地缘寻根（故土）的第一步。

纪录片重视对于普遍性的诉说与表现。中国大地上的各式祭祖仪典，尽管家族有异，仪式有别，慎终追远的心情却是一脉相承的。媒体着重表达的正是这种心情，试图以情感人，以情来提点细节。在南方沿海的大部分地区，祖上出现过杰出人物而且人丁兴旺、财力殷实的家族，往往建有本宗族的"家庙"，祭祖活动定期集中举行。家族各支系的主要男性成员都要聚齐在场，很多海外游子也会不远万里回到故乡，祭祖仪式庄严而隆重。如发生在"（广东）江门林氏家族的祭祖有一套严格的程序，包括读祭文、焚祭文、上香叩拜、敬献祭品等"。纪录片展现了这个家族祭祖的严格程序和制度，展现了祭祀过程的民间讲究和禁忌，使得其真实可感。将家族内的海外支系回乡的过程加以表现，就不仅是局限于血缘关系，还具有了空间上开拓感的地缘意义。"对这些海外游子来说，家乡的点点滴滴都饱含着浓浓的亲情，因此春节回家，祭奠祖先、编修族谱、修缮祠堂，就是他们内心放不下的亲情与乡情。"

进一步建构时，纪录片选取了另一个颇具代表意义的家庭——孔子的家庭。孔子其人，尽人皆知，他作为中国文化史和思想史上的先贤，而为世界熟知。孔子的仁本思想对于中国传统文化的发展具有奠基性的、不可替代的作用。中国在对外宣传中往往使用孔子作为文化符号，作为一个国家的思想文化渊源的象征。祭祖和祭孔对于孔子后人而言，是同时发生的事件，这一事件很难仅仅看成一个普通家庭的祭祖活动。因其祖先的典型性，这场发生在孔子后人家中的祭祖，是既有个人化、家庭感的，也有文化性、历史感的。对于电视机前的观众而言，他们似乎也很难把自己的教养和孔子的思想分隔开来。选择孔子这一文化名人，即使是没有血缘关系的电视观众，也会成为纪录片展现过程中不由自主地参与并产生文化认同的一员。受众在没有血缘关系的祭祖和与自己似乎有文化联系的祭孔之间获得"相互抵牾的快感"，① 这种经验是电视这种特殊的传播媒介所赋予的。孔子家族这个有代表性的祭祖活动，成为血缘关系附加文化联结认同的寻根祭祖活动。这就将祭祖的寻根意义又拓展了一步，将之复合化了。

由于孔子是中国人熟知的思想先贤，也是中国文化中具有代表性的文化名人，纪录片有意选择了这个看似普通却一点也不平凡的家庭。拜孔子时的配乐是具有中国传统文化代表意义和象征意义的古筝名曲。孔家门上的"忠孝传家久，诗书继世长"，也是中国人在春节时常用的对联句子。在民俗细节上，纪录片的这一章节介绍了烧柏枝的意义、拦门棍的用途、瓶和镜的讲究，展示了具体的祭拜过程。纪录片通过孔家的祭祖，从一家之祖先过渡到一国之先贤，展现了某种文化上的典型性，将个体家庭与国家文化传统黏合在一起。配合画面的解说词在简洁地描述祭拜仪式之后，便上升至抒情式的关于孔子对于中国传统文化的意义和价值的表述：

> 夜半子时，孔家祭祖仪式正式开始，按照家规，男人们按辈分依次向祖先磕头。堂屋正中高悬着孔子画像，这是中国社会的万世师表，更是孔氏后人心中永远崇敬和感念的先圣，每一个孔家后代在向

① 〔美〕约翰·费斯克：《理解大众文化》，王晓珏、宋伟杰译，中央编译出版社，2001，第129页。参见《理解大众文化》中对于矛盾与复杂性的探讨，作者提出了相互抵牾的受众需求。

先圣叩头祭拜的时候，都全身心融入此刻庄严的氛围，内心充满对祖先的无限感恩。

这是借助具体的仪式表现，而进行体验式的内心和情感的抒发，目的在于唤起受众对于祖先的共同感受，打下文化认同的情感基础。介绍完在家庭之内举行的祭孔仪式之后，纪录片从家庭与家族的亲缘、血缘关系拓展至地缘关系，用这样的叙述来过渡至黄帝陵的祭祀："过年祭祖，对于世代生活在这片土地上的人们，已经不单纯是某种年俗，而更是一种对生命寻根溯源的无尽追求。"

这是进入国家化过程最关键的一步，纪录片并没有就此抛开血缘关系，单纯来展现地缘关系，而是将已经完成的文化认同与没有完成的血缘认同，进一步糅合，最终实现同一性的建构。这里的再现，选取了对于现代的中国人来说，都非常熟悉的一个代表符号。这个人，很难说是一个真实的人，他存在于神话之中，并经过了中国历史上漫长的神话历史化过程的建构和传播，看起来更像是一个文化符号、一个血缘符号、一个早已完成建构并被人们普遍接受的文化象征——他就是黄帝。"炎黄子孙"这个概念早在民族国家的思想兴起和现代国家建立之前，就已经实现了建构和普及。因此，纪录片选取了这位神话中的祖先，完成最广泛的血缘一统的建构。到此为止，血缘、地缘、文化渊源上的认同在电视画面上得到逐一推展的层层呈现，并最终实现了同一性。无论是哪里的受众，只要是黑眼睛黄皮肤的中国人，在"炎黄子孙"的概念下，都能够接受并认同电视所呈现的祭祖仪式，都不由得感到自己也是其中一分子，在分享这种概念和文化事件。与此同时，祖先也从实际的血缘根源拓展至神话中的形象和符号，在电视观众观看的过程中，春节祭祖，于不知不觉中变成了祭神；而且，不知不觉地从一个家庭的，拓展至一个地域的，而后经由神话故事的讲述及其外在物化呈现，建构为整个中国的，层次清晰。这种在历史建构过程中多次使用的象征符号，早已完成并持续讲述着"炎黄子孙"的根源认同，在文化流脉上浑然天成。这种符号传递的过程中，狭隘的个人化祭祖与血缘寻根，已经彻底建构为国家的行为和发自内心具有情感基础的文化认同了。

从具体的电视画面上来看，呈现的是陕西黄帝陵的祭祀，用黄帝的神话故事来塑造一位"实现了华夏大地的统一"的文化始祖的形象，"中华民族"与"炎黄子孙"的概念表达就顺理成章了。纪录片描述道："从秦汉开始，中国人就有了祭祀黄帝的活动，以此来祈求国泰民安，相传黄帝是原始社会的一位部落首领，5000多年前，他领军战胜了炎帝部落和蚩尤部落，首次实现了华夏大地的统一。"这个5000年的时间建构和故事扼要叙述，将血缘关系与地缘关系统一在一起。中国文化中的关键词，"炎黄"与"华夏"，都是受众熟悉的内容。早在《史记·五帝本纪》中就描绘过对于黄帝在文化上的认同和想象，并且是作为130篇文章的第一篇，《史记》打破了更古老的《尚书》将尧帝作为文化开端的说法，独以黄帝为首。[①] 自《史记》以来，对于黄帝的认可和想象建构从未停止过。

在表现祭祀黄帝的仪式中，气氛庄严肃穆，解说词提到，黄帝在中国民众的心中，曾经"教导人民播种五谷、制造衣服、创造文字、作历法、制音律，为中华民族点亮了文明之光"，因此黄帝也被后人称为"人文初祖"，直到现在中国人也习惯把自己称作"炎黄子孙"。借助"中华民族"一词，行文至此，可以清晰地看出，这部纪录片的开局部分，就已经紧密围绕主题和主旨的宣传，把普通家庭的祭祖，上升到传统层面上具有文化共同想象的孔家祭祖，进而上升到国家层面更具有象征性的血缘共同想象的黄帝祭祀，从而奠定了全片的基调。基于国家文化宣传立场的媒体，将林氏家族的海外游子回乡，与这里的海外游子的归国回乡等同起来。"如今，每年正月初一，许多海内外炎黄子孙，都会从世界各地来到黄帝陵祭拜先祖。"

对于符号性的人物选择，除了像黄帝这样遥远血脉的象征，还有更接

---

① 参见《史记》卷一开篇所载："黄帝者，少典之子，姓公孙，名曰轩辕。……诸侯咸尊轩辕为天子，代神农氏，是为黄帝。……太史公曰：学者多称五帝，尚矣。然《尚书》独载尧以来；而百家言黄帝，其文不雅驯，荐绅先生难言之。……余并论次，择其言尤雅者，故著为本纪书首。"

近宗教情怀的广受祭拜的神灵，即武圣关羽。关羽在中国文化史的三国时期，是正统文化精神的化身，身后屡次被封为帝君，成为民众普遍信仰的民间神灵。[①] 在血缘、地缘关系的建构之后，画面添加入信仰的元素，在民众广为熟悉的具体历史人物身上，结合了抽象的文化精神内涵，更是起到直指人心，唤起最普遍认同的作用。相较神话意味浓郁的黄帝而言，关羽更加有血有肉有故事，更为具体真实，离电视机前的观众更近。而不可否认的是，作为武圣，他也是中国文化史和民间信仰习俗中一个类似于孔子的文化符号。如果说，孔子是思想的巨人，那么关羽就是这种思想的具体实践者和现实化身。如果说人们信仰崇拜的观世音菩萨是佛教舶来品而离中国式血统太远，那么关公信仰则是土生土长的、完成了血缘建构的、本土化的、具有英雄色彩的神灵信仰，真实反映了一个现实的人物如何成为万众膜拜的神灵的发展过程。因此，关公崇拜与信仰，综合了血缘与地缘、情感与信仰、文化和民族精神的多重认同，同时还具有宗教的情怀和色彩，是非常容易运用并引起广泛共鸣的文化符号。

关帝是中国第二大民间信仰，香火仅次于观世音菩萨。早在隋朝时期，人们就开始为关帝建庙。千年之后，中国各地的关帝庙早已不计其数，仅在台湾一地，关帝庙就有 500 多座，信众多达 800 万，即使是在海外，也有关帝庙的身影。在中国人的心中，关羽是"忠、义、信、勇"的化身，是亿万中国人的道德楷模，祭拜关帝不仅仅是一种信仰，更是中华传统文化的一个符号。……和普通的信众比起来，关氏后裔的祭祖显得更加隆重。对关氏后人来说，祭拜先祖关公不仅是祈求关帝保佑平安，消灾避祸，更是要所有族人恪守祖训，弘扬先祖忠、义、信、勇的精神。

经过上文的层层分析，可知纪录片的叙事建构是这样延展的：一个家

---

① 关公信仰的研究论文较多，信俗广泛，可参见刘志军《对于关公信仰的人类学分析》，《民族研究》2003 年第 4 期。

庭祭祖，意味着紧密血缘关系的亲缘寻根；经过海外游子的回乡祭祖，拓宽至疏远血缘关系的地缘寻根；再借助一个有代表性的家庭，祭祖与祭孔结合，血缘寻根与文化寻根借助想象而结合；最后，通过神话性（如黄帝）或信仰性（如关帝）等具有神圣感的文化符号的择取，由黄帝陵这个有代表性的地域的祭祖活动，将神话中的祖先加以展示，完成最广泛的血缘一统的建构，再进一步抽象经由关帝庙的神灵信仰实现神圣感泛化，血缘关系退居其次，更为抽象的文化渊源和价值追求被凸显出来，在更深的价值观和文化认同上将中国人紧密结合在一起，实现多重融合的身体上、情感上、心理上、文化意义上的综合寻根。

祭祖的民俗事象，表现出对祖先的追思与缅怀之情，类似于某种宗教情怀，融合了传统文化的精神内涵，中国的家族传统和文化传统从中得以延续，再经由神话化的符号象征，完成了国家化过程的建构，借助大众传媒得以推广，传递给每个电视机前的观众。历史传统保持其流行，"不只是以学术的形式，而且是以其流行的表现形式，在电视上，在电影院，通过传统工业。……电影和电视都迎合和鼓励对过去的迷恋"。① 由此可以进入下一部分关于个人、家庭与国家的讨论。

二　从家庭团圆到民族团结：家国同构

在对《中国年俗》的分析中，笔者提出了以家庭为核心的两个维度的建构，即"家庭—母亲—孩子"和"家庭—社区（乡土）—国家"。② 在第一层建构中，家庭内部将分散的个人情感体验和个人化的诉说，组合为一个小团体的共同经历和生活方式；在第二层建构中，以家庭为出发点，逐渐把小团体与地缘上的故乡和人际关系的社会逐层黏着、复合，拓展至体制权力上和文化认同上的"想象"共同体，即大家庭式的国家（民族）。这样就完成了从个人的童年、家庭所属的故乡，到社会层面的国家共同体

---

① 〔英〕凯瑟琳·霍尔：《"视而不见"：帝国的记忆》，〔英〕帕特里夏·法拉、卡拉琳·帕特森编《记忆》，户晓辉译，华夏出版社，2011，第 22～23 页。
② 参见宋颖《童年、故乡和春节：民俗纪录片〈中国年俗〉的"三重想象"》，《贵州大学学报》（艺术版）2015 年第 4 期。

的跨越和融合，而春节则是表达这种体验和归属感的时间点、喷发口和综合体。

在春节这个表达出口上，个人化的诉说、家庭内部成员的团圆，可将个人经历和个人所择选的生活趋向、所承载的生活文化，紧密地与民族国家的集体记忆和文化记忆①相结合，从而使得习俗不仅是个人的生活内容。纪录片在画面呈现中，选取了邻里互助的劳动场景，将以家庭为核心无法完成的劳动，从具体需求出发，把家庭与地缘上的家乡连接起来，邻居是地缘上具体可见的其他家庭，多个家庭连缀起来，表现出乡土社会生活的场景。

纪录片以浙江龙泉打黄粿、吉林延边朝鲜族打年糕、苏州甪直做糯米年糕等为例，展现了中国各地广泛存在着的集体劳动场景中的邻里互助：

> 下樟村郑锡龙：我们每家每户都要做200多斤的，农民很辛苦的，一年到头做起来，正月里自己吃，有时候招待客人，每家每户都这样。解说：按照当地的传统，谁家要做黄粿，全村的人都会过来帮忙。
>
> 春和村朱英玉：我们朝鲜族来说，平时不做，就是过年的时候，就一年一次做打糕，以前我们小时候，很少难得的米，你家两碗，我家一碗，这样合起来做，都是为了团结，互相帮助。
>
> 甪直村韩雪花等：过年的时候，一个人忙不过来，就帮帮忙，就在一起。两三个人忙不过来，来不及了。我们每年都这样，就是五六个人凑在一起，高高兴兴就是过年了。

在艰苦生活下在特殊时刻——常是人们苦中作乐的时刻——所进行的集体化协助中，人们在贫困生活中感受到群体温情的纽带联结，形成了能够超越时间的重要记忆。"在传统中，通过共享的集体信念和情感，过去

---

① 〔德〕扬·阿斯曼：《文化记忆》，甄飞译，陈玲玲校，冯亚琳、〔德〕阿斯特丽特·埃尔主编《文化记忆理论读本》，北京大学出版社，2012，第8~9页。

决定着现在。"① 可以说，这种记忆，延至现代，往往成为某些民俗事象为群体所传承和共有的情感基础。劳动场面就是形成这种记忆的场景之一。

除了劳动外，纪录片还选取了红火热闹的活动。春节期间，中国各地有很多欢庆场景和娱乐活动，像舞狮、舞龙、游神、秧歌、灯会等都属于有集体意味的活动。② 必须借助集体的力量，才能实现这类规模较大的活动场面。当然同时，这种集体化的娱乐活动，也必须由多个个人或家庭参与，才得以完成。通过群体在乡间的游走，将有经济联系与人际往来的社区或乡土社会连接起来，每个家庭在这样的参与和分享中，均获得了归属感，分享了集体的力量。在地缘上，也从邻居扩大至活动所涉及的更广的区域范围，突破了关系较好、来往较多等人际关系上的具体限制，社区的边界变得更为模糊而宽泛，这就为进一步升华至体制权力上、情感想象上、文化认同上的共同体国家做了铺垫。公共活动的渲染，把一个家庭内部的团圆延展至集体化的社会行为和文化行为。这种集体的传承和记忆，渗透着国家和民族的概念，无论是从空间上，还是时间上，都可以成为"想象的共同体"建构的良好基石。而春节，恰恰是这个空间与实践所呈现的结合点。

正如涂尔干所认为的，"当家族和共同体分享他们的记忆时，他们就更紧密地团结在一起。他们通过共同回忆创造了一种凝聚感。……集体记忆是社会力量的一个源泉。……这些集体共享的记忆大概绝非客观的和事实性的……通过分享记忆而不是把记忆私有化，共同体能够找到一种方式来讲述有关他们的事实。……共同分享记忆创造神话而非精确的历史的倾向"。③

纪录片借助具体人物之口的动情诉说，表达了这些个人记忆和集体记

---

① 〔英〕安东尼·吉登斯：《失控的世界——全球化如何重塑我们的生活》，周红云译，江西人民出版社，2001，第44页。

② 马潇：《国家权力与春节习俗变迁——家庭实践视野下的口述记忆（1949～1989）》，周星主编《国家与民俗》，第188～189页。

③ 〔英〕理查德·森尼特：《干扰记忆》，〔英〕帕特里夏·法拉、卡拉琳·帕特森编《记忆》，第4页。

忆，也因此充满了强烈的感情色彩，具有了最能感动人的事例细节。在选取的这些片段中，由个人所承载的生活文化恰恰是在国家媒体的镜头下，趋向于"一国"名义的表述，从具体的中国人抽象出整体的中国人，从具体的家庭生活、行为细节抽象出整体的中国春节现状。展现的内容，实际上是对本部分开端所指出的两层建构、两个维度（主要是第二个维度上）进行的拓展，实现了从个人到家庭、社区（集体/群体）、国家（民族）的扩大与连接；那些有名有姓的个人情感和经历，使这类表达确实显得更加真实可信，更容易被电视观众接受和认可，从而唤起某种抽象的整体认知和彼此连接。这些地方性的娱乐活动事件，具备典型化和代表性的一定基础，大多是经过像非物质文化遗产保护这种文化工作的塑造，从而成为国家共有的文化内容。春节将一场家庭的盛宴与国家民众的狂欢并置在一起。国家变成扩大了的家庭，个人所组成的小家庭成为大国家中的一个个分子；同时，个人所组成的小家庭在这种扩大中，也演变为（可以视为）个人所组成的大国家，家庭所承载的团圆内涵，也升华为国家（民族）所呼吁的团结。在家国同构的这一过程中，从个人记忆到集体记忆，从社会记忆到文化记忆，这种延展与扩大借助纪录片画面和人物叙事而完成。而纪录片《中国年俗》从启动至拍摄，到实现全球同步播出，依靠国家和政府的人力、财力、物力等支撑，发挥着文化宣传作用。在这样背景下所表达的春节习俗，也从个人化的、民间化的生活实践，转变为某种意义上的国家文化形象的代言。

家国同构，不仅限于对个人的定义及其所属关系的拓展；在这种拓展的过程中，个人生活也同时完成了与公共领域和公共生活的连接。春节有大量个人参加的集体生活的公共活动，其中，从社会身份来看，个人作为普通人，作为一个小小的民，获得了社会身份、文化身份及其他标识，在这种与公共领域连接的过程中，实现了个人的价值和意义，在现实生活层面和社会存在层面上，超越了个人，融入群体，表现出某种整体的力量。内在指向的个人生活，同时也上升为向外开放的公共生活，而为某种更大的整体所有。同时，正是这种公共领域中的公共生活，才有能力把普通一个具体的人的生活内容和细节，提升为具有普遍性和代表性的"俗"，或可称为文化生活，其主体不再是具体的个人，而是想象的共同体，为国家民族的民众所共享。只有这样，一个地方的过节方式才可能为国家民族所共同拥有。可以说，这种过程是与春节之所以成为国家级非物质文化遗产保护项目的逻辑立足点相吻合的。不完成这种跨越和超越，就不能把个人化的生活内容演变成并上升为国家所有的遗产项目。

在春节这个遗产项目中，国家强有力地提供了某种新的想象空间，把个人化的生活细节提升为整个民族和国家的文化行为和公共生活，并加以整合，以国家为一个单位，向其他国家进行传播和展示。个人在呈现私人所有的回忆和细节时，同时借助媒体画面和解说，把这些内容变成故事的素材，把这些情感和内容，统一重塑为某种国家形象的代表物，使之超越了个人诉说和掌控，演变为承载共同体的历史传统和文化内涵的项目，从而具有丰富的文化内涵和审美价值。民俗，在这种意义上，可以视为对于生活细节的审美，甚至获得某种超越性，成为一种对于国家民众普遍的生活方式的想象。

三　媒体对民俗细节的审美关注

"时间的持久性并不是定义传统的关键特征，也不是定义越来越与传统混合在一起的风俗习惯的主要要素。构成传统的与众不同的特征是仪式和重复。"① 建构传统，如果无法从仪式上入手，那么重复也是一种有效的途径。生活中日复一日出现的细节，即便不具备仪式感，也因某种程度上的重复出现，而成为令人关注的生活内容；即便不能世代相传，也因在某一区域内的广为传播，而具有某种类似于"俗"的习惯色彩。其中一些生活内容，因为重复出现，逐渐累积出民众的审美倾向，而媒体视角，非常有益于关注和表达这种审美，甚至通过艺术化的加工，使民间审美在构图、光影等方面更具有可视性。

---

① 〔英〕安东尼·吉登斯：《失控的世界——全球化如何重塑我们的生活》，周红云译，第38～39页。

如果说，祭祖侧重于仪式的展示，那么市场经济和交易活动，就是重复的展现。纪录片展示时，不是为了表现春节习俗，而是在偏离自己的文化主导和文化宣传的主张下，为了收视率，为了"好看"而增加了一些"有趣的"段落。这些是纪录片必须呈现的段落，即从民俗事象中选取那些着重于视觉感受的，而且还是春节必须进行的，具有民俗色彩或者是民俗事象的事件，但是表现的不外是在收视率的引导下，迎合视觉审美而增加的一些生活场景。

为了符合电视艺术的效果，文化内涵和价值取向在这些章节的表现中略有弱化，突出的是民俗的审美。这些场景基本上有这样几种取向和目的：一个是增加现代生活气息，主要是市场经济活动；一个是增加画面美感；一个是增加情境趣味性。这三种考虑，都是为了迎合电视机前观众的兴趣和吸引他们的注意力，都是基于电视艺术手段的表达而侧重于对民俗生活细节上的审美关注。

对于花市买花，纪录片在表现时就进行了历史维度的构建，先通过故事或民众之口提出它传承了很长时间，把一种经济活动，附加以时间上的延展和价值，从而在瞬间展示和传播的过程中，唤起受众某种历史感和传承感。尤其是在将之与其他习俗相列时，格外凸显出画面的美感，满足受众的视觉需求。

> 由于气候寒冷，北方人过春节，大多是用春联、年画来装点春意，南方人则是到花街看花、买花，把绿色的春天迎进家门。解说：在中国南方，很多地方都有逛花市的习俗。尤其是广州，早在唐朝的时候就有花市出现，到了明清时期，已经初具规模。现在，每到年前的时候，这个被称为荔湾花市的地方，花铺数里，人潮涌动。在当地人看来，盛开的鲜花象征着花开富贵，而挂满果实的金橘，则代表着吉祥如意。
>
> 广州市民刘活：我们广州每家每户都是要摆上这个花，金橘是必不可少的。

　　广州市民罗若瑜：金橘除了过年来观赏之外，就是增加一个节日的气氛。第二，到元宵之后很多家里年花都要撤了，我们就会将橘子摘下来做腌制品，当零食吃，除了当零食吃之外，家里面的人就说还可以化痰止咳，就有这样一个作用。第三就是在摘完橘子之后，橘子树就当作一个盆景这样摆放。

　　这段广州花市的描述，提到了"明清时期"来加强历史感的印象，又使用了谐音象征的符号，用金橘寓意吉祥如意来增强民俗感，再借助具体人物的细节化诉说，增加了真实感。这样，就把一段基于市场经济活动和个人生活内容的细节情境，融入整个中国春节习俗的组成部分之中。在电视画面的瞬间消逝的过程中，观众会关注繁花似锦的美好画面。他们不需要更深的思考便可以感受到画面要传递的信息。因此，花市场景这一轻松愉悦的内容，增强了观众体验的美好感觉，使民俗主题显得不那么严肃和生硬，而是充满了生活的现实气氛，巧妙地在春节习俗的整体叙述中增加了生动繁荣的场面，顺应并烘托节日的气氛。

　　与此相类似的漳州水仙花市则增添了更进一步的渲染。由简入繁的元素增添，也较为符合民俗事象的建构与积累。随着时间的延续和规模的扩大，以及民众的认可和接受，美好的生活细节和民众审美体验，也成为某种约定俗成的文化现象。水仙花市部分从开头便以民众之口冠上传统之名，紧接着，讲述了一个500年前的故事，将水仙花与漳州人的情感相连，形成"喜好即民俗、吉祥即民俗"的气氛。这种追求美好与兴旺的情感基石，其实只是民俗事象的审美表达，但是纪录片的这一片段，借助画面的力量，将水仙花开的寓意生动地传达出来，把春节民俗事象中的吉祥符号阐释得淋漓尽致。

　　漳州市市民翁锡波：我们这边都有这个传统，每一年春节到了，每一家要摆上水仙花，如果没有水仙花，就好像还没到过年的感觉。

水仙花要在节前买，以等待在新春时节开花，开花的水仙蓬勃向上、自有生机。作为中国最大的水仙花主产地，这里的人们过年时，家家户户都要摆上几盆水仙花。芬芳、高洁的水仙花点缀着漳州人过年的心情。据记载，500多年前的明朝年间，在外做官的漳州人张光惠，告老还乡，回家的路上看见山溪边有一种清丽的奇花，爱不释手，带回家乡栽种。（第二集章节"水仙花：清香的年味"）

集市是一类经济民俗。纪录片对于市场经济、交易买卖等的画面呈现，其立场和出发点是国家化的，它一方面是国家关注GDP增长的一种物化表现，而另一方面又与人民群众的日常生活息息相关。比起上述两个片段，另有一个地点更为明显地表达了这种立场和倾向，即中越边贸口岸的水果交易集市，意图借此表现国家贸易和市场经济。这个集市，纪录片安排在民众自发形成的集市（山东李村大集）之后。两者表面上看是同一形式的扩大化展现，但仔细思考，性质其实不太一样。后者着眼于国家立场的经济诉求，而不仅仅是民众生活内容和一般的民俗事象，在后者中，国家的边界格外明确。因此，在这种呈现中，实际上是在划"边界"。"边界"是一个有意义的概念。这种边界，既可能是国家的边界、文化的边界、人群的边界，也可能是民俗与生活之间的边界。在这个广西边界上的集市展示中，国家的边界明晰的同时，春节的习俗和文化事象却跨越了这种政治的疆界，呈现出生活文化相互依存、相互交流、相互融合的"共有"之态。在这种较为纯粹的市场交易中，纪录片通过穿插民间说法和民众知识来体现并增强民间性，使其与其他片段相互呼应，借助具体的寓意和观念的阐释，弱化了市场交易的气氛，凸显出经济活动当中的文化意味。

（广西凭祥）中越边境最大的边贸口岸，每天都会有几百辆装满水果的越南货车进入中国。……越南的水果卖到了中国，而中国的年货也会卖到越南，在中越年货一条街，腊月里会格外热闹。越南和中国一样，是使用农历的国家，春节，也是越南最大最热闹的传统节日，越南人一般是从农历十二月中旬开始办年货，准备过年。和中国人过年的习俗十分相似，他们过春节时，也会在家里贴对联，贴福字，吃年糕，放鞭炮。由于中国的年货市场种类丰富、物品齐全，很多生活在边境的越南人，会在春节前到中国来采购年货。

除了最受欢迎的服装和糖果之外，由于受到中国年俗文化的影响，越南人也对富有美好寓意的物品很感兴趣。代表"顺顺利利"的梨和象征"团团圆圆"的橙子，以及寓意平安的苹果等，都是他们选购的重点。

越南居民阿梅：苹果就是平安的意思。有红色，绿色就是希望，红色就是运气好嘛。

同样的习俗、相同的喜好，中国传统的春节已经跨越了国界，成为中越两国人民的共同节日。（第一集章节"赶大集：跨越边境的忙年"）

这一片段，以某些代表性的文化符号的吉祥寓意，表现出春节习俗中经济活动与现实生活的密切关系。那些隐含在观念中的民间看法和传统意识，在经济现象中同样能够显现出来，尤其是在中国边境的边界线上。怎样看待中国年的边界，怎样看待习俗与经济活动的边界，纪录片的呈现意味深长。民俗学者也较为重视以民族国家为边界的基础上所建构的民俗生活，民族国家的民俗生活，有时为国家的建立梳理并建构了历史源流，有时为国民的认同感寻找并提供了事实材料，① 像春节习俗这样的生活事象，往往是国家的文化政策与民众的文化实践互动的结果。

中国人在春节渲染的"普天同庆"，源自对于"天下大同"的向往，这曾经是仁本思想所追求的最高价值。这种以"家"为范本的"国"与"天下"观念，从当下的现实生活方式和民众行为实践中来看，即以春节习俗为观照点，从小小的自我个人，一层一层外推至国家、天下。即使在国家的边界上，也是自然形成共有某种文化的现象，从而跨越了某些边界。

---

① 前者如《卡勒瓦拉》之于芬兰，后者则像《格林童话》之于德国。

边界的划分及其跨越值得进一步关注，正如吉登斯所言，"至少在某些方面，现代社会（民族国家）有着被明确限定了的边界。但是所有这些社会都被一些纽带和联系交织在一起，这些纽带和联系贯穿于国家的社会政治体系和'民族'的文化秩序之中。实际上没有一个前现代社会像现代民族国家这样，有如此明确的界域"。①

从国家立场的媒体表现上看，对于边界上的民俗活动及其他活动的择选，固然有政治、经济、文化等多方面的复合要求，但还无法回避媒体立场的一些技术指标要求，如花朵与水果的市场交易，大多倾向于美丽画面的择选和宏大规模场景的传递。这类活动，在春节中必然发生，而且常常迥异于常地热闹，尽管有时交易的行为本身没有太多的传统寓意，不像春联、年画那么世代久远、说法众多，既有文化内涵，又有民众基础，而是出于美化家居生活环境或满足日常生活需求的实用功能。这种行为，一方面跨越在民俗活动中，因为它是民众自发形成的经济形式；另一方面，这类活动当中的审美体验和审美感受被纪录片择选出来，并着重加以表现。节日期间有不少活动和行为也离不开美化现实生活的需求，在民俗当中，这类活动突出了民众的热爱生活。纪录片表现并歌颂现实生活的美好，宣传国泰民安的幸福，切合的是社会主义核心价值观，指向的是当下。这种表现，就是借助重复活动，来建构起历史感，使得活动的意义有所依托，在与其他历史传统、民间信仰等段落相衔接时，也保持了一定程度上的协调，而不显得那么突兀。

纪录片《中国年俗》在选景时，也考虑到收视率的影响，选择了东北的雪乡表现"童话般的雪景"，展现中国春节冰天雪地的典型场景，在杀年猪的春节筹备事件前增加了一个小段落，用"傻狍子"来增强受众的愉悦感。随着时代的发展，国际社会的呼吁促使各国的野生动物保护法规日臻完善，猎狍子在中国也基本消失了。在画面中出现的傻狍子及相关镜头，只单纯表现野生动物的存在状态，几乎没有任何文化活动和现实生活的附加内容。因此，在价值观的取向和落脚点上，纪录片传递的是对于野

①　〔英〕安东尼·吉登斯：《现代性的后果》，田禾译，译林出版社，2011，第12页。

生动物保护的认知，是当下生活中人与动物相处的状态，至多能为观众增添一些时间流逝与生活变迁之感，与春节习俗的主题和气氛不完全贴合。这种镜头可以出现在诸如《动物世界》等其他纪录片中，这种自然呈现当然并非完全以文化宣传为导向，而只是在纪录片的节奏上增加趣味性而已。

> 张安明告诉我们，在过去的狩猎时代里，东北的猎人们进山打狍子，几乎不用费力去追它们。当猎人停下来的时候，它们就会停下来，傻傻地看着来人，仿佛还弄不清楚眼前发生了什么事情，就被猎人捕获。所以，傻狍子！傻狍子！这个名号就这么被叫了下来。
>
> 当摄像机拍摄狍子时，它果然一动不动盯着看，一副呆呆傻傻的样子。
>
> 在张安明的记忆里，过去一进入腊月，村里的人们就会上山围猎。跟着猎人们进山，是他和小伙伴们腊月里最兴奋期待的事情。由于狍子傻呆呆的，猎人总能活捉它。
>
> 雪乡村民张安明：瞅着你，它也不跑，回过神来，回过神来再跑，跑没多远，它又回过头来瞅瞅你，看什么东西追着它。（第二集章节"杀年猪：热气腾腾的忙年"）

上述几个片段，侧重于对民俗细节审美体验的画面选择与再现，如水果交易、花卉市场、卖萌的狍子等，一方面有为了迎合收视率而增加的生活内容，另一方面也是着眼于表现生活中现实的美感。民众的审美取向，正是借着水果花卉的寓意得以传达和强调。但是纪录片并没有停止于此，而是拓展至国家的经济贸易活动、国家的政策等方向。需要指出的是，有时国家的边界并不完全是民俗的边界，如春节的习俗，显现的是文化自身的力量和内在观念的融合。此类表现，恰恰能够引起我们对民俗与民族文化边界的更深思考。

好的纪录片能够再造甚至创造生活，在展现有差异的生活细节和表象的同时，建构起某种共有和共享的民族文化认同，对于民众生活的本质尝试进行再现和思考。《中国年俗》这部纪录片的表述，完全可以视为国家媒体立场的表现之道。纪录片的解说中核心价值明确，学者访谈表现出话语权威，而民众的个人生活则充满了细节上的再造和创新，在媒体表述中对于民俗的解释进行了新的权力重组，而媒体的视角和表达具有全能全知的特点，起着文化宣传和主流价值的引导作用。春节的片段，展示了国家媒体对于传统文化的恢复和振兴的信心，在对传统的寻找中重新树立起国家的形象，即全民的幸福、自由、亲如一家的温馨和以团圆为核心的国家（民族）大团结。

这种文化表述的过程中，个人习惯、个人记忆、个人情感、个人体验，经过媒体的择取、表现和传播，借助社区集体的活动、文化符号的使用，在传统的散布、民族情感的呼吁、国家文化认同中，民俗成为某种黏合剂，将传统和现实连接起来，将信仰和感受连接起来，甚至能将一些普通重复的日常经济生活内所包含的民俗审美内涵显现出来，成为民族国家（甚至跨越其边界）共有的文化事象。

如果说传统和信仰，还是民俗表现中引人关注的内涵，那么涉及民众经济活动的内容，已经是媒体的视角和创造在发挥作用。媒体使这部分的内容借助某些民俗符号，获得文化意义而融会在春节习俗当中。而将这些内容与民俗事象创造性地连缀而成某种春节画面，不仅使传统的习俗事象获得新的活力，而且使新的事物具有旧的内涵，获得某种程度的认同。正是民俗主义的创造和糅合，对新事物加以改造和创新，使春节习俗成为民众和媒体共同创造的文化生活，有意或无意地成为在民族与国家的名义下所进行的文化实践。

民俗学者往往会参与到建构的过程中，意义重大而责任同样重大。如何确保知识的准确性和建构的合理性、逻辑性，是摆在民俗学者面前无法回避的问题，而且这种问题在建构的路上还会一而再、再而三地出现。

"把文化与实践、与行动者联合起来分析……问题有时候出在看与思想的方式。"① 如何将学术研究的成果与大众的生活常识结合起来，使大众能够通俗易懂地了解和享受到学术研究的最新成果，确保知识具有被受众认可和理解的可能性？如何使对来自民众生活的民俗知识的学术思考再次回到现实生活中去？这些都是难题。民俗学者致力于增强民俗对于生活、文化甚至国家实力的解释力和支撑度，但又不能经由学术而将原本活泼的现象变得深奥难懂或故弄玄虚。在建构的过程中，民俗的内涵、意义、在社会生活中的功用、在日常行为中的价值和表现、在国家文化中的地位等因素，都需要从电视观众的立场和视角重新排列组合，进行新的思考和阐释，以适应新的表现手法和受众的需求。在这一过程中，民俗文化将转变为大众文化，实现民俗的国家化。其中，民俗学者任重而道远。

吉登斯指出，"传统总是群体、社区或者集体所具有的特征。个体可能遵循传统和习俗，但传统并不像习惯一样成为个体行为的特征"②。对于传统的再现中，持有国家立场的电视媒体的择选和组合，不仅完成了超越个人经验和体验的关于童年、故乡与春节的"三重想象"，并且更往前走了一步，体现出对传统文化的建构，对中华民族的建构，在"一国"的名义之下，表现出中国式家国同构的世界观和文化追求。民俗在这一过程之中，实现了超越个人与地方的国家化，成为大众所共享的文化内容，唤起大众所共有的某种文化经验，构建并展现了发生在春节的某种具备同时性与公共性、具有文化共同感的文化实践。

第二节　童年、故乡和春节：《中国年俗》的
"三重想象"

《中国年俗》的摄制组用充满感情的镜头，呈现出现代社会的中国人

① 高丙中：《作为一个过渡礼仪的两个庆典——对元旦与春节关系的表述》，《中国人民大学学报》2007年第1期。

② 〔英〕安东尼·吉登斯：《失控的世界——全球化如何重塑我们的生活》，周红云译，第38~39页。

在同一个特殊的时间段内发生着的思念与温情，展现了辽阔大地上延绵不绝的中国式地缘与血缘关系，同时还表现了传统与现代之间的张力以及人们如何在其中取得平衡，从而获得快乐的智慧。正如《中国年俗》宣传片所渲染的，"春节，是妈妈亲手置办的那一桌年夜饭，是浓浓乡音中的那一句深情问候，是锣鼓喧天的新春祝福，是烟火漫天的五彩梦想，这是一场十三亿人共同参与的盛大仪式，这是中华大地传承千年的古老习俗"。

笔者认为，这种渲染是纪录片的艺术追求，更是对纪录片最终呈现效果的精准提炼。其中涉及对生活文化的表述问题，值得进行深入探讨：民众的历史传统与现实生活所累积的民俗事象，如何通过镜头和画面以及解说和配乐等综合手段被媒体加以表现和再现；在这种媒体再现的过程中，什么是拍摄者眼中和心中的年俗，什么是民众眼中和心中的年俗，在大众传媒受众导向指引下的春节习俗可能会如何表现以及应该如何表现；上述几个层次上的问题如何凝聚在镜头画面和阐释中，并真正发酵出了何种新的价值与意义。简言之，民俗文化经过媒体手段的表述，是否产生了新的内涵。倘若有新内涵产生，我们不由得要继续追问，产生的这种新内涵究竟是什么。

一　走向回家的路

对于中国春节习俗的讲述和表现，从内容连缀上看，纪录片实现了三种不同侧重内容的融合：核心主题的内容点、侧重画面美感的内容点，以及民俗事象的要点。纪录片通过陌生化、神圣化、艺术化和差异化的表述手法，对电视机前的观众造成巨大的视觉冲击。

电视常常被视为不需要任何技巧、技能就可以欣赏的艺术，对于观众缺乏区分度和背景要求。因此观众也许并没有觉察到且更为深刻的是，电视在呈现给他们熟悉又陌生的春节习俗的同时，悄悄酝酿了新的内涵与意义，即建构了三重文化想象，在"符号指代瞬间"[①] 传递给了受众。这三

---

① 〔美〕杰伊·梅克林：《论多元文化社会中的民俗共享与国民认同》，宋颖译，《江西社会科学》2008 年第 11 期。

重文化想象，分属不同层次，即时间上对于童年的回溯与对当时家庭关系及人物、事件的想象，空间上对于回不去的故乡的回溯与对当时景象的描述和想象，主题上对于中国最大的非物质文化遗产——春节的想象。可以说，童年的想象、故乡的想象与春节的想象，在媒体画面对于民俗事象的表现与再现中混合在一起慢慢发酵出来。想象附着在实际的生活材料之上，而这种想象反过来使得生活材料充满温情和艺术感染力。

典型的例子是《中国年俗·乐在初二》的回娘家。回娘家作为民俗事件，民众并不陌生，人们身体力行地生活在这些习俗之中。因此，解说词讲道，"按照老理儿，每年的'姑爷节'，女儿女婿们都要准备像样的礼品"，画面展示了女儿和女婿回娘家所带的礼物，以及这些礼物的民间讲究和寓意，表达出儿女的孝心。

> 同期：过去回娘家，就是拿这种"小八件"。我们回娘家就是白皮核桃酥，还有几样，跟这不一样，表表心意。她买的传统的，我就来现代的。我们这边一般呢，正月里不允许买袄不允许买鞋，所以说我就给老两口一人买一条裤。这个裤也有讲究，说"正月买裤越过越富"，借这个吉言吧，大伙儿一块都发财。我给我妈买的镯子，我这个更现代了，有钱了就得买镯子，条件好了，给我妈买个镯子。[1]

对于女人来说，婚姻对于她们的人生内容和价值的改变，其意义要远重于男性。出嫁的女儿往往对娘家保持着深厚的情感记忆，而这种记忆和情感在传统习俗当中，能够宣泄和抒发的出口并不多。因此，过年回娘家就格外重要。在回娘家习俗中的种种情感表达和纽带连接，"不仅表现为出嫁女子对娘家的眷顾，更有娘家对出嫁女子的牵挂"，[2] 女性在与娘家和婆家之间的生活关系中，延展着自己的生活空间。姑爷（女婿）的角色和

---

① 为便于行文，对口语重复处略有删节。——引者
② 李霞：《娘家与婆家：华北农村妇女的生活空间和后台权力》，社会科学文献出版社，2010，第9页。

行为表现，以及与娘家的来往和关系，往往微妙而复杂。由于中国传统中父系社会的权力关系和亲属制度的限定，这个在娘家团圆的日子，一定不是年三十，所以饺子交岁的饮食是不可能出现的。画面展示的这家人，在一起吃的是一碗打卤面，既是现实情境，又具有文化象征意义，充分表达出娘家对于出嫁女儿的绵长情意。

> 酒过三巡后，"姑爷节"的重头戏就到了——那就是全家要一起吃一碗热气腾腾的打卤面，每到这个时候，作为一家之主的张砚云要亲手给每个晚辈的面碗里浇卤。虽然只是一个简简单单的动作，但是长辈对晚辈的慈爱、祝福之情却淋漓尽致地表达了出来。
>
> 同期：人生活在世上，子女也好，什么也好，不管任何一人，心里满足这是最快乐的，这就叫幸福。身体健康当然也是一种幸福，生活在没有动乱的社会，不是幸福吗？（插入：您觉得您最大的幸福是什么呢？）我幸福啊，子女围在一起吃这个面条，这是一等的幸福。

在出嫁的女儿好不容易回来的日子，除了表现孝顺父母的传统文化价值观，人们幸福的感觉自然而然地表现出来。纪录片通过主人公个人化的诉说，表现了家庭团圆的幸福，提倡满足、健康、安定的价值观，并将之扩大至"社会"，唤起共鸣，最后还要再回到具体的画面所展示的一碗面条上，完成这一朴素又实在的民间观念的表达。这样的表达，内蕴着想象和建构的价值观，已经从一碗家庭团聚的面条，扩展至社会安定的面条，再又转回到个人的生活幸福观的面条。

单一的北方生活习俗并不能涵盖中国辽阔幅员上的生活景象，因此在纪录片中，还有一段南方水上人家的回娘家生活表现，纪录片试图通过南北习俗的并置展示，来表现全面的生活图景。这其实也是对于文化生活的想象。

> 在广东大部分地区，这一天，女儿吃过午饭后，必须要在太阳下

山之前回到婆家。而在江门等地生活的水上人家，习俗却与众不同。这里的女儿回娘家是要住上一晚的，这个习俗其实和他们以前的生活环境有关，以前的水上人家大都居住在船上，交通很不方便，女儿回到娘家，都会陪父母住上一晚，第二天才返回。

江门市民梁恒雄：我就记得在我们小的时候，就由妈妈领着我们去外婆家去回娘家，小孩子热闹了一整天之后，就在外婆家住了一个晚上，然后也不知道第二天很不舍得就回去了，外婆家比较热闹，也很不舍得就回去。

如今，交通变得十分快捷。而生活上的富足让江门大多数"水上人家"上岸定居，但是带着丈夫和儿女回娘家住上一晚的习俗却被保留了下来。

在这种个人化的诉说中，习俗是一种充满温馨的回忆，它不是冰冷的规矩，也不是严格的禁忌制度，甚至明明是已经过去了的事件，却在诉说当中得以"现在化"，成为一种跨越时间之河的温情流动，成为连接个人与童年、个人与母亲、个人与家庭成员之间的纽带。本来在过去是种对生活窘境的应对策略，而在回忆当中，却升华为温暖的、可贵的、面对面的人际交流机会。

年三十，是重要的大年夜，《中国年俗·守在三十》成为在纪录片剧集的章节标题中用"最"字最多的一集，所有的章节都被挖掘出最具有特点的一个要点："春节祭祖：最神圣的仪式""春联：最吉祥的文字""饺子：最浓的年味""围炉：最火热的年夜饭""年糕：最糯的甜蜜""炉馍馍：最灿烂的西北美食""大理白族：最清香的年味""烟花爆竹：最热烈的新春序曲"。

回家团聚准备年夜饭，可以说是春节一项重要的民俗事象，在电视传媒的表现中，这个事件成为可供娱乐的热点，对于家庭团圆的想象也走向顶点。火热、浓郁、吉祥、热烈等字眼将气氛烘托至顶点。纪录片对家庭的展现，完全遮蔽了不同地区的不同身份和生活条件这些差异，而只显示了他们具有的共性，即在春节期间团聚共享一顿丰盛的年夜饭。镜头展现了中国大地东西南北不同方位以及少数民族地区的典型题材，最具有代表性的就是年三十晚上的饺子：

> 贾金赞正在幸福地忙碌着，在外地林场工作的儿子终于在大年夜前赶回了家，做母亲的她要用精心准备的饺子，慰劳大家一年的辛苦。
>
> 当夜幕降临，灯光亮起，一家人团聚在一起，和馅儿，擀皮儿，拉家常，浓浓的亲情洋溢在小小的屋子里，薄皮大馅儿的饺子包裹着一屋子的美味和温情，包裹着一年到头的喜悦和期盼。
>
> 雪乡村民贾金赞：咱们小时候是不是天天盼过年，就盼着过年吃那顿饺子。

纪录片电视传播的逻辑与生活的逻辑在画面上是统一的，这样才能够将纪录片所呈现的真实与民众的生活真实结合在一起，唤起共鸣。回家的主题与现实情境中春运的回家几乎也是同步进行的，回到家之后，进入准备年夜饭的环节，在"家庭—母亲—孩子"的叙事意象构架下，画面更多就过渡到对童年生活的回忆。"小时候"就变成了一个更经常出现的词语和主题。

二　散落的童年记忆

记忆是一个活跃的过程，它既包含回忆也包含遗忘。

纪录片在其他场合的习俗展现中，如吃饺子、集市上买东西，更为细致丰富地表现了人们对于"小时候"的童年回想。这些记忆，"作为个人财产……逐渐变成主观的和内在的，即个人私有经验的漫长间隔"。[①] 在个人经验当中的这种回忆，具有一个共同的特性，即充满了快乐。时间的间

---

① 〔英〕理查德·森尼特：《干扰记忆》，〔英〕帕特里夏·法拉、卡拉琳·帕特森编《记忆》，第 14～15 页。

隔拉长了记忆的间隔，模糊了一部分，遗忘了一部分，重建了一部分，最终根据个人的选择，形成了个人化的记忆的一部分。而这部分记忆，无不带有情感性的快乐色彩。中年人和老人回忆自己小时候在家里过年的情景，内容上往往是回忆吃的东西和玩的东西，涉及的人物常常是父亲和母亲。在回忆中重现的童年，父母的打骂和物质的匮乏都神奇地消失了，因此，说起那时，描述的具体细节往往表现的是母亲对自己浓浓的爱意，在回忆中涌动出的真实情感显得格外动人。罗纳德·麦克唐纳指出，"一旦它们被说出，过去就成为现在，遥远的东西就近在咫尺"。[①] 纪录片中，具有代表性的段落有如下几段：

> 刘师傅说，之所以对剃板寸情有独钟，是源于他儿时快乐的回忆。
>
> 理发师刘清池：老匠人挑着个挑子走街串巷，拿着个剃刀，玩的是真活，手里面拎着个唤头，这小胡同里面满飘着唤头声的时候，这年可就要快到了。往板凳上一坐，去，理个发，剃剃晦气，在胡同里跑，得显摆显摆，点个灯笼放个炮，这个年过得可开心了，那叫美。
>
> 青岛杨乃琛：小时候，给我印象最深的就是买鞭炮，我父亲在外地工作，一年就回来一次，也就是春节时候回来。回来领着我到集市上买鞭炮，一般买鞭要买两挂鞭，两挂鞭一挂是过年的时候放，一个是送年的时候放。再就是平时买一些大的小的，还有二踢脚、各种鞭炮，那时候是最高兴的，也是最向往的。
>
> 姚良堂女儿姚思：小的时候我们特盼望早点过年，打糍粑的时候，老人就在这里，像我们的爸爸妈妈这样做粑粑的时候，我们就在那里玩耍，有时候用木板压的时候，我们就在木板上跳过去跳过来，

---

① 〔英〕A.S. 拜厄特：《记忆与小说的构成》，〔英〕帕特里夏·法拉、〔英〕卡拉琳·帕特森编《记忆》，第48页。

特好玩。

现如今，已为人母的她，会背着自己的孩子，一起感受春节的氛围，做糍粑的快乐。

同期：你也想说话是不是，妈妈跟你说好不好，你快点长大吧，长大了我们一起做糍粑好不好。

雪乡村刘清海：有一年，虽然我小，但是我记忆挺深，考试也考不好，各种事情都不顺。妈妈看到我不高兴，她捏的时候，在饺子当中放了一个硬币，结果我真的吃到了。再有一次，弟弟也是，不高兴了，无意间，我在厨房看到妈妈把带有硬币的饺子特意放在了弟弟的盘子当中，这样弟弟指定能吃到，他吃到硬币他会高兴，所以说，父母对儿女的用心是非常良苦的。从这一点我就感觉到了。

慈溪市民毛群儿：我们小时候就偷着吃，为什么偷着吃呢？家里穷，放学回家肚子饿了，这个汤圆还没熟，就偷偷地先吃掉了。

老窑沟村康文秀：我们小时候就开始做莜面，出门做啥事基本上都要拿干粮，能搓莜面，能推窝窝，能搓鱼鱼，反正搓莜面这些活，干起来不费劲，过大年初十吃莜面，一家人坐在一块，一起做，一起吃，一种过年的感觉，感觉是其乐融融的，一家暖暖和和的。

河南村范祚信：家里好多人在那剪纸，去要一个贴在窗户上，贴在窗户上过两天没有了，那就再回家去要，母亲不让了，你自己剪去，光在家拿，母亲不舍得了，你自己剪了贴去吧，从那时开始自己剪。

晓义村程振梅：小时候可喜欢了，可喜欢"红火"了，走到谁家门口，人们看见都说，孩子你真漂亮，就给吃梨，那时候没苹果，都是梨。就给吃梨吃糖，棍棍给你挑起来，举着喂到你嘴里。

哈尔滨孙秉文：我记得1963年，那时候我还小，六七岁，第一届冰灯游园会我就来了，我印象最深，为什么呢？就说六岁的时候，曾经我在观看冰灯的时候，因为太喜欢了，就跟冰灯来了一个亲密的接吻，舌头就粘上了，当时流了很多血，但是也很高兴。

土右旗郭先柱：我曾记得跟我父亲点旺火，我来到跟前，我抱着柴火往上点，刚点着了，火就起来了，把我的眼睫毛燎了，我父亲赶紧拉我，实际我认为就算燎到也无所谓，实际是旺盛，我觉得我现在就过得好，儿女也挺好，老人也挺好，我生活过得挺好，实际现在回顾起来也是挺旺盛的。

纪录片表现了一个个有名有姓的人。他们对于小时候的回忆，既有个人经历和特色，又具有共同的情感底蕴。电视媒体作为一种主要用画面传递信息的手段，不区分受众的年龄、身份、职业、知识层次等背景，因此容易与儿童对等，无概念的先在要求，无阅读能力要求，无识别能力要求，进行单向的交流，因此也往往容易陷入儿童也能读懂和明白领会的幼稚境地。被拍摄者也往往愿意并容易讲述自己童年的回忆和经历，像拉家常一样，面对镜头进行诉说。镜头展现的是完全当下的场景，在主人公的自我叙事当中，童年被蒙上了美丽的面纱。回忆过去的镜头展现了主人公对于个人小时候的回忆和讲述，这种拉近，使得过去在"现在化"的讲述中重现，表现了带有强烈个人情感色彩的记忆中的童年。

这些讲述本来是私人化的，在电视画面中成为公共展示的主要内容。"他们深知电视在观众中激发出一种对新奇事物和公开揭露问题的永不满足的欲望，电视生动的视觉图像并不是给专家、研究人员或者任何希望从事分析活动的人看的。……看电视好比参加一个聚会，但满座宾朋都是你所不认识的。……一般预期的效果是兴奋……能够引起相当兴趣的话题。"

"电视以视觉形象的形式而不是语言，来表达大多数的内容，所以，它势必放弃文字阐述，而使用叙事的模式。目的是供人娱乐。"① 往事具有记忆的温情，在个人诉说中，转换成可供娱乐和消费的公共展示事件，观看者只需要对被拍摄者个人魅力或画面本身有所反应即可，甚至也不用反应，因为借助媒介的交流从本质上来说并没有完成，只是实现了传递的单向送达。

三　缅怀亲情和乡音

如果说，过年回家的童年回忆，是建立在"家庭—母亲—孩子"的心理结构上进行的叙事，那么与此向内的结构相适应的向外的想象是，以家庭为原点和核心的"家庭—社区—国家"的心理想象。尽管前者向内深入，后者向外展开，这两种方向的内在心理结构却是一致的，两者共同构成了从个人到国家的心理层次，同时也是纪录片叙事的内在思维结构。

在《中国年俗·玩在正月》的系列素材中，"年戏：家乡的古老唱腔"和"傩舞：古老而神秘的祈福仪式"对方言和地方戏剧进行了展现。"语言除扮演交流工具的角色外，还起着文化载体的作用。……生活在故乡的人们使用方言思考，通过方言交流；对他乡生活的人来说，方言则是令人怀念的故乡的象征。几乎所有地方文艺形式尤其是戏曲和曲艺，都以方言为基础。"② 古诗有"乡音无改鬓毛衰"，时间的流逝改变了个人的生活内容，自小习得的母语和听惯了的方言，往往是故乡的标志与象征，寄托着浓烈的乡情。对于方言和乡音的媒体表现，往往会唤起受众将个人置于集体中的记忆和回味。

纪录片在敲锣唱戏、扭大秧歌、闹红火中，不仅具体表现了春节的民间习俗事象，而且还借助这类乡间活动建构起了共同拥有的娱乐方式，更重要的是建构起了一种具有归属性的集体感，由个人向外扩散开来，国家

---

① 〔美〕尼尔·波兹曼：《童年的消逝》，吴燕莚译，广西师范大学出版社，2009，第266页。
② 彭伟文：《方言、共同语与民族国家——略论中国共同语的推广运动》，周星主编《国家与民俗》，第58页。

的概念和轮廓隐约可见。"回忆实践在个体身上和在集体身上是以类似的方式进行的。在任何情况下，我们都在叙述和代表着我们的认同，并借助公共习俗和我们掌握的手段来再生这些代表。"①

　　吕建波是胶州秧歌的第七代传人，今年五十出头的他，扭秧歌已经有将近三十年了，平时不太善于言谈的吕建波，只要一扭起秧歌来，就像是变了一个人一样，那种投入和热情十分感染人。正月里是吕建波最忙活的时候，他不仅要去走访亲朋好友，还要带着徒弟们到周边的村庄，用秧歌给乡里乡亲们送去新年的祝福。……上至八十老人，下至五六岁的儿童，无论技巧高下，只要高兴，随时都可以扭上一段，只要一跳起来，人们就会进入了忘我的状态，尽情地狂欢。

　　江西是中国傩文化的发祥地之一，跳傩舞的习俗在当地已经有一千多年的历史了。在万载，几乎每个男人都会跳傩舞，每个大的家族都有一支自己的傩舞队，因此万载有着"傩舞之乡"的美誉，在这里，跳傩舞的活动要持续很长一段时间，从大年初一一直演到正月十六，是正月里最为隆重、热闹的欢庆方式。……今年五十六岁的李济川是傩舞队中年龄最大的人，跳傩舞已经有三十多年了。按照传统，在仪式开始前，要由最长者点燃香烛。

　　浙江缙云，每到正月，当地便会请来戏班。传统的剧目最受大家欢迎，一出戏在台上反反复复唱了几十年，台下的观众还是看得十分投入。对于村民朱马成来说，看大戏已经成了春节里不可缺少的娱乐。

　　河阳村朱马成：我们小时候，站在人群里面，拼命地从缝里面看，你说为什么那么有兴趣，我们祖祖辈辈传下来的，我爸爸、妈

---

① 〔德〕马克·弗里曼：《传统与对自我和文化的回忆》，〔德〕哈拉尔德·韦尔策编《社会记忆：历史、回忆、传承》，季斌等译，北京大学出版社，2007，第5页。

妈，我爷爷，他们各个都喜欢，什么戏呀，那里面唱什么，西皮呀二黄呀，他们张口就来那几句唱。错了错了，在下面听，他们就听得出来，好像是遗传下来。自然而然就融入那里面去了。

河阳村朱马成：平安戏是村村都要有的，婺剧它有个规矩，一个人出多少钱，一头牛出多少钱，一只鸡出多少钱，牛是和人出一样的钱，狗也要出钱，反正是你家有活的东西都要出钱，保佑全村六畜平安，人平安，现在不一样了，集体经济好了，都是村里出钱。

浙江安仁，一条巨型的"板龙"正在集结。正月十五的下午，安仁镇便热闹了起来，十里八乡的村民，每人肩上都扛着一节龙身，陆陆续续地来到了村中的庙宇集合。

黄石玄村郑文其：每家每户一板龙，这里基本上都会做板龙，最多有180多户，出的户越多，是不是也表示，龙更威武，人气更旺。

上述四地的段落都涉及人物所在的村落，提及了过年时的红火热闹场景延续了很多年，成为当地人的公共文化娱乐活动，构造了某种共同的集体记忆，个人参与到这样的集体活动中，融入其中而成为无法分割的一分子，对集体事件发挥着作用和影响，产生了强烈的归属感。这种归属感是超越于家庭的更大的存在和需求。他们在讲述和回忆中提到自己的祖辈和家人也都是在这样的活动中度过了开心的年节，自己也同样传承了这种生活方式，拥有个人存在的更大的价值和意义。可以说，这种回忆和感受，是由个人视角展开的，是以家庭为单位向外拓展的生活，是面向了乡村、面向了集体、面向了更广阔的生活空间的记忆，是构建"家庭—社区—国家"的心理结构的基础。

此类由个人呈现的对回忆的复述行为，"一个重要的前提是主体将事件现在化。研究集体记忆的心理学家进一步认为，个体的回忆不是简单再现，而是以当下为起点经过反思和推论去铺排和重构过去，这个反思和推论的逻辑和框架依赖于社会和集体记忆的演变方向。……过去的经验也重构了现在的体验。国家叙事与他们的家庭记忆发生了联系，并重塑了他们的记忆结构"。①

上述这些传承的仪式和活动，基本上都具有特定的形式和固定的结构，对于建立集体的同一性具有不可忽视的影响和作用，活动本身的延续就是值得关注的文化事件，而参与其中的零散的个体和家庭分享和共有了这种文化事件进行当中的情感联结和归属意识的建立。能够为个体提供公共设施和公共内容的服务，能够举行和传承这些活动的一定区域，就可以称为社区。

这里的中介，社区，在情感指向上就是小时候所生长生活的故乡，在组织活动指向上就是家庭祖辈世代传承和依附的社会。过年所进行的喜庆的闹红火、唱戏秧歌之类的聚会，往往是由社区出面组织或出资集中承办的，这些公共娱乐活动成为人们记忆当中最能寄托乡情的文化事件。公共举行的一些仪式和庆典活动，对于家庭也是一种恩惠，走街串巷式的沿门送福，或者在公共戏台上的免费演出，使人们能够以家庭为单位参与其中，获得家庭内部小范围情感交流所无法得到的心理满足。人们在这种更大空间的公开参与的活动中，开展了与家庭之外的其他人之间的交流和联系，获得了更广的情感支撑和更深层的文化认同。由此，将春节所具有的团圆意义逐渐上升至集体性的狂欢和庆祝，进而具有延展至国家层面的团圆和欢庆的情感基础。

四　找回失落的年俗

纪录片在展现以个人为主体的回忆式段落的过程中，实际上已经完成了两种想象：一是对于童年的想象，严肃的父母、冰冷的规矩、残酷的生活硬件都被遮蔽了，留下的记忆是具有选择性的，与春节相关的部分更是充满了家人团聚、欢笑热闹、共同协作的温情；二是对于故乡的想象，家门之外走过来的装扮各异的队伍，戏台上咿咿呀呀演唱的小曲，街道上推

---

① 马潇：《国家权力与春节习俗变迁——家庭实践视野下的口述记忆（1949～1989）》，周星主编《国家与民俗》，第188～189页。

推搡搡踮脚张望的期待，都融合在对于社区公共娱乐活动和文化事件的描述和参与中，人们从中获得更为强大也更为虚化的情感支撑和文化认同。

这些讲述都集中于一个时间点，即春节，因此很难把对于春节的想象从这两重想象当中剥离出来。如果没有春节这个特殊的时间点，父母回家团聚、邻里送礼互助、社区娱神赛会，基本是无法进行和完成的，无法同时出现在一个时空内，而个人情感更加无从寄托和抒发。因此，春节作为最重要的时间点，也同时提供了一个最必要的空间存在状态。在这一文化时空交织下，才有特定的情感喷薄和事件涌现。

由现在而向过去回看的怀恋中，童年是时间上能寻找回去的个人极限的原点，故乡是空间上能够寻找回去的家庭极限的原点，而春节是两者交织的文化时空原点，是将个人和家庭与更大的时间、空间和想象连接起来的原点。过年，成为记忆中某种具备了色香味的具体事物，年味是贴窗花贴出来的，包饺子包出来的，更是扭秧歌扭出来的。它会叫人忘记愁事，它会营造特有的氛围，它会带来所有的吉祥和喜瑞，它会持久环绕在人间。

但是，纪录片选择哪些来呈现，要遵循向内和向外的两种心理结构的制约。民众的日常生活在有限时间的表现中，总是难免呈现出碎片化的状态。这种碎片式的存在，不仅是真实生活的现状，更是大众传媒表述中的困境。来自日常生活中被提取出的这些碎片，其意义在于表现了民俗事象与社会事实，是生活细节的传递和文化理念的呈现。碎片之间，实际上是具有相互的关系和勾连，看不见的规律正在发挥着作用。年俗的碎片像一幅拼图，展示了中国人的生活世界，而且是中国人的生活实践，在实践的意义和层面上，具有其他民俗无法比拟的价值。电视机前的观众，一家老小，围聚而坐，谈天说地，看着天南地北的中国人各具特色的过年习俗，也跟着发现人们之间不是割裂化的碎片，不是残章般的拼图，而是有机地结合在一起，你中有我，我中有你，彼此之间有着难以言说的关联，往往会同时完成认同感的建构与诉求。

这种种期盼和美好心愿，同时又是强烈的失落和缅怀，二者吊诡而奇妙地纠缠着；现在与过去互相对望着，彼此够不到地张看着。而纪录片很准确地把握了这种情感逻辑和心理结构，以正月初一的爆米花这一旧时的食物开头，甚至没有配解说词和同期声，只有画面的展现，个人仿佛独自站在火苗面前，期待着那一声爆炸响动，唤起心底里封闭的记忆。走到熙熙攘攘的庙会上，糖画的甜蜜和得到风车的喜悦，仿佛连绵不断转动的回忆，哒哒哒的跑动声，既是在个人脑海中记忆的回放，又是心底情感生发的游走。中国大地上，说着各种方言的人们，在自己家里的炕头、灶台、餐桌，邻居家的院子、屋子、街巷，生活的村子，常去的市集等等各种空间里走来走去地活动，既独立又充满联系，既隔绝又彼此连接，在他们日常生活的节奏中，随着时间的流转迎来最不寻常的时刻。年一天一天走近了。春节庙会也就成为中国传统中最盛大的吃喝玩乐市场。集市上涌动的人群里，有人会这样讲述，"说起来都是六十多岁了，还是怀念过去赶大集的热闹气氛"；"就感觉年味多一点，就感觉到小时候那种感觉了似的"；"我也是带孩子过来体验体验，因为他们小时候没有这种经历"。

在辞旧迎新的特定时刻，人们相互拜年，遵循礼仪和旧俗。甚至可以认为，当个人在群体当中生活的时候，是通过拜年来化解矛盾，缓和冲突，构建和谐关系的；是通过年戏来寻求乐趣，获得认同，感受集体温暖的。"这样的场景每年都在上演，亲人的每一次表达和团聚都是一次希望的酝酿和培育，而这才是春节最大的意义。"

分享与共有是一枚硬币的两面，它们总是神奇地统一在一起。传统中国"敬天法祖"的观念维系了五千年的文明传承，现世中的人们除了向天地和祖先表达情意外，有时还在其中获得自我生命的意义，领悟俗世生活的法则。同一个村子不同姓氏的人们如何和谐共处，一个姓氏不同辈分与身份的人们如何协作共生？忠孝思想与仁义礼智信如何在古老的中国发挥作用，又如何融入现代人的生活细节中？这些在《中国年俗》的三重想象的建构中都有所探究，增加了纪录片的理性思考色彩。文化不断由传统走向现代的过程，是一个对文化传统不断进行选择以及对世界文化发展趋向进行合理预测的双向互动过程。事实上，每一时代的文化实践所产生的积极成果，都作为文化传统的神圣链条中的一环保存下来，成为新的文化实践的历史起点。①

正如埃德加·莫兰所提倡的，人们应用复杂思维范式来看待现实与想象，在循环性的思考中意识到"现实与想象之间的沟通、转变和置换"。②在《中国年俗》纪录片中多次提到"带您寻找记忆中的年味"，但这过年的味道究竟是什么？十多亿人最盛大的节日所指向的内涵究竟是什么？综合来看，通过纪录片的画面展示和语言表述，对三重想象的构建，对中国人幸福观的挖掘，每一个受众都在其中找到了自己的根源，并集体性地产生了对民族之根与文化之根的情感与怀恋，在共时收看和共时过节的共同参与感中流露出背后存在着的稳定心理结构和文化认同。"一国"的传统回溯和文化认同，"一节"的习俗共享与多样价值，在纪录片中得以抽象地表达与传递。

《中国年俗》的推广文案中提到，"春节是每个人用爱铺就的一条回家路，是每个人对散落的童年、滚烫的亲情、动听的乡音乃至失落的年俗的一种追溯"。借助媒体的画面表现和被拍摄者的诉说，以及镜头切换所产生的时空感，对于童年、故乡和春节的三重想象，得以完美地呈现在电视观众的面前，唤起了他们对童年与故乡的回忆与眷恋，为春节的气氛烘托出温馨的场景。

这部纪录片中的想象，其实并不限于这三重，事实上，是多重的，比如对于国家的想象，对于中华民族的想象，对于传统的想象，对于文化的想象，甚至对于受众的想象，都融合在纪录片的画面和语言表现中。《中国年俗》的想象突破了30多年来春节联欢晚会的单一形式和团圆主题，突破了节日期间看歌舞联欢的传统模式，走向了复兴传统文化，用人文历

---

① 郝立新、路向峰：《文化实践初探》，《哲学研究》2012 年第 6 期。
② 〔法〕埃德加·莫兰：《电影或想象的人：社会人类学评论》，马胜利译，广西师范大学出版社，2012。

史来引导和"培养"受众的新维度。这大概也是民俗文化与大众传媒结合并有发挥余地的新趋向。

第三节　民俗知识再现的艺术表述手法

随着时间的流逝，思想观念与生活方式不断变化，不少传统已经为人们所摒弃或忘记。百姓的生活是琐碎而平淡的，但是到了特殊的时分，例如过年，人们集体性地不约而同地做好准备，无论生活环境与生活条件如何，再平凡的人家也会想法子把这个"年"过好，过得精彩，过得温暖。

民俗纪录片关注民众知识的影像呈现，以纪录片的手法和叙述方式来进行民俗事象的挖掘和民俗文化的媒体表达。《中国年俗》的摄制组用充满感情的镜头，呈现出现代社会的中国人在同一个特殊的时间段内发生着的思念与温情，展现了辽阔大地上延绵不绝的中国式地缘与血缘关系，同时还表现了传统与现代之间的张力以及人们如何在其中取得平衡，从而获得快乐的智慧。这部 8 集纪录片，由 12 个摄制组前往中国 22 个省、自治区、直辖市，47 个地级市的 88 个乡村进行拍摄，播出时每集 45 分钟，总时长达到 360 分钟。纪录片采取了民俗学与传播学相结合的视角，通过镜头表现一个具有悠久历史和多样文化传统的大国多地域、多民族的共时生活习俗，综合表达了春节对于中国人的美好意义。

笔者认为，这部纪录片所择取的民俗事象，以及在呈现这些日常生活片段时所使用的表现手法，涉及大众传媒对生活文化的表述问题，这种表述，正是对于国家与民俗之间文化整合的外在表征，是形成国家文化凝聚力和软实力的重要构成部分，值得进行深入探讨。

一　《中国年俗》的内容要点

《中国年俗》采取了以时间为序的说明方式，根据拍摄的材料时长，事象较为集中的、有较多特定习俗讲究和规矩的年三十、初一、初二单列成集，腊月筹备过年的习俗分列在腊月二十八、二十九成集，正月初三至十五的习俗分列成正月三集。根据中央电视台的黄金时间安排，播出时间控制在45分钟内。由于年三十晚上固定时段会播出春节联欢晚会，因此年三十播出的一集时长受限，调整为30分钟，在重播阶段编辑补充片段，使之与其他剧集时长等同。

记录式的拍摄手法确保了短时间内完成拍摄任务的可能，在此基础上，大量精心设计的两极镜头（大景与特写）保证了画面的精美。一些运用5D拍摄出来的画面甚至产生了电影画面大屏幕的美感。在拍摄过程中，编导开展大量的协调沟通工作，调动地方政府和群众的积极性，安排现场及采访人员，在极短的时间内高效完成前期的准备工作。拍摄中有10多个节目亮点是前期策划未曾考虑到，而由编导在地方现场拍摄时发掘出来的，这些内容为节目增色不少。不少此前只做过专题片的编导也完成了一次当记者的体验，参与调动现场气氛，让采访对象表现更为自然，对话更为流畅。制作团队中的这些导演和摄像，在现场充分发挥创造力，最终为观众呈现了一场视觉盛宴。

为了准确分析剧集的内容，笔者梳理了每一集的主题、拍摄地点以及突出表现的民俗事象，形成艺术表述手法的讨论基点和展现依据（见表3-1）。

表3-1 《中国年俗》内容要点

剧集	章节标题	地点	民俗事象
第一集《忙在腊月（上）》	腊八粥：开启年的序幕	北京、杭州	内容：煮腊八粥，灵隐寺舍粥 俗语："小孩小孩你别馋，过了腊八就是年" 故事：喝腊八粥的来历
	腊鼓：唤醒沉睡的大地	河南濮阳西郭村	内容：打腊鼓，祭祖敬神 故事：打腊鼓的由来 俗语："腊鼓鸣，春草生"
	过年：渐渐远去的记忆	天津杨柳青、江苏苏州桃花坞	传承人：霍庆顺 内容：贴门神、年画 故事：年画的起源 民众知识：连、余的谐音，"全须全尾"的讲究，"北杨南桃"的说法

剧集	章节标题	地点	民俗事象
第一集《忙在腊月（上）》	赶大集：忙并快乐着	山东青岛李村	内容：置办年货 民众知识：兜福与豆腐的谐音，挂轴子的讲究
	赶大集：跨越边境的忙年	广西凭祥（中越边贸口岸）	内容：水果交易 民众知识：梨子与橙子、红色和绿色的谐音象征
	花市：让春天走进家门	广州	内容：买花 民众知识：金橘与"吉利"谐音，桃花寓意"大展宏图" 俗语："金钟一响，黄金万两"
第二集《忙在腊月（下）》	祭灶：一场与家"神"的对话	河南濮阳王海村	内容：扎马、抹糖、送灶王爷 俗语："二十三，祭灶关"；"灶王爷本姓张，骑着马，挎着枪，上天言好事，回宫降吉祥"（儿歌）；"要命的祭灶，救命的春联" 民众知识："躲年关"的说法
	理发：有钱没钱剃头过年	北京	内容：剃头 俗语："有钱没钱，剃头过年"（江南地区讲究"二十六，剃年头"，有些地方则是"二十七，剃精细；二十八，剃傻瓜"，而土家族是"二十八，剃邋遢"） 民众知识："攒年"的老话
	窗花：剪刀开合间的新春祝福	山东高密河南村	传承人：范祚信 内容：剪纸 民众知识："女十忙"
	水仙花：清香的年味	福建漳州	内容：买水仙花
	杀年猪：热气腾腾的忙年	黑龙江牡丹江雪乡、红星村	内容：杀猪 （卖萌的狍子） 俗语："小孩小孩你别哭，进了腊月就杀猪"
	湖北土家族：杀年猪	湖北宣恩（土家族）	内容：杀猪 民众知识："吃刨汤"的说法、熏腊肉、选日子的讲究
	打糍粑：土家儿女记忆中的年味	湖北恩施晓关乡	内容：做糍粑 俗语："大人望种田，小孩盼过年"
	花馍："母亲的艺术"传承千载	山西闻喜	内容：做花馍 民众知识："巧儿"的说法 俗语："有馍就事，有事就有馍"

续表

剧集	章节标题	地点	民俗事象
第三集 《守在三十》	春节祭祖：最神圣的仪式	广东江门、山东曲阜	内容：林氏家族（280年祠堂）祭祖、孔子后人祭孔 民众知识：祭品的讲究与含义解释，"下南洋"，烧柏枝、拦门棍等风俗的解释
	春联：最吉祥的文字	山西太谷	内容：贴春联 故事：春联的由来
	饺子：最浓的年味	黑龙江牡丹江雪乡	内容：包饺子 民众知识：特殊的馅、捏福、煮饺子的讲究 故事：饺子的历史 俗语："新年发大财，元宝滚进来"；"头锅饺子二锅面"
	围炉：最火热的年夜饭	福建南靖县田螺坑村	内容：围炉家宴 民众知识：豆腐、鸡头、喝酒的讲究，围炉、长年菜、蚶壳钱、春饭的说法
	年糕：最糯的甜蜜	苏州角直	内容：做年糕 民众知识："年年高" 故事：伍子胥的故事、苏州四大名旦的说法
	炉馍馍：最灿烂的西北美食	宁夏银川梧桐树乡	内容：做馍馍
	大理白族：最清香的年味	云南大理	内容：铺松毛
	烟花爆竹：最热烈的新春序曲	江西万载	内容：放鞭炮 故事：年兽的故事
第四集 《聚在初一》	拜大年：最浓烈的新春祝福	河北景县黄庄村	内容：拜年 民众知识：跪拜的礼仪、相互拜年的规矩
	落下闳：中国的春节老人	四川阆中	内容：历法 民众知识：太初历和正月初一的由来
	抢头香：拔得头筹 祈盼幸福	陕西黄陵、山西运城	内容：祭神 民众知识：陕西花馍，祭祀黄帝、炎黄子孙的说法，祭祀关帝、关羽的认知
	抢鲜水：勤劳圣洁的民族习俗	云南大理	内容：抢鲜水 民众知识：地方物产用姜汤冲的米花茶 俗语："洱海清、大理兴"
	素饺子：肃静的新年第一餐	山东莒南	内容：豆腐馅饺子 民众知识：早饭要早吃，不能尝馅的讲究，"不动荤"的讲究，白菜、芹菜、韭菜等谐音

续表

剧集	章节标题	地点	民俗事象
第四集《聚在初一》	黄粿：祈盼新年五谷丰登	浙江龙泉下樟村	内容：打黄粿
	打糕：长白山脚下的年味	吉林延边朝鲜族自治州春和村	内容：打糕 民众知识：辣白菜、米肠，歌舞场面
第五集《乐在初二》	姑爷节：一碗打卤面中的亲情	天津张家窝镇	民众知识：白眼、小八件、打卤面等说法
	回娘家：水上人家的古老风俗	广东潮汕	民众知识：水上人家的生活回忆 俗语："正月女婿，二月韭菜"
	回门：新女婿最"大"	山东阳谷	民众知识：明白人、"三搓桌"、过桥的说法
	吃春酒：记忆中妈妈的味道	福建福州	民众知识："吃春酒"的说法，渔民生活的讲究
	土族过年：幸福的回家路	青海互助县卡子村	内容：做焜锅馍馍 民众知识：尊敬老人的解释，祭敖包的讲究和过程
	畲族过年：彩带编出七彩梦想	浙江景宁	内容：织彩带 民众知识：织纹图案的寓意、摇锅的活动
第六集《玩在正月（一）》	庙会：新春快乐集散地		内容：庙会的由来 俗语："忙腊月，耍正月"
	风车：转出来的好运	北京通州武辛庄	传承人：梁俊 故事：风车的起源 俗语："风车一响，黄金万两"
	布老虎：百兽之王也萌宠	山西黎城	传承人：李小梅
	送年礼：一个篮子走正月	山东青岛韩家民俗村	俗语："出门拜年不空手，拜年回家不空篮"；"千里送鹅毛，礼轻情意重"
	送年礼：送橘换吉祥	广东江门石咀村	故事：送橘子的由来 俗语："投之以桃，报之以李"
	送年礼：一碗和菜睦邻里	浙江龙泉	俗语："家和万事兴"
	破五：迎神纳福的好日子	苏州角直	民众知识：财神生日的讲究，"接路头神""吃鸡头"的风俗，"开门炮"的讲究
	年戏：家乡的古老唱腔	浙江缙云河阳村	俗语："锣鼓响，脚底痒" 民众知识：婺剧"开年戏"的讲究
	舞龙灯：红红火火闹正月	浙江乐清大港村	故事：首饰龙的起源

续表

剧集	章节标题	地点	民俗事象
第七集《玩在正月（二）》	斗鼓：黄土地上春雷响	陕西宜川县	民众知识："送锣鼓"的说法 故事：斗鼓的传说 俗语："锣鼓声声，上可通凌霄宝殿，下可传阎罗地府"
	秧歌：扭出来的红火	山东胶州	传承人：吕建波 民众知识：五种角色——"鼓子"和"翠花"、"棒子"和"扇女"、"小嫚" 俗语："听见锣鼓点儿，搁下筷子搁下碗；听见秧歌唱，手中活儿放一放；看见秧歌扭，拼上老命瞅一瞅"
	傩舞：古老而神秘的祈福仪式	江西万载车陂村	传承人：刘凤初 故事：傩舞的起源、傩神张天师的故事
	鼓藏肉：十三年一见的节日菜肴	贵州雷山县西江千户苗寨	故事：苗族祖先与枫木鼓
	拴腿面：拴住幸福 拴住平安	黑龙江哈尔滨胜利村	故事：人日的由来 民众知识：江南戴花胜、北方拴腿面的讲究
	祭天公：感谢大自然的恩赐	福建漳州云水谣村	故事：玉皇大帝的生日传说 民众知识：舞狮表演
第八集《玩在正月（三）》	社火：快乐闹红火	山西祁县晓义村、宁夏银川市	俗语："老百姓，要快活，赶会唱戏闹红火" 民众知识：背"铁棍"，社火的解释
	老鼠嫁女：动物的喜事 民间的乐事	山西大同老窑沟村	民众知识：正月初十老鼠嫁女，"推窝窝"等莜面的制作 俗语："揭笼莜面三口香"
	汤圆：元宵庆团圆	浙江宁波、慈溪	民众知识：汤圆的来历与名称的解释
	宫灯：通宵长明人丁兴旺	广东潮州、河南洛阳	故事：元宵节的来历 民众知识：灯与丁的谐音
	冰灯：精雕细琢的童话世界	黑龙江哈尔滨	故事：制作冰灯的历史传说
	点旺火：越烧越旺的新年祝福	内蒙古土默特右旗联合村	俗语："人家发旺、全凭烧上" 故事："垒旺火"习俗的九头鸟 民众知识：转旺火的讲究和仪式
	舞龙灯：300米长龙闹元宵	浙江安仁黄石玄村	民众知识：龙灯细节的介绍，"圈福"的讲究

资料来源：笔者据《中国年俗》纪录片总结。

从表 3-1 中可以看出，对于中国春节习俗的讲述和表现，纪录片《中国年俗》共运用了 57 个章节片段，展示了 32 项内容，涉及 12 项国家级"非遗"保护项目及 6 位传承人，引述了 20 个故事与来源解释，29 句俗语和儿歌歌词等，而民众知识点多达 70 余项。这些统计仅限于突出主题下集中式展示的事象内容，还没有包括一闪而过的串场镜头所涉及的广泛内容。

一般所认为的"民众知识"来源于人类后天的生活实践，是基于不同生活习性的某个人类群体的共识性知识。一般活性存储在当事人的脑海和记忆中，是自然养成的最接近本能的直接反映，有时甚至被看成下层民众共有的一种生活信念。民众知识使得人们能够在任何情况下都能有话说并能找到"大家的说法"，从而形成个人选择和实践的"这一个"。[1] 表 3-1 中用于纪录片内容分类归纳的"民众知识"一词，偏重社会生活层面的知识概括，主要是指各种民间说法、规矩和讲究，对当地特色的某些风物较为流行的解释性说法，具有地方性。这些说法来源于民众的生活实践和文化实践，是形成习惯和风俗的基础，能够在一定程度上反映出民众的日常生活经验，并不一定都经过科学的检验，有时还受个人知识背景的限制，往往在特定地域范围内为人熟知，会成为该地域内某种生活方式所遵循的法则。民间故事和俗语等也属于民众知识，但偏于文学层面，在表 3-1 中将其单列出来是由于其在民俗学研究中已划分有明确的、特定的文类，同时也便于统计和论述。

从内容连缀上看，纪录片实现了三种不同侧重内容的融合：一是核心主题的内容点，这些材料非常集中，纪录片对之把握准确，"将作品置于接近真实的境地"，[2] 即春节习俗的重大时间点及其主要内容，如守岁、拜年、回娘家、送年礼等；二是侧重画面美感的内容点，如规模巨大的水果交易市场、格外养眼的花卉市场、颇有亮点的卖萌狍子等，都是跟随收视率的指挥棒而增加的生活内容，并非春节特有的传统习俗；三是民俗事象的要点，具体来说是对于盛大仪式、文体活动、制作技艺等的展示，主要

---

① 　任骋：《民众知识形态描述》，《西北民族研究》2002 年第 3 期。
② 　宋杰：《纪录片：观念与语言》，云南大学出版社，2008，第 5 页。

是俗语、故事和民众知识的结合运用。这部分对事象来源的讲述，对特有说法的解释、传递的民俗知识相当丰富，还兼顾地方的特色。尤其是准确而学术化的解释，满足了电视观众对于文化内涵与意义理解上的期待。这种期待，"就是对意义建构的心理需要"。① 这三种侧重内容融会贯通，交织在一起，表述着春节这一"庞杂"的民俗事件。

二 《中国年俗》的艺术表述手法

从结构手法上看，纪录片以时间顺序为轴，以习俗主题为核心，剪辑时将南北差异较大的地域风貌或者生活文化相距较远的内容平行式拼接在一起，② 以形成视觉的强烈冲击。比如表现同一主题，腊八粥的地点主要是北京和杭州，年画则选取了天津的杨柳青和江苏的桃花坞，艺术风格迥异，画面对比鲜明。如送年礼，从山东切换到广东；如杀猪，从黑龙江切换到湖北。而同一时间的不同主题的表现，如浙江龙泉打黄粿和东北延边朝鲜族打糕的切换。

（一）陌生化

纪录片取材于民众日常现实生活细节的春节习俗，如何将素材转变成能为观众提供独特体验和视角的画面，是纪录片需要探索的。③ 尤其是对于民众知识，在视觉表现上，必须实现陌生化。春节习俗是每个中国人都熟知的事象，人们长期生活在其中，习惯性地进行某些习俗活动和社会交往。即便看到熟悉的内容，也很难引起特别的关注和好奇。而大众传媒追求电视观众的注意力，当民众通过电视的媒介成为纪录片的观众时，如何实现民俗的陌生化，并以陌生化的表现手法来吸引观众的注意力，是个值得探究的问题。

《中国年俗》在画面的呈现上，镜头的切换中多次出现景色风物的瞬

---

① 傅秋：《把年俗放进"意义"的盒子》，《艺术评论》2007 年第 2 期。
② 蔡之国：《电视纪录片的结构分析》，《当代传播》2009 年第 2 期。文章指出：平行结构思维与渐进结构思维是电视纪录片叙事结构的两种基本思维方式。
③ 〔美〕希拉·柯伦·伯纳德：《纪录片也要讲故事》（第 2 版），孙红云译，世界图书出版公司，2011。

间变调，白雪皑皑与湖泊荡漾交替出现，层次丰富明晰。伴随着自然环境的转变，建筑风貌和语言、服饰的巨大差异，带给观众新奇之感。日常生活中一个普通的人，不可能瞬间从一种熟悉的场景进入另一种场景，而电视实现了情境的瞬间转移。在技术的帮助下，平日熟悉的春节习俗，转眼间就可以被完全陌生的场景所替代。受众获得的信息，脱离了平日接触的范围，突破了接触的次序甚至逻辑，以完全陌生的剪接方式先后呈现出来。

在春节这个同一时间段中，不同的地域，由于地理环境、物产资源的差异而形成的独特风俗习惯，基于乡土方言的不同说法讲究，在电视屏幕上交替出现，在瞬间交流情境中，既有为观众所了解的内容，也蕴含着相当多的陌生化成分，实现了对传统熟悉事物的陌生化抽离与隔离。将熟悉的生活事象进行陌生化表现，可以说是实现民俗表述的第一步。

空间转换上的陌生化，习俗内容上的陌生化，使电视机前的观众获得巨大的视觉冲击，现实生活经过镜头的处理和艺术表达，具有了一定程度的陌生性，引发了新奇感，唤醒了他们对身处其中的春节习俗的新的兴趣，提供了新的认知和体验。

（二）神圣化

除了上述将熟悉事象陌生化的表现手法外，纪录片还运用了使民俗内容神圣性的表达手法。例如，《忙在腊月》表现对中国传统文化之根的回溯，涉及家户祭灶、家族祭祖式的传统生活内容，气氛较为肃穆庄重。如腊月二十三是老百姓记挂的祭祀灶王爷的重要日子，老百姓没有祭祀天地的权利，离他们最近的神就是小小的灶王爷。为了让灶王爷为家人多说好话，人们要用糖抹在神像的嘴上，取义多说甜蜜的话。镜头真实地展现了一对老夫妇仔细为灶王爷做小马，认真送他上天汇报的情景。画面有力地传达出，祭灶成了中国百姓过年最隆重、最有神圣感的一件事情。

现代生活中，不少家庭的灶台渐渐消失了，灶神的画像也大多不贴了，可是古老的敬天法祖、天人合一的观念却难以改变，祖先在人们心中无法割舍，位置无法替代，祭祖仍然是中国人保持的传统，因为这往往意味着一个人的根源。可以说，祖先几乎具有和神灵一样崇高的地位。纪录片通过几个代表性的地点，呈现了更为神圣而庄严的宰牲祭祀、拜神祭祖等仪式性的内容。如打腊鼓一节中表现了河南濮阳的祭拜仪式，另有广东林家祠堂祭祖、山东曲阜孔子后人祭祀孔子、陕西祭祀黄帝、山西祭祀关公等神圣仪式。人们在年前准备中，还有重要的一项内容是去赶大集置办年货，如具有山东特色的画轴子，是较有代表性的民间用品。画轴子本身材质很平常，但是由于上面画有家堂祖先，只在年三十晚上拿出来挂上，由男丁祭拜，轻易见不到，所以对于大多数电视观众而言，这种事象不仅具有陌生感，更具有神圣的意味。在家庭内部的祭拜之外，家族内甚至乡村里举行的秩序谨严的宏大仪式，更加凸显神圣性，个人只是宏大家族和宏大传统的一小部分，在过年的这个神圣时刻，回溯与缅怀个人久远的来源。

（三）艺术化

媒体所使用的艺术化表现，侧重于审美追求，将春节习俗事象等物件与受众的日常生活体验相剥离，这也使日常的生活及过去的生活变得精美和诱人起来。有一种看法认为，民俗事象作为情感化的审美意象参与叙事，能够削弱影视作品的理性成分，提升审美娱乐性。[1] 电影中可以通过艺术创作来增强民俗氛围的艺术表现力，而纪录片中的镜头大多来自民间的真实生活片段，这种取材自现实情境的素材，加上适当的艺术化处理，相当具有感染力和可信性。

过节时讲究悬挂张贴的门神年画等，日渐成为精美的艺术品，孩子们的穿戴以及平日吃的饭菜也日益精致起来，其中一部分成为充满温暖的手工艺品与礼品，甚至成为国家级非物质文化遗产保护项目，如山西闻喜的花馍，就不仅是一种食品，还称得上礼品和工艺品；山西黎城的布老虎，不仅是民众喜闻乐见的"萌宠宝贝"，还是具有代表性的"非遗"项目，常常参加国家级展览与展示。小孩子在庙会集市上可以轻易买到和玩耍的

---

[1]　张玉霞：《民俗镜语与影像建构——民俗在中国影视艺术中的运用及其审美价值》，《民俗研究》2010 年第 1 期。

风车，在传承人的手中具有超级规模和不凡式样。年画本来是稀松平常的，但作为艺术品的年画，无论如何是难以张贴在户外经受风吹雨淋的，杨柳青和桃花坞等年画已经在现代化的过程中走向了艺术化、高档化和奢侈化。

片中逐一出现的、有名有姓的人物的回忆，增加了镜头表现的真实感。那些娓娓道来的、具体翔实的民众知识和民俗学观点提供了可靠的学术性基础，参与营造了真实感。因此，"带您寻找记忆中的年味"可以出现在老北京胡同里剃头的儿时记忆里，出现在东北雪乡撵狍子的儿时记忆里，出现在湖北恩施打粑粑时装在背篓里的小孩子的眼里，镜头下的画面和生活都那么真实可感、动人心弦、令人难忘。细碎而真实的情节和情感、生活的发展与变迁，在《中国年俗》编导们的镜头里都得到了最为充分的展示。

（四）差异化

艺术化处理的同时，差异化的表现也使受众与熟悉的事物增加了距离感。民俗事象的形态差异能够吸引观众，满足观众的好奇心，构成审美趣味。小小的灯笼，有福建纱灯、河南洛阳宫灯、黑龙江冰灯、"非遗"项目浙江乐清首饰龙、长达300米的浙江安仁板凳龙等不同的样式。对春节大餐各式菜肴的准备本是电视观众熟悉的话题，但是电视画面呈现出各地的吃喝不同、讲究不同，容易引起新鲜之感。

从画面上看，对春节各种忙碌准备的表现，即便同样是准备食物，画面切换的瞬间中，各地的差异也非常明显。如《聚在初一》里的打黄粿、打年糕、杀年猪等，邻里之间，亲友之间，往往互相帮忙，一边忙活，一边聊天，生活在一方水土的人们之间有着看不见的纽带和联结，同样充满了劳动的喜悦，但是忙活的内容和呈现的色香味画面迥然有异。对规矩礼数的讲究和表现差异更多。如《乐在初二》统一表达了"回娘家"的熟悉主题，但是中国各地女儿带女婿回娘家却有不同的规矩，有的对女婿有特别的招待，有的还有严格的礼数。其中，渔民和水上居民的生活方式就与大多农业定居者明显不同。

值得一提的还有对少数民族春节习俗的表现，据称汉族、满族、朝鲜族、赫哲族、蒙古族、鄂伦春族、裕固族、锡伯族、羌族、傈僳族、纳西族、景颇族、普米族、怒族、仡佬族、壮族、京族、黎族都把春节作为一年中最大的节日来过。①纪录片选取了青海土族的烤馍馍、贵州苗寨的鼓藏肉、湖北土家族的吃刨汤、吉林朝鲜族打年糕、江西畲族织彩带等内容，这些千差万别的民族风俗难得一见。各族人民在逢年过节等喜庆时刻又往往会载歌载舞，表达内心的欢乐，颇具感染力。

不能忽视的一个重大差异是时空的差异。电视画面很容易拉开时间的间隔，访谈对象讲述的时空、所在的时空，画面表现的时空，受众所处的时空，其间都具有一定的差异。在时间感的层面上，过去和现在重叠在一起，差异显而易见，生活观念有巨大的变化。春节题材的民俗事象很容易展现历时的差异化。旧时过年杀猪宰鸡是平常人家唯一能够见到荤腥的时间，现代社会讲究素食健康，看到杀戮不免想到生的欢欣与短暂，便陡然生出以死证生的感慨来，于是不免回头去看已然过去的时光和层叠累积的历史。

这部纪录片整合了散落在中国大地上民众日常生活中的民俗事象，将其以时间为经，以主题为纬，通过艺术表现手法编织起来。习俗的多样化形态非常便于借助地方化和地域性的民俗事象来加以呈现，也容易被观众接受和认可，由此观众在统一的习俗传统中除感受到归属感外，还能够获得以地方名物为代表的自我价值的实现感。想象中的拼图式民俗事象常常被赋予地方性色彩，被视为某一地域所独有的习俗表达，为一方水土所享有，但是这些民俗事象之间又往往具有深层结构上的同一性，从而实现了某种看不见的文化连接。正是这些看不见的连接将多样化外在形态的习俗整合为一个盛大的节日。

总而言之，陌生化、神圣化、艺术化、差异化等综合手段的运用和表

---

①　陈连山：《春节民俗的社会功能、文化意义与当前文化政策》，《民间文化论坛》2004 年第 5 期。

达，将传统节日——春节完美地呈现在电视观众的面前，唤起了人们对春节习俗的回忆与眷恋。正如《中国年俗》宣传片所渲染的，"春节，是妈妈亲手置办的那一桌年夜饭，是浓浓乡音中的那一句深情问候，是锣鼓喧天的新春祝福，是烟火漫天的五彩梦想，这是一场十三亿人共同参与的盛大仪式，这是中华大地传承千年的古老习俗"。

"国产纪录片要发展，选材上充分体现中国文化和中国气派，表达要与国际接轨，讲好中国故事。"[①] 回溯春节这一民俗事象经由媒体手段得以再现的过程，《中国年俗》是对普通百姓的平凡生活发出的由衷赞美，是对时光长河中民众智慧的深情讴歌。倘若这样的节目多了起来，能够更多参与到中国传统文化的复兴、中国文化软实力的增强与中国社会文化多样性的表达中来，将具有重要的现实意义。

第四节　纪录片解说词的叙事模式
与文化传承理念

在《中国年俗》这部总时长 360 分钟，总计 57 个章节片段的纪录片中，引述了 29 句俗语（含儿歌），而民众知识点多达 70 余项，全程配有解说词。可以说，解说词的表述风格、语言特点和审美倾向具有无可替代的作用，对于纪录片的节奏把握和情绪表达都有无法忽视的影响。

解说词要涵括这样庞大而琐碎的民俗内容，并不是一蹴而就的，而是经过了创作团队的反复修改和优化，才达到播出时的效果。解说词如果不是第一流的，它将变得很突兀，阻碍而不是推进影片。[②] 笔者认为有必要结合实际的例子来说明，纪录片的解说词是如何描述镜头隐含的核心内容和主流价值观，如何与画面的节奏亦步亦趋搭配得宜，如何用老百姓喜闻乐见的方式传递出具有学术内涵的专业内容，从而分析和把握民俗纪录片

---

① 陈丹：《国产纪录片的跨文化传播意义》，《新闻传播》2014 年第 3 期。
② 〔美〕迈克尔·拉毕格：《纪录片创作完全手册》，何苏六等译，中国传媒大学出版社，2005，第 411 页。

解说词的总体风格与特点。

一 表达文化传承理念的三部曲

"中国年"被看作阖家团圆、举国欢庆、温馨祥和的吉祥节日。这部纪录片在筹备之初及前期推广时，始终奉行的宗旨就在于"向海内外观众全方位呈现中国各地传统年俗，寻找记忆中的年味，探寻民俗背后所蕴含的丰富中华文化内涵"，[①] 因为"这样的节日中承载了中华民族几千年来的人文和历史传承"。

考虑到中央电视台中文国际频道的定位，这部以宣传社会主义主流价值观，表现中华民族传统文化为己任的纪录片，在择选纷杂的民俗事象时，首先要考虑的问题就是：在对外宣传和展示中，如何表现传承了千百年的中国优秀的文化基因，如何表达中国人的浓厚温情和对美好的向往？因此，解说词在创作初期，就在文化传承的理念引导下，强调从古至今的文化绵延，强调将个人置于大传统的集体意识，强调敬天法祖、忠孝仁义的儒家价值观，强调表达现实生活和美好未来的幸福愿景。

在这种自觉的文化传承理念下，在第一集的开篇叙事"腊八粥"中，就奠定了这样的表达结构三部曲。一是从古至今的渊源诉说，寻找文化的根脉。如"腊八粥源于远古的祭祀活动，在中国古代，每年的农历腊月，辛苦了一年的人们会把各种五谷杂粮混合在一起熬粥，敬献神灵，祈求丰收"。二是现代习俗的温情展示，展现民俗事象的丰富内容。解说词提到"最早的腊八粥用料简单，随着时代的发展，熬粥的材料越来越讲究"，画面配有各种粥料和熬制过程。三是美好未来的展望畅想，实现借物抒情、由物及人的情感书写。用热腾腾的粥来传递温暖的祝福，如"腊月里的一碗粥温暖了人心，它带着美好的祝福走进千家万户，也让寒风里的腊月闪露出一丝春天的暖意"。

这样的表述结构既有时间上发展传承的脉络说明，又有由物及人的比

---

① 《看年俗、讲文化、谈回忆 〈流行无限〉马年春节播出"中国年俗"》，央视网，https://news.cntv.cn/2014/01/24/ARTI1390534771640478.shtml。

拟和想象，蕴含着情意，韵味深长。这种表达风格和写作手法贯穿全片。如打腊鼓片段的表述："早在先秦时期，就有了打腊鼓的习俗。"上文腊八粥的例子在中国传统文化中溯源之后，还穿插了一个佛教故事一并来解释起源。与腊八粥的故事阐释手法不同，这里更具体地落实到有代表性的地域和典型人物上，不着重于以文学性故事来吸引眼球，而是用真实的人物和环境来增强说服力，更为可信。随着镜头的切换，纪录片进一步举例说明中国各地还有这样的传统，"到现在，中国的江西、河南、安徽、湖南等地依然保留着这种传统"。再进一步，宽泛的习俗配合画面的展示，具体到一个小小村落有名有姓、有血有肉的鲜活人物身上，显得那么真实，"每年一次的打腊鼓，是村里铁打不动的规矩"。并借用第三人称的他位说明视角，将观念悄然植入个人化的记忆中去，将虚化的文化理念从个人记忆深处显得"真实"地挖掘出来，用移情的手法来唤起受众共鸣，建构出对于春节的想象与回味："杨丁安从小是看着爷爷打腊鼓长大的，在他的记忆中，敲响了腊鼓，就意味着春节的到来。"最后进行美好的展望，文化传承的理念得以实现潜移默化的效果："这震天响的鼓声，也会唤醒沉睡一冬的生灵，共同迎接春天的到来。"建构一气呵成，节奏优美流畅，传统仿佛一条生生不息的大河，而个人的生活内容好像是跃起的美丽浪花。

文化传承的理念还可以从形成历史、形成原因等角度来具体化阐释，有理有据，如表现山东年前赶集的场景，解说词提到，"青岛的李村集有中国第一集的美誉，这个逢农历初二、初七的大集，距今已经有 130 多年的历史了"。并从百姓日常生活的需求出发来解释集市形成的原因，建立起传统存在的合理性，"原本这里是一个河边的小村落，因为村民买卖东西很不方便，于是就在河边自发地建立起了五天一次的小集市"。当陈述能够站住脚之后，仍然使用"自古以来"的叙述方式，由表及里地揭示习俗事象背后的内涵，"赶年集不仅可以置办年货，还是一个看热闹、瞧新鲜的机会。一个集逛下来，人们收获的不仅是丰富的物品，更是精神上的愉悦"。这里，由物及人，落脚点还是在人们内心的祈愿，直指人心。

落脚至情感性的表述，打破了电视纪录片"规训道义"① 优先的刻板表达，以具体鲜活的民众日常生活状态和心理流动的温馨节奏来表现文化传承的理念，理念的包裹更为柔和，更为隐蔽，从而更容易被接受。除了坚持上述这种三部曲表达结构外，纪录片还有以下几种关注不同侧面来着重强调主旨的表达手法。

用具体翔实的习俗事象来强调文化的传统，其中着力于表现来自周礼"敬天法祖"的古老观念。"中国人在腊月里理发，意思是要把污秽留在过去，以新的面貌迎接新年，希望新年有好运。除此之外，中国人还有在新年祭拜天地神灵和祖先的传统，以干净整洁的面貌祭祀，是表示对先人的尊重和思念。""祭祖，是中国人最为重视的传统风俗之一。百善孝为先，在新的一年来临之际，对祖先表达崇敬之意、怀念之情，祖先在天有灵，可以保佑子孙后代兴旺繁荣。""对这些海外游子来说，家乡的点点滴滴都饱含着浓浓的亲情，因此春节回家，祭奠祖先、编修族谱、修缮祠堂，就是他们内心放不下的亲情与乡情。""对于重家族、重宗亲、重血缘的中国人来说，正月初一的大拜年是新年中的头等大事。"

用过年所需要准备的食物等来强调温暖的亲情和悠长的乡情。人类学和民俗学研究认为，共同进食意味着人群具有共同的来源，能够拉近人们的距离，有效地建构群体内部的凝聚力和维系对于共同体的一致想象。如"在中国人看来，年夜饭象征着亲情，象征着团圆，这一点中国各地都一致，所不同的，只是具体的菜式和吃法"。在镜头呈现的四世同堂的西北家庭画面中，解说词配有"炉馍馍散发的香气，弥漫在整个房间。王喜喜和家人享受着自己的劳动成果，满心欢喜地迎候新一年的到来"。过年前的大事件如雪乡杀猪片段，解说词提到，"寒冷的屋外早已是呵气成霜的冰雪世界，但却并没有冲淡人们的喜悦。屋内亲朋好友们围聚一起，热气给窗上的玻璃蒙上了一层薄雾。过年的气息已经是越来越浓了"。镜头切换到湖北土家族的杀猪，提到"油而不腻、香气沁人的腊肉，是很多远离

---

① 朱文婷：《电视纪录片解说词参与构建"规训时空"研究》，硕士学位论文，苏州大学，2010。

家乡的土家族儿女最怀念的故乡美食";"亲情和友情在这热气腾腾的饭桌上,被酝酿得越来越浓厚"。"吃着自家腌制的腊肉,阖家团圆、其乐融融的土家族人们,等待着新年的到来,并期盼着来年一切风调雨顺,生活幸福。"扑面而来的热乎和香气无一不在渲染着过年家中的和乐美满的气氛。纪录片播出的时间是经过精心准备和策划的。节目中每天的时间和民俗事件与现实几乎是呼应的,如此一来,节目中营造的气氛,与电视机前观众的生活气氛正好和谐一致、同步进行着。

用个人化的视角来强调美好祈愿和祝福的春节文化意义。如"老范说,随着时代的发展,许多年俗手艺正在被工厂流水线所替代,但他还是想要把亲手剪出的窗花,寄给外地的朋友,传达新年的祝福,留下传统文化美好的记忆"。这种意义的传递,不是虚幻的,而是透过个人的视角来表达的,电视解说词借助了人物和具体的家庭场景来说明主旨,"由于从小就跟在妈妈身后看如何做糍粑……女儿也学会了这门手艺,而这样的场景也成为她难忘的春节记忆"。"亲友们一起打糍粑时,糯米的清香弥散在热闹的欢笑声中,所有的烦恼都在那一刻消散,年就这样开始了。围炉谈笑间,亲朋间的友谊自然地联结在一起,这便是中国人春节最重要的意义所在。"

直接表达和反复出现对"中国人的中国年"这一共同文化符号的建构和强调,例如:"中国人有着祖先崇拜的传统,其虔诚的态度类似于西方的宗教崇拜……中华文化得以长久地延续,中国人的家族传统得以传承。特别……在春节这个重要时刻,后代们一定要向祖先表达孝心,以求家族兴旺绵延。""过年祭祖,对于世代生活在这片土地上的人们,已经不单纯是某种年俗,而更是一种对生命寻根溯源的无尽追求。""中国"的概念的建立,一个不可忽视的要素是明确划分的边界。摄制组前往中国边境来反映中国年的最远界限,其中一组画面表现了中越边贸口岸的年货交易,解说词提到,"同样的习俗、相同的喜好,中国传统的春节已经跨越了国界,成为中越两国人民的共同节日"。有时,解说词更是直接进行总结和提升,句式严整、文辞讲究,层层递进地来宣扬主流价值观:"过年,是亲朋好友的团聚时刻，是世代传承的文化符号，是海内外中国人不可磨灭的共同记忆。"

二　专业性与通俗性兼顾

在文化传承理念的主导下，用具体的地点、人物、事件等来传递价值观，其中最迫切要面对并解决的问题是，民俗事象的内容要经得起民众的检验，要能够获得人们（同时也是电视观众）的认可和理解。这样纪录片才能完成理念传递和民俗展示的过程，实现信息和文化符号的交流。民俗纪录片因为偏重对民俗生活和民俗学知识的表达，而特别重视对民众知识的说明和传递，特别强调精准到位的学术解释，这部分内容可以有学术理念和观点的立场选择，但是不能有学术知识点和对民众日常生活常识理解的硬伤错误。因此，在解说词的创作上，要求语言风格平实、准确，能够精确描述民俗事象，传递民俗学的专业分析。不过考虑到电视媒体的表现特点，解说词在重视学术性的同时，还要格外注意避免过度的学术诠释，要避免过于高深艰涩的描述和解释，以免受众在听觉和视觉的即时接受中感到困惑，影响理解。毕竟电视画面是一晃而过、转瞬即逝的，语义内涵过于复杂的表述将会大大削弱电视机前的观众对于民俗内容的领悟和接受，从而也会削弱电视观众对于纪录片的认可。

简言之，恰到好处兼顾专业性和通俗性的表述是此类纪录片解说词的首要特点。举例来说，第一集从熬制腊八粥开始，拉开过年的序幕。解说词提到，"熬好的腊八粥，首先要用来敬神祭祖，有的还要把它涂抹到自家的磨盘和果树上，以祈求来年五谷丰登。如果在腊八当天，自家的粥没有吃完，也是个好兆头，因为这意味着年年有余"。这种简练的陈述，既描述了老百姓熬粥喝粥的日常生活，又展现了用腊八粥喂树等容易引起关注的民俗亮点，还有对事物表象与背后意义的挖掘和阐释，内涵丰富。

腊八吃粥的习俗虽然源于一个佛教故事，但是在中国的农业社会里，传统上就有到了十二月，把各种干物熬在一起的习俗。用自己的巧手，把美味分享给自己的家人，分享给周围的邻居朋友，甚至还分享给家里的果树、井水和灶台，把腊八粥抹在上面，有一种祈福和祝愿的含义，而且也体现出一种共同分享、讲奉献的精神。这种文化内涵的提点，既有传统价值的梳理，又切合了现代中国的时代主旋律，符合纪录片宗旨。

另如过年最有意义的一顿饭"年夜饭"的表现和解释，解说词铺垫了从古至今的传承，并指出中国人敬重祖先的价值观。"年，意味着丰收、富足与希望。中国人自从有年的概念开始，就有了年夜饭。古代年终大祭，要用最好的食品来感谢神灵与祖先，年夜饭就来源于此。在古人看来，这是人神共进的一顿晚餐。"解说的视角并不总是全知全能的，适当的转化能够有力地唤起关注、好奇和共鸣。受众不由得会跟着解说词的节奏走，思考古人为什么要吃这顿人神共进的晚餐。在大年三十这天晚上，通过一些祈福的仪式向天地求福，向祖先借福，把这顿晚餐先奉献给天地，奉献给祖先，然后再由我们俗世的人来享用。这顿年夜饭的表现就显得那么有层次、有意义，日常过年吃饭的普通事件得以升华，有效地传递了传统文化的价值。

再如阐释民众祭神送灶王爷的习俗。按照三部曲的表达结构，解说词提到，"祭灶的习俗，在中国民间有着几千年的历史。早在两千多年前的周代，就已经成为百姓生活中必不可少的一项活动"。关于灶王爷的由来，已无从考证，有人说是祝融被尊为火神后，成为灶王爷。还有人从"灶王爷本姓张，骑着马，挎着枪，上天言好事，回宫降吉祥"的儿歌中得出灶王爷叫张郎。虽然说法各异，但在民间，对祭灶一直十分虔诚。解说词列举了几种学术说法和民间说法，但是并没有纠缠于此，而是顺应了民众过节的情绪和节奏，平滑地进入祭灶的现代习俗活动的展示中去。

又如解释春节这一关键的时间点，表现中国传统历法和初一的确立问题。解说词客观地讲述了这个过程，"身为四川阆中人的落下闳是太初历的制定者，在太初历出现以前，中国人过年的时间是不固定的，十月、十一月、十二月以及正月都可以作为年。落下闳的这部历法，不仅明确了春夏秋冬的顺序，适应了人们春种、秋收、夏忙、冬闲的农业节奏，还确立了正月初一为岁首。公元前 104 年，太初历被当时的统治者汉武帝刘彻看到，并得到了他的赞赏，随后这部历法被颁布到全国。从此，正月初一便成为新年的第一天"。过年，就是要有一个从"旧"步向"新"的"节点"，对于我们中国人来说是一个特别重要的事件。这种历史过程的梳理，既提出了问题抓紧了观众的注意力，又解决了电视机前观众的疑惑和问题，通晓流畅。

此类的文化解释，点到为止，不做过多的学术诠释和探究，而是尽可能进行通俗易懂的学术知识说明和介绍，用尽量浅显的话语来交代学术观点，没有纠缠于学术脉络的探寻和细节的追问。不仅在学术层面上展现专业性，还通俗易懂。接下来就要探讨通俗易懂对于民俗纪录片解说词的重要作用。

正如迈克尔·拉毕格所指出的，任何影片的原始写作，不管是纪录片的解说还是演员的对话，必须使用日常讲话的直接的清晰的语言。[①] 纪录片引述了29处俗语和儿歌，这样的数量使得每间隔十来分钟，观众便能听到自己耳熟能详、颇为亲切的民间表述，从而引起情感的共鸣，跟上纪录片的表述节奏。这些俗语和儿歌是团队讨论后精心散布和安排在相应章节的，出现的次序和场合也是有所讲究的。根据所涉及内容的不同，大致有以下几类：

> 对时间感的总结："忙腊月，要正月"；"小孩小孩你别哭，进了腊月就杀猪"；"大人望种田，小孩盼过年"；"新年发大财，元宝滚进来"；"小孩小孩你别馋，过了腊八就是年"；"二十三，祭灶关"；"要命的祭灶，救命的春联"；"有钱没钱，剃头过年"（江南地区讲究"二十六，剃年头"，有些地方则是"二十七，剃精细；二十八，剃傻瓜"，而土家族是"二十八，剃邋遢"）。
>
> 与礼仪有关的讲究："出门拜年不空手，拜年回家不空篮"；"家和万事兴"；"千里送鹅毛，礼轻情意重"；"投之以桃，报之以李"。
>
> 与事物有关的讲究："锣鼓响，脚底痒"；"锣鼓声声，上可通凌霄宝殿，下可传阎罗地府"；"老百姓，要快活，赶会唱戏闹红火"。

---

① 〔美〕迈克尔·拉毕格：《纪录片创作完全手册》，何苏六等译，第411页。

与生活空间有关的说法："洱海清、大理兴。"

与人物有关的说法："正月女婿，二月韭菜。"

与饮食有关的说法："有馍就有事，有事就有馍"；"揭笼莜面三口香"；"头锅饺子二锅面"。

与祈愿有关的谐音类俗语："金钟一响，黄金万两"；"风车一响，黄金万两"；"人家发旺、全凭烧上"。

儿歌："灶王爷本姓张，骑着马，挎着枪，上天言好事，回宫降吉祥。"

儿歌："听见锣鼓点儿，搁下筷子搁下碗；听见秧歌唱，手中活儿放一放；看见秧歌扭，拼上老命瞅一瞅。"

在民俗学的学术研究流脉上，俗语的研究由来已久。由于俗语是民众知识的智慧结晶和长年劳动生活经验的总结，所以往往朗朗上口、充满幽默感。用得到位，用得恰当，能够唤起受众的响应、理解和赞同，使严肃的学术理念和文化理念显得平易近人。

在没有印刷术和电子媒介的漫长时代，丰富的口述传统创造了伟大的思想，甚至我们的文化、我们的历史、我们的民族。因此，有不少学者坚信，"口头语言是真理的重要载体"，而传统产生于其上。口头传统才是讲述事实的合法方式，达到了我们现在的技术和技巧无法企及的完美高度。但是另外一种看法也同时存在，这就是认为，口头语言，包括俗语、谚语，以及其他文类（如儿歌），由于说的话较为随意，都是不够严肃的，不够严谨的，甚至是有些幼稚的，从而不能成为表达事实的依据，只能用于解决"小孩子的问题"，只是肤浅粗鄙的说法，无力呈现重大的事实。瓦尔特·翁则指出，在口口相传的文化中，俗语不是偶尔为之的手法，"它们在我们的生活中绵延不断，它们构成思想自身的内容。没有它们，任何引申的思想都不可能存在，因为思想就存在于这些表达方式之中"。①

---

① 尼尔·波兹曼《娱乐至死》一书有较为详细的讨论（章艳译，广西师范大学出版社，2009，第18~19页）。

这里仅就本部分所分析的解说词文本来看，对照俗语的使用和表现，问题将只限于口头与书面之间的关系。这极大降低了讨论的复杂度，虽然口头语言与书面语言及二者的表达也并不是个小问题。

无论立场如何，上述两派观点都无可否认的是，俗语的运用给纪录片增加了趣味性。在严肃理念和事实的传递上，纪录片不过于追究真实性和严肃性，从引用的俗语来看，都不涉及关键常识和文化的解释，所以，它们的存在，只是为画面效果服务的。在整齐严谨的知识传递的间隙里，俗语的表达确实柔化了生硬的刻板印象，而增添了如同孩子般的天真、幻想、轻快，为热闹红火的节日气氛增加一抹色彩。这些老百姓口耳相传的俗语，在画面播出的同时，唤起了电视机前受众的共鸣和认可。在"对啊，就是这样啊"和"是啊，我们这也有这说法"的回应中，纪录片补充了受众个人化的反应与感受，进行了解码，完成了信息和知识的传递，完成了电视与受众的交流过程。

三　抒情性与思想性并重

主旋律的纪录片通过镜头和画面来表现老百姓的日常生活，不仅是要传递某种价值观和理念，更重要的是传递对劳动人民生活的赞美和肯定，借助解说词中情感化的语言来唤起受众的共鸣。解说词作为话语工具，不仅默默传递着意识形态，更建立起和观众之间的权力关系，使所有的文化编码能够被顺利解码和读取。"纪录片解说词能够感染受众，使其产生某种情绪，而这种情绪反过来又会对其行为产生影响。"[①] 只有抒情性和思想性并重的解说词，才能为观众所接受、理解和认同，完成传递文化价值取向的任务。

思想性通常是隐含的，而抒情性往往是外显的、张扬的、明快的。春节作为最隆重、最盛大的节日，纪录片着重表现了热闹欢快的节日气氛，传递喜悦美好的愉快心情，展望美好的未来。主要包括对劳动的热情赞

---

① 佟延秋：《纪录片解说词创作理念探析——以〈舌尖上的中国〉为例》，《重庆邮电大学学报》（社会科学版）2014 年第 1 期。

美，对邻里互助的人际关系的温馨渲染，对节日红火热闹酣畅淋漓的表达。这种抒情，往往借助色、香、味的感官传递，平易自然。"每到腊月，当窗花贴上窗户，温暖瞬间就会溢满心间，浓浓的年味也就一下子洒满了整间房屋、整个院落。"东南沿海的大家庭里，"一盆盆或自然生长，或精心雕琢的水仙花，让这个三代同堂的大家庭洋溢着节日的欢乐和浓郁的乡情"。"这一盆盆盛开的花朵，它承载的不仅是人们对美好生活的孜孜追求，更是对即将到来的春天的殷殷期盼。""自古以来，围绕着这顿年夜饭衍生出各种习俗和讲究，人们以此感恩自然与生活的馈赠，祈求来年吉祥如意、幸福安康！""年糕的味道香糯可口，犹如这乡间的田园生活，平淡中独有滋味！也如同即将到来的新年一般，年复一年地出现，却每一次都让人回味无穷！"

对劳动生活主要表现的是邻里互助的温暖和支持。如打黄粿一节，"按照当地的传统，谁家要做黄粿，全村的人都会过来帮忙。制作一次黄粿，往往需要一整天的时间，做黄粿的这户人家要在晚上宴请前来帮忙的村民，点上一挂鞭炮，制作一桌热腾腾的饭菜，杯盏交错中，有着村民间互助的温情，更有着对大自然赐予丰盛食物的感恩"。对食物与自然的感恩，与对邻居朋友的感恩，交融在一起，是既有情感交流，又有人文色彩的抒情。

为了配合主旨，解说词在这里也进行了更进一层升华，在同样表现劳动与互助主题的画面中，如打糕，就忆苦思甜地讲到了"年年有余之所以会成为美好祝愿，是因为在物资匮乏的年代，每到腊月，农民家的余粮都所剩不多。虽然粮食宝贵，但在中国人的观念中，年大于一切，无论生活多么艰辛，邻里之间、亲朋之间，也要相互帮助，共同渡过年关。因此一块打糕，往往黏合了好几家人的温情，人们在分享美味的同时，也在分享新年的祝福"。

春节期间，除了忙年的筹备劳动之外，还有另一种同时存在的欢快庆祝的方式，在表现这类欢庆场景时，解说词则主要侧重于审美趣味的表现和引导，侧重于欢乐情绪的渲染，为电视机前观众的年节提供了某种有趣的氛围。举例来说，如山西的社火表演，如前文所讲，同样使用了表述结构的三部曲模式，"社火到了秦汉时期，在祭祀的同时，人们会举行各种仪式，表演各种歌舞，逐渐演变为一场盛大的庆典活动。这样的习俗传承了两千多年。如果说历史上的社火是一台唱给神的大戏，那么到了今天，则成为一台充满民俗味的精神大餐"。在这种场合中，则偏重传递欢快的情绪，"大人们诙谐幽默的动作，孩子们稚嫩可爱的表情，往往引得现场的观众捧腹大笑。这样的表演无论是大人还是孩子，都乐在其中"。

再如陕西的斗鼓拜年，小小的斗鼓，同时也有"逗趣"，鼓声既是技巧的比拼和张扬，也是情谊的你来我往和趣味呼应。意义升华和价值渲染随着鼓声传递到千家万户。"在中国的大多数地方，春节拜年讲究的是和和气气，恭恭敬敬，斗鼓拜年却显得霸气十足。比斗，你来我往，互相呼应，鼓声响彻天地，整齐的节奏中一种原始的生命力被释放了出来。""这里，互相拜年不用带礼品，送锣鼓就是最高的礼节，当地有一种说法，谁家的鼓声大，就预示着新年越平安，越吉祥。""几千年来，壶口斗鼓这项民间艺术，伴随着历史一路前行，如今在这里还依然能够感受到秦汉古韵，感受到中华民族生机勃勃的律动。"

在忙碌又热闹的年节氛围里，人们还有郑重而庄严的活动——祭祖和祭神。共同的祖先与神灵，把天南地北赶回家的人们紧紧连在一起。纪录片从普通家庭的孝道着眼，晚辈拜年，祈愿长辈平安健康。孔子是家喻户晓的文化先贤，孔家更是中国极具标志性的家族。孔家的祭祖活动，能从一家的祭拜孔子（祖先），延伸到一国的敬仰先贤，借此展现文化的典型性，将个体家庭与国家文化软实力巧妙融合。另一个具有代表性的个案是陕西黄帝陵的祭祀。由黄帝作为文化始祖的形象，自然而然地引出中华民族与炎黄子孙的概念。

纪录片的开篇紧密围绕主题，将普通家庭的祭祖上升到具有文化共同认知的孔家祭祖，进而到国家层面、体现血缘共同想象的黄帝祭祀，由此奠定了全片的基调。祭祖和祭神，不仅是家庭的传统，更是连接民族文化、塑造国家认同的重要纽带。

随着纪录片节奏的推进，"大年夜，抬出自己亲手制作的烟花，准备照亮夜空的时候，郑有金既有迎接新年来临的喜悦，更有一份亲手创造美好图景的自豪"。不得不说，解说词的创作团队也陶醉在亲手创造的美好想象与和谐氛围当中，并希望电视机前的观众同样可以感觉并参与到这种想象中来。可能在这种想象和氛围当中，能够真正实现一种幸福的愿景："人们慢下脚步，在欢声笑语中，随意地享受正月里舒缓的生活节奏，幸福油然而生。"

《中国年俗》整合了散落在中国大地上民众日常生活中的春节习俗事象，将其以时间为经，以主题为纬，通过艺术表现手法编织起来，将中国最盛大的传统节日——春节完美地呈现在电视观众的面前，唤起了他们对传统文化的回忆与眷恋。

解说词经过团队讨论和反复修改，兼具了专业性、通俗性，抒情性、思想性，最终呈现出的语言叙事精准优美，句式和谐齐整，文字干净高雅。同时又兼顾电视媒体的语言特点，做到了平易朴实，便于把握理解，与画面和内容同步，实现对民俗事象的表现与再现。纪录片传递节日习俗的整体内涵，实现收视率与美誉度的平衡，成为老百姓喜闻乐见的节目。与画面配合的解说词，不仅要传达画面内的信息，唤起形象感，还要敏锐挖掘隐含的文化内涵，在反映客观事实的同时，承担起传播某种思想和理念的重任。这才能够真正将民俗与文化建构成彰显国家文化软实力的重要组成部分，达到推动文化传承和创新的目的。

年，是中国人民心中最深处的故土乡愁，是海内外华人的心灵依托，最富有中华符号和文化意识。纪录片选取的生活镜头中，不仅有小家庭的团圆，也有大家族的相聚，更蕴含丰富的民族精神和浓郁的家国情怀。过年期间一家人有老有少，不同视角展开的是不同韵味的生活内容。无论是仪式还是事件，无论是相聚还是期盼，这些细节经由当地人的视角衔接，在新技术架构的画面和音乐伴奏中，既庄严传统又温情暖心，动人地展现了传统节日给予当代人的精神慰藉和情感支撑。

多彩的节日民俗，常常凝聚着人民平凡生活的精华与智慧，充满了鲜活的地方特色和旨趣，承载着一个民族、一个国家文化认同的向心力。中国年文化当中的历史民俗、文化韵味和精神内核，以电视适用的表达方式得到重新界定，并借助真实饱满的人物故事和新颖细腻的视听语言得以呈现。

在媒体当中，民族文学和民俗知识成为一种传播的力量，促进对于中国当代文化实践的多样性与丰富性的理解。这不仅有利于增强人与人间的相互倾听和交流，更会将中华文化带入全球化的话语讨论当中去，为世界提供具有参照价值的中国文本、中国话语、中国经验。

第四章

空间的影像：侧重多样性的表达

第一节　民族文学传统内在与外化的表达属性

民族文学传统的形成和流变过程，既受到作者创造和作品书写等自身因素，诸如作品的感染力和思想性，艺术形象的生动性或典型性，立意和情感的普遍性与深刻性等的影响，还受到外在的受众认可、社会环境、流派思潮乃至文化制度等多种因素的影响。

在形成过程中，传统的文本内容中能够显现出一种画面感和图像感，这取决于文本内在的形象塑造。文本借助语言的符号，使形象成为可以说、可以听、可以承载想象力和创造力，也可以重塑想象力和创造力的内容。另外，文本可以经过视觉的塑造，将语言的符号变成文化的符号，使其成为具体可见的形象。这些从文本延展到视觉的形象，因为凝结着文化的寓意，而成为文化景观，显化出一个群体、一种文化的内在创造力。也就是说，文本有能力建构出一种"可视语言"①，把视觉和声音、图像和文

---

① 〔美〕W. J. T. 米歇尔：《图像理论》，陈永国、胡文征译，北京大学出版社，2006，第96~137页。

字结合起来，从而令世界上的万物借助语言的想象力而具有画面感。建筑和艺术则令这种文本中的图像成为具体可见的形象。这使得人们看到了那些清晰的描述、生动的例子和具体的动作、隐晦的象征。

可以说，一个文本从读写到说唱再到视听的变化过程，就是一种新的创造和新的转化的过程。在这种变化过程中，通过视觉所呈现的东西，既有当地人约定俗成的语法和句法、符合当地人理解的语义，也有以各种不同的方式如模仿、想象、比喻、象征等手法将文本外显图像化，如同绘画、雕塑和建筑那样的形塑发明。根据一定的规则，用语言来描述的形象，鲜活而具体地呈现在空间当中，成为视觉聚焦的对象，这意味着文本中的形象显化成为一种外在的景观。形象以不同的艺术样式表达出来，同时也表现出当地人的文化和背后蕴藏的意识。这种外在的景观，实则包含着当地文化内蕴的整个精神世界。这就是笔者在此要讨论的形象经由艺术创造而引发的形态上的"显化凝结"的过程。

画面感，可以是抽象的，也可以是具体的；可以是概念上的，也可以是物化的。多种艺术表现形式都可以在这种文本的再现和表述中得到应用，比如中国春节的传统习俗和庆典仪式。境内各地人们在节日期间的欢庆活动则具象化阐释了家族历史或者文化历史中那些重要文本所描述的场景。人们可以在春节祭祖等重大仪式中"看到"古老的吟唱文本的"再现"。只不过，这种再现，主要侧重于时间上的定格，呈现的是当地人口头传统及认知中的宇宙观、人生观和世界观。而且，这种再现，尽管有一些外来者，但是主体上仍然是发生在文化内部的一种转变。

这里探讨的则是另一种以建筑形象再现民族文学传统的转化路径和方法，这种再现，主要侧重于空间上的创造和形塑。文本改变了讲述的艺术表现形态，有待讨论的此类转化中，人们居住空间及相应设施的建设和变化所引发的空间上的文化表述，将成为主要的再现和表征方式。这种借助建筑形态的再现方式，对于民族文学传统而言，既是在现实社会中的延续和传承，也无疑是一种新的发明和探索。

在展开具体案例的讨论之前，先简要分析民族文学传统的内在属性和外化属性。关于内在和外在的区分，可提及的有这样的观点：人作为创造和欣赏艺术的主体，其内在世界由类现实图像境域和超现实图像境域构成。类现实图像境域以外部世界为素材。超现实图像境域是以宗教、神话、童话、传说和其他艺术形式等描述的场景为基础进行构建的。[①] 笔者讨论的民族文学传统也包含在建构超现实图像境域的素材中。而其所建构的内在世界，具有属于自己的整体性建构逻辑，有可能也有能力连接起众多情境，而且能够包容众多情境彼此之间的差异。不仅讲述者和听众都通过这样的内在世界来理解讲述的内容，叙事本身即民族文学传统也内含着这种整体性和包容性。内在世界尽管是完整的，但可以用一种碎片化的形式显示其存在。相应的，外在世界也具有完整性，但在内在世界的描述中，历史事件、社会禁忌等逐渐成为描述的情境。

因此，值得讨论的内在属性主要包括神圣性、瞬时性、意象性，外化属性主要包括互文性、表征性、场景性。内在属性的讨论着重强调以往不太被提及而与文中日常生活、景观生产、空间生产、媒介生产等文化再生产的转化路径联系比较密切的一些特性，并不完全涵盖所有的特性。类似的，外化的部分则着重强调在转化过程中较为突出的、更容易与其他样式或领域连接的特质。这种特质容易被掌握或者理解，以帮助相关人群将某一文化中的民族文学传统通过一定的外在技术或环境因素转化到其他文化中去，或者在某一文化内部转化成其他多种表现样态。不过，在文化内部的转化相对而言比较容易实现，也相对容易被接受或得到认可。文化内部的语言、历史、信仰、社会状况等要素相差无几，区别大多集中在个体的差异和背景知识的差异上。与之不同的是，在不同文化之间、不同群体之间的转化和接受，由于存在较为明显的历史文化、社会状况、风俗习惯、制度体系等差异，对于输出方而言不那么好寻找新的叙事点和转换点，对于输入方而言，仅谈及群体层面上的理解和接受，则不那么容易取得预期的效果，更遑论个体。

在艺术表现形态变化的过程中，不仅涉及文学传播的问题，还涉及更

---

① 叶卫平：《艺术的内在发生》，清华大学出版社，2019，第62~64页。

为综合和抽象的民族文化传播的问题。这种利用说唱方式来讲故事的传统叙事方式，成为民族文化、风土人情和日常生活等诸多要素的载体，被介绍到其他文化的受众当中。这种理解和传播的过程，不同于传统上的小群体内部的交流和交往，其拓展了受众人群，在语言、文化和心理差异均较大的群体中传播。反过来，交流和交往的方式势必要随受众的变化而产生新的变化。

笔者在引论中简要分析过语境研究的相关进展，指出不同文化中的受众，即便对同一文本的讲述，都会出现某种无法预估的变化。这种变化，蕴含着创造性转化和创新性发展的可能性。但是转化和创新做得好不好，是否能够被当地人接受、理解和认可，是否能够达到或者实现讲述者和传播者的意图，往往要考虑这里提出的内在属性和外化属性的问题。

一　内在属性

以往的学术研究，已经较多地关注了从文学角度来看待传统说唱内容时必然会讨论到的一些特点，如文本自身的主题、情境、环境、人物关系、事件、情节及布局和结构，以及创作方法、艺术特色、寓言和象征意义，等等。那些拓展至语境的研究成果，则较多地从民俗学的角度来研究口述的特点，把文本说唱视为一种"表演"，在特定的场合中，面向更多的人。也正是"语境"的引入，"表演"势必带来"观看"，势必引发哪些演、哪些不演与怎样演等问题，而人群的成分可能在表演过程中得以区分而变得更加复杂，产生出"我群"和"他群"的区隔。

为了讨论这个问题，笔者在这里要着重讨论民族文学传统自身内在的三种特性。值得注意的是，这些内在属性不仅有助于理解表演与观看、我群与他群（在叙事中，可以看成讲述者与受众之间的关系）的问题，与后续要讨论的空间生产也有密切的关系。

一是神圣性。民族文学传统具有神圣性，表现在几个方面。首先，与一般的文学作品由作者创作出来不太一样的是，民族文学传统当中的口述内容，尽管有一定的书面版本流传，但大部分是口耳相传的，而且其中描述的内容，具有神圣性。一般只在漫长的传承中悄悄地发生不易觉察的变化，总体上依然要尽量保持内容的庄严和稳定，不容随意篡改。有时在叙事和表演的过程中，一旦出现被人觉察出来的改变，就会动摇讲述者的权威地位而使其遭到质疑。

其次，在描述这些内容时一般采用说唱或吟诵的形式，常常是在特定的仪式中来演述，这种仪式也具有高度的神圣性。例如普罗普在《神奇故事的历史根源》中认为，讲述是程式、仪式的一部分，并依附于仪式。在很多讲述文本的场合中，这种仪式甚至是通神或降神的仪式，而不完全是娱乐或一般的表演情境。史诗常常穿插在祭祀间隙，调节祭祀进程，解释祭祀仪式中的种种规范，最后独立出来发展成为民族文化的重要组成部分。史诗的讲述是祭祀仪式的惯例，这种惯例具有"法"的功能，被用来规范行为，成为文化的核心。①

再次，说唱传统文本的人，即讲述者，也往往具有特殊的学习能力和表演能力，例如史诗《格萨尔》说唱艺人中流传着"神授"的说法，有的经过一场大病，有的经由一场梦境，而获得了演述史诗的能力。民族文学传统的神圣性也表现在演述发生的语境当中，受众有所限制并要遵守一定的禁忌。

最后，内在神圣性体现得较为隐蔽的一种，即在演述文本时所涉及的古老信仰和原始思维本身也具有神圣性，有时是不加以解释的，或者是很难解释的，但为当地人所知晓并心领神会。这些限制、规定、禁忌等，对于当地人来说，非常好理解也容易接受，甚至从未对此有过怀疑。而对于外来者而言，常常会引发文化碰撞，甚至文化冲突，从而造成价值观的冲击。

二是瞬时性。绝大多数情况下，口头传统的说唱内容及其表演是瞬时发生的"一过"指代，不太容易被打断或者被重复，而且，这种表演基本也不会随时发生，或在任意场合可见，往往有特定的时刻或者场合的规定

---

① 陈芳：《聚焦研究：多重叙事媒介中的聚焦呈现》，中国社会科学出版社，2017，第69~70页。

和要求，遵循相关的禁忌和讲究。瞬时性这一内在属性，使得口头传统在流传的过程中，也相对容易出现不同版本的异文。这些异文是"每一次"表演的记录和积累，也赋予了"这一次"表演不可替代的意义。就这一点而言，瞬时性的特征，加强了神圣性的特征。尽管瞬时性所引起的每一次表演的差异性和多样化，不过是口头传统遵循讲述的"程式"①，基本上不会影响口头传统本身的内容稳定性。例如，戴维·拜努姆提出口头叙事会围绕一种要素式虚构展开，他称为"二三模式"，即两个"三要素"，"分离、礼物和难以预料的危险"围绕着一棵树（绿树）展开，"统一、报偿和互惠等观念"围绕着另一棵树（枯树、木头）展开。② 这些"套语式成分"使口头叙事保持着稳定传承。值得注意的是，瞬时性造成的差异性蕴含着一定的生机活力和创新潜力。这一属性也指向了这里要讨论的第三种属性。

三是意象性。表演中要让"一过式"的叙事留下印记或印象，在叙事时必然会出现很多容易记忆和传播的标志性素材。这类素材在口头叙事中具有意象性。意象承载着古老传统中对外部世界的想象和描绘，也引发了叙事现场对传统内容的想象和记忆。人类的内在世界与外在世界均是"图像境域"，充满了情境和景观。这些景观的形成，很多来自现实世界的自然万物和叙事传统中的模仿虚构，还有一部分取决于人的意识的自觉或不自觉的加工与重组。自然界的配色和景致，构成了人类文明和文化传统的底色背景。神话故事等叙事传统模拟并再现了外在世界现实空间的真实"场域"③，在讲述过程中，某一文化群体中的人大多自小就耳濡目染，其中绝大多数的图像和景观早已基本定型，并会伴随终身。这种图像，往往

---

① 关于口头程式理论与史诗创编问题的详细讨论，参见朝戈金《史诗学论集》，中国社会科学出版社，2016，第129~139页。

② 〔美〕沃尔特·翁：《口语文化与书面文化：语词的技术化》，何道宽译，北京大学出版社，2008，第4页。

③ 场域概念，参见布迪厄的相关讨论，他认为这是一种由客观限定的位置间关系而构成的一定边界，是个体参与社会活动的主要场所。参见〔法〕皮埃尔·布迪厄、〔美〕华康德《实践与反思：反思社会学导引》，李猛、李康译，中央编译出版社，1998，第131~156页。

是理想化的形象或者向往的图景，而且将无意识地保留至成年期。叙事传统在其中将人的内心体验和外部世界的呈现连接成一个可供塑造的意象世界。

产生在描述和想象之中的意象，变成现实必须经过适当的转换。文本所描述的多种场景，需要借助外化属性的显化，才有可能成为现实空间中的形象。当然，这种场景同时也具有"文本性"。这就要求，在转换的过程中需要对图像境域中的各种繁杂的图像要素精挑细选和重新组合，乃至使用新的逻辑或者形式来将其融贯在一起，从而使最终呈现的视觉效果具有整体感和同一性。这种融贯，为受众提供了聚焦的关注点，集中了观看的注意力，作为一种积极且活化的中心无间断地提供焦点。转换中的再现，借助新的艺术表现形式重新塑造了观看、制作、欣赏和价值判断等过程，这种过程可以称为"可见性"的生成过程。

前章所述的节日仪式，是与叙事传统"互涉融贯"的一种很好的呈现与传播方式，共同承载着某种文化的传统，两者相互参照，相互提供合法性的依据和合理性的支撑，在民众生活中保持着生命力，增强了群体内部的文化认同和身份认同。建筑设施对于艺术意象的"显化凝结"也是传统表达的一种重要的途径，形成了具有当代现实意义的"叙事空间"。① 扎根于传统叙事的空间生产，包括绘画与雕塑、色彩和灯光、规划与布局、意境和氛围营造等。这些外显的经过精心设计和构造的文化景观，不仅反映出传统叙事的故事内容当中描述的人物活动场景和载体空间形象，还进一步表现出当地人的传统认知和审美心理。

二　外化属性

在实现创造性转化和创新性发展的过程中，民族文学传统势必会处在一种动态变迁的过程中。而且，这一过程要比以往更加明显、更加剧烈，更容易将民族文学传统"因子化"并自由融合到其他样式和领域的应用中

---

① 段枫、陈星、许娅、李荣睿：《当代西方跨媒介叙事学研究述论》，《解放军外国语学院学报》2020 年第 1 期。

去。在这种"可见性"的生成和转换过程中，笔者试图讨论的外化属性主要有三种：互文性、表征性、场景性。这几种属性是在创新和转化过程中出现的，是指向外部世界的，与文化再生产和空间重塑具有密不可分的关系。

一是互文性。传统文学作品与其他作品之间具有一定的关联，或者是思想理念上的，或者是创作风格上的，或者是文字典故上的，等等。口头叙事往往在讲述者和听众之间有来有往，尽管存在程式套语，也依然会在现场表演时进行临时些微的改动和不引人注意的调整，进行偶然性、即兴式的发挥，与现场的气氛和听众的反馈等多种外在因素有关联。有的口头叙事有不同时期、不同人写的手抄本，手抄本中难免会存在有意识吸收的其他文本的内容，这些内容被改写和借用，或者把一些口语的元素改成书面文字的常用内容，而产生新的稿本。此外，这些手抄本上的标注，有些还会被原样搬移到后续流传的抄本之中，从而产生了抄本与其后续版本及外部世界的对话，这也是一种互文性的表现。

随着印刷技术的发展，印刷本通常以固定的形式确定文字的内容，形成一个无法再变动的文字版本。印刷本形成的"语言图像"，脱离了说唱与聆听的范畴，是让人"看"的。印刷本真正引发了浪漫主义思潮的抵制而探讨互文性的问题。口头叙事反而因为模糊性和集体性，并不在意互文性的问题。

互联网时代和信息技术的出现，令固定版本出现了完全不同的另一种新状况，人们越来越难以像以往那样线性阅读完一部作品，而是不断地被多维的时空和"多主体"① 的表达叠加及打断，从而多向度地参与文本的叙事。互文性的状况由此变得更为复杂。

二是表征性。无论是口头叙事中创造的"文本图像"，还是印刷本中创造的"语言图像"，都可以视为一种文化的表征。尽管语言本身不是符号，但是语言描述的事象常常在讲述过程中符号化，成为易于再现和传播

---

① 对于多主体的书写问题的个案研究，参见宋颖《屈原形象的"多主体书写"与文化记忆》，宋颖主编《民俗传承与技术发展》，知识产权出版社，2018。

的表征，同时也具有易于记忆、容易重复的特点。

如果不止步于民族文学传统以往研究中偏重的"文学性"，而是能够超越学科的旧式分野，关注到民族文学传统的艺术性和民族文化的特质，那么就无法忽视越来越多的听觉艺术和视觉艺术正是大量充斥着"民俗"的"符号系统"，音乐、美术、戏剧的表达和建筑、雕塑、绘画等技艺都充满了"文本性"的"话语"。语言和艺术的碰撞，为民族文学传统带来的新的分析视角，不亚于字面意义上的民族和文学的碰撞。这种"话语"带来的是普遍化的多艺术形式的表达，是再现式的具有新的意义的文化表征。

米歇尔在《图像理论》中指出，"描写再现的最佳术语，无论是艺术再现还是别的什么，都将在再现性实践自身内在的本土语言中找到。当然，符号学的语言有时与这些本土语言相交叉（比如图像这个'多义'的概念）。这些交叉更清楚地表明，符号学的技术元语言并未给我们提供科学的、跨学科的或毫无偏见的词汇，而只有众多本身必须得到阐释的新的比喻或理论图景"。① 用符号来表征传统，提炼意义并传播开来，是较为便捷的一种手段。以往人们忽视或不关注的一些区隔领域，现在由于技术和社会的发展，这些领域更为复杂地交织在一起，不得不引发新的概念和新的论述。一方面，语言学者认为语言不是符号，而将语言和图像、视觉等分隔开，语言被排除在视觉再现之外；另一方面，图像学者德波尔德使用"景观"这一术语试图寻找图像与言语的关系，图像和语言都可以被视为传播的媒介，从而将其置于更大的文化语境中。视觉读写或视觉经验不能完全用文本的模式来解释，但是，观看这一行为涉及的看、凝视、扫视、观察实践、监督以及视觉快感等，可能与各种阅读形式如破译、解码、阐释等是同样重要而深刻的问题。② 语言学转向建构出的符号学，并没有解决图像研究的问题，以至于现在图像充斥的时代中，人们只好继续面对这一问题，从多学科综合的视角来讨论语言、图像和符号的关系。

---

① 〔美〕W. J. T. 米歇尔：《图像理论》，陈永国、胡文征译，第 5 页。
② 〔美〕W. J. T. 米歇尔：《图像理论》，陈永国、胡文征译，第 7 页。

　　语言的描述，常常不及视觉的描画那么全面。语言的描述，可以指涉一个客体，可以说明一个事件发生的顺序，可以引发人们对描述内容的联想。大多数情况下，语言可以"指代"一种事物，揭示其意义。但是，视觉能够传递的内容更多，视觉的再现能够更为完整地将客体完全同时地呈现出来。相较于语言，视觉的再现能够令人"看见"一种事物，力图以全部的表象的呈现来显示全部的意义。以往口头叙事中往往追求一种"视觉再现之语言再现"，试图以隐喻、象征等修辞手段来摹画一种事物。妙语连珠的叙事中，说唱的"声音"也是一种非视觉的语言，借助习惯的相近性来引发联想，唤起思维和想象中的视觉形象。但是，视觉手段表达更为直接，也更为综合。视觉方式上的"描述"有时还会引用一种文化中语言的累积结果，并把这些语言汇入空间的序列形式当中，从而将语言、形象、文本等重塑在一起，克服了这些表达方式的区隔，将修辞手法运用到实际的空间生产中，借助宏大的结构和新的谋篇布局来引发视觉上的"看见"。

　　三是场景性。叙事传统当中描述和建构的"场景"，是以故事时间和叙述时间的时长对应为形式特征的，以横向和纵向两种方式组合相连叙事片段，并在关联的更高叙述层次上完成感知生成。[①] 古老的叙事往往不是像书面文学创作那样依照人物性格走向来建构故事，而是由场景式的情节来展开故事。场景大多出现在富于戏剧性的内容或情节的高潮部分，在事件发展的关头或连续呈现几个相连接的场景。[②] 场景和场景之间的连接构成了更高层次的故事。因此，语言再现及视觉再现的结果就是会创造出一系列的形象文本，也可以称为"场景"。

　　将叙事文本转换进入现实空间的过程中，场景构成了叙事性的外在空间，可以说，是一个地方的整体文化风格或美学特征。[③] 在现实当中，场景本身是一个地点，同时具有整体性的意义，并有能力嵌入式地存在于周

[①]　参见陈芳《聚焦研究：多重叙事媒介中的聚焦呈现》，第88页。
[②]　参见谭君强《叙事理论与审美文化》，中国社会科学出版社，2002。
[③]　参见〔加〕丹尼尔·亚伦·西尔、〔美〕特里·尼科尔斯·克拉克《场景：空间品质如何塑造社会生活》，祁述裕、吴军等译，社会科学文献出版社，2019。

围事物当中，作为一个相关的组成部分来引发人们的观看，引起相应的行为反馈和思考。相较传统文本中的叙事情境而言，两者的相同之处与关联之处即无论是在叙事中还是在空间中，一定程度上场景是同人们的精神结构联系在一起的。需要强调的是，"可见的"具象化的形象，连接着人们的精神世界。受文化的浸染和熏陶，人们会喜欢具有一定模式的特定类型的场景，倾向于将自己置身其中。人们的审美倾向、精神偏好以及对待世界的态度，大多可以从他们选择置身的场景中表达出来。因此，有些场景会具有文化、社会、族群、信仰、经济上的区隔，但有些场景可以跨越诸如年龄、教育、种族或政治上的区隔，使更多的人借助其他标签式的连接属性而具有更大的包容力。生活在场景之中的人，可能熟悉这些具有传统叙事元素的空间，也可能不那么熟悉和了解这些叙事，但是并不影响这种具有公共意义的空间艺术的生成和表达。

以往，借助主体想象才能出现的联想和形象，通过使用新的可视的手段和再现方式，经过这种聚焦于"可看性"的特质生产，从而使这些形象跨越了人们之间语言和文化的障碍而"显化凝结"，将以往以说唱为模式的叙事经验综合表达为以观看为诉求的模式。

这种"显化凝结"，既是一种叙事传统的内在空间和时间的形塑而呈现的一种外部世界的具象化表达，也是一种文化传统中人们的内在认知和心理的显化而呈现的一种外部世界的具象化表达。同时这些具象化的再现形式相互之间具有较强的关联性，内在的情境的世界、那些叙事中的宏大的主题和碎片式的现场，在再现和表征的过程中形成了一种具有完整性的新的场景。可以说，这是一种内在的景观在外部世界的再现和表达，这种新的形塑景观在产生和创造的同时也重塑了新的文化意义，摧毁并重塑了古老叙事传统中的意识与价值观。

对于这些新的景观的这种"观看"，无论是来自内部还是外部，都跨越了时间的区隔，拥有了更为稳定的形态和结构。同时，也因跨越了语言的区隔，而天然地融合了我群和他群，淡化了身份和文化上的差异，而面向了更为广阔的人群。

大多数地方在现代化和全球化的过程中，正在剧烈地发生着变化，基础建设和人口流动都带动了经济发展和地方风貌的变迁。新的需求导致了多种基础设施的出现，增强了当地居住和游览的舒适性，可看性的生产也基于这种旅游当中舒适性的提供，从而共同创造出独特的场景，赋予了当地生活不一样的意义、体验和情感共鸣。

这里要列举云南佤族生活的翁丁村和葫芦小镇两个具体的空间塑造的例子。这两个地方的共同性非常明显，同时差异性也很显著。一个地方代表着当地"看起来"几乎不变的那部分，相反，另一个地方代表着当地明显变化的部分。而这两个地方都可以算得上是"场景"。当一个社区变成一个场景的时候，正是适合培养各种精神的地方。

第二节 佤族口头传统显化为景观与影像的 "可看性"

佤族生活在中缅边境地带，主要分布在中国云南省临沧和普洱一带，与彝族、傣族、汉族、拉祜族、布朗族、德昂族等十多个民族交往密切，还有一部分散居于保山市、德宏州和西双版纳州。佤族历史悠久，文化绵延至今。保留在沧源、耿马等地的崖画是哀牢先民内涵丰富的形象史书遗留，考古资料的相关研究认为，居住在沧怒两江流域的古代濮人即南亚语系孟高棉语族的佤族、布朗族、德昂族等的先民。[1] 截至 2020 年的统计数据表明，沧源、西盟是佤族人口分布较多的两个地区，此外孟连、澜沧、耿马、双江等地区也有佤族分布，他们赖以生存的地区一般称为阿佤山区。[2]

佤族生活的地理区域孕育出独特而多彩的民族文化。临沧一带保留着古老的沧源崖画，现已发现了 11 处，绵延 20 多公里，源自 3000 多年前的

---

[1] 参见段世琳《佤族历史文化探秘》，云南大学出版社，2007。李昆声、张增祺、李伟卿等人对哀牢文化考古后认为，古濮人是东汉后对佤-德昂语支各族民族先民的统称。东汉永平十二年（69）设永昌郡，澜沧江以西的佤-德昂语支分属该郡。

[2] 参见罗之基《佤族社会历史与文化》，中央民族大学出版社，1995。

新石器时代晚期。当地人在 1949 年前后仍然保持着刀耕火种的传统耕作方式。学界对佤族地区的研究史，可追溯到 20 世纪 50 年代少数民族社会历史调查。当时调查所记录并积累的佤族文化资料，至今仍然具有重要的学术价值和研究意义。

目前，与佤族文化传承有关的国家级非物质文化遗产代表性项目共计 5 项，国家级非物质文化遗产代表性传承人 4 人。"司岗里"（si mgang līh）作为民间文学类于 2008 年列入"非遗"名录。古老与创新，历史与当下，同时发生在佤族人民生活的独特民族地区，体现出佤族文化在现代化过程中与多民族文化相互交流碰撞的趋势。

一　云南沧源的"司岗里"传承与应用情况

佤族的相关研究早期集中在考古资料上，关注丧葬习俗和巫师职能等问题，注重对民族地区的田野调查，对民族文化的叙述文本进行记录和研究，研究对象更具有针对性，并且对传统与现代的交融这一问题更加重视，学者们大多关注保护与传承佤族文化的路径。

（一）佤族文化的整体研究状况

1958 年黄宝璠在《中国民族》杂志上发表《佧佤族风俗片断》，[1] 对佤族的研究具有早期的开拓之功。20 世纪 80 年代之前，对佤族的研究主要停留在对佤族民俗的描述上，关注佤族的丧葬仪式与考古学科的联系，具有明显的时代特征。具有代表性的研究以李仰松和田继周、罗之基等为主。[2] 田继周于 1956 年参与全国人大组织的少数民族调查工作，对佤族、拉祜族等民族进行了深入的田野调查，并且与罗之基合作撰写了《佤族》[3]《西盟佤族社会形态》[4] 等相关的专著。罗之基曾一同参与佤族田野调查，

---

①　黄宝璠：《佧佤族风俗片断》，《中国民族》1958 年第 2 期。
②　李仰松：《佤族的葬俗对研究我国远古人类葬俗的一些启发》，《考古》1961 年第 7 期；田继周、罗之基：《解放前从原始社会向阶级社会过渡的西盟佤族》，《民族研究》1979 年第 2 期。
③　田继周、罗之基：《佤族》，民族出版社，1985。
④　田继周、罗之基：《西盟佤族社会形态》，云南人民出版社，1980。

在其著作《佤族社会历史与文化》中对佤族的民族情况进行了综合、系统地梳理。① 魏德明在《佤族文化史》一书中，对佤族社会历史、现状、民俗等进行描述，该书属于"云南少数民族文化史丛书"，对于了解佤族文化具有重要意义。② 目前，沧源县图书馆保留着大量当地资料以及较早的相关文献，同时还配合中国国家图书馆的文化信息资源共享工程建立起基础性的数字化信息资料中心，有效地保存了地方民族文化材料。③

20 世纪末期，相关的考古研究得以延续，如李仰松等的佤族民族考古学成果涌现，④ 还关注了佤族原始村落的形式。同时，逐渐扩大了佤族文化的研究范围，像语言学著作《佤汉简明词典》的出版，搭建了不同身份的学者进行佤族文化研究的桥梁，学者基于此词典对佤语进行相关的日常生活和民族文化阐释，在语言释义的过程中加深对佤族文化的了解。⑤

21 世纪以来，学术成果的数量整体呈现上升趋势。有些学者对边境生活和周边国家的文化有所关注，思考并重视历史因素造成的佤族在中缅两地跨境定居的现象，关注缅甸地区的佤族民众生活现状。⑥ 不少学者对佤族进行研究时，倾向于将佤族视为一个社会群体，运用社会学、心理学、文化人类学对这一群体进行分析，研究方向由具体的文化现象转移到群体研究。随着女性人类学的兴起，也有关注佤族妇女地位的相关研究。⑦ 相关文献还有赵富荣的《中国佤族文化》⑧ 和段世琳的《佤族历史文化探

---

① 罗之基：《佤族社会历史与文化》。另参罗之基等撰著《中国少数民族现状与发展调查研究丛书·西盟县佤族卷》，民族出版社，2001。

② 魏德明：《佤族文化史》，云南民族出版社，2001。

③ 笔者于 2020 年 11 月在佤族地区进行田野调查时，曾到沧源县图书馆查阅佤族文献，在此感谢当地工作人员的大力支持。

④ 李仰松：《云南省西盟佤族的鸡骨卜——兼谈原始社会晚期巫师的产生》，中国民族学研究会编《民族学研究》第 3 辑，北京出版社，1982。

⑤ 颜其香等编《佤汉简明词典》，云南民族出版社，1981。

⑥ 林锡星：《缅甸华人与当地民族关系研究》，《东南亚研究》2002 年第 2 期。

⑦ 文华、杨国才：《佤族女性气质与女性角色的建构》，《内蒙古师范大学学报》（哲学社会科学版）2002 年第 S1 期；王有明：《佤族妇女的彩虹头饰》，《今日民族》2003 年第 11 期。

⑧ 赵富荣：《中国佤族文化》，民族出版社，2005。

秘》等，以及关于民族风俗①、佤族舞蹈、木鼓仪式、民间故事记录②、
"司岗里"传说收集整理、社会调查③的著述。周文的《佤族心理认同的代
际差异研究》，分析了佤族心理认同的内在动力，指出在改革开放的冲击
下民族心理发生了显著的变化，民族代际的差异正体现了这种变化。④ 樊
华的《传统与现代的互动——以沧源佤族艺术为中心的研究》一书，对沧
源地区佤族传统与现代交融之后的文化事象进行整理，将佤族文化传统视
为一种文化资源，从文化转型、文化现代性、现代重组等核心概念出发，
分析了文化交融中的佤族文化呈现的分化状态，如依附性表达、表演化编
排、民间传统嬗变等新问题。⑤ 同时，这一著作还指出，佤族在市场经济
过程中逐渐呈现开放状态，外来的新的文化因子也大量渗入，给民族文化
的传承带来了前所未有的变异。这些较新的学术著述，明显加深了对佤族
文化变迁问题的分析，更为集中地关注佤族文化中的独特现象，面对变化
的现实境况和深刻的复杂因素较为细致地剖析现象背后的本质问题。

（二）"司岗里"的研究和发展状况

作为佤族的创世神话，"司岗里"讲述了佤族古老的起源故事，展现
了人类早期与存在于自然界中的动物、植物等的密切关系，蕴含着佤族人
认知图式中的文化原型，表现出佤族的民族特色和审美旨趣。"司岗里"
的传承，是借助口耳相传而非文字书写的方式世代流传下来的。佤族人认
为，树是与天神最为接近的事物，通过木鼓可以向天神诉说和祈求。佤族
"司岗里"中蕴含的原始思维和生命崇拜，也表现在与"司岗里"有关的
木鼓舞和甩发舞等舞蹈和唱词中。

从族群文化起源的角度上来看，"司岗里"对当地文化的解释由来已
久。不同区域的佤族对"司岗"一词有不同的理解，西盟佤族认为是"石

---

① 《民族问题五种丛书》云南省编辑委员会编《佤族社会历史调查》，云南人民出版社，2009。
② 尚仲豪等编《佤族民间故事选》，上海文艺出版社，1989。
③ 《民族问题五种丛书》云南省编辑委员会编《佤族社会历史调查》。
④ 周文：《佤族心理认同的代际差异研究》，博士学位论文，云南大学，2012。
⑤ 樊华：《传统与现代的互动——以沧源佤族艺术为中心的研究》，商务印书馆，2011。

洞"，沧源佤族认为是"葫芦"。"里"意为里面，"司岗里"意味着人从石洞或者葫芦中走出来，也有其他区域的佤族认为是葫芦幻化成山洞，人从山洞中走出来。不论"司岗"寓意如何，都意味着"司岗里"是相当古老的佤族创世神话。佤族人称的"勒尔"，意为"我的泥巴"，据说，早期的母系时代就生活在"勐梭龙潭"，也称为"通勒尔"，即"我的泥巴塘子"，女祖先妈侬和她的三姑娘安木拐一直生活在那里。如今在西盟岳宋乡的小山包，还依然被当地人认为是妈侬的坟。后来，达佤和牙万生育了九个子女，有的向东，有的向北，有的向西，衍生出了不同的姓氏家族。达佤的坟据说在沧源的芒回。洪水将这些人又冲散到更多的地方去生活。居住在这一带的人，常被称为阿佤。据说在走出"司岗里"后，这些人逐渐以"佤"自称，主要是和达佤有关，发音接近于"乌埃"。[①]

阿佤人至今仍然传唱着：

> 祖先走出司岗里
> 建寨定居开创了新的生活
> ……
> 祖先的日爱树撑天地
> 我们的总根在这里

从人与自然的关系上来看，万事万物都来自"司岗里"。在自然界的植物和动物中，树和牛对于佤族意味深远。树与天神离得很近，也用于制成神圣的木鼓。对"司岗里"非常重要且与其关系密切的木鼓，也是佤族相当重视的器物，这一器物是在族群起源时就已经存在的重要通神之物。"兴旺靠木鼓"，佤族的木鼓不能随便敲击，只有在重大的祭祀活动上才会遵循一定的程序来使用。每个村寨都有数个木鼓房和十多个木鼓，换木鼓的仪式也具有神圣性，称为"拉木鼓"。佤族神话中的宇宙起源提到"迭

---

① 毕登程、隋嘎：《从神话史诗看佤族远古历史——解读〈司岗里〉和〈司岗格——西念壤〉》，《学术探索》2013年第2期。

类梅北",大致意思是"地球结果,小黄牛叫"。① 神创造的第一个动物就是牛。因此,牛是佤族最古老的图腾,也是财富的象征,剽牛祭祀活动也不时在佤族村寨中举行,牛头骨仍然可以见到。"司岗里"作为神话的合集,讲解了诸如开天辟地、拉木鼓等佤族信仰和生活的文化源流,对佤族的民俗仪式、祭祀程序、生活习惯等方面都具有朴素的阐释力,至今依然影响着当地的社会生活。

从文化原型和审美上来看,"司岗里"讲到葫芦随着热水漂,桃树让它停下时,它就停下了。水退去之后,神仙开始砍葫芦,第一刀砍了蚂蚱,所以蚂蚱就没有头,之后人就走了出来。"司岗里"成了佤族人对自然万物的解释之源,在这口头叙事传统中,宇宙是混沌的、浑圆的、一体的,开天辟地时是用"连姆娅"② 劈开的,相当于用铁分开了混沌的天地。而人类走出来的山洞是被小米雀啄开的,葫芦也是被刀砍开的。创世神话的叙事结构不仅用于天地,也用于人类和多个族群。宇宙创生神话为所有起源神话提供了叙事模式。③

人被困在山洞里时,有34种动物来帮助人。在佤族神话中,植物和动物都会说话,也和人一样具有对等的地位。高健指出,佤族在称动物时,都会加上"达"这个音,而这个音同时是佤族对祖父和外祖父的称呼,也是对年长男子和鬼神的尊称。佤族是非常注重人与自然的沟通与和谐关系的。

总体来说,近来对"司岗里"的研究大致有这样几个视角:文学角度对"司岗里"的新解读、旅游和遗产保护视角的解读、视觉艺术的新表现等。

文学角度的研究相对集中于对"司岗里"含义的讨论。佤族学者赵秀

---

① 高健:《从开天辟地到"解放"来了——佤族司岗里神话的历史表述》,《民族文学研究》2017年第3期。
② 高健:《从开天辟地到"解放"来了——佤族司岗里神话的历史表述》,《民族文学研究》2017年第3期。
③ 参〔美〕阿兰·邓迪斯编《西方神话学读本》,朝戈金等译,广西师范大学出版社,2006。

兰在《佤族神话及史诗语境中"司岗"的"图腾"之义》一文中认为"司岗"一词本义指代佤族人居所，引申义和比喻义为山洞和葫芦。① 她在《司岗里：佤族的生态和谐审美理想》中综合了国内外学者的研究成果，对"司岗里"的研究起初包含在对佤族文化的研究中，其被当作佤族的一种文化现象。② 将"司岗里"作为文化元素提取出来，作为专门研究对象的历史较短，研究角度以神话学、艺术人类学等为主。除赵秀兰外，还有魏德明、王有明、王学兵等佤族学者，对民族文化进行释读。③ 隋嘎、毕登程对佤族"司岗里"的含义有过较多的探讨。④

　　"司岗里"的文本搜集工作在 20 世纪 50 年代得以开展。白应华在《佤族〈司岗里〉神话传说的整理与研究述评》中，对"司岗里"神话传说的搜集人、相关学术成果进行了系统梳理，并对"司岗里"研究的内容与方向进行了评析。⑤ 郭思九、尚仲豪的《佤族文学简史》，对佤族文学进行了较为系统地梳理，其中对"司岗里"神话的体裁进行了区分，分为散文体和韵文体，主要讨论"司岗里"的思想意义和艺术特征。⑥ 与此相关的图书有毕登程、隋嘎搜集整理的《司岗里（佤族创世史诗）》⑦，全书对收集的佤族创世史诗进行分类记录，是研究佤族创世神话的基础读本。

　　从发展和保护视角上，李莲在《〈司岗里〉与佤族传统文化》一文中，通过具体个案研究来说明"司岗里"与佤族文化的密切联系，其是佤族民族认同的重要载体，佤族的民族发展也在充实"司岗里"的内涵。⑧ 白志红在《中缅边境佤族神话传说、资源与认同》一文中，将"司岗里"神话

---

① 赵秀兰：《佤族神话及史诗语境中"司岗"的"图腾"之义》，《黔南民族师范学院学报》2020 年第 2 期。
② 赵秀兰：《司岗里：佤族的生态和谐审美理想》，博士学位论文，云南大学，2014。
③ 高健：《佤族司岗里书面文本的搜集整理者研究》，《民间文化论坛》2013 年第 4 期。
④ 隋嘎、毕登程：《佤族"司岗里"含义新探》，《思茅师范高等专科学校学报》2005 年第 1 期。
⑤ 白应华：《佤族〈司岗里〉神话传说的整理与研究述评》，《思茅师范高等专科学校学报》2008 年第 1 期。
⑥ 郭思九、尚仲豪：《佤族文学简史》，云南民族出版社，1999。
⑦ 毕登程、隋嘎搜集整理《司岗里（佤族创世史诗）》，云南人民出版社，2009。
⑧ 李莲：《〈司岗里〉与佤族传统文化》，《民间文化论坛》2012 年第 1 期。

视为民族认同的重要媒介，故事中蕴含的生存原则对佤族的影响历久弥新。① 杨文辉的《佤族〈司岗里〉神话的历史人类学研究》，从历史人类学角度进行分析，认为"司岗里"是佤族历史文化的百科全书，其中汇聚了佤族人民对于神话编撰的历史态度，反映了佤族社会历史的变迁。② 赵富荣长时间从事佤族研究，他认为"司岗里"是极具浪漫主义色彩的文学。③ 高健在《表述神话——佤族司岗里研究》一文中，认为神话是在与社会情境不断互动下变迁和建构的，将"司岗里"研究放置在佤族研究的环境中来观照。④ 高健还研究了佤族"司岗里"书面文本的搜集整理者，这些人影响到书面文本的形成过程，表述不完全相同，他据此比较了周边多民族的神话书面文本，指出书面神话产生的过程可以概括为从讲给我听到写给他看、从耳朵到眼睛、从社区到异地等。书面神话由原来的内部传承关系转变为外部的传播关系，通过汇编等文本制作手段，神话的民族性和叙事性都得到了加强。⑤

李文钢关注到"司岗里"的传承现状，撰写了《文化空间存续与佤族传统文化保护——以西盟佤族自治县岳宋村司岗里神话传承为例》⑥ 一文，指出"司岗里"保存现状堪忧，亟需增强文化及其所在空间的延续力，不能让传统文化逐渐随现代化进程消失，传统需要被保留。关于神话的现代流失，云南大学李子贤对这一现象及其原因进行了分析，认为佤族中的一些传统民俗被革除，对相关神话的传递会产生影响，神话的需求减弱，是"司岗里"面临失传的重要原因。⑦

① 白志红：《中缅边境佤族神话传说、资源与认同》，《民族艺术》2013 年第 6 期。
② 杨文辉：《佤族〈司岗里〉神话的历史人类学研究》，《西南边疆民族研究》第 7 辑，云南大学出版社，2009。
③ 赵富荣：《"司岗里"神话在佤族民间文学中的重要位置》，《民族文学研究》2003 年第 4 期。
④ 高健：《表述神话——佤族司岗里研究》，博士学位论文，云南大学，2015。
⑤ 高健：《书面神话与神话主义——1949 年以来云南少数民族神话书面文本研究》，《云南师范大学学报》（哲学社会科学版）2016 年第 6 期。
⑥ 李文钢：《文化空间存续与佤族传统文化保护——以西盟佤族自治县岳宋村司岗里神话传承为例》，《铜仁职业技术学院学报》2010 年第 4 期。
⑦ 李子贤、李莲：《试论活形态神话的传承》，《民间文化论坛》2017 年第 1 期。

视觉方面的研究晚近才出现。例如 2006 年首届中国佤族文化学术研讨会在云南普洱市召开，会议论文被编成《文化·宗教·民俗》[1] 一书，其中有 9 篇关于"司岗里"的文章。2008 年云南临沧中国佤族"司岗里"与传统文化学术研讨会召开，"司岗里"作为学术研究对象被广泛讨论，[2]发表了系列论文共 67 篇，全年佤族相关文献数量达到 186 篇，研究主题包括摸你黑狂欢节、牛崇拜、魔巴制度、中缅边境文化交流、旅游资源、体育娱乐、民居建造、服饰技艺等。2009 年度云南省哲学社会科学规划课题项目"佤族哲学思想史研究"，则对佤族文化现象进行深度剖析，分析其文化本质。《佤族文化研究》中收录了田光明的《少数民族语电影译制在临沧的成功实践》一文，他指出把汉语电影译制为少数民族语电影推动了当地文化的繁荣发展。临沧有佤语节目和佤语影片，并借给邻近的缅甸 4 个电影队。当地还制作了《多养山羊好》《他们是怎样富起来的》，传播了科技知识，带动了地方经济的发展。长年的译制工作，丰富了当地的文化生活，还应用现代电影传媒理念，促进了少数民族文化多样性的发展。佤语影片《禁烟枪手》《缉毒战》《特警英雄》等多次荣获少数民族题材电影"腾龙奖""骏马奖"。[3] 2016 年 7 月，国际佤文化高端论坛暨滇西科技师范学院国际佤文化研究院成立学术研讨会在滇西科技师范学院召开，举行了国际佤文化研究院揭牌仪式。

随着非物质文化遗产保护工作的开展，"司岗里"也经历了一系列旅游文本化的制作过程，有了口头、书面、图像等不同形式的表达。"木鼓节""摸你黑狂欢节""翁丁村"等都成为当地推广的旅游景观，在这些场景中佤族"司岗里"神话做到了随处可见、可听。[4] "司岗里"讲述的故事内容，从人类起源拓展到宇宙起源、族群迁徙、文化发明、村寨历史等，更为丰富。还有一些景点按照故事的内容进行了视觉上的呈现，例如"木依吉"神谷，不仅再造了造人之神的石像，还用相似的技法和色彩再

---

①　杜巍主编《文化·宗教·民俗》，云南大学出版社，2008。
②　那金华主编《中国佤族"司岗里"与传统文化学术研讨会论文集》，云南人民出版社，2009。
③　赵明生主编《佤族文化研究》第 2 辑，云南民族出版社，2014。
④　高健：《民族旅游语境中的佤族司岗里神话研究》，《民族文学研究》2015 年第 2 期。

造了沧源崖画。在参观距离上，这些景点离县城只有几公里，交通非常便捷。

2008年云南沧源佤族自治县"司岗里"以新增项目入选第二批国家级非物质文化遗产代表性项目名录，2011年西盟佤族自治县"司岗里"以扩展项目入选第三批国家级非物质文化遗产代表性项目名录。迄今为止，"司岗里"（西盟/沧源）、木鼓舞、佤族清戏和佤族织锦技艺被列入国家级"非遗"代表性项目名录，相关省级"非遗"项目有10项，市级"非遗"项目有26项，县级"非遗"项目有97项。该地设立了3个传统文化保护区（分别为翁丁佤族传统文化保护区、丁来佤族传统文化保护区、岳宋村永老寨传统文化保护区）和1个民族民间传统文化之乡（西盟佤族木鼓舞之乡），初步形成了一个相对完整的文化空间，可以作为保护少数民族文化并培育文化特色的重点区域。佤族作为西南地区的一个少数民族，与周边十多个民族交流密切，具有独特的研究价值。

二 翁丁村的"可看性"生产

（一）翁丁村现状

翁丁村位于云南临沧市沧源佤族自治县，翁为水，丁为接，在佤语中意为河流交汇的地方，[①] 在旅游推广中也称为云雾缭绕的地方。[②] 翁丁村是地处勐角乡的偏远村落，从县城过去有数十公里，加上山路盘绕，实际路程需要1小时左右，并不方便。翁丁村的面貌保留着较为原始的佤族古村落居住样式。村中的人都已经外迁至新村，翁丁村近20年作为一个活态村寨博物馆而成为一个景区。村民居住在新的聚集区，每天来老村子里守着一些参观景点，表演歌舞和欢迎仪式，或者售卖纪念品，或者开灶生火煮茶做饭，下午离开这个老村子，和上班一样。

翁丁村曾被授予"佤族传统文化保护区"和"历史文化名村"等称

---

① 樊华、章涤凡：《在"水"中保护 在"用"中发展——以翁丁佤族原生态民族文化的保护与开发为例》，《云南社会科学》2011年第3期。

② 赵志强主编《沧源国际旅游度假区：景区景点与佤族文化元素简介》，云南科技出版社，2016。

号。2006 年 5 月，翁丁村佤族传统文化保护区被列入云南省第一批非物质文化遗产保护名录。2012 年 12 月 17 日，翁丁村被列入住房城乡建设部、文化部、财政部公布的第一批中国传统村落名录。翁丁村建寨历史有 400 多年，全村辖 3 个自然村 6 个村民小组，共有 300 户 1270 人。到 2020 年上半年，翁丁村集体经济收入已达 100 万元。[①]

翁丁村作为佤族的一个传统村落，保留了较为完整的民族传统风俗。对翁丁村的文献梳理有助于在学术层面了解翁丁村的研究方向和研究主题的变迁，较为显著地表现出佤族在现代化进程中的民族文化变迁。木鼓节和摸你黑狂欢节产生于佤族现代化进程中，是民族变迁与时代交融的新产物。

翁丁村的建筑和民风依然尽量保持着古老的原貌。建筑全部是佤族传统的干栏式草顶竹楼，使用的均为竹木器具。至今村寨依然保留着古老的布局，有寨门、寨栅、寨桩、撒拉房、打歌场、祭祀房、木鼓房、人头桩、牛头桩、神林、舂米用的手碓、脚碓，保留着编织、印染等民间技艺，村子里还保留着佤王府，另外设立了存放以前生产生活用具的陈列室和佤族传统文化传习馆。

寨门有前后两道，木制草顶，门内两边有可以歇坐的地方，有人轮流看守。一般早上打开，老人看守，黄昏关闭后由青壮年看守。进入寨门，经过两边挂着牛头的道路会走到一个相对开阔的打歌场。村内比较重要的活动都在这里举行，中间的木桩是剽牛桩，祭祀用的是经过挑选的水牛头。祭祀用大角水牛会给村寨带来吉祥，村寨要请一位德高望重的老人来主持，还要念专门的祝词，牛头会朝向村内，人们向牛身上撒米花，用鲜叶扫去牛身上的尘土。这些仪式举行完之后，还会敲响木鼓，为全村人祝福。

"司岗里"神话中讲述了女性祖先和母系社会生活的原始图景，人是

---

① 《沧源翁丁村：坚持党建引领村集体经济提档升级》，2020 年 7 月 14 日，石林先锋网，https://zswldj.1237125.cn/html/km/sl/2020/7/14/233be4f3-ab1a-4b5f-9c33-35c3de118e8f.html。

从洞穴和葫芦中走出来的，由女祖先确定规矩，从此分别出兄弟姐妹。佤族人认为女性比男性先懂得道理，因此村里有女神图腾柱。图腾柱大致有三部分内容，柱上绘制的图案也和"司岗里"神话讲述的故事有关。最高处的头部上，绘有眼、鼻、口并造出高举的双手，一般还会挂上牛头。颈部通常会被省略。身体部分有很多图案符号，通常圆点代表天上的星星，这来自司岗里故事中有关分星星肉吃和家族之间分分合合的故事。佤族社会历史调查资料显示，《解剖星星分姓氏》的故事里提到，佤族的姓氏约有 125 个，① 一部分是佤族神话故事中提到的传统姓氏，如以寨名、人名、某种社会现象或自然现象为姓氏；还有一些来自汉族、傣族和其他民族的姓氏。柱上的斜纹代表山川河流，"司岗里"讲述过山川河流形成的故事，山和树都是地神用泥巴捏成的，江河则是天神达西爷孤独的眼泪。燕尾符号代表着火神燕子，"司岗里"神话中提到，燕子为人间带来了火种，所以燕子成为火神。牙形图案代表着五谷丰登，三角符号代表不熄的火塘，最下面横竖相间的条纹代表着能与天神对话的木鼓。

木鼓在每个村子都有专门存放的地方，而且该地不允许随便进出，具有相当高的神圣性。也有一种说法是，木鼓分为公母，公鼓与母鼓声音的高低有所不同。翁丁村里的佤王府，是参照 1934 年修建的班洪总管府衙而修的建筑，在村子当中比较特殊，面积比较大，位置相对显眼。进入佤王府，左手就是招待客人的火塘，坐下喝茶时，女性要坐在远离门口、相对安全的位置。佤族敬茶接茶时要用双手，先滴几滴敬天地祖先，然后才会自己喝。佤王府有三个火塘，屋子最里面设置主火塘，是议事时使用的。外面有一个鬼火塘，是祭祀时使用的。一般的民居是由草、竹、木建成的干栏式房屋，用竹子或者木板扎编为墙，茅草片为顶，屋内整木做成小楼梯，上层住人，有火塘，楼下堆放柴火农具等，屋顶为了便于通风，通常在两侧由竹木交叉而成，一般称"叉叉房"，是佤族建筑中较为显眼的标志。

翁丁村景区内还保留着古老而具神圣意味的寨桩、神林和墓地。寨桩

---

① 参见段世琳《佤族历史文化探秘》。

是村子的中心和精神寄托，通常在村内开阔的地方，便于人们集中。以前寨桩只由粗大的栎树木桩做成，有两叉，没有花纹，后来逐渐刻上了日月星辰、山水和动物等图案。神林在佤语中发音为"捏伟"，每个村子都有，翁丁村也有一片神林。佤族人相信山有山神，树有树神，万物都有灵魂，"司岗里"中讲人从葫芦中走出来后，大神管大事，小神管小事，要进神林，还需要给最大的树神"腔秃"放一块石头买路。神林中都有草房用来祭祀山神。每年祭祀山神的活动有三次，佤历三月播种前、稻谷开花前和春节之前的第一个属狗的日子为祭祀的日期。神林里每个家族都有对应的神树，祭祀时每家的男人会带一碗米、一对蜡烛，再用两个小竹筒装水和猪血作为祭品，祭祀山神的同时要各自祭祀神树。

　　"司岗里"中描述葫芦被砍开，人们走了出来。在佤语中表示砍的词语要相对细致具体得多。比如，用刀砍树说"各衣得"（gīd），砍人说"目"（mūg），用刀削果子和铅笔也不一样，削果子说"各呀"（gīah），削铅笔说"波外"（nboig）。这说明在他们的生产生活中，这种类型的动作意义不同，因此分得具体而精微。

　　"司岗里"不仅仅指神话和传说故事，司岗本身意味着葫芦、山洞等孕育之所在，在佤族传统文化意象中，司岗里是一种指称式象征物，其中所包含的内容很广博，涉及自然科学知识、医药知识、法律、宗教、文艺、历史、天文、历法、军事、体育等多方面，因此被称为佤族的百科全书。[①]

　　2004 年起，当地发展旅游，翁丁村的基础设施也有了较大的改善，2020 年被评为国家 4A 级旅游景区。旅游集散中心建成后，还配有电力车往返于村寨和停车场之间，减少对山林空气的污染。村寨中修建了卫生等级最高的洗手间，细分出婴儿、幼童使用的专设区域。个别民居改为出售当地织物的纪念品小店，但是绝大多数依然是传统建筑的面貌，可以吃饭和参观。十来户人家还保持正常的种植和劳作生活。

---

① 　鲁颖主编《司岗里揭秘——沧源佤文化研究文集》，远方出版社，2004。

（二）翁丁村相关研究

杨竹芬认为建筑可以反映社会文化现象，其在《佤族传统民居文化意蕴探析——以翁丁村为例》一文中对翁丁村佤族干栏式建筑的形制、特点、文化寓意进行分析，探索翁丁村建筑背后的佤族文化内涵。这有利于促进对佤族文化的理解以及当代建筑对此的借鉴。①

杨茜、翟辉在《民族民居"传统性"的应答要素研究——佤族民居的调研与思考》中对翁丁村大寨、班母村扒该寨、糯良乡班考民俗村三地的佤族建筑进行研究，用建筑学学科理论探寻佤族民居的"传统性"。②

潘璐璐在《云南沧源翁丁佤族旅游村活态文化的保护与开发》一文中提到，村里人口流失严重，青年人外出打工较多，老龄化严重，对传统文化的继承相应较少，因此作者建议建立活态文化旅游村解决相关问题。③ 杨家娣在《文化生态旅游村：佤族文化保护性开发的新模式——以沧源县翁丁村为例》一文中，对翁丁村的文化生态旅游开发模式进行阐述，为处于开发阶段的佤族文化生态旅游村提供参考意见和建议。④ 樊华、章涤凡的《在"水"中保护 在"用"中发展——以翁丁佤族原生态民族文化的保护与开发为例》，对翁丁村旅游业的发展历程进行梳理，关注翁丁村原生态保护，指出为迎合旅游发展需要，翁丁村的民俗活动尽管还保留着较为原始的形式，但其举办时间、文化内涵等皆被更改了。⑤

李婷婷、苏晓毅梳理了旅游开发后游客进入翁丁村看到的翁丁村空间分布情况，在《沧源佤族村寨的交往活动空间研究》一文中期待改善并利

---

① 杨竹芬：《佤族传统民居文化意蕴探析——以翁丁村为例》，《黑河学刊》2015 年第 2 期。
② 杨茜、翟辉：《民族民居"传统性"的应答要素研究——佤族居民的调研与思考》，《四川建筑科学研究》2015 年第 1 期。
③ 潘璐璐：《云南沧源翁丁佤族旅游村活态文化的保护与开发》，《昆明大学学报》2008 年第 2 期。
④ 杨家娣：《文化生态旅游村：佤族文化保护性开发的新模式——以沧源县翁丁村为例》，《思想战线》2008 年第 S1 期。
⑤ 樊华、章涤凡：《在"水"中保护 在"用"中发展——以翁丁佤族原生态民族文化的保护与开发为例》，《云南社会科学》2011 年第 3 期。

用好目前空间布局，为游客和村民创造方便。[1]

2000 年，云南省颁布了《云南省民族民间传统文化保护条例》，[2] 关注到云南省境域内的民族民间传统文化的珍贵价值。此条例至 2013 年《云南省非物质文化遗产保护条例》颁布实施后废止。[3] 由于云南少数民族有 25 个，其中 15 个民族 80% 的人口生活在这里，因此相较其他省份项目分类，云南的省级非物质文化遗产保护名录中的项目类别具有一定特殊性和地域性。

为了对民族区域实施整体性保护，云南单独划分出"民族传统文化保护区"这一项目类别，以推进对省级"非遗"传统文化保护区这一类别的关注。其中与佤族相关的民族传统文化保护区共计 3 项。[4] 对此状况，马盛德指出，遗产保护要关注到遗产项目所孕育和依存发展的文化生态，这体现了"非遗"保护的整体性原则；[5] 同时，提出地方政府要主导生态保护区的建设，抓住"文化特色"这个关键词。[6] 对传统文化生态保护区建设与保护等政策和措施的出台，有利于少数民族地区民族文化的保护与发展。

学术资料的积累阶段已经于 20 世纪内完成，21 世纪作为新时间段，对收集的资料进行分析与梳理、找寻新时代的转换连接点是这一时期研究关注的主要方向，如摸你黑狂欢节正是新时代背景下的产物。学者的研究内容也不局限于佤族的民族历史，还关注了社会进程"干扰"下的民族地区的发展。相较于前期研究，这一时期研究深度加强，研究广度拓展，对佤族的研究角度多样，立意观点新颖，佤族的各方面内容作为案例也被广

---

① 李婷婷、苏晓毅：《沧源佤族村寨的交往活动空间研究》，《西南林业大学学报》（社会科学）2018 年第 3 期。

② 参见《云南省民族民间传统文化保护条例》，http://www.rl.gov.cn/slyj/Web/_F0_0_28D067FY2H369B9WQO3I8HJ683.htm，最后访问日期：2021 年 2 月 24 日。

③ 参见《云南省非物质文化遗产保护条例》，http://www.ynich.cn/view - 11312 - 965.html，最后访问日期：2021 年 2 月 24 日。

④ 分别为翁丁佤族传统文化保护区、岳宋村永老寨佤族传统文化保护区、丁来佤族传统文化保护区。

⑤ 马盛德：《文化生态保护实验区建设要关注的几个问题》，《中南民族大学学报》（人文社会科学版）2018 年第 4 期。

⑥ 马盛德：《非物质文化遗产整体性保护与文化生态保护区建设》，《中华手工》2020 年第 6 期。

泛运用于各学术文章中。

(三) 翁丁村火灾带来的反思

2021 年 2 月 14 日,翁丁村发生火灾,除了 4 栋房屋外几乎全部化为灰烬,这个曾经在《中国国家地理》杂志中被评为"中国最后一个原始村落"的古村落就此毁于一旦。2021 年 3 月 6 日,翁丁村古寨何去何从——翁丁重建专题研讨会在线上举行。该会由天津大学冯骥才文学艺术研究院和中国传统村落保护与发展研究中心主办,与会的冯骥才、阮仪三等学者建言重修翁丁村。这一事件引发了广泛讨论:这场火灾究竟因何而起,为何星星之火却可以将整个古村落焚毁?如此毁灭性的破坏是天灾还是人祸,此次灾情扩大是否与古村落"空心化"有关?翁丁村该如何复建,是修旧如旧还是建造新居,决定权在谁?这些问题一时成为焦点。翁丁村在此刻,不仅代表了佤族的传统古村落,也涉及相关各民族传统古村落的保护问题和盲区挑战,由此引起社会各界对古村落保护的多重反思。

有的专家建议重建家园,但实际上,翁丁村的村民基本在 2018 年已经搬迁至新村了,只剩最后十来户人家居住在村里,大部分人按照上下班时间前往景区进行表演展示等工作。有的专家指出,村寨中长期居住的人家,在户外有专门的高处灭火工具,而这里大多数房屋已经不住人了,所以发现火情不及时,发现之后引水和灭火工具也不够用。几乎所有的房屋都干燥且密集,火势起来后便一发不可收拾。

略早一些的 2019 年,刘春雨曾拍摄了纪录片《翁丁》。影片中提到,2012 年初,翁丁村在"取新火"仪式中发生过一场火灾。当地政府决定和旅游公司联合开发,重新选址让村民搬迁到新村去以方便改造。经过 8 年,大多数人都搬走了,老寨主在 2019 年 11 月也去世了,翁丁村的房屋当时依然在,而功能和意义却已经在社会发展中发生了翻天覆地的变化。寨子里的人不论出于外在还是内在原因,已经"奔向了新社会新生活",原本鸡鸣狗叫的老寨在太阳落山之前就已经静悄悄了。这部影片的拍摄和制作计划也一再变动,最终随着村寨的变化记录了这一段过去的时光。影片由当地语言来讲述,大多借物抒情,用看得见的东西来比喻以及表达人的情绪。比如，"树叶黄了的时候，我们就该去收谷子了"；"太阳落到山尖尖的时候，西边就要有牛铃声了，牛要回到家了"。这里的人的生活节奏和认知描述，离现代化是有距离的，主要遵循自然时序来安排。刘春雨导演有意识地用画面而不是用人物的语言来叙事，他也介绍说，这种画面有利于更细腻地表达情感和情绪。纪录片中，当地年轻人帮忙进行了翻译，而翻译者非常清楚"她这个民族发生了什么"。当地人也清楚地知道，"如果你不往前走，就会被社会所抛弃"。

《翁丁》这部纪录片表现的是一种乡愁情怀。因地理位置等原因，翁丁村几乎是佤族最后一个进入社会主义社会的村寨。1958 年的翁丁村也曾留下纪录影像，相较而言，2012 年的老寨和那时区别不大，当时的生产生活方式、祭祀和婚丧嫁娶等活动一如既往地发生着。而 2019 年的老寨和新寨虽然离得不远，但是"看起来就是两个世界"。① 在笔者看来，即便是为了保护文化遗存，任何民族和人群也都不应该丧失在现代社会中获得发展的机会。

佤族《祝福调》② 在传唱中提到：

> 西埃颂
>
> 我们的父辈们啊
>
> 只会语言不会文字
>
> 他们传说的故事就像流水一样失传
>
> ……
>
> 保给蜜
>
> 你们倾诉的话语很贴心
>
> 贴心的话语如蒲葵熟透
>
> 用篾藤缠绕生怕会腐朽

---

① 关于纪录片《翁丁》的引用片段参见中国（广州）国际纪录片节相关报道，例如《他在佤族村寨翁丁八年，用镜头见证族人的坚守和离开》，"凹凸镜 DOC"微信公众号。

② 赵明生主编《临沧少数民族口传文学》，云南民族出版社，2013，第 104 页。

我们用生命线相连

用我们的生命线一生一世相连

即便从口头传统来看，这个地方的人们从来也没有拒绝过发展，当然现在也不能由其他任何外来者来决定他们是否要继续发展和怎样发展。这种选择和决定权，本来就属于当地人。翁丁村在之前长期的存在中，所有的建筑和布局、形态和器具综合形成的是一个真正的生活空间，从来不是为了外来者的"观看"而生。人们在这里举行的仪式、日常的行为、衣食住行的创造等都是为了个人和群体的内在需求而自然生发的。但是在旅游开发中，翁丁村大多数人搬迁到新村生活，这个空间中增添了旅游基础设施，并要对其进行建设和维护。为接纳外来者的目光，形成视觉上的聚焦点，还营造了新的场景，规划了参观的路线，设置了游览的说明，安排了视野良好能观赏村落全景的位置，并提供了可以用于交换的文化产品和商业服务。当地人每天定时在寨门举行欢迎的小仪式，使用摸你黑的颜料为游客送祝福。村民改造了室内布局来售卖当地的手工艺品，游客可以品茶和品尝鸡肉烂饭等特色美食。村子作为景区还提供"一码游云南"手机端推广等，这些新措施都为这个村子"可看性"特质的产生增添了相应的实用价值。观看实践也逐渐成为这个村子的主要日常活动。

第三节　沧源葫芦小镇的景观显化与空间美学

旅游开发带来的不只是旧村寨的改造和新变，还有新的建筑设施和文化景观的营造和创新。葫芦小镇所在的沧源佤族自治县，西部和南部与缅甸接壤，是中国两个佤族自治县之一，目前有傣族、汉族、拉祜族、彝族等20个民族杂居在这里。关于佤族"司岗里"这样的口头传统的母题分析、故事情节、人物形象和社会功能等多有相应研究，但其空间美学价值及艺术上的转换途径在当前得到的关注仍然不够。

沧源葫芦小镇的设计景观既具有传统文化"显化凝结"过程中的叙事

性的特征，也具有探索性的空间美学艺术价值，这种应用表现在以下多方面：传统艺术形象的写意表达、文化原型的色感表达、居住空间的诗意创造等。这些创新性的表征，推动着自然生态和文化生态相融合，重塑了边境生活空间的文脉。口头传统中的文化因子由此融合到当地的日常生活实践当中，推进了本土文化在当代社会中的创造性转化与创新性发展。

一　艺术形象的写意表达

作为整体生活空间的一种新景观，云南沧源葫芦小镇位于沧源县城近郊，离县城中心只有 3 公里。这个位置周围有新修的影视城，公共交通路线经过该地区。葫芦小镇是沧源县农村危房改造佤山幸福工程的集中建设点之一，也是为了全方位展示佤族文化建造的旅游小镇。这座小镇综合利用了当地口头传统"司岗里"中的"葫芦"意象和文化遗产沧源崖画的视觉元素，在以人为尺度的景观建构上具有开拓意义。与此相呼应，县城中心也有新开辟的一座葫芦公园，若是从高处俯瞰会发现，公园水池也特意做成葫芦的形状。

葫芦的形象出现在很多民族的早期神话传说中。在天崩地裂的大洪水中，拯救人类和衍生人类的大多是葫芦，葫芦神话形成的文化心理和价值认知也影响深远，流传范围非常广，在人们的生活中现在也时常可以看到葫芦的形象。佤族的葫芦崇拜和"司岗里"的故事有关，比如"岩石的葫芦　人类走出的岩洞""岩石的葫芦　孕育人类的岩洞"等。[①] 佤族故事中对葫芦的认知和体验与很多民族不完全相同，通常用"石葫芦"一词。例如，佤族"司岗里"祝词中的"si ngian rang si mang ged"即指"石葫芦投身器"，葫芦在"司岗里"故事里被比喻为坚硬的石头，坚不可摧，在洪水滔天的时候孕育和守护了人类和万物的生命。

葫芦小镇的寨门借鉴使用了木鼓的形状，门前还有 12 根充满佤族文化元素的青石浮雕民俗文化柱和 10 块镂空浮雕文化墙，总长 104.4 米，图腾柱高 8 米，柱直径 1.2 米，再现了"司岗里"传说和拉木鼓的仪式，富有

---

① 　见赵明生主编《佤族文化研究》第 2 辑，第 242 页。

观赏性。这12根文化柱分别为：记事柱、雕刻柱、舞蹈柱、牛角柱、崖画柱、火塘柱、劳作柱、织锦柱、狩猎柱、民居柱、乐器柱、佤历柱。10块文化墙的艺术主题依次为：阿瓦向阳、勇往直前，通天神器、保寨平安；点播谷物、织锦缝衣，斩草建塞、修建干栏；达门破葫、人类再生；人牛交合、生下葫芦，洪水滔滔、蛤蟆指点；米雀啄岩、人从洞出，天地初成、日月分明；求神问卦、占卜吉凶，剽牛祭祀、告慰祖先；鸣枪驱鬼、祭树奠神，舅穿女装、率先砍树；鼓树进寨、杀鸡祭祀，精心雕刻、腹腔鼓舌；众人同心、拉树回寨；六畜兴旺、五谷丰登，举世平安、安放本鼓。这是对"司岗里"故事的艺术再现，图像化展示了佤族文化的精华。

沧源葫芦小镇与以往聚集村寨的不同之处在于，其建造是出于产业发展和商业经济的价值。进门之后，在寨桩之外，还专门塑造了巨大的更吸引人视线的紫铜葫芦。虽然旁边有传统的寨桩设计，不过寨桩一般是本地人生存的精神标识，为村寨独有的文化产物，形象朴素。村寨中的寨桩常有一些具有当地特色的标识。对于外来者而言，寨桩的意义和观赏价值并不明显。而紫铜葫芦是经过设计规划的外在视觉形象的焦点，用于观览、合影等。葫芦在中国传统文化中作为一个文化符号，使用范围非常广泛，沉淀的故事也多种多样，即便完全不懂佤族文化或不了解石葫芦的说法，也不影响去理解和欣赏这件雕塑工艺品。这个特意设计的紫铜葫芦景观，总高20.16米，重25.4吨，成为视觉的焦点。小镇葫芦上的图案元素采用了佤族的文化因子，再现了佤族历法当中的生肖和崖画图案。图案设计取材于每年新米节的时候，沧源佤山陈列丰收的果实，人们把收获的谷物和瓜果供奉给葫芦，将葫芦视为母亲，与其共同分享丰收的喜悦。小镇中的视觉设计也都来自图腾柱上的抽象几何图案，突出使用了葫芦的形状。这种设计，使得这座小镇具有了服务外来者的功能；这样的设计，使这座小镇比翁丁村的服务功能更明显。这也是在文旅融合背景下，新修和建造景区景点较为重视的一种营造之法。

小镇占地202亩，内有蜿蜒的水系设计，种植着当地人喜爱的大青树、董棕、姑娘果、灯台树、紫荆花、三角梅等特色植物。镇子上的 180 栋民居都坐落在水系周围和绿化带中，体现了佤族文化传统中重视人与自然的和谐。一些建筑名，源自当地的口头传统。如"西永桥"（ndīang si yōng），这里的"西永"是地神或龙母，曾经为了让两岸的凡人平安往来，取下玉簪放在水面，变成了彩虹似的桥。另一座"巴召桥"（ndīang ba jōo）得名自佤族民间传说中的圣人"达巴召"，据说他过河时用拐杖钩住对岸踩了过去，后来就变成了独木桥。这些可以作为观光点和取景地，都附有中英文两种文字的说明，便于游览。

二　文化原型的色感表达

公共居住空间和交流空间的营造，离不开色彩规划搭配和设计应用。葫芦小镇的建筑和整体布局设计当中，色彩的运用来自传统文化中的配色。沧源葫芦小镇在路面、墙面、导引系统和灯饰标识等一系列视觉呈现内容上，创造性地塑造了紫铜葫芦的综合艺术形象，运用了当地崖画中的牛和其他动植物图案，用综合式的创新形象来向生活在此的当地人和外来观览的游客传递"司岗里"中的葫芦文化。小镇中多处使用黑色、红色、黄色、褐色等，其中大多来自沧源崖画中的符号和色彩运用。"司岗里"故事和崖画都是葫芦小镇外在形象塑造中重要的创意来源。

小镇的弧形屋顶都使用了红色，外在保持了同一观感，用传统的叉叉角装饰，墙面涂装则借用了当地具有悠久历史的沧源崖画的形象和配色。崖画的图案形象和色彩搭配使得葫芦小镇既有一种历史沧桑感，同时也具有审美上的现代艺术趣味。沧源崖画是史前原始文化的智慧结晶，是中国目前发现的最古老的崖画。1965 年，汪宁生在沧源调查时首先发现了崖画，沧源成为沧源崖画的第一地点，稍晚在丁来乡发现了第二地点，曼坝寨有第三至六地点，1965 年 12 月 8 日《人民日报》第 5 版对此进行了报道，1978 年在沧源和耿马两处先后发现了 710 处崖画地点。自发现以来，除了设置专门的观览地，当地政府和社会各界力量还开发利用了沧源崖画中的各种独特且具有识别力的艺术形象，将其运用到文旅融合发展中的景观营造过程中。

目前，沧源的崖画分布最为集中，从内容上分为人物、器物、房屋、动物和神话人物、自然、符号、手印七大类。有1000多个图案，能分辨十之二三，其中动物187个，房屋25座，道路13条，各种表意符号35个，还有树木、舟船、太阳、云朵、山峦、大地等形象。

沧源崖画中有很多综合式的形象，人的形象最多，大多是综合了太阳、动物和人的图案，例如有头插羽毛的人形，有头戴兽角的人形，有鸟形人，等等。还有生产场景和多种工具、器物的图案，例如牵着牛羊，拉着木栅栏捉猴，使用多重箭镞和弩、矛、号角、杵臼，等等。也有妇女的形象和多种耳饰的图案等。崖画使用简洁而变化多端的单线描画，总体为一种写意的符号表达。

在灰色石灰岩上的赭红色图画，被当地人称为"染典姆"，据说是用手指或羽毛等蘸抹红色颜料绘成。颜料可能是用动物血调和赤铁矿粉制作的。崖画中的场景大多是祈求丰产和娱神活动，也有不少关于狩猎、采集等生产场景，还有军事凯旋场景，人们手持兵器、驱赶猪羊，居住在干栏式房屋中。这些崖画造型生动，风格古朴，寄托着人们对自然和生活的理解，是研究史前社会的重要资料。

古老崖画中那些具有宗教色彩、举行信仰仪式的内容在葫芦小镇中被转化为装饰性的图案，变成了对本土文化和地方生活的赞美和期望。那些自然古朴的图案本身没有太多新的发明和创造，只是搬移到人们的生活建筑中来，但是随着应用环境的变化，图案的寓意已经发生了转变。这些古老的图案被重新放置在新的语境之中，语境赋予了这些具有神圣意味的图案新的生命力。以前佤族人认为有着崖画的那些石壁之后居住着仙人，这些仙人会随着一天当中时间的变化和心情的变化，出现在大山之中，给当地人带来祝福。现在，对自然、男女人形、牛羊猪猴、庆祝舞步等的描绘没有改变，但与之相关的图形结构和功能、意义都发生了变化。这种语境重置使被搬演借用、重新排列组合的崖画图案反映出新的生活内容，延续了古老文化的流脉，同时充满对美好生活的期望和赞美之情。

在现代审美中，这种描绘古代祭祀或者战争图案的配色，几乎很少有人会认为其沾染血色不大好又或者过于庄严肃穆，相反的，由于崖画图案简洁，形象夸张生动，令人印象深刻，在当地很受欢迎。这些图案在现代展示中因为搬借而去掉了神圣的严肃意味和其他负面的意义，具有一种符合现代艺术眼光的动感特征。即便是描绘围猎场景，也着重表现众人协作的场面，充满了积极向上的生活趣味，得到了广泛的使用。

当地人对这种艺术形象的热爱，表现在县城中很多建筑上都会使用崖画图案及相应配色。大多数情形中，这种使用不是直接将崖画图案搬过来用，而是进行了组合上的新加工。例如位于沧源县城中心的勐董坝修建的抗震纪念碑，使用了叉叉房的形象符号和鲜艳的红色。沧源县的整体交通设计和标识使用，在视觉上也成为一种当地特色。县城路牌路标的样式设计和配色、路边标志性建筑甚至党支部的墙上，同样活用了这些传统形象，而且增添了具有当地特色的艺术趣味。摸你黑广场上也新建造了 8 根文化柱，通过这种叙事性和艺术性相结合的方式来呈现古老的"司岗里"故事，柱子上绘制的图案包括了佤族文化元素中的"织锦、火塘、狩猎、木鼓、剽牛、甩发舞、旱地耕种、摸你黑"等典型内容，视觉符号和配色也与此一致，保持了统一。

三　居住空间的诗意创造

沧源葫芦小镇作为幸福工程重点项目，在建设初期就被纳入了整体视觉设计，依据的是"司岗里"故事和沧源崖画的符号素材。例如，以上所述桥梁的设计和命名，都来自当地人熟知的故事和传说人物，古老的传统在现代化的建造空间中借助文本的外显与建筑的互文等方式得以延续和发展。

小镇的空间建构，可以与佤族民居的传统村落翁丁村的布局对比来看。传统上的老寨，一般坐落于群山之中，树林环绕，干栏式木结构建筑鳞次栉比。除了划分出神圣与日常的格局之外，大多数地方长期以来都是村里人在日常生活中自然形成的。旅游改造之后，补充了一些游览必需的设施，整个村寨的房屋建筑样貌从外在上看并没有变化，屋里依然可以生火做饭，只是大多数人都不住在这里了，只招待游客们一两次简餐而已。

小镇内的商业建筑和居住建筑在样式上保持了相对统一的风格，细节上还使用到传统的叉叉角和崖画元素。不同之处在于，小镇内的建筑和桥梁引入了水系布局，鲜明地表现了对居住空间主动的、诗意的、景区式的规划和建构。小镇中心有相对开阔的小广场作为公共空间，一部分借用翁丁村这样的老村寨的规划布局，另一部分来自空间区隔的新理念和新的设计思路。与传统村寨不同的是，水面成为空间的分隔。作为空间中的景观，蜿蜒的水系将一个聚拢的空间打开，沿着水系自然形成了步道，将散落在步道两边的商店和住宅连缀起来。

传统老寨的神林和寨桩，传递出传统观念中对树木和森林的崇敬和爱惜，充满了当地人熟悉的神圣意味，而小镇的紫铜葫芦和寨门景观则成为游览的地标和关注的焦点。神圣与日常的区隔在城镇的边缘也消失了，小镇除了安置当地人之外，主要服务于具有社会流动性的一般游览需求。

无论是老寨还是新的小镇，其建筑都是生活中的建筑，这些建筑不完全是通过人的主观设计实现与完成的，而可以看成一个事件，是一种偶然，是设计师、建造者和当地人，有时甚至还包括偶尔到访的游览者之间的对话。建筑的真正完成，取决于这些参与者的共同作业。建筑的叙事性和艺术性，唤起了居住者和到访者的相应审美情感与意识，同时也由这些主体的观看而得以完成塑造。这些建筑既承载着传统，同时也在参与创造新的生活方式。在这一过程中，建筑的一部分，来自技术手段和途径中的"生成"，具有形式化的结构和体系，与此同时，还有不可忽视的一部分，来自历史传统和文本化的"表征"。建筑的"文本性"，使得建筑有可能作为人类活动而被理解，同时其也可作为一个事件。

萨义德所谓的"文本性"产生于某个场所，但同时又被视为并非产生自特定的场所、特定的时间。它是被生产的，却既不由某个人产出，也没有产生的时间。① 柄谷行人却认为，需要从"世俗批评"中为形式化的结

---

① E. Said, *The World, and the Text, and the Critic*, Cambridge: Harvard University Press, 1984.

构窠曰寻找道路，他引用马克思的观点说，"人们自己创造自己的历史，但是他们并不是随心所欲地创造，并不是在他们自己选定的条件下创造，而是在直接碰到的、既定的、从过去承继下来的条件下创造"。① 当地建筑，如果历史而客观地看待，则无法与语境脱离，而是应该作为一个事件存在，可能随着当地情境的变化而变化，即柄谷行人所说的"边玩边改规则"。而人类制造的物品，"其形态结构要比素材结构简单"，结构总是比文本简单，文本中的"隐含结构"往往有着某个隐含的意义或制造者。

从发展的视角来看，翁丁村和葫芦小镇一样，仍然都处在变化之中。这种变化，来自当地人和到访当地的（或未到达当地但言辞行为指向当地的）各类人对这些建筑物的塑造、陈述和想象。已经呈现的物件、布局及其面貌，承载着人们可以解读的意义，但尚有无限的留白之处，也同样具有价值，正如诗行，正如口头传统中的那些停顿与沉默。我们能够从佤族的"司岗里"等文学故事中找到的解释，使当地建筑具有形象、结构和意义，而我们尚不能找到的解释，同样具有相等的意义和价值，不一定是指向过去，而有可能是面向新的未来。

无疑，葫芦小镇的建筑样式提供了一种更为开阔的面向陌生者的方式和格局。这种规划和完成，如果从当代建筑的观点来看，即遵循以社会现实和人为尺度，有目的地思考和观察日常生活，并表现出建筑在为谁而设计。这样得到的公共空间更文明化，从而逐渐改变人的行为状态和城市文明。

远离乡野的城镇生活，也不是完全脱离自然而存在的文明体。村落依照农时而生息，生活的节奏顺应自然的节律。城市基于工业化的大生产和再分配来安排生活。尽管如此，城市不应该是一个机器，它依然是一个基于自然的生命有机体，必须建立在生态的底图上。人的日常生活，即便脱离了原初的村落形态，也应该同样遵循着人与自然的和谐来设计并加以实现。

葫芦小镇借用了口头传统的源流及解释力，成为自然生态和人文生态

---

① 〔日〕柄谷行人：《作为隐喻的建筑》，应杰译，中央编译出版社，2017，第 7 页。

叠加的呈现物，而不仅仅是制造品和设计品。其功能并没有背离村落的传统生活和观念，而是寻求在城市生活中的一种综合体现。人们期待利用建筑元素诸如水和桥的布局、广场和公共空间的营造，来表达佤族传统生活中的文化性。建筑也加入艺术化叙事的行列当中，由此，这种新造的"物"，有可能较快速地融入当地原有的生活节奏和生活空间中去。

沧源崖画是这片区域古老文化的存留，而"司岗里"葫芦意象及小镇空间建构代表着佤族文化和当前社会的一种现实发展和变化。拟人化的动植物如树木、石头、蚯蚓和蚂蚱、小米雀等，在小镇生活空间的设计中都有所借用。口头传统变成了"可见的"具象化的空间形象和图案，新的组合既有古老的语境历史，也有当前的审美旨趣。为了适应城市生活和观光游览的需求，公共空间中的文化景观更加美化和更具休闲性。葫芦小镇有望形成一种适合当地的人居环境，既有文物和遗产的历史感，也有新的对商业文化生活的表达，其成为云南本土文化传统的新的传承情境与新的具象载体，对边境生活空间进行再次阐释与表征。小镇中的视觉表达，同样是当地人的情绪和情感的延续。

第四节　文旅融合下乡村景观"可看性"生产

一　口头传统显化为景观的当代价值

传统村落的生活，是"内向"地顺应自然规律和农时物候的变化而发生的一种日常生活。农业生产节奏相对缓慢，需要接触的陌生人和事物极为有限，日常生活有一定的重复性和规律性，同时又具有一定的弹性和包容力，并不强制要如何参与生产，生活在其中的人掌握大致的规律即可相对从容地以自我为中心安排生活。这类生活内容不像城市化、工业化生活那么机械并有着硬性规定。与此相适应的是，传统生活中，也没有那么多需要展示和可以展示的内容。生活在一定区域内的人，基本是具有共同语言、文化和知识背景的人，相互之间的交流属于群体内的交流。

城镇生活的重心、节奏、内容等都发生了很大的变化。公共空间在市民生活的需求中应运而生。公共空间与城市经济一样重要，其意义在于将不同的人和一系列的交流串联在一起，形成了发生和承载的空间。在这样的空间中，自我展示和不同群体之间的相互展示变得有可能。在这样的空间中，人们之间的交流更多基于相互之间差异的展示，而不是来自一致的行动或者共同的协作。这样的空间，可以说，在现代城市社会中，变得越来越重要了，人们基于相互展示的需求而聚合在一起。他们可以相互不认识，不讲同一种语言，不属于同一种文化，彼此之间也不打交道，却能相互影响，共同构成彼此生活中都无法脱离的某种环境。

视觉化的元素在这样的空间中，成为彼此容易看见和理解的桥梁。被展示的文化，可以是当地人主体上的主动展示，也可以是因为具有观看或者凝视的需求而产生的相应展示。口头传统中的故事和人物，乃至情节和主题等作为展示的素材，成为当地人"向外"传达文化信息的符号。口头传统本身即一直在诉说和讲述关于起源和迁徙的古老故事。在这类讲述中，人们与讲述的过去相关联，为当前的所言所行提供历史依据和原因。现实中的很多东西都被人们认为是与过去发生有机联系的，或者能够置于人们的某种解释之中而与过去发生关联。利用口头传统来呈现或阐释当前社会生活，或者将口头传统中讲述的内容置于当前的社会生活中，都是尝试着将过去和现在紧密联系起来的一种努力。

沧源县的翁丁村和葫芦小镇都参与到当地传统文化的叙事和艺术呈现的过程中了。以下主要聚焦民众喜闻乐见的节日活动，即沧源县的佤族摸你黑节的创办和其中对"司岗里"的改编，以探讨展示过程中传统内容及其发展变化的问题。

1964 年沧源佤族自治县成立，标志着佤族由原始落后阶段直接迈入现代社会发展进程。为了加快解放，佤族分布的不同地区采取了不同的途径和办法。在镇康和永德等地，实行土地改革；而在沧源、西盟等地实行直接过渡，直接带动生产与发展，过渡到社会主义。佤族分布的多个地区逐渐走上社会主义道路，交通道路逐渐修缮通畅，农田水利设施逐渐完备，民众生活水平逐渐提高，教育教学逐渐普及，医疗设施相应也逐渐完备。

旅游业的发展，为区域经济增收带来了新的动力。

2004 年是沧源佤族自治县成立 40 周年，为庆祝这特殊的时间节点，当地推出了"中国佤族司岗里狂欢节"。到了 2005 年，为了更好地推广这类节日，"摸你黑"作为一个节日的主题活动而成为节日的主要内容。摸你黑狂欢节于每年 5 月 1 日至 4 日举办。2011 年当地也在节日期间推出了改编的大型舞蹈史诗《司岗里》，由《古歌》《山谣》《神韵》《心声》四个部分组成，表现了古老的文化元素，石佛洞遗址、沧源崖画、建筑服饰和歌舞艺术等都得以呈现。当地拍摄过《佤山木鼓》《走进佤山》《佤山风》等影像制品，2012 年还有电影《司岗里》上映，讲述了一个汉族女孩在阿佤山不仅遇到了爱情，还被当地草药救治的美好经历。人们大多将其视为一部佤族歌舞文化的宣传片。

"摸你黑"的材料主要是锅底灰、牛血、泥土，并且混合了一种当地的药草"娘布洛"。这种药物具有防晒的功能。佤族崇尚黑色，认为"摸黑"是美好祝福的传递。"摸你黑"逐渐成为沧源佤族自治县新的文化名词，每年由政府牵头组织和举办节日活动，佤族的甩发舞、佤王宴等都在节日期间得以展示，周边民众也大多趁着休假日前来过节，广泛参与。

对佤族摸你黑狂欢节的研究，多停留在对这一旅游现象和开发价值的思考上。例如，沈霞客在《佤族风情》一文中，对摸你黑狂欢节的起源进行阐释，认为佤族人崇尚黑色，寻找一种黑色的药草，并把它碾磨成粉，拌成药泥，涂抹在别人身上以示祝福，并对今天所使用的"娘布洛"植物颜料进行阐释。[①] 张亚婷认为，摸你黑狂欢节是在嫁接佤族传统文化的基础上，政府为促进沧源经济发展的狂欢节。[②] 学者们的研究视角不同，但都关注狂欢这种文化现象，其中民族节日作为一种文化资源在文旅融合背景下发生着现代化转化。同时，这些民族节日也有利于促进当地民众加深对民族文化的认同及增强民族文化的自信心和自豪感。

笔者在调研过程中，特意询问了"摸你黑"的意义，不同的佤族人给

①　沈霞客：《佤族风情》，《寻根》2015 年第 1 期。
②　张亚婷：《佤族摸你黑节的民族志》，硕士学位论文，陕西师范大学，2016。

予的回答不完全一样。大多数情况下，他们认为"摸你黑"是一种问好，是在打招呼，也有人说，是祝福的意思。但是这样的解释，其实都是从外来者的立场和眼光提供的解释，是方便外来者了解本土文化而提供的解答。摸你黑节有特定的时间，每年只举行一次。而"摸你黑"作为一种简易可行的问候方式，平时每天多次用在像翁丁村这样的进寨欢迎仪式当中。每个游客都可以在互动当中体验到来自当地老人充满仪式感的祝福。本土知识在这类互动仪式中转化为群体内外不同人群之间的交流。外来者不需要跨越语言的障碍，就可以大致接触到一种具有文化寓意的符号，而且，这类体验加深了"观看"的印象，使得这种建立于陌生感上的交流变得自然起来。

二　"可看性"的生产路径

可看性是以"可见"为目的的文化生产，是诉诸视觉文化的一种再生产的过程。这种生产过程，同时也是符号提取和赋予新的文化意义的文化表述过程。

邓启耀曾以佤族木鼓及其他具体物品的修辞使用方式来表达文化内涵的类型及其功能，他指出，传统的记事、表意和叙事，除了通过语言和文字来实现，还可以通过物象或者图像来实现。将物象和图像作为媒介，通过象形、指事、形声、会意等视觉"组词"和谐音、形容、比喻、象征等视觉"修辞"手段，形成具象的可视符号进行远距离传播和错位传播，是历史和民俗汇总最具"艺术"精神的文化遗产。[①] 与物象分析不同的是，笔者在这里论述的是一种新的发明，是具有多种艺术表现形式的空间生产。具体的物件往往来自当地人原有的生产生活和文化需求，而这里讨论的"可看性"的绘画、雕塑、建筑等空间生产的内容承载物，是为了服务旅游业的外向展示，服务于不同文化背景下的游客的观看和凝视需求。

视觉化的媒体将古老的文化传递出来的时候，往往是将自己的节奏单

----

① 邓启耀：《民俗现场的物象表达及其视觉"修辞"方式》，《民族艺术》2015 年第 4 期。

方向地传达给观众，观众只有"看"这一接受方向，因此，视觉媒体多偏重图像，强调运动化连续性的展示，反映的不是概念和解释，而是偏重戏剧化的情节连贯表达。

传统的节日仪式在这样的展示中也发生了巨大的变化，节日中加入了一些完全面向游客的服务内容。摸你黑节的产生时期几乎正是以文化为中心和以文化消费为资源的旅游观光的兴起期。正如笔者调研所见，极少有人会真正在意"摸你黑"是什么，即便有人问起，当地人的讲述大多是，打招呼"你好"的意思，是祝福。这种阐释本身使用的话语，也不是当地人的传统语言，而是面向外来人的一种语汇使用和说明。庆祝节日的过程中，本地人因为知晓摸你黑是什么，而不去过多追问，向外来者的宣传更注重的是"狂欢节"这个商业卖点。这种节日描述也是一种典型的使用外部语言面向外部的描述。不得不说，"摸你黑"的表述把节日中的行为概括得极为精练和准确，加上简练的卖点描述，摸你黑节作为一个当地大力推广的节日，已经吸引了越来越多的游客前来消费。

另外，从摸你黑节的主要行为方式上来看，用泥浆相互抹黑，简单易操作，充满了游戏和竞技的意味，参与过程带有紧张刺激的趣味，不那么具有危险性，不容易有严重的后果或产生令人无法接受的损失，同时又有分享的乐趣，还可以不限地区身份地广泛共同参与。当地政府还多次对使用的泥浆成分进行改善，节日也选择在"五一"假期进行，吸引更多的人前来参与。

相应的，佤族的"新米节"，一般在农历八月十四，由家中的小姑娘去田里摘谷穗取"谷魂"，新谷粒会煮进鸡肉烂饭中，家中还要修谷仓、做清理、屯篾巴。新米节具有较长的历史过程和文化信仰的积淀，通常是家庭中的家人参与的重要节日，不那么容易对外开放。而摸你黑节所使用的材料、具象的过程、举行的时间、内涵的意义，简单明了，便于记忆和口碑传播，便于现场操作和清理，极为精准地贴合当下消费社会中一种本地文化同时面向当地人和外来者的共同分享需求。

三 关于"可看性"的批判及讨论

民族文学传统的外在"显化凝结"过程，是叙事空间的新拓展。这种呈现，经由当地人和外来者的具身参与，形成了文化景观，有利于某种文化的大众表达及对外传播。这一过程中，也存在经济物化现实而追求视觉化图景的问题。

笔者认为，尚需对"看"与"被看"的观看理论进行更深入的批评。一方面，物化固然会在一定程度上造成商业化导向和人与人的创造"物"之间的分离，形成被制造出的具有"可看性"的"日常生活"；另一方面，凝视本身意味着权力上的不对等。看的主动方，通常是外来的他者，隐含着一种经济、文化和政治地位上的优越性，被看方通常被视为落后的或者原始的、不开化的，带有中心论者的刻板印象。而这种优势不仅观看的主动方能感知到，被看方也被迫服从甚至附和这种相应建构起来的权力关系。有的时候，某些文化内容经过被看方的主动加工，而特意呈现给他者，通常有其他隐在背后的目的指向。而对于被看内容的表达，也不一定是被看方具有权力，还有一些情况，其中，观看方具有大部分的表述能力和表述渠道，拥有对观看行为本身和内容物的叙事权力。

除了看的权力关系不平等之外，外来的他者与文化内部的"自我"之间，通过这种观看，也建立起对抗的关系。双方难以通过平等的视角来对话，也基本谈不上相应的尊重。这种他者与自我的区隔，令彼此间很难实现相互理解和接受。

还有一个更为严重的问题是，从景观生产的角度来看，景观为了"让人看到"而容易沦为简单的图景。它的出现遮蔽了当地真实的生活，从而造成真实的生活被边缘化。从当地文化的角度来看，有很多内容远远超出观看之外，有大量不可看和不可见的部分同时存在着，或者是不让被看见的内容，或者是视而不见、意识不到看到了的内容，或者是不可见的隐蔽内容，等等，情况非常复杂。

从以上的材料分析和相关论述可以看出，需要利用更具前瞻性的学科视角，来认识佤族，解开佤族文化传承的基因密码。同时，还需要及时反思现代化发展下的佤族社会现状，重视现代化带给佤族社会的冲击，加大力度从多学科进行深入调研，发现在文化快速碰撞过程中的危机和问题，加深对文化现象、社会进程的当代考察和理解。

从现实田野中看，为了保护佤族传统文化而阻止或暂缓佤族的社会发展是不切合实际的，这需要人们集思广益找到保护古村落和传统文化的有效方法，维系并平衡传统与现代的协调发展关系，促进佤族当前的文化旅游融合和多民族文化共同发展，为佤族民众和社会营造出一个更为健康的文化生态环境。

第五节　特色小镇的民俗应用与影像表达

承接前文中提及的沧源葫芦小镇，由于生活区域的扩大和生活模式的变革，这里单就小镇生活的影像表达中的独特性进行研究和讨论。

2016 年国家"十三五"规划纲要明确提出，要在全国范围内"因地制宜发展特色鲜明、产城融合、充满魅力的小城镇"。① 浙江省推进和加强特色小镇的建设，已经有三四年的时间了。浙江省《关于加快特色小镇规划建设的指导意见》指出，特色小镇是"相对独立于市区，具有明确产业定位、文化内涵、旅游和一定社区功能的发展空间平台，区别于行政区划单元和产业园区"。② 它并非以往行政上的一个镇，也不是单一的产业园区。2015 年 6 月，浙江省有 37 个小镇被列入首批省级特色小镇创建名单；2016 年 1 月，又有 42 个小镇被列入名单。③

特色小镇是新的发展平台，是区域经济发展的新动力和创新载体。④

---

① 《十三五规划纲要（全文）》，第 56 页，https://www.cma.org.cn/attachment/2016322/1458614099605.pdf。
② 苏州市农村经济研究会：《浙江"特色小镇"建设的启示》，《唯实（现代管理）》2016年第 11 期。
③ 《特色小镇专题研究》，中国汇成产业规划网，http://www.chanyeguihua.com/2396.html。
④ 卫龙宝、史新杰：《浙江特色小镇建设的若干思考与建议》，《浙江社会科学》2016 年第3 期。

2013 年中央城镇化工作会议提出要在发展的同时，保持住青山绿水，特别是要"记得住乡愁"。这就强调了生态环境与文化环境同等重要，而包括民俗在内的传统文化，对于当前经济增长和现代化建设具有重要的意义。因此，特色小镇的发展，要重视挖掘和发扬传统文化。在特色小镇的规划、建设和发展过程中，更要在面向未来的同时，记住过去的"乡愁"。

特色小镇的发展，使自 2002 年党的十六大以来的城镇化过程出现了一种新的可能性。"小城镇模式"可能更适合中国的国情现状。一方面，国内无法将占人口主体的农业人口全部市民化，让他们进入城市中；另一方面，国内经济发展现状下，农村人口大多外出打工，尤其是青壮年"候鸟般"流向城市，农村多为老人和留守儿童居住，传统的农业生产模式日益萎缩。在这种情况下，介于乡村与城市之间的"小城镇"，能够比较好地提供多种生产方式相结合的现代化生产能力，缓和农业生产出现的劳动力过剩及相关的就业问题，比较好地实现产业升级、容纳较多人口，提供较多的现代化功能，并缓解城市的压力。

这些较少城市化的"小城镇"很有可能保留和传承着相对古老和悠久的文化传统，这就为民俗的传承和发展提供了较好的条件。新兴的特色小镇的生产和建设也不例外。正如周晓红指出，特色小镇这种受产业驱动的现代区域增长模式，突出的特点之一，恐怕就是将文化的创新和再造置于前所未有的重要地位。[1] 在特色小镇的规划和建设过程之中，只要有人生活的地方，就一定会有民俗的伴随和呈现。而这些民俗，因为空间发生变化，自然也会呈现新的形态。在居住空间和生产方式、生活方式等发生变化的"小城镇"，以往农村里所进行的祭祀仪式、婚丧嫁娶、人生仪礼、节日庆祝等自然而然也会随之发生相应的变化，而出现新的应用和文化的创新。因此，"小城镇"在进行经济建设的同时，会面临文化的"保存"与"建设"的双面问题。

从民俗学的视角来考察，民俗的传承和文化的创新如果移到一个历史

---

[1]　周晓红：《产业转型与文化再造：特色小镇的创建路径》，《南京社会科学》2017 年第 4 期。

不长、文化积淀不多的新兴空间当中，可能出现最多的就是"民俗主义"现象。这种民俗主义，是指民俗的创新和再造，脱离了原生地和原生的语境，而出于其他多种目的所进行的新的展演、改造、拼接和表达。特别是在商业社会语境中，出于商业化的目的而进行的民俗再造有非常多的先例，既有成功的经验，也有失败的教训。

"民俗主义"的这些现象，一方面，有可能使得原有的民俗传统成为无源之水，无本之木；另一方面，也可能通过适应性的再造和创新，而产生出更有利于当地居民的新生事物来，以一种脱离民俗原有语境的独特方式来保有、传承民俗的某一部分。如不少关于民俗的纪录片和资料片中，就保有很多脱离真实发生语境的一些民俗活动。这些活动举行的时空和目的，不是提供给当地居民某些文化意义和民俗传统，而是拍摄和记录。然而，这种影像记录，虽然不是完全真实的，却在很大程度上保留了某种具有传统意味的画面，被更多的人所观看，实现着被记录的民俗场景所不具有的意义和功能。

笔者参与了纪录片《记住乡愁》的策划和制作，并于 2015 年 6 月至 8 月在本书中所提及的古镇进行田野调研，协助拍摄。这里以纪录片中拍摄的古镇为例，从影像的视角来说明小镇生活中的民俗传承与应用的现状。这部纪录片展现出古镇厚重的历史风貌、布局合理的建筑景观、丰富多彩的民风民俗、深厚的传统文化积淀，记录了古镇当代居民的生存状态，唤醒了海内外华人记忆中的乡愁情感。影片中呈现的这些经验，成为古镇"乡愁"的载体和表达，有效地提升了古镇的魅力，值得回味和探讨。与之相类似的是，民俗在古镇的建设和发展过程中曾经发挥的作用和功能，以及古镇对民俗文化的挖掘和表现，也可以让特色小镇加以借鉴。概括来说，主要有如下几个方面。

一　民俗能够调节特色小镇居民之间的人际关系

特色小镇突破了传统的农业社区模式，实现着"新型城镇化、新型工业化"，特别是促进了"信息化"的建设和发展。在多种经济生产方式交融混合的环境中，产业和人才的成长也离不开经济民俗的智慧、规矩和讲究。民俗作为一种社会规则，在经济关系中也规范着人与人的关系。

特别是在经济关系中遇到利益问题时，民俗有时能够化解现代契约不能解决的一些矛盾，在法律规定的范围之内，能够营造公平公正的环境。在社会生活当中，除了法理之外，还有人情。当法律不能解决的一些纠纷涉及当事人和相关者之间的情感性、情绪化的纠葛时，传统民俗当中的"老理儿""老话"等就会发挥调解的作用。

经济发展的最终指向是"共同富裕"。如何寻求共同富裕，找到适合的产业模式，并且保持着这种优势呢？可以从浙江省湖州市南浔镇的经验中找到答案。南浔古镇曾经富甲一方，因产丝闻名天下，辑里湖丝曾用来做康熙的龙袍。丝的制造和生产，让南浔人积攒了大量的财富，涌现出一批富豪。按财富的多少划分，这些人被形象地称为"四象八牛七十二黄金狗"。现在游客还可以看到当时修建的庭院楼阁。在法国原产地只保留了十多块的手工艺玻璃，在这里还有70多块，花纹多样，保存完好。但是南浔人真正传承的，是这些商业巨贾流传下来的信义精神。当地流传着"风凉夜话"的习俗，人们共同讲述着大家族兴衰的历史故事，从而形成了古镇上不重财而重义的风气；顾氏家族的"叔蘋奖学金"也激励着当地人奋发向上，而非贪图享受。

在商品经济占据主导的社会中，如何协调经济关系，解决经济纠纷，公平分配利益，可以参照古镇的经验。特色小镇中的居民来自更广的范围，各种方言、历史、习俗、价值观等交融混杂，因而小镇需要建立起包容性较强的规范制度。例如，陕西省商洛市山阳县漫川关镇的"相商有则"。在秦楚交战的夹缝中生存下来的人们，流传下来的传统却是相互之间不要打仗，而是做生意。这里的码头边上，"十户九商，日日有集"，商户们南来北往。如何实现"有钱一起赚"？这里的人们提供了很多非常好的解决方法，建立起有效的调解制度。例如他们经过谈判，把一天的时间分配开来，生意人相互错开，上午是陕西人做生意，下午是湖北人做贸易。日久天长，这种协商的风气在当地形成了传统。当地人有句俗话叫：

"天大的事坐下来，板凳搭拢，我们都能商量得好。"当地世代流传的"老话"透露出这个小镇的协商精神和气质。又如，人们做生意的时候，互相问答喜欢说一句"旺一点儿"，既能在秤上做到不缺斤少两，又能在心理上获得满足，融洽了买卖双方的关系。再如"中人"制度，"小事以情，中事讲理，大事依法"，人与人之间可以通过协商和谈判解决利益的纷争和纠葛，影片里的中人调解了几十年当地人之间的矛盾。当然，民俗不仅能够建立和调节人与人之间的关系，还可以建立起天、地、人之间的关系。民俗仪式当中的多种讲究、规矩和禁忌，正发挥着规范的作用和教化的功能，并要求人们共同遵循。而生活其中的人们，随着时间的积累和彼此的相处，自然形成了相互之间的某种默契，共同遵守着一些心照不宣的规则，在这一社区之内相沿成习。

二　民俗能够增强小镇地域间的凝聚力

特色小镇在城市与乡村之间，既促进产业升级，也能破解城乡二元结构。[①] 特色小镇距离城市较近，一般在城市的郊区，这里"非镇非区"，在地理环境上超出了村落的布局和规划，在经济功能上超越了单一开发区的作用，在生态环境和文化环境上不同于古镇现有的历史资源和文化资源。小镇超越了农村，它拥有的人口不再是世代定居于某一个村落的人，小镇上的人可以来自附近或者更远的地方，超出了"方圆十里"的范围。而与村落不同的是，特色小镇拥有公共空间，这使得它在空间布局上更加接近古镇。不过，比起相对独立和偏远的古镇，特色小镇更接近于城市，其在一定程度上可以共享大城市的便利条件和一些公共资源。

可以说，特色小镇是一个相对独立的区域，作为一个"社区"而存在。这样的一个社区，就需要有群体的凝聚力。一个好的社区，居民的群体凝聚力能够发挥积极的作用，让群体内成员保持相互沟通、相互协调，促进生产和生活的繁荣与和谐，增强群体内部的稳定性和安全感，遵守和实施群体内部的规范和制度，形成良好的群体认同和文化认同意识，等等。

---

① 张莉：《特色小镇：城镇化空间布局新模式》，《环境经济》2016 年第 ZB 期。

　　而民俗文化的挖掘和传承，能够促进特色小镇这一社区形成良好的群体凝聚力和文化认同感，乃至有益于文化自豪感的建立。特色小镇的公共空间有可能得到充分利用，并发挥作用。民俗的展示、展演和表现，具有重要的文化建设功能。在特色小镇内，可以建设诸如博物馆、民俗馆、文化馆等场所，或者以旅游为主的公共景观和景区，或者可以让参与者互动体验的文化场所，如在浙江省常可见到的"文化礼堂"，通常作为当地非物质文化遗产和民俗文化的展示空间。这种面向公众的展示，能够较为完整地说明当地的文化传统，集中呈现当地的文化特色和历史渊源，使人们产生一种归属感。有的地方还与当地的庙宇及文物遗址、遗迹等相关联，将这种具有历史独特性的场所开发为"文化空间"，周期性地举办一些有文化内涵的民俗仪式，召集和吸引当地居民参与其中。或者是在这些地点，不定期地举行一些当地群众喜闻乐见的娱乐表演和体育赛事等公共项目。人对于时间和空间的想象来自一段段亲身经历的岁月，而只有在社区当中发生的那些重大活动事件，尤其是亲身经历、亲眼所见的那些事情，或者是反复被当地人提起的一些事件，才可以进入人的记忆当中，或者沉积下来成为共同体内部的共有记忆。

　　从根本上讲，人是特色小镇的创造主体，也分享和参与着小镇上的公共活动和文化事件。因此，公共空间的文化建设，为当地居民提供了某种充满文化意义的内容，能够"在特色小镇中留住乡愁"。[1] 城镇化建设是不以任何人的意志为转移的经济发展过程，一方面，人们拥有了更为便利、更加发达的生活条件；另一方面，文化记忆和乡愁情感也时刻萦绕在人们的心间，成为城镇化过程中的共同心理特征。人们需要在城镇当中继续寻找意义。而这些意义，正是人们生活其间的文化所带来的，也正是人们在日常生活当中所寻找的意义。这些文化意义，为某一社区之内人与人之间提供着"共享共有"、相互认同的基础，成为维系人们的情感纽带。这些意义，既指向未来，也连接着过去，使人们能够有所归依，既有传承也有创新，在生产和生活方式的变革当中，保有某种文化上的共同想象和记

---

[1]　韩林飞：《在特色小镇中留住乡愁》，《人民日报》2016年11月1日，第5版。

忆。拥有了文化意义，特色小镇才真正成为宜居的小镇。

三 民俗能够为小镇提供创意支撑

不少特色小镇的经济基础，是脱胎于传统手工业、制造业和加工业的文化创意产业。如刺绣、核雕、美食、工艺、旗袍等产业化小镇，又如丝绸、黄酒等经典产业小镇，[①] 都是以传统手工艺或者制造业为依托，利用传统资源优势形成的，民俗研究领域所关注的衣食住行等行业都在这些小镇的产业中有所依托。这些传统产业在当地具备升级的潜质，经过政府政策的引导和扶持，就有助于形成一个特色小镇，从而创造出一个新的发展空间。小镇的经济发展，要求这一平台是个精巧而美好的空间，这一模式下的经济发展，不是以牺牲环境和文化为代价的发展，而是一种全面的发展。经济的发展，引导着或者被引导着文化的发展与之相同步。因此与之相应，富有创造力的民俗文化，可以为当地的产业发展乃至创意产业的形成提供智力支持。

一个典型的例子是乌镇的"竹蜻蜓"产业。乌镇在春秋时期曾是吴越对峙之地，唐代从军事要塞转变为商业集镇。这个商贸重镇中，交易的货物非常多样，而小小的竹蜻蜓却逐渐成为这里的一个象征符号。但是 20 世纪 80 年代塑料工业兴起，竹编手艺逐渐衰落。乌镇西栅景区于 2006 年落成，老街的门店经营起各种传统手工技艺，编有"中国乌镇"字样的大竹篾挂在了乌镇老街的墙上。游客们人来人往，对竹编这一传统手工艺充满了好奇。小小的竹蜻蜓带动了竹编工艺的复兴。这是比较典型的，也是比较成功的"民俗主义"现象。竹蜻蜓是作为旅游纪念品而存在的，传统的竹编制品却主要作为在农业生产和生活当中发挥实际功能的用具而存在。但是在已经成为景观的乌镇景区中，竹编制品在当下语境中发生了功能上的转化和意义上的变化。这种变化，是一种创新，是随时而动的适应，为传统手工艺人带来了新的生机和希望。这种旅游纪念品，不但是城镇化道路上的发明，也是传统文化和乡愁情感的介质。由此带动的新发展，造就

---

① 徐黎源、颜传津：《嘉兴市培育特色小镇路径研究》，《价值工程》2016 年第 4 期。

了竹编手工艺的复兴。

四 民俗能够为特色小镇形塑其"神韵"

特色小镇的神韵，是"一种气氛，一种特征，一种灵魂，是特色小镇不可复制的生命密码，是维系这个特色小镇共同体的根与魂"。① 这使得小镇之间彼此能够相互区别，而不是形成千篇一律的新空间。同时，这也使得小镇不仅是一个产业中心、劳动中心，一个经济体，也是一个"生活中心"，更是一个文化中心。

在现代化与怀旧风并行的社会发展过程中，纪录片所聚焦并再现的"乡愁"，是无法回避的集体性的文化情感。② 如何讲好中国故事，如何通过选取历史记忆的细节来激活当地的文脉，成为民俗文化传承与创新过程当中重要的一环。乌镇从古至今涌现出了南朝梁代带领众人编纂出《昭明文选》的萧统、从小立志读书从乌镇故居"走出去"的茅盾等著名人物，2016 年又在这里召开了第三届世界互联网大会。这几个典型事件，看起来孤立，但是经过了影像表达的梳理和重新讲述之后，漫长的发展和零散的事件被加以选择和整合，也就是对古代、现代和当代的时间点进行了有代表性的择取，并压缩进一种连续性的历史叙事，使之相互连贯起来，从而表达出一种地理空间上恒久不变的某种精神，即乌镇人"勇向潮头立""敢为天下先"的气魄。这种讲述使得观众在观看影片的过程中能够形成一种即时的印象，即在每一个时代的发展中，经历过历史洗礼的乌镇人都具有某种勇气，能够率先做出那个时代的某些具有典范和引导意义的事情来。

从文化的视角来看，小镇要反映出的特色，需要有与小城镇地理环境和人文环境相互依存的某种"神韵"。借助对当地的历史和文化事件的挖掘，这种独有的神韵，蕴含着人们在城镇化建设过程中用智慧和汗水所创

---

① 陈立旭：《论特色小镇建设的文化支撑》，《中共浙江省委党校学报》2016 年第 5 期。
② 宋颖：《乡愁情怀的多诉求视听语言表达——以国家重点工程百集大型纪录片〈记住乡愁〉中对赫哲族的表现为例》，《民族艺术研究》2015 年第 4 期。

造出来的传奇和故事，需要当地人来选取、来营造、来讲述，并且能够得到当地人的认同。这种神韵，不是来自某些文件或者某些倡议，而是行走在小镇上的某种感受，由小镇居民共同营造出来的某种氛围。这不是单独个人的某种素质，而是一个群体的整体的某种气质。这种氛围和气质的养成不可能一日达成，因此，特色小镇在建设和发展的过程中，始终贯穿着文化的建设，寻找当地人的话语和风俗来表达独特的小镇文化，以提升小镇的文化魅力。

从根本上讲，民俗和民俗主义为特色小镇提供了群体情感支撑、认同心理支撑、创意智慧支撑以及气质氛围支撑。民俗和民俗主义共同促成了文化在特色小镇中的传承和创新。这类民俗的呈现和再造，也使得小镇形成了较好的群体认同和文化认同，并最终形成某种独有的氛围和气质，传递出某种神韵来。作为一种新的发展空间，特色小镇有可能解决城市与乡村的基本问题，并发挥出应有的功能和价值。

余论

"讲故事" 的实践途径与趋势探讨

一 形式转化：当代影像资料的视听呈现探索

民族文学中有关口头叙事、书写叙事和影像手段的视听语言叙事等，形成了一个相对完整的、诉诸受众的传承与传播链条和过程。这一过程中，表达方式的传承与创新，与叙事本体传承和学界对叙事研究的相关理论探讨分不开。叙事的发展，常表现为文本内部的要素变化和结构变化，如情节、主题等故事要素或语词、类型等话语要素这样的文学内容随着时代的变迁和人们生产与生活方式的变化而在叙事上有所"映像"，或者是文本相互勾连的结构关系、结构规律乃至结构本身出现一定程度上的变化，多表现为固定的程式、讲述的方式、讲述的手段等发生变化，从而导致文本的形式和文本间的关系发生了变化。

20 世纪后半期，叙事学概念最早由法国结构主义者提出，如 50 年代前后英国和美国的"新批评"关注文本的意义，强调对文本的细读。50~60 年代，苏联的艾亨鲍姆、什克洛夫斯基等人探讨"文学性"，分析语言技巧的"陌生化"等问题。到了 70 年代，美国叙事学家西蒙·查特曼（Symour Chatman）提出叙事理论模型，在《故事与话语》中从形式和结构上来分析文本内部的叙事。他综合了韦恩·布斯、米哈伊尔·巴赫金、罗兰·巴特等人的思想，受到当时形式主义和语言学理论发展的影响。到了90年代，查特曼也不再仅局限于文本，而是拓展到对广告、绘画、电影等跨媒介的叙事的相关研究。查特曼主要关注的是形式，而不是内容，他不断完善"隐含作者"、"叙事交流模式"和跨媒介研究等相关概念。

在叙事交流中，美国学者韦恩·布斯提出了作品、作者、读者三要素，这源自美国语言学者把言语当作交际行为，分出了说话者、语境和受话者。后来，结构主义者发展出说者、信息和听者的要素。而查特曼改善了这一说法，他关注的是作者、文本和读者的关系。对查特曼来说，任何一个讲述故事的文本都是一个叙事，都隐含着一个叙述者。分析这三要素之间的关联，不仅推进了文学本位的文本研究，还观照了跨媒介研究的应用性。

很显然，当人们借助不同的媒介来讲故事，即便是对同一个故事的叙述，也存在着不同的形式、内容、结构、功能上的新要求。这些要求，有的来自外部，是为了增进交流、提升传播的效果；有的源自故事文本自身的内在发展需求。这里先讨论形式上的要求以及形式上的转化所引起的变化和创新。

人类用于交流信息的媒介出现的时间相差甚远。使用语言交流的历史大约有12万年乃至更久。书写符号有七八千年的历史，能辨认的文字的历史大约有5000年，目前在中国境内发现的甲骨文，有3000多年的历史。而在文字出现之后，在同一文字体系之内，仍然有很多区域不使用文字进行交流，有一部分人没有读写能力，但这些不影响他们的听说。雕版印刷术的发明大约出现在7世纪的中国，距今1400多年。人类使用图画来表意的历史也并不短，几乎比书写符号出现得还早，事实上，不少文字的起源基本来自古老的象形符号。人类发现小孔成像在2000多年前。1826年，第一张使用日光蚀刻法的照片出现，1839年法国正式宣告摄影术诞生。1874年，感光胶片卷绕在摄影机上记录下运动影像。国际互联网（因特网）产生于1969年，中国接入互联网在1994年。每一次技术变革都带来了信息交流与传播的巨大变革，不过，与此同时，新的技术手段并没有彻底令旧的手段消失。

以阿尔伯特·贝茨·洛德的《故事的歌手》在 1960 年出版为标识，对于"口头传统"以及"口头性"和"书面性"的讨论延续至今。进入 21 世纪，联合国教科文组织在倡议保护非物质文化遗产时，最早提出的一个概念是"非物质及口头"遗产。自 2003 年保护公约实施以来，中国的"非遗"保护工作在推进过程中，也遵循把"口头传统"单独列为十大类项目中的一类。

中国境内不少地区都存在着口头传统及其相关材料，是当地人之间进行交流、传递知识和信息的重要媒介。口头传统的价值主要在于：作为原始知识来印证某些理论假说；内部构造和生成法则可与书面文本对应；投射主体的社会文化心理；印证社会结构和权力结构；表演中生成和传播的过程及其意义；文化间的交流与理解以及在认知错位时的纠偏作用；等等。①

从发展历史来看，口头传统及其呈现材料、书面文字及其文献文本和多媒体手段对视听语言的运用等，在传递信息时各有侧重。即便在表达相似故事和内容的时候，也基于各自的表达形式而具有不同的特点。

口头传统讲故事的特点，主要是诉诸听觉。因此，这种叙事完成的是从"说"到"听"的过程。这种叙事传递依赖声音，最重要的一个特点与讲述人有很大的关系。这里提及的"声音"，既包括讲述者个人的声音，也包括故事内隐含的创作者的声音，还包括故事中出现的各种人物、动物和其他多种"形态物"的声音，在某些讲述过程中还有表演语境中现场存在的其他非叙事者的声音。

口头传统讲究的是现场即时和即兴的表演。为了更好地完成声音传递，讲述人的表演才华、故事中使用的套语程式、听众拥有的共同知识库、仪式语境等都会参与到这样的叙事和表演中来。口头传统从信息初始端出发，决定讲述者现场吟唱效果的主要有两方面：一方面取决于个人的

---

① 朝戈金：《作为文化文本的口头传统》，李继凯、叶舒宪主编《文化文本》第 1 辑，商务印书馆，2021，第 17~23 页。

"大脑文本"（劳里·航柯在研究史诗过程中提出的概念）[①] 的清晰度，或其对手抄本和印刷本的熟悉程度；另一方面是讲述时语速与语调等的长短、高低、轻重、缓急、连贯、停顿、沉默这些恰到好处的声音指向，或借助乐器伴奏，共同为"听众"营造一个悦耳好听的现场氛围。尽管听众的反馈有时也会影响到讲述者，但大多数情况下，听众在叙事过程中发挥的作用非常小，几乎不可能打断讲述者或者干扰讲述进程。因此，听众是完全被动的一个接受方。没有听众也几乎不影响讲述者对一个故事的掌握和他讲述的故事内容。从说者到听众，口头讲述是单向的、线性的过程，其中的权力是不对等的。

书面文本讲故事的特点，主要是诉诸视觉。书面文本上记载的故事，从产生、记录到书写或印刷出版，再到达读者的案头，过程是较为漫长的。因此书面文本不讲究即时性，作者在书写阶段可以反复修改。读者可以自由选择阅读的时间。作者与读者在完成一个阅读过程的时候，是不需要彼此见面和知晓的。他们也不一定要掌握同样的语言和知识背景。对于读者来说，有一个"听众"比拟不了的优势，那就是可以反复地阅读某个段落。作者的创作过程和读者的阅读过程完全是相互剥离的，互不干扰。

综上所述的基本是文学作品的叙事，以口头或者书面的形式来表述一个故事。如果生硬地将之搬借到绘画、广告、电影等基于图形和画面的叙事研究中，还是远远不够的。绘画等平面类美术创作，具有图像叙事的特点，而广告和电影等动态影像的创作，则融合了听觉和视觉的叙述要求。同时，在听觉和视觉融合的过程中，还要兼顾独特的技术元素所造成的影响。因此，跨媒介的叙事，必须完成相应的转化。与此相应，跨媒介叙事的研究也要认识到不同媒介的不同特点，根据采用的形式来重新编辑内容，完成一种新的排列组合。这种新的编辑，自然会推动故事发生新的变化，产生口头或者书面都不具备的新的特点。

正如前述讨论过的建筑对口头传统的"显化凝结"，笔者曾提及民族

---

①　朝戈金：《"回到声音"的口头诗学：以口传史诗的文本研究为起点》，《西北民族研究》2014 年第 2 期。

文学传统中蕴含的表征性和意象性。视听语言是一种文化表征的手段，其中呈现的不只是一般的现象，在故事叙述过程中，会借助并建构起"意象"。其中蕴含的这种意象，大多用在美学领域的分析中。但是，近来在视觉文化研究领域中，也关注这一属性。

美国意象派诗人庞德曾经将意象定义为"一刹那间理智和感情的复合体"，内在包含着"对生活理性的认识和感情的体验"。[①] 视听语言在表达传统故事时，也会侧重于唤起受众的情感共鸣，因此，也会使用"意象"来进行视觉化的生产。查理斯·希尔的视觉劝服理论关注图像的意义表征和"说服语境"，他认为，意象作为一种基本修辞策略，主要是在视觉传递中产生，或者可以唤起一定的心理意象，目的是激活图像认识的情感反应。[②] 这样，视听语言所讲述的内容就可以向目标受众完成情感传递，以便于视觉图像最终被接收和接受。在这一情感传递的过程中，不仅完成了意象生产的具象化表达，同时也使用了劝说性的语言来引导受众的思维和情绪，引发预期的反应。美国心理学家鲁道夫·阿恩海姆的视觉艺术理论则在"视觉意象"的基础上提出了"视觉思维"的概念。[③] 刘涛在分析视觉意象与形象建构的机制时，将视觉修辞中的意象进一步拓展为原型意象、认知意象、符码意象。[④] 视觉表达中的意象生成，实现了象征方式和形式的结合，不仅具有强烈的文学性，也指向了背后隐喻式的思维结构。

静态图像讲故事的特点，主要在于提供一个"凝视"与"观看"的目标物。像绘画、雕塑、摄影、设计等平面类美术作品，都是这样的外在形式。由平面拓展到三维空间，即前述所提及的建筑和村落等一系列空间"凝视"产物。尽管都是诉诸视觉，影像与图像的最大差异是，相较于图像是静止的、片段的，影像是连贯的、运动的。动态和连贯使得

①　何清：《庞德的意象论与中国传统美学的意象说》，《四川师范大学学报》（社会科学版）2002年第4期。

②　陈静茜、高嘉玮：《视觉意象与跨文化传播效果——以迪斯尼电影〈花木兰〉四国海报为中心》，《广西师范大学学报》（哲学社会科学版）2022年第2期。

③　汪振成：《视觉思维中的意象及其功能——鲁道夫·阿恩海姆视觉思维理论解读》，《学术论坛》2005年第2期。

④　刘涛：《视觉修辞学》，北京大学出版社，2021，第172~203页。

"凝视"无法仅仅聚焦于一点，而是必须也跟着影像的运动而受到引导。这种差异和变化，也为影像的表达和呈现提供了更多更为鲜明的新特点。

动态影像讲述故事不仅综合使用视听语言，同时还要考虑连贯方式。因此，其中发挥作用的因素比较多，包括：故事本身（可能口头传统和书面文本讲述的为同一个故事，情节和人物都可以保持一样，但是讲述的方式不一样了）；讲述故事的方法，即程序；勾连故事的方法，即运镜（cut）之间的排列组合；① 等等。

口头传统和书面文本都对故事有比较高的要求，如果故事很无趣，即便讲述者津津乐道或是作者的文字很优美，也难以挽救。但是动态影像中的故事可以由形式来增添趣味感。比如，影片中的人参与讲述故事，比起口传讲述人的活动空间和能做的事情要多得多，书面作者则根本不可能在书里"现身说法"。故事中的人物形象塑造，可以借助影片中的运动方式来表达，不一定完全依赖情节塑造和性格刻画，也不必用词语来设立空洞的人设。一般而言，当影片中的人物从右侧出场，他的形象就较为高大。当这一人物由右手向左手运动，他的行为就容易被受众接受。影像中的运动方式和形式会影响受众的感受和认可的程度。

不过，动态影像也有一些局限性。即便完全了解一个故事的情节、事件等，在很多情况下也不足以连缀镜头和画面。也就是说，连贯的方法也参与了影像叙事，并且还发挥着举足轻重的作用。或者可以这样说，即便拍摄出整个故事和人物的内容，也仅仅是素材，是各自分离的零件，要依靠剪辑按照一定的逻辑和排列方式把它们拼接组合起来。这样的拼接组合，因为顺序不同，很有可能剪出来的完全是另一个故事。动态影像镜头之间的连接，是比故事素材本身更为重要的关键步骤。连接方式对故事的影响远远超出了故事本身的内在逻辑。这是因为，连接方式在镜头之外遵循着一套新的逻辑，而这套逻辑的力量大于故事本身的发生与发展。

动态影像可以没有声音，比如默片，靠动作和行为来串联和推动故

---

① 〔日〕富野由悠季：《富野由悠季的影像原则：从零到专业》，林子杰译，浙江大学出版社，2021，第40~59页。

事。但是声音非常重要。有了声音的叠加之后，图像的意义更为清晰。如果只有图像，有的时候并不能看懂其中发生的事情，即便有高明的剪辑，当人物特别多的时候，也可能不理解其中的人物关系。当发生在异文化背景中时，仅有图像很容易产生误解。叠加了声音的讲述和阐释之后，才能明了画面的内容及其蕴含的意义。

近些年来，用于表达口头传统及其资料文本等内容的动态影像，形式比较多样化。可以概括为这样几种。一是旨在记录的档案类"影音文献"影片，如由文化和旅游部规划实施的中国节日影像志和中国史诗影像志等资料片，讲究忠实地调查、记录、叙事并还原现场，剪辑的顺序完全按照内容发生的流程来进行。中国节日影像志自 2010 年在全国范围启动以来，有超过 240 个子课题组，2000 多人参与，立项拍摄了 160 多个节日，积累了超过 3000 小时的第一手影像资料。中国史诗影像志自 2012 年启动以来，进行了 70 多个史诗项目的拍摄，追踪记录史诗艺人及其表演语境，积累素材超过 1000 个小时。《中国民族》在 2016 年对此评价说，这是迄今为止国内规模最大、建制最完备、参与者最多的国家级影像文献工程。①

二是旨在进行文化主题传播的纪录片，如以电视台和电影厂等为制作或出品单位的影片，通常在讲述内容的同时还要兼顾宏大主题或艺术追求，因此会在拍摄、剪辑等制作过程中对形式的连缀和表现有所选择和追求。如由中宣部、住建部等联合中央广播电视总台制作，自 2015 年起播出的《记住乡愁》中，多次使用史诗神话、山歌小调、民间弹唱、俗语谣谚等文类，描述历史和现实生活，常常是剪辑在影片的开头或结尾，发挥溯源或者传递情感的作用，在关注古老村落民众乡土生活的同时，展现中华优秀传统文化的时代价值。

上述这些影像，主要是从国家立场出发，对现存文化资源重新进行记录和表述。还有一类是从个人视角出发，出于娱乐、推广和表达意向等需求并面向个体传播的短视频，如在互联网短视频平台和手机终端应用软件

①　许雪莲：《差异求真——中国节日影像志和中国史诗影像志的理念与实践》，《民族学刊》2019 年第 5 期。

上传播的 Vlog、上传的剪辑片段等，多在数分钟之内，文件体量极小，便于网络传播。这些短视频很容易成为个人关注周边现实世界以及表达自我情感的渠道与交流方式，令人人都成为创作者，而非以往的接受者。这类关注"小屏"的新媒体和自媒体的产生，使得短视频具有与"大屏"长影片完全不同的讲述方式和传播方式，并以开放式、互动式等新的探索形式，引导网络平台和电脑、智能手机等终端用户的消费兴趣和消费行为。

在媒体的"融合文化"理论之后，出现了"跨媒介叙事"的理念，多种媒体各司其职，在表达上各尽其责，充分发挥各自形式上的优势和特长，并且相互结合。一个故事可以改编为电影、电视，通过小说、绘本、动漫等延长时效，再借助游戏等方式加强互动性和娱乐性，渗透到个人生活之中，还可以借助主题公园、娱乐景点和文化景区的建设，推广歌舞和剧目表演，为个人提供可以反复前往和进行沉浸式体验的消费项目。

总而言之，在当今时代，一个故事要传递到一个人的面前，采取的方式和形态是多种多样的。以往诉诸听觉和诉诸视觉的手段不仅以视听语言表达与呈现的方式融合起来，而且还全方位地开拓出"具身化"的感知形式和认知要求，打开了更多想象的空间，成为可说、可听、可见并且可以体验的文化产品。

二　内容转化：表达过程的语言构成与数字化探索

采用新形式呈现和表达的民族文学传统，在内容上也面临着新的变化。一方面，这是适应新的形式不得不发生的变化；另一方面，民族文学的内容在传承过程当中，也具有变化的内在需求。事实上，以往即便是在口头传统植根的文化语境中进行的表演，也往往是"这一次"的表演，吟唱诗人在演述同一个本子或者故事的时候，每一次所用的时间、内容的详略乃至个别用词和表现方式等都存在一定程度的差异。这方面的相关研究也依然是经典范式下的主流研究。

内容上转化的具体探索途径，其理念主要来自将文本的内容视为知识和信息，从而进行数据化的加工、归档和整理，再公布于网络上，供不同地区、不同人群和不同需求的检索使用。关于内容数字化处理，大致有以下几种转化方式。

第一，将内容彻底打碎，对本体内容进行重新加工和创新。对民族文学原本传承的故事人物和情节从文化视角进行新的处理，将其"元素化"，借助网络游戏、动漫、电影等媒介进行内容和文化再生产；大多数时候，这种创新已经完全是在讲新的故事了，尽管有的还试图讲同一个故事，或者是在原本故事的基础上进行文学手段的创新，如新的主题和情节变化、人物形象塑造的变化等，但其实受众已经感觉发生了极大的变化。

近些年，手游从娱乐立场出发，对传统文化中的人物和故事进行重新演绎和加工，很多经典人物和故事都发生了巨大的变化，有的仅仅保留了一个大众熟知的名字而已，其余全是新的内容。像腾讯旗下的竞技手游《王者荣耀》，其中的很多角色都是来自历史典故中的人物，但被赋予了新的形象和新的身份。手游用户在体验时，关注的不只是人物和故事，更重要的是招式、技能、装备、皮肤等。这款游戏很受用户青睐，交互性强，具有交流功能，这也使得游戏从最初着重发展的竞技属性逐渐向社交属性转变。

腾讯旗下的另一款美食拟人化手游《食物语》，目标用户偏向女性群体。来自中国传统菜系中的"食魂"，拥有自己的名字、性格、形象、经历、技能等，它们因敌手"宴仙坛"的"食魔"作祟，在故事的开头便被迫离开了自由自在的家——"空桑"，玩家通过努力将它们逐一找回，使它们重新团聚，恢复原本的美好样貌。开篇食魂被迫离开家，玩家要到各地找寻。一个食魂代表一道美食，它们都有自己的历史时期，有相关的民间故事、歌谣和俗语，相互之间也存在复杂的关系。这些内容都在游戏中，随着玩家每天的解锁而逐一展开。

这些手游项目的策划、设计与推广，源自2018年腾讯提出的新文创战略：将以往固化的文化内容活化，更新文化生产方式和消费方式，以IP为核心，将旗下的文学、影视作品、游戏、动漫、节目、音乐等融合起来。

数字时代的新文学创作和跨媒体改编，并没有止步于将网络文学通过游戏、影片、电视剧、广播剧等方式"多样态"地呈现出来，还广泛关注有民众基础的作家作品、民间故事和其他文类等。例如，网络文学中的热门 IP，大都逃不开卖掉影视、广播剧、动漫等改编权，发布主题曲，推出相关文创周边产品，或者直播带货、上真人秀综艺节目、卖掉游戏改编权等营销套路。再如对传统名著的改编层出不穷，但不少改编已经对人物性格设定、生平经历、情节故事发展等进行了较多的演绎。这些改编，从积极的角度来说，是人们对固化内容的一种新的探索，文学中几乎所有的要素都可以单独或者联合发生变化；从消极的角度来说，这些作品成为商品，版权也是明码标价的，不少商家囤积了大量版权，自抬身价，而并不关心这些版权最终落向何处、际遇如何，讲故事的优势一方成为"资本"。

相对而言，短视频因形式灵活、传播范围广，而成为内容生产最新青睐的表达样式。而且，短视频的表达权力基本还在个体手中。可以说，在网络和智能终端的推广下，"虚拟世界也在成为文化创造力迸发的重要阵地。网络文艺产出庞大，艺术水准和制作水准不断提升，日益成为人们文化生活的重要组成部分；互联网技术让艺术创作和生产的可能性得到拓展；虚拟现实、增强现实等新技术的更新迭代，为艺术创造提供全新手段"。[1] 根据中国互联网络信息中心（CNNIC）在 2021 年 2 月发布的第 47 次《中国互联网络发展状况统计报告》，我国网民规模达到 9.89 亿人（2020 年 12 月统计），未成年网民 1.38 亿人，成为全球最大的数字社会。在互联网应用中，看短视频的网民人数增长率为 12.9%，网络直播增长率为 10.2%，网络视频增长率为 9.0%。未成年人在网上学习、听音乐、玩游戏、看短视频的比率为 49.3%。从内容上来讲，短视频的内容信息量不大，因此更突出的特点是"笑果"密集，这很像以往民众娱乐和交流中使用的"笑话"和"段子"等文类，在短时间内达到刺激受众的目的，无论是画面还是镜头讲述，节奏都非常快，牢牢抓住用户关注的重点。近几

---

① 董晨宇：《让虚拟与现实相互激发》，《人民日报》2021 年 2 月 26 日，第 20 版。

年，有不少短视频平台和一批接近个人化的生产者专注于推动短视频的制作和传播，因此内容生产上非常突出，也相当活跃。但是，需要注意的是，版权保护的相关政策、监管措施与个人剪辑生产方式之间的冲突等问题，也是短视频发展要面对并解决的挑战。

使用新的技术手段来讲述故事，完全相当于是在用一种新的语言来讲述。内容转化上，更为直观的是语言表达上的转变。人们通常认为，语言决定内容，或者可以这样说，语言本身就是内容。比如上述提及的短视频，如果想要用文字来描述其内容，或者用语言来讲述这个短视频说了什么，其实是非常困难的，也很可能是非常枯燥的。在这里，语言和文字的效果都比不上用眼睛去直接"观看"有效。在此类新媒介内容的生产过程中，原本在某一地区内分享的知识和信息，现在要面向全网用户，就会出现语言上的争议和变化。例如使用方言、民族语言、普通话、多种外语等对同一内容的表达；视频剪辑时拣选出的文化符号必须具有清晰明确的交流意义和交际功能；在互联网环境下，还会使用图表、肢体动作、表情和衣着变化等更为直观和更为形象的"可视化"手段，来更为精准地传递内容。同时，还提供给用户互动化的设置和选项。这在以往的讲故事过程中，是无法实现的。更重要的一点是，弹幕的兴起，使得受众之间的交流变得轻松而容易，也极大地丰富了观看的内容。

第二，借助电子技术和相关工具，对传统内容进行数据处理，乃至进行数据库的建设。原本作为一个整体的故事和故事讲述，不但实现了碎片化和元素化，还更为准确地被提炼为数据化的信息。这种数据化信息的处理，必须遵循一定的标准和格式要求，不能随意进行。大多数情况下的数据采集和建设，要依据现行的元数据标准来进行。而这些标准通常是国际社会经过反复协商和讨论产生的一批基础值。这些数值的目的是面向更普遍、更广阔、更不可知的未来信息交流。因此，内容数据化的过程，完全与技术的发展和进步绑定在一起。任何一种数据化建设，都必须优先考虑到面向未来和不同状况下的最优兼容性，以便使得产生的数据能够较长期、开放地使用。这种面向未来的前提条件一旦设定，对于当前和过去的一些信息处理就具有了很强的引导性和选择性。

信息化处理中的语言处理，影响到传统本身承载的内容。有些内容是根据历史发展、当地生产生活、语言信仰等文化内容而产生和传承至今的，内容在传递的人群之间是较为随意的，是具有地方性和文化个性的。但是数据化的产生是较晚的，而标准是量化的、严格的，要求这些内容必须被提炼出来放入相应的字节段和信息段中，却不一定能够完全涵盖这些内容，也不一定能兼顾所有的特色内容。因此，当这些内容被作为数据时，只能被一视同仁，内容之间的差异和部分内容的重要性在标准化面前都变得不明显了。信息化和数字化的处理，非常容易使原本内容被平均化和同质化地对待，从而引发当前进行数据处理的困扰。

例如在 21 世纪初，国民经济和社会发展第十个五年计划纲要推动了"全国文化信息资源共享工程"的建设，对传统文化资源和当前贴近群众生活的文化内容进行数字化加工与处理，并分享至全国范围，覆盖到农村地区。信息来源主要是公共图书馆、博物馆、文化演出场所、文化机构收藏等，充分利用 2675 家公共图书馆，390 个群众艺术馆，2907 个文化馆，42024 个文化站，22171 个农村集镇文化中心，59312 个图书室的文化资源。迄今为止，以国家图书馆为例，可以提供的免费使用的书目数据 1078 万条，全文影像数据 6000 万页。笔者于 2020 年调研的云南临沧佤山地区，虽地处偏远，也建有完备的资料共享中心，与国家中心和 30 余个省级或专业中心，以及 5000 多个县级中心等建立起了联网系统，实现了数字化的文化信息资源的广泛传播与利用。

再如民族文学领域内对少数民族语言和文字资料的数字化处理，在 21 世纪以来也有长足的发展。中国社会科学院民族文学研究所近 20 年来持续收集和整理民族文学传统的相关材料，探索口头传统数据化和元数据标准的建设方案，口头传统和资料库建设的数字化工作成效卓著。这些数据化处理的内容包括：田野研究中发掘的口头文本资料和语境资料，古籍文献和口碑文献成果中发现的各民族史诗资料，域外史诗学及民俗学资料，以及西方学界近 200 年来重要的研究成果中辑选和译介的代表性经典文献。

在国家级项目的多年资助和支持下建设了"口头传统音影图文档案库"和
"中国少数民族文学研究资料库"等数据库。其中，近几年的一些重要资
料学成果有《乌弄克尔图尔力克图汗》（含俄文、卡尔梅克文的翻译、注
释与学术导论），《昂仁讲唱〈格萨尔〉精选集》，傣族创世史诗《巴塔麻
嘎捧尚罗》和《创世纪》的翻译和整理，等等。

2021 年，随着国家"十四五"规划的实施，文化和旅游相融合更为重
视对沉浸式项目的培育。一批结合新技术和新模式的数字场景设计与体验
项目有望在未来推进民族文学传统内容进行创造性转化和创新性发展。例
如，超高清无人机已经可以实现在空中较长时间的点阵表演，可以演绎具
有连贯性的画面和剧情，在虚拟体验内容中增加民族文学元素和传统文化
主题。无人机不仅可以搭配 4K 或 8K 镜头进行现实生活的航拍，而且可以
借助光源和设计，以自身作为像素点来呈现美学视觉内容。未来在城市空
间、文化景区、田园综合体和主题公园等地点都可以开发更为丰富的"夜
游"项目，把蕴含民族文学传统和文化价值内容的资源，与新技术、新形
式、新要素相结合，拓展表演和呈现的视觉空间与应用场景，丰富民众的
日常生活，满足文化消费的需求。打造沉浸式体验项目，一是要根据主题
或 IP 进行故事的改编、拆解和再阐释；二是要提炼出故事的核心价值，作
为亮点转换为沉浸式体验的主要内容；三是要用具身化的全感官体验方
法，不仅有视觉，还包括听觉、触觉、嗅觉等，来激发参与者的探索兴
趣，推动探索过程；四是应用沉浸技术与智能环境创造出现实与虚拟相结
合的数字场景；五是增强文化品牌的打造意识，以及文化单位对商业主题
与消费场景的运营能力。

第三，在传统内容的研究上利用新的工具和技术对传统内容进行新的
分析和探索，将民族文学传统与计算机技术、"深度学习"等相结合。采取
新的研究方法，学界对传统的故事内容和讲述方式有了新的发现，从而推动
研究理念和知识表述跨越学科的分野而进入一个新的阶段。例如，将计算机
的算法分析和语词研究方法用于民族文学传统内容的学术研究中。这方面的
研究国内成果还不多见，这里以约翰·劳顿的《故事计数：论计算方法在民

间叙事研究中的应用》① 中对路易斯安那的宝藏故事的算法研究和语词分析为例，来说明利用新技术进行学术研究的意义及其实质进展。

劳顿尝试结合计算机互联网技术和语法或形态学，用一种可能的民俗学方法，来探讨更大领域中正在进行的对人类文本和意义制造的研究。他处理的文本，包括全世界的人们用以安排每一天并维持他们置身其间的现实生活的大量文本。这样的文本可以是短小的谚语，或者是长一点的个人故事，或者是他们能引述的长篇史诗或纪事等。借助新的计算机技术对民间叙事中的语词进行计算和统计，不仅有助于我们简单探讨文本与文本性、了解构成一则文本需用的语词的数量及其属性、了解人们如何用语词来创造世界，而且将帮助我们进一步发现那些在传统研究方法下难以发现的文本之间的关系。同时，通过对民俗文本新的观照，探寻我们以前没有注意到的文本间关系，将会引领我们走向新的知识形式，这些形式将重新定义并拓展当前获取知识的途径。

劳顿引用了故事讲述人巴比诺给他讲述的几个关于宝藏的故事，并记录了不同的版本，因语词使用的不同，故事的长短也不一定。于是，他根据这些统计数字进行了一些相关研究。总计收集到 36 个海盗埋宝藏的民间故事文本，其中 20 个来自民俗学者的收集，16 个来自网络资源。他发现，最短的有 67 个语词，最长的有 1025 个语词。劳顿借助这样的文本记录和语词的分析，来回应并思考"为什么计算语词"这样一个问题，他说道：

> "为什么计算语词？"也许有人会回头去看这篇论文迅速给出的一系列数字，这些数字只不过是传说文本集的初步分析，只是探索叙事计算方法的第一步。要说明这些就是一张表格，但它只是 16 个传说文本的简单长条图。请记得每一个文本，都是由确定的民俗学者收集的（所以我觉得原本的口头文本也比较可靠）。最长的文本超过 1000 个语词，最短的，大概 100 左右。增加十倍只是一个很小的量级，但是

---

① 〔美〕约翰·劳顿：《故事计数：论计算方法在民间叙事研究中的应用》，宋颖译，《民间文化论坛》2014 年第 5 期。

对于进一步研究已经提供了足够的宽度。

这个问题的初步回答是简单的：我计算语词是因为，我想知道是否可能用 100 个左右的语词创建一个故事世界。如果可能，我想了解这怎样发生的。考虑到大量的文献形式的长度，1000 个语词已经是相当简洁了，那么 100 个呢？每个词都装载着不可思议的巨大力量：有时变得更加精彩，当人们意识到只有一半的语词在用法上是具有独特性的，甚至在这么短小的文本中！

相较于经典文学故事对文本故事情节和主题等内容的关注，他着重分析语词本身及其统计数据的变化。对于统计结果中的一个故事文本，他分析指出：

我们数出 153 个语词，但是，这些词，一个单独的词，"他"，用了 12 次。接下来用得最多的 9 个词也都很好理解：和，一个，是，这，它，他的，说，去，他们。所以一篇文本用得最多的 10 个词并不能说明故事本身，除此之外，也许还有单数"他"，是与群体的"他们"相抗衡的（只有当我们进入接下来 10 个常用词，那些文本中出现了 2-3 次的词，我们开始能有所感觉，故事可能说了什么：人，狗，和，当，走，那里，看到，离开，马，掌控）。

语词计数的推动力，对我来说，仅是迈开了一步，来充分理解人们如何借助世界思考，如何借助外物或他们自己制造的事物来思考。在文本的例子中，他们将一个词跟着一个词逐一排成一串，通常是置于更大的话语流中，这可能有利于或不利于文本的制造。除了这些复杂性外，人们处于多种不同言语行为语境时会决定新讲一个文本，将一个词放在另一个词后，按照他们的预期和操控形成序列，直到它们都符合某种类型和结果，就像话语领域的阿特洛波斯（希腊命运三女神之一），结束词串的生命。

那么为什么计算语词？这样做，明显的理由是，简单探索文本和文本性，去满足我们对于人类表达的基本层面的好奇心：文本中的语词数量，文本中出现的语词丛簇（或配置），还有那些总是在特定形式的文本相互连接中出现的语词（共现）。第二个理由是，推进这种方法将有助于我们发现文本之间新的关系，这些关系用更为传统的研究方法是难以发现的。发现，实际上是思想对自身的索引。……最后一个理由是，通过对民俗文本新的观照并探寻文本间我们以前没有注意到的关系，将会引领我们走向新的知识形式，这些形式无需取代当前获取知识的路径，而是要重新定义并拓展这种途径。

目前，在人文社科研究中出现了一种新的趋势，即在新时代用数字方法提供的新的视野，来研究以往的材料。数字人文的研究有可能更加充分地挖掘数字化信息的结构性和关联性的特征，充分利用和发挥数字材料对于纸本材料的优势，注重数据在不同程度、不同方面上的可视化趋势，并帮助人们探索那些之前没有注意到的内容及其相互的关联。现阶段，这些研究主要体现在利用数字化技术开发地方志资料或者文学古典文献，[①] 将文本中的信息处理为数据，生成可视化的图表或者地图，可供在线浏览、检索、关联、统计、定位和呈现等。有的研究利用这些数据实现文本之间互文性的关联处理和自动比对，有的研究从静态文本转向动态文本，重新分析编年资料的相互关系。

在这些研究的新趋势中，数据成为探讨学术问题的基础，文献文本等资料都必须首先借助计算机和标准化模型转换成统一格式的数据，才有可能进入分析的视野。对于以往注重质性研究的人文学科而言，这种量化方式是人文内容适应互联网和大数据生产时代要求的一种新实证主义。可视化成果的产出，很显然是跨学科、多学科交叉的成果，对以往的人文学科分野及交流成果的方式也是一种新的冲击。总而言之，数字人文体现出了人文学科与计算机技术、数字化生产等领域的深度融合，隐含着人文学术

---

① 王兆鹏、邵大为：《数字人文在古代文学研究中的初步实践及学术意义》，《中国社会科学》2020 年第 8 期。

的"计算转向"，在近一两年间成为中国学术界的学术热点。

三 结构转化：新技术环境中跨学科的叙事探索

民族文学传统在表现形式、语言表达和内容元素化、可视化等方面发生着变化。这些变化将进一步推动民族文学传统本体的构成发生转化，曾经的故事和叙事方式、修辞手法、程式规则等在传承之中打碎了自身，改变了内在的结构方式。一方面，从一个整体变成了因子、信息、素材或者数据，"嵌入"多种新兴产业和文化消费需求中；另一方面，作为文本，"泛化"到多样态的文化生产和媒介融合中。

具体而言，原本的一对多的讲述结构发生了变化，以往的单一讲述者和众多听众的单向度进行了转化，变成了人人都是创作者和讲述者，以及听众同时拥有表达和讲述权利的多向度叙事结构。以往依靠时间顺序传承和线性传播的结构被改变了，依序发生的讲述和在一定时间之内进行的讲述，经过媒介择选和重新剪辑排列而发生了时序上的变化，呈现多线并存的叙事结构。在空间层面的叙事结构也发生了变化，曾经远距离传播和传递的限制同时被消解了，瞬时信息流的即时和延时交流都成为一种普遍现象。叙事传统在时空的表达和呈现上，总体表现出一种时空交叠的新结构特征。更大的结构上的变化，在于多主体（同时/不同时）参与和交互且开放的叙事结构出现了。这些变化深刻地引发了民族文学传统的叙事本体和方式等在学科研究范畴领域的结构关系上发生了变化，并且这种方向的变化还会继续加深。

进入 21 世纪，随着互联网和计算机技术的迭代发展，人工智能"赋能"的新时代已经到来。人工智能从一种一般性的工作工具正在转向创意性的工具，并且正在向多种创意领域拓展，正在深入学习人类自身的知觉、体验和主体意识等。相关算法和新的语言模型的发展已经涉及多种话语领域，并应用于多种文学修辞、文类和文体，例如童话与民间故事的讲述、新闻事件报道、传统文类的写作（写诗、作曲、编剧等），其中，也包含着民族文学传统及相关要素。

　　人工智能可以实现的"看""听""讲/说"，在多个维度上可以与人类的口头传统经验进一步比较。微软小冰上线的时候引发了全社会对人工智能的新能力的关注。小冰出版了诗集，讲述了童话故事，成为虚拟新闻主播。背后依托的是微软大数据技术、深层次神经网络技术和自然语义分析技术，将网民对外公布的所有文献资料和海量语料进行处理和学习，通过系统识别语义和语境实现与人的交流互动。① 这里以微软小冰的上线为例，来讨论人工智能对民族文学传统的再表述的问题。人类社会的技术发展促使文化传统及其中多种元素都在重新找寻自身的位置。

　　微软研发的人工智能"小冰姐姐讲童话"在 2018 年 5 月下旬上线应用。这种服务，最早在 2014 年进行开发，2015 年至 2017 年的三年间分别在日本、美国和印度上线交流。2018 年的第六代小冰在全球有 6 亿用户。小冰和人类之间最高的对话纪录在美国是 23 小时 43 分钟，进行了 2791 个回合；在中国是 29 小时 33 分钟，进行了 7151 个回合。② 人类的交流方式已经离传统的"面对面"越来越远。新技术支持的移动化、个性化和场景化的交流方式为人类提供了更多的交流选择，包括选择交流的对象不再是人类。第六代小冰具有完整的情感计算框架，出版过诗集《阳光失了玻璃窗》，包括 139 首诗歌，而且这些诗歌均是由小冰所作，如果人类给她看一幅图，她很快就会根据图写出一首诗来。除此之外，她还拥有聊天、唱歌 、写诗、画画、讲笑话和童话等 19 项技能。

　　讲童话技能是通过简单的人机交互来获取听众特定的信息，能够在很短时间内创造出将孩子的名字"嵌入"主人公的情节并根据孩子的年龄、特点、性别、性格、爱好等生成新的故事文本，拉近了文本与人的关系，同时也使听故事的人更具有沉浸体验感。现阶段，主要是植入一个人物，以孩子的名字命名，常常作为线索人物或者故事的主人公（如在保留原主人公的情况下进行双主角创作，或代为发声）。这种内在生成过程比较复

---

① 肖杰：《从"微软小冰"探讨人工智能的前景与未来》，《科技创新与应用》2018 年第 7 期。

② 杨婧、刘剑：《光明还是幻影：微信聊天中人机符号交流探析——以微软小冰为例》，《东南传播》2019 年第 11 期。

杂，不同的名字和不同性别的孩子，乃至不同的特点，即便在同一个故事文本中也会生成出不同的即时故事文本。这样的童话，每天还会自动更新一篇，形成具有连续性的故事讲述文本。人工智能在讲童话的同时，实质是对民众知识宝库（民俗）的表征，涉及结构、功能、情节、模式化的重新表述，在音乐、视觉和文本方面都建立了"基于人工智能"的新模式。

微软小冰的"人设"是 17 岁，处女座，萌少女。"她"不具有任何危险性，并且常常卖萌，属于可爱无害类。穿着海军服，梳着马尾辫。微软小冰在人类社会取得的成就包括：成为电台和电视台主持人，会讲故事，写诗歌。她的资源库是 36000 多个基础故事。与 AI 写作诗歌不同的是，故事基本使用的是既有的文本，讲述时也不会出现错误搭配等语病，但是因此造成这一工具的发明者和使用者之间的关系变得复杂。"她"具有拟人化的所有特质，但并不是任何意义上的人类，讲述者和听众之间传统的关系被瓦解，然而新的关系没有建立起来。"她"又不是纯粹意义上的单一性质的工具，而是具有非凡的信息加工、处理能力和输出能力，表现出极高的学习能力，而且能够记住"你"提供过的所有关于你自己的信息和数据，并将这些数据融化在"她"的输出之中。

人工智能的目的在于创建人工大脑，按照大脑核心算法创造人类思维，实现像人类一样思考。因此，人工智能的发展，实质是对人脑的模拟过程。其发展的目标是从替代体力劳动转向替代脑力劳动。从微软小冰的人机交互行为和言语输出等线上能力来看，起初"她"只是简单地应答和聊天，后来被发现学会了一些脏话和不好的词，就被关停了。再上线之后变成了滔滔不绝的讲述人，现阶段的输出故事可以视为语音讲述的新文本。"她"的语法是自然语言处理系统建构出的语法，根据计算机语言进行编码，输出时转换为现实世界人类能够理解的语言。小冰的交流内容非常明确和完整，符合语言结构。而人类实际生活中使用的语言，相对来说，要随意得多，也模糊得多，很多时候并不遵循语法，而对方也能明白指什么。

讲故事的时候，这位"童话仙子小冰姐姐"采取拟人化的多语音表达，来生动模仿故事中的人物形象和各种声音。由于植入了听众的姓名和特点，特定的故事经历了生成和变异，才能推给听众。当一个传统的童话故事中多出了一个人物，或者变了一个人物，不仅会在浅层次语词表达和使用上产生变化，有时也会对故事的情节走向产生影响，或者需要在情节中多讲几句，又或者会对故事的结局产生影响。因此，这种讲述对民俗口头艺术新模式的产生和发展具有参照研究的价值。

新一代的小冰是伴侣型人工智能机器人，"她"的讲述带来了一系列新的变化。人工智能之所以在讲故事方面如此出色，是来自对人类共有的知识库的资料收集和重新表征。在故事讲述的开头，使用了"童话王国"，由小冰将"你"带入带出，"她"像一个地方的旅游向导，让"你"看到和听见"她"所描述的世界景象。值得探讨和关注的是，这种技术在一系列算法之下打造出来的学习能力和思维模式，有哪些有利于人类保持"人文性"，是需要借鉴和反省的。

传统的童话讲述过程借助计算机的交流发生了改变，这种新的人机交互方式改变了传统的人与人特别是家人（如父母与孩子）之间的相处方式和关系建立，使得工具与工具的发明者和使用者之间的关系变得微妙起来。人工智能讲童话引发的问题，不仅仅是研发人员所提出的伦理角度的陪伴问题，更重要的是将会引发人类生活传统中民俗口头艺术所涉及的多方面文化价值的颠覆和再造。这种冲击意味着人工智能不再是数据、算法、深度学习等技术领域的问题，而是值得多学科研究者介入技术发展，并持续关注这种潜在影响。比如与人类讲故事相比较，人类的童话究竟意味着什么；人的每一次不那么完美和不那么能保持一致的讲述，与人工智能的讲述存在哪些根本差别；当然，多学科研究者还需要进一步反思，如何用人文学科的"人文性"来面对技术的决定性与主导性，从而令计算相关技术为人类服务，而非万物皆可机器化来牵制人类的情感表达与思维发展。

当人类在讲故事的时候，可能并不完全是为了讲明白它的情节，更多的时候是借助这个故事的讲述来传递某种理念和价值，或者建立人与人之间的某种界限和建构某种类型的关系。因此,故事的讲述往往是嵌在整个人类社会的发展需要的人际结构当中的,成为一种人类社会内在的运行机制。但是,当人工智能在讲故事的时候,目的可能就变得既单纯又微妙起来。

小冰讲故事,使得人与人的关系有可能发生改变。几乎可以说,讲故事这种方式进入了人类群体内以往最为密切的一种相互认可的关系,这些故事往往来自一种文化内部彼此认同并划清边界的传统。讲童话一般是在最亲密的幼年期养育阶段,在口耳相传的边缘徘徊和试探。长期听这样故事长大的人,将来在重新叙述这个故事的时候,会遇到以往人类之间口耳相传所完全没有的困境。以往人们在转述一个故事时,开头往往会说诸如"这是我听我爷爷说的"一类的言辞,来表达某种亲近的关系,同时也意味着这种讲述具有一定的权威性和真实性,某些神圣的叙事也是借此来确认权力结构关系的。而人工智能讲故事时,故事的所有者悄然发生了变化,故事传递过程中传递者的关系和传递结构也发生了巨变。

另外,作为最接近于人脑的存在,人工智能所传递的价值观是机器学习之后的结果,这种结果是机器在人类工作和睡觉的同时自身通过算法运作得出的结果。其输入和输出过程完全可以独立于人类的命令和接收。也就是说,在一部分开发者输入文本和语料库之后,它自身进行了基于算法的机器学习,这种学习是在极其短的时间内反复多次进行的,之后它与接收者之间进行短暂的信息交换,然后输出它认为接收者需要的故事来。在这个过程中,讲述者和听众之间的彼此期待和默契关系也发生了变化。人类讲述的故事,大多是断断续续的,不那么连贯,不那么优美,不那么讲究文辞,甚至不那么完整,常常被打断,或者会面临提问,被质疑,会回应或者讨论其他结局和情节的异文,等等。看到观众的反应,讲述者会有所调整,讲得更加兴起,或者草草收尾。尽管人类依然保有权力,可以随时进行干预直至终止,然而也必须承认,人工智能讲的故事,部分内容是不可控的。

人工智能讲故事和人类讲故事相比较而言,至少人工智能讲的是非常完整的一个故事，更为清晰，更为明确，更符合语法和相关规则。对于人类而言，完整的故事是否具有更多的意义？其实未必。第一，一则故事的接受程度和流传程度，和故事的完整性并没有直接的关系。借助一则故事来传递的教育理念和价值观念，也与故事的完整性没有直接的关系。第二，在故事生成的过程中，价值观的导向也值得注意。机器与人类的差异导致的潜在价值观的差异往往不容易被意识到。人工智能作为机器本身可以被人类控制，但是其中用于交流的语言和符号却不那么容易被控制，或者说，几乎是无法控制的。在一个故事没有被小冰讲述出来之前，无法判断这个植入的新角色在其中会发挥什么作用。而且，她的故事讲完之后，也不会接收到听众对于内容的反馈和询问。第三，文化传统来源不清的问题在人工智能讲故事中比较明显。由于小冰拥有的故事库文本数量庞大，又会在生成和输出故事的时候重新组装，所以很难断定一个故事究竟属于哪个群体或者从何而来。第四，涉及情感交流和伦理问题，小冰将算法与文字、声音、视觉等信息符号结合起来，从而也将虚拟和现实结合起来，她可以在任何场景中随时出现和沟通，参与到人的生活中来，提供情感交流和满足陪伴需求。不过，现阶段依然保持着一问一答的模式，有时候并不能理解人类话语的真实意图，不能完全提供情感支撑。

总体而言，以人工智能为代表的机器学习及其算法应用对口头传统和民族文学的保存和传播，提出了一系列新问题。古老的口耳相传在信息技术和网络技术影响下，面临着重返音声语境的新挑战。人类在文明进步中的机械化、工业化、现代化，在机器学习新领域的探索中，存在着边界消弭的危险性。

四　功能转化：叙事传统的认知图式与话语应用探索

在网络时代，技术的参与和表达使得人类生活中的多种文化产出的定义均发生了转变，这种转变是无法逆转和无法阻挡的。例如，民俗从"小群体内部面对面的即时性的艺术交流"（传统定义之一），转化成为"全球范围内的用户端间（C to C）的媒介化全息式交流"，依靠、借助或通过

"讲故事"及相关民俗而实现的"交流"与"认同"（群体、文化、身份等的）转化为实现"协作"（人机之间的，超人类的）。这种转化意味着传统的功能、结构、目的和意义在技术参与和影响下同时发生着惊人的变化。

话语和文本的意义，以及文字或影像的表达，都需要通过叙事（讲述行为）来完成。相较于叙述形式、语言内容和叙事规范等的变化，民族文学传统中的故事受众不容易意识到的"认知图式"对应着故事内含的价值和观念，反映出故事讲述场景和社会中的文化背景。

认知图式决定了故事的讲述和传播。讲述变得重要起来，不仅故事内容发挥着作用，讲述方式和讲述本身也具有了功能与意义。不同角度的讲述、不同方式的讲述、不同内容的讲述，使讲述本身便可以改变人们如何看待一件事，如何思考一个问题。立场和观点因讲述的不同而不同。受讲述的影响，价值取向也会发生变化。

认知图式基于人的文化心理内在的认知模式及其意义结构。听众、读者，逐渐演变为受众，这些受众主观的反馈已经变成了积极的表达，从而影响到叙事，发挥的作用远远超过了口头传统和书面文本时期的被动接受者。而创作方也前所未有地关注受众既定的知识背景库和既有的认知模式，在文化生产的过程中必须符合这种受众预期，才有可能实现传播的效果。乔治·莱考夫对人类的信息加工过程运用了一些基本规则，包括这几种认知模式，即命题模式、意象图式模式、隐喻模式、转喻模式。[①] 无论是抽象的符号还是形象的符号，在指代时都会产生意义，为人们提供想象的空间和充满情感的场景，使受众能够借助这些符号，了解背后蕴含的意义，完成编码和解码的全部转换过程。但是，如果违背了预期，则会完全失去传播的效应，甚至还会反过来严重阻碍文化生产。

前述以手游为例，说明不少创新导向下的新文化内容生产以极高的自由度来改编传统故事。游戏本身和散文、小说、诗歌等文学作品一样，是

---

① 〔美〕乔治·莱考夫：《女人、火与危险事物：范畴显示的心智》（一），李葆嘉等译，世界图书出版公司，2017，第72页。

个人承载和交流情感的载体，强调有来有往的互动，类似于人类之间的交流。这里以手游《江南百景图》为例来说明，违背受众的认知图式的讲述会遭遇"反噬"。《江南百景图》取材于中国古代绘画精品，如通过北宋张择端《清明上河图》，清院本《清明上河图》，明代仇英《清明上河图》《独乐园图》《人物故事图册》，明代《南都繁会图》等来构建游戏场景，画风也充满了古代建筑营造技法和审美文化元素。2020年7月由椰岛游戏推出以后，很受欢迎，被视为具有正向引导能力的文化娱乐产品。① 但是在2021年8月，《江南百景图》推出了肉袒牵羊的"闲人"岳飞卡牌Q版形象。"岳飞牵羊"颠倒黑白，歪曲历史事实，侮辱民族英雄，引起了玩家极大的愤怒，游戏策划方迅速公开道歉并修改了原图。在使用传统文化故事及相关元素的过程中，改动乃至重新讲述都是时常出现的创新探索，在合理范围的利用也是可以接受的。较好的例子是对《白蛇传》故事的改编，由白娘子和许仙的故事，逐渐延展出以小青和法海为主角的改编故事。但是，歪曲乃至魔改历史或传说中的人物形象，一旦违背了公众的基本认知，就会导致"翻车"，无法挽救。

因此，可以看出，民族文学传统故事沉淀在民众意识的基层心理中，形成了在一切交流行为当中的基本规则。这种"交流"的规则，在当前技术社会也是同样适用的。在传承和发展的过程中，必须认识到这一重要性并严格遵循相关模式来进行探索。

民族文学传统中的大多数内容，首先是一个文化社群内部之间进行的某种"交流"。这种交流是在群体以个人为基础的情景中交互进行的，这种交流是即时性的，讲述人作为"表演者"瞬间能够看到受众反应，并调整表达策略，以便实现交流的目的。表演理论在这样的定义上发展起来，并推动着面向公共领域的实践与应用。

20世纪60年代，麦克卢汉在《理解媒介——论人的延伸》中指出，"媒介即讯息"，他以技术指标的"清晰度"和受众感知的"参与度"为标准，将媒介划分成"热媒介"和"冷媒介"。这样两个概念及其所指向

---

① 刘珉：《游戏艺术需要文化作为支撑》，《中国文化报》2018年4月30日，第3版。

的内容物，冲击了人类原有的口头传统和印刷世界，包括电台、电报、电话、唱机、电视、电影等在内的产品作为人脑或四肢的延伸，改变了人类的生活方式。麦克卢汉的言论在 20 世纪 60 年代遭到了当时多位学者的严厉抨击，在他去世前后的 80 年代，以及 90 年代和 21 世纪之后，几番引发讨论的热潮。正如他所言，全球化、信息化、网络化、数字化的进一步发展，把他那些看起来胡说八道的怪论，变成了通俗的白话。

1961 年，鲍辛格在德国出版了《技术世界中的民间文化》①，面对飞速发展和更新的技术世界，他提出了探寻"变化中的恒久"，即意识到每个人的"日常生活"都是在与时俱进的。既不追求"沉淀的文化遗产"，也不追求"民族之精魂"，而是反思日常，进而形成对日常生活的"自觉"。"日常生活"和"文化"等词语，具有"流动的边际"，能够更好地开发旧领域，挖掘新领域。这种新的概念，打破了旧与新、传统与现代的对立，甚至包括"民间"在内的乡村与城市的对立，现代媒体文化中，口头与书面的对立也随之变得模糊起来。种种"区隔"被创造性地打破了。鲍辛格通过研究指出，技术改变了旧的生活关系，原先狭窄的社会视域也随之突破，他进行了"时间"、"空间"和"社会"三个维度的讨论，指出新的社会结构、文化形式和思维方式也随着技术的发展而产生并变化着。数字化革命又对此加以强化。

技术作为一种生产力的根本变革，将改变甚至颠覆传统定义中的所有界分与"区隔"（布迪厄语）。20 世纪 90 年代后半叶，当在校的大学生，逐渐放弃了用钢笔和稿纸一个字一个字来写完学位论文，而改用键盘和鼠标选择联想出现的词、短语甚至整个句子来完成学位论文时，以互联网为标志的信息革命和数字时代真正来临了，并且迅速地进入了我们的"日常生活"，从书写发送信息，到传递和交换信息，再到接收和存储信息。在这个过程中，计算机和互联网不仅改变了个人的生活，还有群体的生活，全球变成了麦克卢汉所预言的"地球村"。

---

① 〔德〕赫尔曼·鲍辛格：《技术世界中的民间文化》，户晓辉译，广西师范大学出版社，2014，第 ii 页。

　　生活在东方的人们，似乎终于在光缆的发展中跟上了时代的脚步。我们越来越容易感受到，"文化""非遗""日常生活"乃至近些年来的"传统"等词语，都似乎得到了更普遍的使用和界定。

　　在全球化时代和技术冲击当中，相较以往的定义，群体的范围扩大了，变得不可预知。主体的身份改变了，作为"人的延伸"的技术与人类似乎可以共处一端。面对面的即时反应，也随之变成了借助媒介的全息式交流。人们在一瞬间所接受到的"光子数"，远远超过了肉眼所能处理的速度。例如，麦克卢汉所处时代的电视技术还比较落后，但是他还是超前指出，"电视每秒袭击收视者的光点约有三百万之多，而人只能在每一刹那接收几十个光点，他只能靠这少数的光点去构成一个图像"。① "电视却不能被当做背景伴声来使用，它一定要使你介入，你只好与之合拍。"②

　　人类在以往交流中获取和处理信息的方式被彻底颠覆了。以往形成的序列感被瞬间突破，让步给"同步感"，人在接触技术所传递的讯息的瞬间，便被这些讯息征服。视觉与声音，感知与经验，书面形式和口头形式在瞬间爆发，产生前所未有的冲突，人正身处其中。牵引人去追随和读取讯息的，不是讯息本身，而是人的反应。这并非什么好事，更加超越了人的感知和认知能力。这种情形往往意味着在瞬间要处理大量信息，但信息无法在同时被瞬间处理，因为人正身处其中。也就是说，面对海量和瞬间信息大潮时，我们用无法反应来反应，用无法处理来处理。而在人机交往当中，这种现象却是时常发生的。麦氏用了"截除"（amputation）和"绝对离格"（ablative absolute）等来表述这种相互不适应和不协作。因此，所谓的传统式的交流，在这样的情境当中，恐怕是无法完成的交流，而认同，恐怕是在交流之外的某种妄想。因此，先要解决的问题，成为一个现实的问题，即人机之间的协作。机器和其背后隐含的技术，打破了人类世界的分工，强迫着形成、实现并建立起一种新的协作关系。

　　这里要多讨论一下技术和人类的关系。从面对面的人类交流，转化为

① 〔加〕马歇尔·麦克卢汉：《理解媒介——论人的延伸》，何道宽译，第358页。
② 〔加〕马歇尔·麦克卢汉：《理解媒介——论人的延伸》，何道宽译，第356页。

用户端之间的交流，是基于一个逻辑和认知前提的。在以往，人类所面对的世界，大致分为两类，即自然界和人类世界，也就是非人类的世界、外在于人的世界和人类自身的世界、内在的世界。自从技术迅猛地发展起来后，起先技术是内含于人类世界的，作为人类发明的工具而存在。但是这类工具逐渐加速发展，从人类可以控制的缓慢的速度，发展为能够反过来改善和影响人类世界，并且速度越来越快，程度越来越深。这样的一个技术世界，逐渐脱离人类世界，直到人工智能出现，发生技术取代人类、技术打败人类等标志性事件。可以预见，人工智能的继续发展，将深刻地改变人类世界的分工与协作，最终，一个内含于人类世界的技术工具，发展为一个脱离并反过来影响人类世界的技术世界。要掌握这个技术世界的全部知识，对于个人而言，几乎是不可能的，而要了解全部的人类历史，对于技术产品而言，却是可能的。

因此，传统中的两类世界，就这样形成三类世界：自然界、人类世界、技术世界。在自然界和技术世界的中间地带，民族文学传统及民俗，制约并规范着一种人与人之间相处的群体规则。在中国，民俗学与民间文学、民族文学从学科诞生之初就纠结在一起，并不容易分开。另外，在"面向当下"的实践探索中，民俗学走向了"日常生活"，更倾向于群体相处的"方式"和"规则"以及不成文的（约定俗成）的制度等，相对而言，社会学更倾向于"群体形成的某种组织，相互关系等等"。即便如此，21 世纪以来，学科间的平衡和制约也逐渐被打破了。

这种学科分立到跨学科或学科贯通的现象的出现，其实伴随着时代的趋势和要求。与麦克卢汉提出的"部落化与重新部落化"相对应的，是技术世界的"整合化与重新整合化"。从他所主张的"媒介"视角来看，"任何一种新的发明和技术都是新的媒介，都是人的肢体或中枢神经系统的延伸，都将反过来影响人的生活、思维和历史进程"。而生活在这样的电子时代的人，应该是"感知整合的人，应该是整体思维的人，应该是整体把握世界的人"，在电子时代，人是"信息采集人"。"任何媒介施加的最强大的影响就是改变人的关系与活动，使其形态、规模和速度发生着变化"，因此，"知识必须整合为一体，而不是分割为彼此隔绝的专门化地盘"。① 统一的和整合性的组织形式势必在回应这种技术世界时施加于人的影响，而无法无动于衷，或者对此视而不见。

近来，人工智能的发展使得技术世界与人类世界同样处于飘摇而前途不明的路口。当技术世界正在尝试打败人类世界，甚至取代人类进行思考的时候，这种转化意味着传统民俗的功能、结构、目的和意义在技术参与和影响下都在发生着惊人的变化。面对新生的技术世界，我们怀着憧憬，同时也怀着恐惧，认知到与技术世界重新界定相互关系而产生的规则，以及这两种关联之间的规则。

以往，我们借助文本和文类进行交流，尝试着实现和达到某些群体之间相处的功能和意义，诸如实现"群体认同""文化认同""身份认同"等，个体能够在群体当中找到生存的意义，群体也能够借助个体的整合实现功能上的效益最大化或者价值上的某种取向，在深层结构上符合人类思维。然而，技术世界的突飞猛进，使得"交流"与"认同"都无法在人类世界与技术世界之间进行，甚至已经冲击到人类世界内部的"交流"与"认同"的旧有模式。因此，人们不得不寻找一种新的路径，实现"人机协作"，实现人类之间借助技术和机器的"协作"，从而维持一个整体性的组织能够继续繁衍和运转。

这种协作，突破了人类世界旧有的在群体内部之间的分工和合作，并对人类思维提出了挑战。而应对这种挑战，则无法单纯地依靠人类自身，更加无法依靠有限的某些个体，甚至某些群体也不能应对。这种协作，其实是需要人类自身意识到个体的有限性，意识到人类的局限性（有限性）。在人与终端之间，意识到存在着某种真实的差异，从而能够实现相互之间的合作，并相互依赖形成某种内部的连接以及与外部的连接，这种内部和外部的区隔，不是人与机器的，在这种连接中，人首要和终日面对的机器变成一个整体化的"用户端"，意识到这是缺一不可的。这种熟练的协作，按照既定程序进行，只要进入连接流程，便几乎不以人类意志为转

---

① 〔加〕马歇尔·麦克卢汉：《理解媒介——论人的延伸》，何道宽译，第 5~17 页。

移，正如我们所看见和经历的，我们越来越难以把手机放在手之外的地方了。

这种连接所追求的协作，首先是视觉，其次是听觉，而触觉随着触摸屏的发展，也进入了"感知"和体验的序列。人类在这种情景中，成为丧失嗅觉与味觉的"感知残缺"群体，乃至形成了"虚拟"群体。这种组织和形式，是以往研究未予关注的，之后，却成为研究者无法回避的生活现实。

有意思的是，《理解媒介——论人的延伸》和《技术世界中的民间文化》都不约而同地引用了古老的东方智慧：麦克卢汉在《理解媒介——论人的延伸》中引用《道德经》第二十四章"企者不立，跨者不行；自见者不明，自是者不彰"[①] 来谈论突变和转化下的断裂等；而鲍辛格在《技术世界中的民间文化》中评议格林童话时说道"因为只有在对钱财的贪欲和嗒嗒作响的机器轮子让其他想法变得麻木的地方，人们才能设想可以缺少它们"。[②] 鲍辛格在这里提及了《庄子·外篇·天地》："吾闻之吾师，有机械者必有机事，有机事者必有机心。机心存于胸中，则纯白不备。"[③] 鲍辛格进一步指出，这句名言出于"弃世的文化"，脱离自然，拒绝技术；而格林的思想则出于科技占领了世界的时代。这意味着古老东方的传统思想，蕴含着应对当前技术发展趋势的智慧力量，对于技术主导的世界而言，具有潜在的心理认知模式的制约因素。

五　民族文学适应技术语境的代际传承

民族文学的相关学术研究，强调以田野工作为基础，前述各章以佤族、赫哲族、藏族、傣族等多民族和东北、西北、西南等多地域的影像叙事为例，考察了民族文学和民俗知识借助仪式场景、建筑布局、视听语

---

① 意即踮脚尖立不住，跨步走走不远。自我表现的人，没有智慧；自以为是的人，无法彰显。

② 〔德〕赫尔曼·鲍辛格：《技术世界中的民间文化》，户晓辉译。

③ 笔者更喜欢西方作者没有引出的后半段，引用段偏于描述，后半段才表露观点，即"纯白不备，则神生不定。神生不定者，道之所不载也"。

言、计算机与互联网技术的发展而重新表述的实例，表现出传统文化在人类社群的技术场景之中所发生的变化和创新。

近年来，随着旅游业的发展和互联网技术的推广，人们的生活方式以及由此而呈现的生活表象日趋接近。因语言源流、历史发展、地域区隔和文化差异而产生的不同形态在日常生活中日渐消失，这些来自历史积淀和文化记忆的民族文学与传统知识亟须得到整理、调研并能够从相对较新和较为主流的视角来进行学术研究。

从叙事传统的口头、书写、印刷、数字化等多种表现形态可以看出，以往单向的、线性的、不可逆的传承和传播，已经转变为多主体的、交互式的、时空叠加的、场景化的交流和共享。

现今迅猛发展的技术，推动了经济生产、商业贸易、政策法规、文化内容等都在走向充满创造力的创新。创新，不仅成为技术领先国家促进国力发展的实施纲领，同时也是这些国家在多个建设领域进行探索的实际过程。尽管存在着不可预期的风险和持续不断的变革，文化行业，包括民族文学和其他艺术领域在内的多种文化样式，能够为新的创意生产和产业变革提供源源不断的灵感和动力，有能力在创新过程中走在前沿。

以文化带动创新，有利于从以下几个方面来推动和培育创造力。一是从认知层面上，文化元素和符号体系发挥的功能，在于对人类行为和社会生活的表征。我们已经看出，许多功能不同的体系可以具有相同的表征。人们借助表征来支配一个过程，或者某种内容要借助表征才能为人们所认识或接受。表征包含着概括和解释，也包含着原则和制约。因此，创新活动必须在合理的范围之内进行表征，要符合隐含着某种心理的预期。

二是从情感认同上，文化内容和样式的传承，不仅传递故事本身的内容和价值判断，还传递群体身份和共同的历史记忆。一个故事（或其他文类）在讲述过程当中，什么可以讲，什么不可以讲，哪些人可以在场听，哪些人禁止在场听，都具有内在的规定性。如果出现了某类人，故事的内容和讲述过程就会发生变化，甚至被迫中断。这样的讲述，其实是人与人之间关系的确认和建立，是文化群体内部凝聚力的体现。

三是从传播效应上，跨媒介的讲述是以受众为导向的，受众本身也有条件和能力参与到创作中来。一个故事的讲述，往往最终会呈现为多个个体故事的同时讲述。有时候，故事本身的情节和主题、人物和价值都变得不那么重要，传播的最终效果变得前所未有的重要起来。一个故事最终"抵达"受众面前，并引发受众的"反向"讲述，正是创造力爆发的突破口。一个故事的"可视化"，往往会引发多主体参与的重新阐释和共同书写。

四是从教育实践上，故事讲述不仅仅是文学活动，很多口头传统研究能说明这是一个族群的全部历史记忆和文化记忆，是对人类早期的原始想象和再阐释。这并不意味着口头传统是面向过去的，恰恰相反，它是单向地指向未来的一种教育方式。像神话和史诗这样的宏大叙事蕴含着人类社会的基本关系和相处规则，涉及人如何看待自然和人类起源的潜意识。像传说、歌谣、谚语这类短小篇幅的叙事，更多的是在讲述贴近现实生活的知识和为人处世之道。学习和掌握这些内容，有利于一个人建立知识库，以便在群体中生活和沟通时运用这些知识，从而理解他人的言语行为，以及正确有效地表达自身。

民族文学传统在新时代的转化创新是由社会中出现的新的技术趋势以及由此引发的新的生活潮流等多方因素推动的。

（一）技术性的转化要求

技术发展推动了社会变革。计算机和互联网的发明和应用，将人类社会的知识、技能和记忆等都转化为信息和数据，可供大规模的共时交流和使用，而不再局限于小群体和小范围之内。然而，随着技术多次迭代之后，人们在使用过程中愈发感受到，仅有枯燥的数据是不够的，这些数据在数量上呈指数级增长，但是在质量上、在精细度上、在区分力上，还远远不能跟上应用的需求。而且，数据在加工和处理过程中过于标准化，有特性的部分被忽视了，或者不能得到表现。更进一步地，数据被均质化对待，抹杀了来自不同内容的数据本身所具有的不同特性。

从视听语言、数字人文、人工智能等在民族文学文本和语境当中的应用可以看出，数据本身不能提供创造力，提供创造力的是人和人的创意。经济的增长和变革的动力，不仅在于新时代新技术的发展更新，还取决于传统文化在当代社会所表现出来的时代气质。这股文化的力量，能够与技术相抗衡，保持某种可贵的平衡。尤其是，针对在创造性转化和创新性发展过程中容易出现的技术决定论思路，从文化的立场出发，也是从人的情感和心理出发。这是技术和数据所不能完全提供的，而是由"人"来决定的。

（二）适应性的转化要求

价值、理念、情感、心理模式等都在传统故事的讲述过程中世代相传，背后蕴含着道德取向、社会关系、制度与秩序等规则及感受。在当代社会变迁中，不可避免地要求这些传统观念与当前社会生产、文化生产和个体生活方式的巨大转变相适应，发生转化。在这种转化中，既有相互连接和相互适应的适应性变化，也有被迫改变和主动改变的寻求适应的变化。

从历史的角度出发，人类曾经拥有的意义创造体系和人类的"整体的生活方式"，一方面在群体内部或文化内部保持着基本的稳定，另一方面在多种符号的象征和表达的交流过程中，需要与个人的才华、理想、内心情感以及生活追求等相互结合起来，才有可能激发个体的创造力，从而形成一种整体上的进展。

从文化的角度出发，当前的多媒介融合发展推动了这种适应性转化的普及化，电视、电影、动漫、游戏、短视频、Vlog 等多种媒介方式，日益频繁地将当下潮流呈现为某种共通的文化符号和文化形态。借助这些方式进行讲述，不再是个体权力结构下的叙事，而是赋予了每个人以平等的权利来表达自我，每个人既是聆听者，更是讲述者。讲述和聆听，也不再是一来一往的回应式，而是可以多向、共时、叠加态的存在。口头、书写、媒介、数字的表达，在这种场景下也不是单一的、互相排斥的，而是可以结合在一起，乃至同时发生的。故事的讲述，不再是一种形式，而成为一种真正的实践。当所有的人都可以参与到一场叙事中，这种开放性、包容性正是创新最需要的土壤。

（三）社会流动性的转化要求

以人为主的转化和创新，真正提供了社会和技术发展的前进动力。人与其产物都呈现出前所未有的"流动性"特征。跨界、融合、连接，在当代社会非常普遍地存在于多个领域中。当今社会扁平化的点对点的连接方式，使得人作为主体的一些生活方式正在发生着"去主体化"的变化。以技术为中心，走到一定程度必会遇到瓶颈，而要转向以人的情感为中心、以审美为中心的创新格局。当"人文性"参与到"技术性"的社会创造活动中，一种新的叙事，即多媒介融合网络中的互构叙事就会出现，从而主导着人利用技术的创新活动。

民族文学传统在新时代和新技术推动下的创造性转化和创新性发展的过程，依然要遵循和满足人在与自然相处、与社会互动，以及与他人来往的过程当中，存在的身份认同的内在需求。身份的认同，即个人对特定社会文化的认同，大致有四类：一是个体身份认同，二是集体身份认同，三是自我身份认同，四是社会身份认同。表现为个体主动按照特定社会文化的要求或期待规范自己的行为和表现。人所表达出的叙事和多种叙事下的人，同时都在表达人的身份认同的诉求。这种诉求在民族文学传统中随处可见，在当前社会发展中可以借助多种渠道和媒介转化为积极因素。在流动性理论中，多个群体内部的文化诉求，有可能借助共同的表征，形成一个更大的共同体的共享文化。

民族文学传统为中华民族和国家的发展传承正能量，在凝聚人心和传递情感、达成相互理解和共识等需要文化软实力发挥作用的地方充分地传递着价值。如今在新时代新技术语境下，依然可以借助当地人物和故事的塑造，利用文类和民俗的穿插，完成从民间叙事到国家叙事乃至国际叙事的过程。未来，将地方性、民族性、国家性的知识借助多种有效途径转化为人类命运共同体共享的精神财富，不仅是学术探索的重要方向，也是行为实践和话语实践面临的挑战。

附录一

融合媒体与学术力量　推动中华文化走出去[*]

中央广播电视总台在 2022 年 2 月播映的纪录片《年的味道》，深度挖掘中国年俗文化，用全新视角展现了新时代中华儿女欢度中国年的生活场景和家国情怀，巧妙衔接起中外学者与当地民众对中华传统的阐释互鉴，立意深远，善于创新。总体来看，这部纪录片既描摹出文化赓续上中国年特有的传统风俗和家庭认知，又内蕴着文化传播上中国人"家国天下"的开阔襟怀和奋斗精神，是一部结构明晰、故事生动、人物鲜明、情感真挚的纪录片。

多彩的节日民俗，常常凝聚着人民平凡生活的精华与智慧，充满了鲜活的地方特色和旨趣，承载着一个民族、一个国家文化认同的向心力。中国年文化当中的历史民俗、文化韵味和精神内核，以电视适用的表达方式得到重新界定，并借助真实饱满的人物故事和新颖细腻的视听语言得以呈现。

纪录片全新的创作追求和艺术表达，主要体现在以下三个方面的探索中。

一是从题材表现上，以"时间流"方式来串联民俗事件，展现中华传

---

　* 本文系中央广播电视总台纪录片《年的味道》播映研讨会发言稿，曾载于《人民日报》客户端 www.peopleapp.com，2022 年 2 月 8 日。

统文化基因的世代相承，展现中华民族多元一体的格局。纪录片的每一分集中，综合了东西南北的不同地理风貌，各地的过年时间线都相对保持了完整性。中国春节时间跨度比较长，民俗的丰富程度超越了中国境内其他的节日。因此，从民俗事象内容、结构和组织方式上，以主题和某一核心来聚焦，具有相当大的难度。摄制组前往30多个地区进行拍摄，经过精心梳理，将各地区、多民族的中华儿女在过年前后的生活全过程完整地再现出来。与此同时，纪录片也兼顾历史积淀的"时间流"，不少主题事象采撷了以往的镜头素材和学术研究成果，将其融入当代生活的"时间流"中，为当代生活提供了必不可少的文化内涵和意义渊源。

纪录片贡献了令人印象深刻的精彩片段。例如《迎新》一集中的四川丹巴嘉绒藏族人的新年成人礼仪式。年轻女孩班地的父母要为她在过年期间举办一场成人礼，告别过去，迎接个人全新的生命阶段。在浓厚的辞旧迎新氛围当中，故事叙述流畅，镜头衔接充分考虑到内在的情感节奏，引起了观众的共情共鸣。在《团圆》一集中对"春运"现象进行了历史性回顾。在《元宵》一集中，四川自贡灯彩的发展过程借助两代人的视角来讲述，挖掘出当地春节在时间流脉上的变化，今昔改变具有视觉对比，令人耳目一新。历史不仅为传统提供了意义支撑，还更多地表达了当代生活中人们内在的情感变迁。

二是从叙述视角上，注重文化传承上的主体意识和相关表达，注重表现当地民众拥有的文化权利及主体视角。纪录片选取的与"年"相关的生活镜头中，不仅有小家庭的团圆，也有大家族的相聚，更有浓郁的民族精神和家国情怀。男女老少不同视角展开的是不同韵味的生活内容。无论是仪式还是事件，无论是相聚还是期盼，这些细节经由当地人的视角衔接，在新的影视技术与音像手段的雕琢下，既庄严传统又温情暖心，动人地展现了传统节日给予当代人的精神慰藉和情感支撑。

例如《拜年》一集讲述的人与自然、人与社会、人与人的相互关联，既包含着家族与社会的责任感，也充满着温馨祥和的真情意。蒙古族的五畜祈福仪式，从一个当地短视频博主的视角切入，她回到家乡和家人一起过年，并借助互联网新技术来更新人们对内蒙古当地的文化认知，分享自己对家乡的热爱和眷恋。镜头中既有辽阔的雪原，又有火热的家庭聚会和满圈的牛羊。《敬典》中以送灶神的年俗事象描绘了贵州安顺一对制糖小夫妻朴素生活的画面，他们平凡而甜蜜的生活，是中国人以家为重、扎根生长的奋斗精神的写照。《根脉》一集更是以一种宏观的视角，在壮美的山河流转中内蕴哲学中"一"与"多"的思想架构，展现了海内外中国年的多样性和在地化，情感得以升华，格局得以开阔。

三是从价值提炼上，巧妙地衔接起中外学者的对话，加深了不同学科领域、不同主体视角对于同一传统文化现象的观察和理解。纪录片团队邀请了美国学者安乐哲、德国学者顾彬、拉脱维亚学者贝德高参与阐释中国年文化和中华传统内核精神的文化意义，促进了多视角的学理"观看"，突破性地协调了"看"与"被看"的立场，为东西方文明互鉴提供了一种表达样本。例如对于"年""家""福""礼"等核心概念及其内含的文化心理的多种理解，产生了交流与思想碰撞。这意味着，在推动中华传统文化"走出去"的过程中，应当涵盖更多、更广、更多元的视角，对传统文化的当代价值进行创造性诠释和论述。

在学术对话与交流中，海外汉学或"中国学"的研究由来已久。近百年来，不少西方学者关注东方文明特别是中国传统文化，陆续来华研修，倾心于历史、文学、艺术、思想等研究领域。从现有成果可以看出，东西方学者对中国传统文化持有不同的切入视角、使用不同的研究方法，注重的文献和资料选材也不尽相同，从而在相互对话中形成了良好的互补，具有启发性。这种学术上的多元对话，可以融入媒体当中，成为一种传播的力量，促进对于中国当代文化实践的多样性与丰富性的理解。这不仅有利于加强彼此的倾听和交流，更能够将中华文化带入全球化的话语讨论当中，为世界提供具有参照价值的中国文本、中国话语、中国经验。

同时，对媒体人和平台在保存和传播中华文化过程中的作用，应当予以更多重视。在这部纪录片拍摄过程中，创作者克服了全球疫情的困难，广泛协作，在零下三四十摄氏度的冰雪中挨过冻，为精益求精的制作熬夜反复修改。他们善于学习，善于应对高强度的工作挑战，善于捕捉细微的精彩生活片段，善于使用民众喜闻乐见的通俗方式加以表达和阐述，因此，创作出来的作品易于被不同文化背景的观众所接受。

《年的味道》展现了中华民族厚重的精神文化积淀，在有思想、有内涵、有创新的方向上不断探索，融合了学术研究成果对于中国年文化的当代解释，为全球华人奉献了一场真情感人、美景动人的文化盛宴，为推动中华优秀传统文化"走出去"迈出了坚实的一步。

附录二

新时代青年参与中华优秀传统文化传播与创新的基本情况*

在参与中国社会科学院重大科研项目"中华文明发展与中华传统文化的创造性转化创新性发展"的过程中，我关注到民族文学的叙事传统在当代数字社会中的转化和发展，结合景颇族、苗族、佤族、傣族、藏族、赫哲族等民族的史诗、叙事诗、神话和民歌、节日仪式、传统技艺的传承个案分析，提出"四维度创变论"，从内容、形式、结构和功能方面探讨了传统文化在当代转化创新的实践路径。

现如今，移动互联网改变了人们的生活方式、思维方式、信息消费方式。如何帮助优秀传统文化在数字化时代继续发声，用社会主义核心价值观来武装年轻人的头脑，让文化自信深入人心，这个问题值得持续关注。

青年群体的总体特点突出：头脑灵活、勤于思考、善于分析，见解新颖、有创新力，肯身体力行，但尚需要整体创新思维的训练和培育，需要更多来自社会和政府的支持。具体来说，当前青年参与中华优秀传统文化传播与创新的基本情况体现为以下三个方面。

---

* 本文系"支持青年参与中华优秀传统文化传播与创新"座谈会发言稿，中国社会科学院直属机关党委和共青团中央维护青少年权益部主办，2023 年 12 月 15 日。

一是青年擅长信息技术，推动中华优秀传统文化的新媒体叙事话语的传播与"互联网+"创新。

据中国互联网络信息中心（CNNIC）发布的《中国互联网络发展状况统计报告》数据显示，2020 年短视频用户总量为 7.73 亿，85.6% 的网民关注短视频，40 岁以下的用户占比 65%。第 52 次报告指出，2023 年上半年，即时通信、网络视频、短视频用户规模分别达 10.47 亿人、10.44 亿人和 10.26 亿人，用户使用率分别为 97.1%、96.8% 和 95.2%。40 岁以下的用户占比 52.5%。网络直播用户达到 7.65 亿人，占网民总数的 71.0%。网络文学用户规模 5.28 亿人，占网民总数的 49%。网络文学作品在漫画、游戏等领域的改编初见成果，如"阅文"就有 230 部作品投入改编。生成式人工智能带来了新的变化，在阅读交互方式和内容驱动创新方面都有所进步。

时代提出的需求是要发掘传统文化中丰富的思想资源，将其转化到当代社会生活的实践中来，与当前的社会主义核心价值观有效结合，促成传统的再生和重新阐释、重新延展。2017 年发布的《中国青年阅读指数报告》（CYRI）显示，青年对于精神文化的需求超越了物质需求，更注重内涵与品质，需要更高效的阅读，具有趣味性和轻学术的知识性的作品更符合青年的需求。结合我从事的纪录片创作实践，从 2014 年策划的国家重点工程纪录片《记住乡愁》到 2023 年 11 月播出的《文脉春秋》，十余年来我们呈现的是从乡村到城市所赓续的中华文脉，传播的是中华传统文化的魅力。诸如此类还有《我在故宫修文物》《典籍里的中国》《非遗里的中国》等，都是宣传中华优秀传统文化的佳作。这些作品的新的特点是，用普通人的生活视角来呈现历史和文化，容易引起大众共鸣。制作团队中绝大多数都是 35 岁以下的青年，视频的传播与分享也让更多的青年参与到中华文化的学习和推广中来。

青年群体喜欢剧场舞台表演的形式，近些年兴起的音乐剧、舞台剧、话剧、舞剧等现场表演，融合了传统戏曲、民歌等，辅以舞美设计，更加贴近年轻人的生活。2013 年以来，乌镇戏剧节每年将上千场演出搬到古镇露天表演，复兴了 1300 年古镇的历史和文化，吸引周边年轻人前往欣赏游览。

传统传播方式之外，新媒体可以充分将线上、线下活动结合起来，形成多元交互的参与方式，打破时间和空间的隔阂，创造出新的互动交际方式，为年轻人参与和推动中华文化创造和创新提供便利条件。公开、客观、公正、可即时交互的网络平台深受年轻人喜爱，年轻人创造出独有的虚拟网络空间话语，相互交流和讨论，具有符合他们年龄和时代的语言认同感。如果在主流渠道适当使用这些语言符号，重视青年的网络话语权和表达方式，无疑会增强年轻人的归属感和认同感。

新媒体中关于历史文化的延伸内容占有相当的比例，青年自制和交流的视频内容，逐渐成为活跃的主要类型。年轻人在参与传播的过程中，也在探寻自身在文脉中的位置。2017 年颁布《关于实施中华优秀传统文化传承发展工程的意见》，鼓励实施"中华文化新媒体传播工程"。政府相关部门可以适当探索更多的政策可能性，在情感感染和认知表达的过程中，让年轻人越来越主动地参与到中华文化的传播和传承中来。

二是青年参与社会调研，推动中华优秀传统文化在实践层面的交流与发展。这是至关重要的一个方向，可以促进青年了解真正的乡土中国和现代化建设过程，社会和政府可以采取更多的有效措施来给予青年实质的帮助和扶持。

提升青年对于中华传统文化的认同感，是青年参与中华传统文化发展的关键。十余年来，习近平总书记多次提出要大力弘扬中华优秀传统文化。[①] 2014 年，教育部出台《完善中华优秀传统文化教育指导纲要》。在学校中提升有关中华优秀传统文化课程内容的比重，减轻应试教育影响，鼓励青年参与各类社团、文化馆、第二课堂、劳动教育、就业培训实习等实践活动。在思想培育方面，开通微信公众号，发布动态信息，围绕文化主题活动开展交流，推动线上传播，提高地方优秀文化的知名度，建设主

---

① 参见《习总书记的一百天："透明"展示执政理念，轻车简从频频深入基层》，人民网，http://cpc.people.com.cn/n/2013/0222/c95113-20569985.html。

题式网络信息交互平台。在社会调研和实践活动方面，在校大学生的实践教育内容多关联乡村传统文化和"非遗"技艺等项目建设，对于研究生的田野实践，部分学校还予以一定的补助。

目前，我国通过出台《中长期青年发展规划（2016～2025年）》、举办大学生创新创业大赛等，鼓励大学生参与乡村文化建设。乡村中经常可以看到大学生活动站，如在福建培田村就建有大学生实践活动站，在贵州山寨也有类似的大学生"非遗"实践学习基地。学生利用寒暑假参与当地文化主题调研、文艺展演、宣传栏布置、传统民俗学习等，培育新时代风俗观念，在社会调查中发展出具有时代气息的多维视角来观察并带动乡村文化的振兴。尤其是在文化品牌塑造、青年返乡创业等方面，他们是乡村文化的发现者和建设者。大学生了解网络信息技术，熟悉短视频制作和推广模式，借助新媒体将乡村民风建设和互联网结合起来。同时借助"微课堂""微论坛"等渠道，将乡村文化引入大学校园的讨论和关注中，吸引更多专业人士参与进来。

三是青年亚文化突破圈层传播，推动中华优秀传统文化新样态混杂式的交融创造与发展。

青年文化可以反映社会变化，而服饰是最直观的表现方式之一。近年来，汉服元素越来越多地进入日常生活中，互联网开放、共创、分享的状态使汉服元素频频"出圈"。当代生活中缺少相应的"衣冠制度"，而汉服具有厚重的历史积淀和文化底蕴，主流文化吸纳、融合和创新使用汉服元素，使得传统服饰文化在审美和价值追求上都能满足年轻人的文化需求。汉服出现在旅游、逛街、通勤、升学、婚礼等场景，从日常到仪式，年轻人以身体为媒介宣传中华传统文化，表达文化自信，改变了很多人的认知。典型的例子是，青年学子在国外穿着汉服参加毕业典礼和学位授予仪式，在街头演奏古琴、古筝等，推销中国传统服饰和首饰，并拍成视频上传网络。出国留学的莘莘学子都要带上一套汉服，这不得不说是源自对国家和民族文化深厚的热爱。

汉服是中华古典文化的一部分。河南卫视推出《中秋奇妙游》《唐宫夜宴》等中国风浓郁的节目，利用 5G 和 AR 技术，形成历史和当下的写实化场景呈现，掀起了洛阳穿汉服的热潮，形成新的风格创意和叙事趣味。青年亚文化不断出圈，以独特的创新方式和圈层传播路径，从边缘至中心，被主流文化接纳。

以汉服文化为例，其在各个传播平台具有差异性：B 站深耕科普知识内容，抖音降低汉服门槛、丰富表达形式，微博提供互动和共享内容，微信上组群即时沟通，小红书提供攻略和经验交流。借助不同媒介各有特点的传播，最终形成汉服出行活动和汉服爱好者共有的身份认同。汉服爱好者借助汉服这一外在形式，与中华传统文化相连，使个人群体身份与国族身份相连。

2018 年 4 月 18 日，共青团中央将每年农历三月初三定为"中国华服日"，鼓励穿着传统服饰，并以华服秀、研讨会、雅集、直播等形式传播传统文化。"引领青年"积累了经验，在传统服饰的生活化、场景化、可视化方面具有突出贡献。微博上，"中国华服日"话题有近百万讨论量，7.3 亿阅读量。其中 25 岁以下青年占比 74%，构成充满活力的受众基础。

"中国华服日"的成功经验，遵循了中国传统衣冠特点和历史发展规律，以现代的眼光重构，加以日常化、年轻化、潮流化，文化传播使命和文化传承意义得以加强和延展，探索出一条创造性转化、创新性发展的道路。由此也呼吁相关部门倡导符合当下时代需求的新风俗，以及与之匹配的礼仪规范，对青年加以适当引导。

与之呼应，近年来，热门头部游戏都有与传统文化结合的品牌活动，提升了"国风"内容创新的能力。其中最为出圈的是 2022 年 1 月米哈游《原神》的过场动画《神女劈观》，将传统戏曲和现代音乐、游戏角色（云堇）相结合，融入传统皮影戏元素，制作精良。云堇的外形既非单纯的京剧的现代化，也不只是戏服的日常化，而是杂糅了中外服饰的新旧元素，是以中华传统文化为基础的综合创新。其技能、人设都代表了国产游戏质量的上乘水准，成为文化创新的代表形象。很多国外用户通过这些国风游戏来学习汉语，用中文念角色的名字和技能。与《原神》相关的还有

2022 年 6 月上海京剧院演员傅希如等演唱的融合京剧、越剧、淮剧、川剧的《护法夜叉记》，这是将传统戏曲潮流化的一种新的形式探索，进一步激发了国内外玩家对中国传统文化的兴趣。可以说，在国风游戏的推广过程中，吸纳传统文化精髓，构成中国文化当前"走出去"的混杂式交融新特色。

　　总体来说，中华传统文化覆盖范围和领域较广，借助新时代新媒体叙事话语和信息技术的发展，借助青年语言符号和表达特色，能够以更丰富、更潮流的新样貌更广泛地吸纳国内外受众。学者也需加强研究和利用新媒体的话语模式，对中华传统文化进行更为全面地分析，去粗存精，弘扬符合时代精神的中华民族文化精粹，促进中华文化在新时代焕发出新的光彩。

参考文献

一 中文文献

（一）著作

魏德明：《佤族文化史》，云南民族出版社，2001。

段世琳：《佤族历史文化探秘》，云南大学出版社，2007。

周宪：《视觉文化的转向》，北京大学出版社，2008。

《佤族简史》编写组、《佤族简史》修订本编写组编写《佤族简史》，民族
　　出版社，2008。

石磊编著《佤族审美文化》，云南大学出版社，2008。

王宁：《"后理论时代"的文学与文化研究》，北京大学出版社，2009。

方李莉：《从遗产到资源：西部人文资源研究报告》，学苑出版社，2010。

申丹、王丽亚：《西方叙事学：经典与后经典》，北京大学出版社，2010。

定宜庄、汪润主编《口述史读本》，北京大学出版社，2011。

林毓生：《中国传统的创造性转化》，生活·读书·新知三联书店，2011。

陈国庆编著《中国佤族》，宁夏人民出版社，2012。

邓启耀：《视觉人类学导论》，中山大学出版社，2013。

钱永平：《UNESCO〈保护非物质文化遗产公约〉论述》，中山大学出版

社，2013。

张黎明：《传统与变革——滇南的文化遗产与产业化之路》，民族出版社，2014。

蒋原伦：《观念的艺术与技术的艺术》，新星出版社，2014。

孙绍振、孙彦君：《文学文字解读学》，北京大学出版社，2015。

朱靖江：《视觉人类学论坛》，知识产权出版社，2015。

张旭东：《文化政治与中国道路》，上海人民出版社，2015。

石云里、陈彪：《多学科交叉视野中的技术史研究：第三届中国技术史论坛论文集》，中国科学技术大学出版社，2015。

龙运荣：《嬗变与重构：新媒体语境下侗族传统文化的现代性变迁研究》，中国社会科学出版社，2015。

李菲：《遗产·认同·表述：文学与人类学的跨界议题》，中国社会科学出版社，2016。

陈芳：《聚焦研究：多重叙事媒介中的聚焦呈现》，中国社会科学出版社，2017。

姬广绪：《网络与社会：互联网人类学研究前沿》，社会科学文献出版社，2018。

司若、许婉钰、刘鸿彦：《短视频产业研究》，中国传媒大学出版社，2018。

马妍妍：《信息时代媒介、受众与社会的关系研究》，中国社会科学出版社，2019。

张宁、唐培林：《视听语言》，中国国际广播出版社，2019。

江飞：《文学性：雅各布森诗学研究》，人民出版社，2019。

邓启耀：《非文字书写的文化史：视觉人类学论稿》，商务印书馆，2019。

傅修延：《讲故事的奥秘：文学叙述论》，二十一世纪出版社集团，2020。

潘曦：《建筑与文化人类学》，中国建材工业出版社，2020。

陆铭：《空间的力量：地理、政治与城市发展》，格致出版社、上海人民出版社，2020。

张旭东：《幻想的秩序——批评理论与当代中国文学文化》，上海人民出版社，2020。

杜英：《文字·影像·空间：当代文艺风景管窥》，社会科学文献出版社，2020。

易晓明：《文化现代主义：平面化技术社会与新文学形态》，人民出版社，2020。

朝戈金：《站在民众的立场上——朝戈金非物质文化遗产研究文选》，文化艺术出版社，2020。

萧延中：《中国思维的根系》，中央编译出版社，2020。

何静：《具身社会认知》，上海人民出版社，2020。

刘壮、王先胜：《非物质文化遗产：关键词研究》，中国社会科学出版社，2020。

周永明：《遗产》，社会科学文献出版社，2020。

傅修延：《听觉叙事研究》，北京大学出版社，2021。

张笑宇：《技术与文明：我们的时代和未来》，广西师范大学出版社，2021。

（二）译著

〔美〕阿尔伯特·贝茨·洛德：《故事的歌手》，尹虎彬译，中华书局，2004。

〔美〕克拉克·威斯勒：《人与文化》，钱岗南、傅志强译，商务印书馆，2004。

〔美〕W. J. T. 米歇尔：《图像理论》，陈永国、胡文征译，北京大学出版社，2006。

〔加〕派利夏恩：《计算与认知——认知科学的基础》，任晓明、王左立译，中国人民大学出版社，2007。

〔美〕戴安娜·克兰：《文化生产：媒体与都市艺术》，赵国新译，译林出版社，2001。

〔美〕爱德华·霍尔：《无声的语言》，何道宽译，北京大学出版社，2010。

〔美〕爱德华·霍尔：《超越文化》，何道宽译，北京大学出版社，2010。

〔加〕布鲁斯·G. 特里格：《时间与传统》，陈淳译，中国人民大学出版社，2011。

〔美〕利奥·洛文塔尔：《文学、通俗文化和社会》，甘锋译，中国人民大学出版社，2011。

〔澳〕约翰·哈特利：《数字时代的文化》，李士林、黄晓波译，浙江大学出版社，2014。

〔美〕杰拉德·普林斯：《故事的语法》，徐强译，中国人民大学出版社，2014。

〔荷〕约翰·赫伊津哈：《游戏的人：文化的游戏要素研究》，傅存良译，北京大学出版社，2014。

〔美〕罗伯特·斯科尔斯、詹姆斯·费伦、罗伯特·凯洛格：《叙事的本质》，于雷译，南京大学出版社，2015。

〔法〕乔治·迪迪－于贝尔曼编《看见与被看见》，吴泓渺译，湖南美术出版社，2015。

〔英〕戴安娜·卡尔等：《电脑游戏：文本、叙事与游戏》，丛治辰译，北京大学出版社，2015。

〔美〕诺曼·布列逊、迈克尔·安·霍丽、基思·莫克西：《视觉文化：图像与阐释》，易英译，湖南美术出版社，2015。

〔美〕多米尼克·鲍尔、艾伦·J. 斯科特编《文化产业与文化生产》，夏申、赵咏译，上海财经大学出版社，2016。

〔英〕吉莉恩·罗斯：《观看的方法：如何解读视觉材料》，肖伟胜译，重庆大学出版社，2017。

〔美〕弗雷德里克·詹姆逊：《文化转向》，胡亚敏等译，中国人民大学出版社，2018。

〔美〕安妮·伯迪克等：《数字人文：改变知识创新与分享的游戏规则》，马林青、韩若画译，中国人民大学出版社，2018。

〔德〕鲍里斯·格罗伊斯：《论新：文化档案库与世俗世界之间的价值交换》，潘律译，重庆大学出版社，2018。

〔美〕华莱士·马丁：《当代叙事学》，伍晓明译，中国人民大学出版社，2018。

〔美〕浦安迪:《中国叙事学》,北京大学出版社,2018。

〔加〕丹尼尔·亚伦·西尔、〔美〕特里·尼科尔斯·克拉克:《场景:空间品质如何让塑造社会生活》,祁述裕等译,社会科学文献出版社,2019。

〔美〕玛丽·吉科:《超连接:互联网、数字媒体和技术—社会生活》,黄雅兰译,清华大学出版社,2019。

〔日〕冈本太郎:《传统即创造》,曹逸冰译,新星出版社,2019。

〔英〕诺曼·布列逊:《视阈与绘画:凝视的逻辑》,谷李译,重庆大学出版社,2019。

〔以〕艾米娅·利布里奇、里弗卡·图沃-玛沙奇、塔玛·奇尔波:《叙事研究:阅读、分析和诠释》,王红艳译,重庆大学出版社,2019。

〔奥〕露丝·沃达克:《话语、政治、日常生活》,黄敏、田海龙译,浙江大学出版社,2019。

〔澳〕莎拉·平克:《学做视觉民族志》,邝明艳、唐晓莉译,重庆大学出版社,2019。

〔英〕艾沃·古德森:《发展叙事理论:生活史与个人表征》,屠莉娅、赵康译,华东师范大学出版社,2020。

〔荷〕米克·巴尔:《叙述学:叙事理论导论》,谭君强译,北京师范大学出版社,2015。

〔英〕保罗·多兰:《叙事改变人生》,何文忠、周星辰、赵晨曦译,中信出版社,2020。

〔比〕吕克·赫尔曼、巴特·维瓦克:《叙事分析手册》,徐强等译,中国人民大学出版社,2020。

〔美〕尼古拉斯·米尔佐夫:《身体图景:艺术、现代性与理想形体》,萧易译,重庆大学出版社,2018。

〔美〕林恩·亨特:《史学的时间之维》,熊月剑译,北京师范大学出版社,2020。

〔英〕罗伯特·伊戈尔斯通:《文学为什么重要》,修佳明译,北京大学出版社，2020。

〔美〕范可乐：《电影接近现实：基于中国电影理论》，朱安博等译，首都经济贸易大学出版社，2021。

〔美〕查尔斯·蒂利：《身份、边界与社会联系》，谢岳译，上海人民出版社，2021。

〔德〕阿斯特莉特·埃尔、安斯加尔·纽宁：《文化记忆研究指南》，李恭忠、李霞译，南京大学出版社，2021。

〔英〕塞西莉亚·海耶斯：《认知工具》，李宸、肖应婷译，中信出版社，2021。

二　外文文献

Nick Lunch and Chris Lunch, *Insights into Participatory Video: A Handbook for the Field*, Oxford: Insight Share, 2006.

Knopf Korstin, *Decolonizing the Lens of Power: Indigenous Films in North America*, Amsterdam, New York: Rodopi B. V., 2008.

Paul Hocking, *Principles of Visual Anthropology*, Berlin: Mouton de Gruyter, 1995.

Gregory Bateson and Margaret Mead, "Balinese Character: A Photographic Analysis," *New York Academy of Science*, Vol. 2, 1942.

Karl Heider, *Seeing Anthropology: Cultural Anthropology through Film*, Boston: Allyn and Bacon, 2006.

Stuart Hall, D. Hobson, A. Lowe and P. Wills, *Culture Media Language*, London: Hutchinson, 2006.

十年磨一剑·写在后面的话

凡事有时。

我到中国社会科学院工作已经 16 年了。当时刚工作的雄心壮志，在博士论文后记中依然有迹可循。那时关注公共民俗主题，得人慧眼识珠，论文有幸出版。我的一些论述，还曾被告知有望申请国家社科基金的重点项目，这些经历都曾给予年轻的我无限的鼓励。

然而，命运充满偶然性。2013 年起，我与中央电视台中文国际频道的团队一起创作了 8 集的《中国年俗》。节目效果出乎意料地好，没想到还惊动了当时的杨总监来探我们的班。那时刚接触电视节目，积累的素材和想法很多。后来连续几年过年的时候，这一节目都会推出不同版本的剪辑。2021~2022 年，中央广播电视总台再次立项了以"中国年"为主题的纪录片，这次我们联合中外专家共同推出了 7 集的《年的味道》。时光荏苒，中国春节有了今昔对比，而我也从中得到了成长。如果 2013 年可以算作我接触影像的第一步，可以当成这本书研究主题的萌芽，那么算来已经满十年了。

这十年，我与总台多个团队合作，参与主创、策划、撰稿最终播出的纪录片达 133 集，时长逾 4600 分钟。能够突破原有电视叙事模式与制作思路，而被观众数得出来的纪录片，迄今为止有《记住乡愁》《中国医疗》《原声中国》《端午至味》《文脉春秋》等，每一部都是系列大制作或者是重要的项目工程。这里提到的 7 部纪录片和无法一一提及的电视节目，无一不浸染着包括我在内的所有主创和制作成员的心血，以及无数个不眠之夜的思考、讨论、修改。

我在纪录片中加入了一些个人多年学习的新的思想、新的知识和新的表达内容，其中就包括把民族文学领域关注的神话、史诗、民间传说、民歌等融入地方民俗，用视听语言和技术手段借助普通老百姓的衣食住行、婚丧嫁娶等日常生活来加以表现，传递新的文化阐释和文化理念，推动传统文化与社会主义核心价值观的衔接转化。

2017年，我有幸获得了国家社科基金一般项目的立项，有机会回顾实践中摸索的经验，着手将影像实践和专业领域结合起来进行理论探索。2018年这个项目得到国内外青年学者的支持，在北京召开了一次研讨会，会议论文结集出版，作为项目的中期成果。我把编好的稿子交给朋友，便离开了北京。当知识产权出版社悉心推出《民俗传承与技术发展》一书时，彼时我在瑞士苏黎世大学社会人类学与文化研究所访问，过着一分钱掰成两半花的困窘生活，也享受着沉浸学习的平和心境，感受到异乡街头陌生人的温柔以待。2019年这一成果雏形已备。那些困扰我的问题，渐渐拨云见日，逐一被知识的光照亮。

上一次我觉得大脑里火花迸发的时候，还是在修改停滞已久的博士论文。改完博士论文之后，可圈可点的工作成绩并不多。彼时孩子尚在襁褓。从咿呀学语到蹒跚学步，母亲总是他最好的依靠。

陆续完成的一些文章，像关于景颇族的论文，不过是我正常的发挥。直到《中国年俗》播出后，我的一篇分析"一国"文化共享的论文经过一次学术会议讨论得以在《民俗研究》上发表，我自己才感觉到，终于比念书的时候前进了些许。好在灵感四射的状态又回来了，后来才有了"节日空间"的论述，几个国家级课题，以及即将问世的这部《民族文学的传承、创新与影像表达研究》。

刚刚过去的三年，对所有人都意义非凡。人们被抛出了生活的常轨。于我而言，是沉潜写作的三年，也许因此躲过了灾病。我像是奔流的溪水，经过高低起伏，蜿蜒跌宕，终于流淌成一片沉静的湖。

我记得有一次和孩子回到家，只看着彻底没救的百合竹和奄奄一息的虎皮兰，看着茉莉萎掉了最后一片枯叶，连根也被莫名的虫子啃食，死透了。我们的家因疏于照管而逐渐没了客厅、阳台、厨房，直到入户水管爆裂淹没了一层的书。不过，孩子的成绩一天天好了起来，他变得坚毅而果敢，清楚自己每天要做什么。与此同时，我电脑里稿子的字也一天天多了起来，好似要开花结果般，令人充满了期待。随着物质和空间的匮乏与消失，精神和心灵倒是日渐充实丰盈。

去年的"五一"，书稿刚刚完成。元旦时，顺利通过结项验收，等级良好。今年的"五一"刚过，我得知拙作入选中国社科院创新工程学术出版资助项目，支持力度和受到的认可都超过了预期。我没有辜负每一个辛勤劳动的日子，工作这么久以来，总算有了一点令人欣慰的成绩。承蒙单位领导和同事们，以及社会科学文献出版社历史学分社编辑的鼎力相助，在此致谢。我也感谢那些不知姓名的评审专家拿出宝贵的时间认真审阅拙作。同时，感谢岁月为我沉淀出真正的朋友，相扶相助，共同进步。

我想，一个人倘若真的想要学习一点新东西，想要在原有的基础上继续向前走一步，总会在一个时刻感受到一切资源在汇聚而来，在帮忙推动着。

人生冷暖自知，然而始终要怀有希望。

宋　颖

2023 年 5 月 7 日

图书在版编目（CIP）数据

民族文学的传承、创新与影像表达研究／宋颖著．
北京：社会科学文献出版社，2024.11.--ISBN 978-7-
5228-4658-3

Ⅰ.I207.9

中国国家版本馆 CIP 数据核字第 202484PB47 号

民族文学的传承、创新与影像表达研究

著　　者／宋　颖

出 版 人／冀祥德
责任编辑／郑彦宁
文稿编辑／顾　萌　孙少帅
责任印制／岳　阳

出　　版／社会科学文献出版社·历史学分社（010）59367256
　　　　　　地址：北京市北三环中路甲 29 号院华龙大厦　邮编：100029
　　　　　　网址：www.ssap.com.cn
发　　行／社会科学文献出版社（010）59367028
印　　装／三河市尚艺印装有限公司

规　　格／开　本：787mm×1092mm　1/16
　　　　　　印　张：18.5　字　数：275 千字
版　　次／2024 年 11 月第 1 版　2024 年 11 月第 1 次印刷
书　　号／ISBN 978-7-5228-4658-3
定　　价／128.00 元

读者服务电话：4008918866
▲ 版权所有 翻印必究